Weitere Titel der Autorin

Bis wir uns wiedersehen
Die Frau des Teehändlers
Die Tochter des Seidenhändlers
Die Saphirtochter

Über die Autorin

Dinah Jefferies wurde 1948 in Malaysia geboren, neun Jahre später übersiedelte die Familie nach England. Dinah Jefferies studierte Theaterwissenschaft und Englische Literatur und arbeitete als Lehrerin, Fernsehmoderatorin und Künstlerin. Heute lebt sie als freie Schriftstellerin in Gloucestershire. Ihre Romane erscheinen in 18 Ländern, ihr zweiter Roman DIE FRAU DES TEEHÄNDLERS schaffte es auf Platz 1 der SUNDAY TIMES Bestsellerliste.

Dinah Jefferies

DIE ENGLISCHE FOTOGRAFIN

Roman

Übersetzung aus dem Englischen
von Andrea Koonen

BASTEI LÜBBE TASCHENBUCH
Band 17892

Dieser Titel ist auch als E-Book erschienen

Vollständige Taschenbuchausgabe
der bei Lübbe Paperback erschienenen Paperbackausgabe

Copyright © 2017 by Dinah Jefferies
Titel der englischen Originalausgabe: »Before the Rains«
Originalverlag: Penguin Random House, UK

Für die deutschsprachige Ausgabe:
Copyright © 2019 by Bastei Lübbe AG, Köln
Umschlaggestaltung: Kirstin Osenau
Unter Verwendung von Motiven von © Ildiko Neer/Arcangel, © Anemone: Simple, from ›Les Choix des Plus Belles Fleurs‹, Redouté, Pierre-Joseph (1759-1840)/Lindley Library, RHS, London, UK/Bridgeman Images und © shutterstock: Rostislav Glinsky | Franck Boston | valipatov | Lev Kropotov | Somboon Bunproy | V. S. Anandhakrishna | gan chaonan
Satz: Dörlemann Satz, Lemförde
Gesetzt aus der Bembo
Druck und Verarbeitung: CPI books GmbH, Leck – Germany
ISBN 978-3-404-17892-6

5 4 3 2 1

Sie finden uns im Internet unter www.luebbe.de
Bitte beachten Sie auch: www.lesejury.de

Für Richard

Delhi, 23. Dezember 1912

Anna Fraser wartete auf dem Balkon eines der vielen Havelis entlang der Route, die der Zug des Vizekönigs nehmen würde. Es war elf Uhr am Vormittag. Die Straßen waren gereinigt und mit Öl besprüht, und dennoch reizte vom Wind aufgewirbelter Staub die Augen der versammelten Menschen. Die ausladenden Neem- und Peepalbäume in der Mitte des alten Chandni Chowk rauschten wie zum Hohn, und hoch über den Gassen, die von dem Platz abgingen, krächzten Krähen.

Anna hielt ihren weißen Schirm über sich und schaute vom Balkon des prächtig ausgestalteten Wohnhauses unruhig zu den Ständen der Händler hinunter. Dort gab es alles Mögliche zu kaufen, Speiseeis und Bratfisch mit Chili, exotische Früchte, Chiffonsaris, Bücher und Schmuck, und hinter hübsch vergitterten Fenstern saßen Frauen mit schwindendem Augenlicht und bestickten zarte Seidenschals. Wo der Geruch von Sandelholz durch die Luft zog, verdienten Apotheker ein Vermögen an Ölen und Tränken in eigentümlichen Farben. »Schlangenöl« nannte David sie, obwohl manche, wie Anna gehört hatte, aus zerdrückten Eidechsen gewonnen wurden und die Farbe von Granatäpfeln stammte. Am Chandni Chowk bekommt man alles, was das Herz begehrt, so hieß es.

Was das Herz begehrt? Welche Ironie!, dachte sie.

Sie wandte den Blick zu der Stelle, wo der Vizekönig bald erscheinen musste, auf einem Elefanten und in Begleitung seiner Gemahlin. David hatte ihr mit stolzgeschwellter Brust erzählt, er werde als der stellvertretende Distriktleiter ebenfalls auf einem Elefanten reiten, einem der dreiundfünfzig des Zuges, und zwar unmittelbar hinter dem Vizekönig. Delhi sollte Kalkutta als Regierungssitz ablösen, und dies war der Tag, da der Vizekönig Lord Hardinge die Ankündigung wahrmachte, indem er vom Hauptbahnhof an der Queen's Road aus prunkvollen Einzug in die alte ummauerte Stadt hielt.

Anna hörte unten die Kanarienvögel und Nachtigallen singen, die in unzähligen Käfigen die Ladenfronten zierten, und weiter entfernt das schrille Geräusch einer elektrischen Straßenbahn. Dann schaute sie wieder auf das Meer orientalischer Farben hinunter, wo sich immer mehr Menschen einfanden. Schließlich rief sie ihre Tochter Eliza.

»Komm jetzt, mein Engel. Sie werden gleich hier sein.«

Eliza hatte gelesen, um sich die Zeit zu vertreiben, und eilte nun auf den Balkon. »Wo? Wo?«

»So zappelig? Schon wieder? Du musst Geduld haben«, sagte Anna und sah erneut auf ihre Uhr. Halb zwölf.

Eliza schüttelte den Kopf. Sie war so aufgeregt wie noch nie und wartete nun schon so lange. Da fiel es schwer, Geduld zu haben, zumal mit zehn Jahren. »Es muss doch fast so weit sein«, sagte sie.

Anna seufzte. »Sieh dich an. Dein Kleid ist schon verknittert.«

Eliza schaute an ihrem rüschenbesetzten weißen Kleid hinab, das eigens für diesen Tag genäht worden war. Sie war äußerst behutsam damit umgegangen, doch Kleider und sie vertrugen sich schlecht. Sie versuchte durchaus, sie sauber zu halten, aber es gab ständig etwas Interessantes zu tun. Zum Glück nahm ihr Vater es nie übel, wenn sie sich schmutzig machte. Er war ihr Ein und Alles, ein stattlicher, lustiger Mann, der immer eine herzliche Umarmung für sie hatte und vom Grund seiner Hemdtasche ein Bonbon hervorzaubern konnte.

Die Briten, die entlang der Straße hinter den Einheimischen auf Tribünen saßen, wirkten in ihrer hellen Baumwoll- und Leinenkleidung vergleichsweise blass. Von den Indern sahen trotz des prächtigen Wetters viele lustlos aus, wie Anna fand. Das mochte aber an dem bitterkalten Wind liegen, der vom Himalaya her wehte. Wenigstens strahlten die Briten angemessene Freude aus. Anna rümpfte die Nase, weil es von unten nach Ingwer und Butterschmalz roch, und trommelte mit den Fingern auf der Balkonbrüstung. David hatte ihr so viel versprochen, als er vorgeschlagen hatte, sie solle mit ihm nach Indien gehen, aber jedes Jahr war der Zauber des Landes schaler geworden. Unten machten sich die ersten zappeligen Kinder von ihren Eltern los. Ein sehr kleiner Junge war zwischen den Beinen der Erwachsenen hindurch auf die Straße gelaufen, wo der Zug seinen Weg zur Festung nehmen würde.

Anna versuchte, die Mutter des Jungen auszumachen. Wie unachtsam, ein so kleines Kind von der Hand zu lassen, dachte sie. Sie entdeckte eine Frau in einem smaragdgrünen Rock und passendem Schal, die gedankenverloren zum Balkon hinaufstarrte, und Anna kam der Gedanke, sie könnte die Mutter sein. Fast schien es, als schaute die Frau zu ihr, und als sich ihre Blicke tatsächlich trafen, zeigte Anna auf die Straße, um sie auf das Kind aufmerksam zu machen. Just in dem Moment senkte die Frau den Kopf, bemerkte ihren Jungen und holte ihn zurück.

Während Anna die heranströmenden Menschen beobachtete, war sie froh, oben auf dem Balkon zu stehen, ohne Berührung mit den zahnlosen, alten, verschleierten Weibern, den einsamen Bettlern in fadenscheinigen Decken, den Straßenhändlern und ihren Kindern und den in Schals gehüllten Anwohnerinnen, die sich allesamt anzuschreien schienen. Katzen streiften die Straße entlang und reckten den Kopf nach den vielen Tauben im Geäst der Bäume. Selbstgefällige Männer mittleren Alters warfen ab und zu Blicke auf die sogenannten Tanzmädchen, und irgendwo sangen Kinder, was Annas Stimmung ein wenig hob.

Sie kam nicht umhin, die Vergangenheit des Landes wahrzunehmen, von der jeder Zoll des historischen Platzes durchdrungen war. Hier hatten bekanntlich die Triumphzüge der Mogulkaiser stattgefunden, hier hatten die Mogulfürsten auf ihren tanzenden Pferden paradiert und die Briten ihre Pläne für ein mächtiges, neues, glanzvolles Delhi ausgestellt. Seit der König vor einem Jahr nach Delhi gekommen war, hatte der Frieden obsiegt, ganz ohne politische Morde. Deshalb war es unnötig erschienen, für den heutigen Tag besondere Vorsichtsmaßnahmen zu treffen.

Anna hörte die Salutschüsse, die die Ankunft des Vizekönigs verkündeten. Die Kanonen feuerten zum zweiten Mal, und von der Menschenmenge stieg tosender Stimmenlärm auf. Nun lehnten sich die Leute aus den Fenstern und von den Balkonen und drehten den Kopf nach dem Kanonendonner. Anna durchfuhr ein unerklärliches Gefühl, eine dunkle Vorahnung, sollte sie hinterher denken, doch in dem Moment schüttelte sie nur den Kopf. Nach einem erneuten Blick auf die Uhr sah sie endlich einen ungeheuer großen Elefanten die Straße entlangkommen. In dem prächtigen silbernen Howdah auf dem Rücken des Tieres saßen Lord Hardinge und seine Frau. Der Elefant war nach traditioneller Art farbenprächtig geschmückt, mit bunten Mustern bemalt und einem Prunkgeschirr aus Samt und Gold versehen. Die Queen's Gardens, wo sich kein Publikum hatte aufstellen dürfen, hatte der Zug bereits durchquert. Jetzt, da er in den Chandni Chowk einbog, steigerte sich der Jubel.

»Ich kann Daddy noch nicht sehen«, rief Eliza über den Lärm hinweg. »Er ist aber doch dabei?«

»Meine Güte, bist du denn das ungeduldigste Kind von allen?«

Eliza schaute zur Straße hinab, wo überall Mädchen und Jungen versuchten, sich in die vorderste Reihe zu drängen. »Bin ich nicht. Schau dir die dort unten an, und ihre Väter reiten nicht mal in dem Festzug mit.«

Eine Hand um das Balkongitter geklammert, beugte sie sich so weit hinaus, wie sie es eben wagte, und hüpfte dabei vor Aufregung, und als die lange Reihe Elefanten nach und nach in Sicht kam, konnte sie ihre Freude nicht mehr für sich behalten.

»Sei vorsichtig«, mahnte ihre Mutter. »Wenn du weiter so hüpfst, wirst du noch hinunterfallen.«

Hinter dem Vizekönig ritten zwei ausgewählte Distriktbeamte, hinter diesen, auf noch kunstvoller geschmückten Elefanten, die Fürsten von Rajputana und die Oberhäupter des Punjab, umgeben von den eigenen heimischen Soldaten, die Säbel und Lanzen und die übliche zeremonielle Rüstung trugen. Diesen wiederum folgte die übrige britische Regierung auf schlichter ausstaffierten Elefanten. Eliza kannte die Reihenfolge auswendig. Ihr Vater hatte ihr den Ablauf des Einzugs in die Stadt in allen Einzelheiten erklärt, und sie hatte beharrlich gebettelt, er solle kurz anhalten, um zu ihr hochzuschauen und zu winken, wenn er mit seinem Elefanten an ihrem Balkon vorbeizog. Der Wind hatte sich gelegt, die Sonne war herausgekommen. Es war doch noch ein sehr schöner Vormittag geworden. Und nun war der Augenblick endlich da.

Anna schaute auf die Uhr. Viertel vor zwölf. Auf die Minute. Auf der anderen Straßenseite hielt die Frau im grünen Rock ihr Söhnchen jetzt auf dem Arm, damit es etwas sehen konnte. So ist es besser, dachte Anna.

Unter den Briten brach lauter Jubel aus, man rief »Hurra!« und »Gott schütze den König!«.

Während Lord Hardinge nach beiden Seiten grüßte, entdeckte Eliza ihren Vater. Sie winkte freudig, und als der Elefant des Vizekönigs wieder ein paar Schritte voranging, hielt David Fraser sein Tier an, damit er seiner Tochter den Wunsch erfüllen konnte. Gerade als er zu ihrem Balkon heraufblickte, gab es einen lauten Knall wie von einem Kanonenschuss, der die Hauswände erzittern ließ. Die Menschen verstummten, die Prozession kam zum Stehen. Anna und Eliza starrten erschrocken hin, als Splitter durch die Luft sausten und weißer Rauch aufquoll. Eliza rieb sich die tränenden Augen und sprang vom

Geländer weg. Sie konnte nicht sehen, was passiert war, doch sowie sich der Rauch ein wenig verzog, hörte sie ihre Mutter erschrocken Luft holen.

»Mummy, was ist denn?«, fragte Eliza drängend. »Was ist passiert?«

Keine Antwort.

»Mummy!«

Doch ihre Mutter schien sie nicht zu hören. Eliza war ratlos. Da war etwas durch die Luft geflogen, mehr wusste sie nicht. Verwirrt schaute sie zu den entsetzten Leuten hinunter. Warum gab ihre Mutter keine Antwort? Sie zupfte sie am Ärmel und bemerkte, dass sie sich mit aller Kraft am Geländer festhielt.

Unten waren alle auf die Straße gelaufen, und durch die Staubschleier sah Eliza Soldaten zum Vizekönig rennen. Ein stechender Geruch stieg ihr in die Nase, der das Atmen schwer machte. Sie hustete, und dann zog sie erneut ihre Mutter am Ärmel.

»Mummy!« Sie kreischte jetzt.

Doch ihre Mutter starrte kreidebleich und mit großen Augen vor sich hin und war wie versteinert.

In einem sonderbaren Zustand der Leblosigkeit nahm Anna lediglich wahr, dass die Frau in Grün ohnmächtig geworden war. Eliza sah sie auch, verstand aber nicht, warum ihre Mutter in einem fort auf die Frau zeigte. Stattdessen spürte sie ein entsetzliches Gefühl im Magen und den Drang zu weinen.

»Daddy ist nichts passiert, oder, Mummy?«

Endlich wurde Anna auf ihre Tochter aufmerksam. »Ich weiß es nicht, mein Engel.«

Und obwohl es schien, als hätte sie nur Augen für die Frau auf der anderen Straßenseite, hatte Anna ihren Mann in seinem Howdah taumeln und nach vorn rucken sehen. Einen Moment lang schien er sich aufzurichten und Eliza anzulächeln, dann aber sackte er in sich zusammen und rührte sich nicht mehr. Der Diener, der den Schirm über den Vizekönig gehalten hatte, war zur Seite gekippt und hing halb in den Seilen des Elefantensitzes.

In der Zwischenzeit war Eliza nur zu einem Gedanken fähig: Ihrem Vater war nichts passiert. Ihm durfte nichts passiert sein! Plötzlich wusste sie, was sie tun musste. Sie ließ ihre Mutter auf dem Balkon zurück und rannte die Treppen hinunter nach draußen, wo sie mit einem indischen Jungen zusammenstieß. Er war vielleicht ein bisschen älter als sie. Ungläubig und nach Worten ringend, blickte sie ihn an. »Mein Vater«, wisperte sie.

Der Junge nahm sie bei der Hand. »Bleib da weg. Du kannst nichts tun.«

Eliza wollte ihren Vater unbedingt sehen. Sie machte sich von dem Jungen los und drängte sich durch die Menschenmenge. Als sie ins Freie brach, hielt sie entsetzt inne. Der Elefant war so verschreckt, dass er sich weigerte, auf die Knie zu gehen. Eliza sah tief bestürzt zu, wie von einem nahen Laden eine Packkiste herbeigeholt und eine Leiter darauf zurechtgerückt wurde, damit man ihren Vater herunterheben konnte. Nachdem das geschehen war, legte man ihn auf den Boden. Auf den ersten Blick wirkte er unverletzt, obwohl sein Gesicht kreidebleich und seine Augen weit aufgerissen waren. Eliza stolperte über ihre Füße und fiel beinahe, als sie zu ihm rannte. Tief entsetzt fiel sie neben ihm auf die Knie und schlang die Arme um ihn. Ihr Kleid saugte sich mit dem Blut voll, das jetzt aus seiner Brust quoll, aus der Brust des einen Menschen auf der Welt, den sie über alles liebte.

»Ich fürchte, er hatte keine Chance, der arme Kerl«, sagte jemand. »Schrauben, Nägel, Grammofonnadeln, Glasscherben. Das haben die Bastarde offenbar in die Bombe gepackt. Ihm ist etwas in die Brust gedrungen. Fast ein Glücksfall, würde ich sagen, denn so musste er wenigstens nicht mehr lange leiden. Aber wir werden diese sogenannten Freiheitskämpfer schnappen, und wenn wir dafür den ganzen Chandni Chowk abreißen müssen.«

Eliza hielt ihren Vater an sich gedrückt und flüsterte ihm ins Ohr: »Ich hab dich lieb, Daddy.« Und von da an sollte sie sich immer wieder sagen, er habe sie noch gehört.

Durch das Raunen der Umstehenden drang die freundliche Stimme des indischen Jungen zu ihr. »Bitte, Miss, lassen Sie sich aufhelfen. Er ist tot.«

Als Eliza zu ihm aufblickte, kam ihr alles unwirklich vor.

ERSTER TEIL

*Im Traum und weit entfernt von uns gehört
Indien zum alten Orient unserer Seele.*

André Malraux, *Anti-Memoiren*, 1967

1

Fürstenstaat Juraipur in Rajputana
November 1930

Eliza erhaschte einen Blick auf die Fassade des Palastes und war verblüfft, wie stark sie flimmerte – wie ein Trugbild, beschworen aus dem Dunst der Wüste, fremd und ein bisschen Furcht einflößend. Der Wind legte sich kurz und frischte wieder auf, und für einen Moment schloss sie die Augen, um diesen flimmernden Auswuchs des Sandes auszublenden. So fern von daheim sie auch war und sowenig sie erahnen konnte, wie sich die Dinge entwickeln würden, es gab kein Zurück, und Eliza fühlte die Angst in der Magengrube. Sie war jetzt achtundzwanzig und dies ihr größter Auftrag, seit sie sich als Fotografin betätigte, auch wenn ihr noch unklar war, warum Clifford Salter sie ausgewählt hatte. Allerdings hatte er erklärt, sie sei eventuell die bessere Wahl, um die Frauen des Palastes zu fotografieren, da diese Fremden, insbesondere Männern gegenüber nervös seien. Und der Vizekönig habe ausdrücklich um einen britischen Fotografen gebeten, weil er einem Loyalitätskonflikt vorbeugen wollte. Eliza sollte monatlich bezahlt werden und bei erfolgreichem Abschluss eine Pauschalsumme erhalten.

Sie öffnete die Augen in der staubigen Luft und der vom Sand gleißenden Helligkeit. Der Palast war wieder hinter Sandschleiern verborgen und der endlos blaue Himmel über ihr gnadenlos in seiner Hitze. Ihr Begleiter auf dem Kutschbock drehte sich um und sagte, sie solle sich beeilen. Eliza stieg zurück in seinen Kamelkarren, den Kopf gegen den stechenden Flugsand gesenkt und die Fototasche an die Brust gedrückt. Ihr kostbarer Apparat durfte auf keinen Fall Schaden nehmen.

Nachdem sie ihrem Bestimmungsort ein Stück näher gekommen waren, schaute sie unter der Plane hervor und sah eine Festung auf einem Berg liegen, ein Bild wie aus einem Traum. Mindestens hundert Vögel kreisten an einem lila Horizont, und darüber bildeten rosa Wolkenstreifen ein zartes Muster. Von der Hitze halb betäubt, musste Eliza sich zusammennehmen, um dem Zauber nicht zu erliegen. Schließlich war sie zum Arbeiten hier. Aber sie war ohnehin nicht ganz bei der Sache. Entweder erinnerte sie der starke Wind an die ferne schmerzliche Vergangenheit, oder sie dachte an die jüngeren Ereignisse, die zu der Reise geführt hatten.

Ihre Mutter hatte mit Clifford, einem reichen Patensohn, kürzlich Kontakt aufgenommen, weil er mit seinen Verbindungen ihrer Tochter sicherlich eine Stellung in einer Anwaltskanzlei beschaffen könnte, so dachte sie, in Cirencester etwa. Anna hoffte, ihre Tochter daran zu hindern, eine Laufbahn als Fotografin einzuschlagen. Wer würde denn dafür eine Frau beauftragen wollen?, hatte sie immer wieder bemerkt. Doch jemand wollte das, und zwar Clifford. Sie, Eliza, sei ideal, für seine Zwecke genau die Richtige, hatte er zu ihrer Mutter gesagt, die ihm freilich nicht widersprechen konnte. Schließlich war er Repräsentant der Krone und nur dem Leiter der Rajputana-Behörde unterstellt, der indirekt über alle zweiundzwanzig Fürstenstaaten regierte. Er, die Residenten und die Regierungsbeamten der kleineren Staaten gehörten alle zum Exekutivrat des Vizekönigs.

So sah Eliza nun einem Jahr in einem Palast entgegen, in dem sie niemanden kannte. Ihr Auftrag lautete, das Leben im Fürstenstaat zu fotografieren, für ein neu gegründetes Archiv am Sitz der britischen Regierung, die endlich von Kalkutta nach Delhi umzog.

Der Bau von Neu-Delhi hatte viel länger gedauert als erwartet, und der Krieg hatte alles verzögert, aber jetzt war die Zeit gekommen.

Die Sätze ihrer Mutter im Ohr, die sie auf die Leiden des Volkes vorbereitet hatte, sah sie unterhalb der Palastmauern Kinder im Dreck spielen. Eine Bettlerin hockte im Schneidersitz neben einer schlafenden Kuh und stierte mit leerem Blick vor sich hin. Das Bambusgerüst, das neben ihr an der Mauer lehnte, schwankte bedenklich im Wind, wobei sich über einem nackten, am Boden sitzenden Kind zwei Bretter lockerten.

»Halt!«, rief Eliza, und sowie der Wagen stand, sprang sie hinaus, während eines der Bretter sich schon aus den Halterungen löste. Mit klopfendem Herzen erreichte sie das Kind und zog es in dem Augenblick, bevor das Brett auf den Boden prallte, unter dem Gerüst weg. Das Kind rannte davon, und ihr Begleiter zuckte mit den Schultern. Kümmert so etwas niemanden?, wunderte sie sich, als sie die Rampe zum Tor hinauffuhren.

Einige Minuten später stritt ihr Begleiter mit den Wachen vor dem Festungstor. Sie kamen seiner Bitte nicht nach, obwohl er ihnen die Papiere gezeigt hatte. Eliza schaute an der abweisenden Fassade und dem enormen Tor hinauf, das breit genug war, um ein Heer durchzulassen, ganz zu schweigen von Pferden, Kamelen und Kutschen. Der Fürst besitze sogar mehrere Automobile, hatte sie gehört. Das Fahrzeug, mit dem sie selbst bislang gereist war, war mit einem Motorschaden liegen geblieben, und nachdem sie mit einem Kamelkarren hatte weiterfahren müssen, war sie nun müde, durstig und schmutzig vom Straßenstaub. Er brannte in ihren wunden Augen und juckte auf der Kopfhaut. Sie kratzte sich immer wieder, obwohl es dadurch nur schlimmer wurde.

Endlich erschien am Tor eine Frau mit einem langen, dünnen Schal vor dem Gesicht, der nur ihre dunklen Augen frei ließ. »Ihr Name?«

Eliza sagte, wer sie war.

»Kommen Sie mit.«

Die Frau nickte den Wachen zu, die verdrossen schauten, aber sie und den Kamelkarren durchließen. Achtzehn Jahre war es her, seit Eliza mit ihrer Mutter von Indien nach England gezogen war. Achtzehn Jahre schwindender Möglichkeiten für Anna Fraser. Doch Eliza hatte sich entschieden, frei zu sein. Ihr kam es vor wie eine zweite Geburt, so als hätte eine geheimnisvolle Hand sie zurückgeführt – obwohl es natürlich Clifford Salters Hand gewesen war, der zudem nichts Geheimnisvolles an sich hatte. Wäre das anders, hätte er vielleicht anziehend wirken können, so aber war er ein ganz und gar durchschnittlicher Mann, und sein schütteres rotblondes Haar und die feuchten, kurzsichtigen hellblauen Augen verstärkten noch den Eindruck von Langweiligkeit. Eliza war ihm jedoch zu Dank verpflichtet, weil er ihr diesen Auftrag verschafft hatte, im Land der Adels- und Kriegerkaste der Rajputen, einer Traube von Fürstenstaaten in der Wüstenregion Britisch-Indiens.

Eliza klopfte sich notdürftig den Staub ab, bevor sie durch eine Reihe herrlicher Torbögen ging. Ein Eunuch führte sie durch ein Labyrinth gekachelter Räume und Flure zu einem Vestibül. Sie hatte von den kastrierten Männern in Frauengewändern schon gehört und schauderte. Das Vestibül war bewacht von Frauen, die Eliza feindselig anblickten und ihr den Weg durch die breiten, mit Elfenbein ausgelegten Sandelholztüren versperrten. Als sie ihr nach einigen Erklärungen seitens des Eunuchen schließlich Eintritt gewährt hatten, ließen sie Eliza allein, damit sie dort wartete.

Das Vestibül war von oben bis unten in reinem Coelinblau gestrichen und mit Goldfarbe bemalt. Blüten, Blätter, filigrane Schnörkel stiegen an den Wänden hinauf und zogen sich an der Decke entlang. Selbst auf dem Steinfußboden lagen Teppiche in demselben Blauton. So kräftig die Farbe war, bewirkte sie doch eine zarte Schönheit. In all dem Blau kam sich Eliza fast vor wie ein Teil des Himmels.

Erwartete man von ihr, dass sie sich bemerkbar machte? Sich höflich räusperte? Rief? Sie wischte sich die feuchten Hände an den Hosenbeinen ab und stellte ihre schwere Fototasche hin, um sie nach einem Moment der Unsicherheit wieder aufzuheben. Eliza fühlte sich deplatziert. Ihre im Nacken zerzausten Haare, die triste Khakihose und die verschwitzte weiße Bluse verstärkten dieses Gefühl noch. Sie würde nie zu solch verlockenden Farben und Mustern passen. Die meiste Zeit ihres Lebens hatte sie so getan, als passte sie dazu, indem sie über unwichtige Dinge plauderte und Interesse an Leuten heuchelte, die sie nicht mochte. Sie hatte sich große Mühe gegeben, zu sein wie die anderen jungen Mädchen und später wie die anderen Frauen. Doch das Gefühl, unpassend zu sein, war ihr selbst noch in der Ehe mit Oliver erhalten geblieben.

Hinter dem blauen Vestibül lag ein leuchtend orangefarbener Raum, wo vor einem kleinen Fenster Staubpartikel in der Sonne tanzten. Dahinter war wiederum die Ecke eines Zimmers zu sehen, das tiefrot gehalten war und wo die filigran gemeißelten Wände der Zenana, der Frauengemächer, begannen. Männer, die nicht der Herrscherfamilie angehörten, durften sie nicht betreten. Laut Clifford herrschten dort – im Harem, wie er es nannte – Geheimnisse und Intrigen, Gerüchte und zügellose Erotik. All diese Frauen seien ausgebildet in den sechzehn weiblichen Künsten. Ein Hort mannigfacher Kopulation und sittlichen Verfalls, fügte er augenzwinkernd hinzu, und sogar mit den Priestern oder vielleicht gerade mit den Priestern, obwohl seine Vorgänger sich dafür eingesetzt hatten, die übelsten geschlechtlichen Praktiken in den Zenanas abzuschaffen.

Eliza fragte sich, was diese sechzehn Künste wohl sein mochten. Hätte ich sie beherrscht, wäre meine Ehe vielleicht ein Erfolg gewesen, überlegte sie, aber eingedenk ihres einsamen Lebens mit Oliver tat sie den Gedanken schnaubend ab.

Ein aufdringliches orientalisches Parfüm – es roch nach Zimt, ein wenig nach Ingwer und dabei berauschend süß – wehte aus dem roten Raum heran und bestätigte alles, was sie über die Zenanas gehört hatte. Dadurch fühlte sie sich wie eingesperrt und sehnte sich danach, ans Fenster zu treten, den weißen wehenden Vorhang beiseitezuziehen und sich in die frische Luft hinauszulehnen.

Da ihre Arme allmählich schmerzten, stellte sie erneut die schwere Tasche auf den Teppich, diesmal an der Wand neben einer Marmorsäule, auf der eine Pfauenlampe stand. Als sie ein tiefes Räuspern hörte, blickte Eliza auf. Hastig straffte sie die Schultern und strich sich die Haare glatt, die doch aus den sorgfältig platzierten Spangen gerutscht waren. Ihre dicken langen Haare, die zur Krause neigten, waren höchst widerspenstig und mühsam zu frisieren. Erschrocken sah sie im Gegenlicht vor dem Fenster einen sehr großen Mann stehen.

»Sind Sie Britin?«, fragte er. Verblüfft über sein makelloses Englisch, blickte sie ihn stumm an.

Er trat einen Schritt vor, sodass das Licht in sein Gesicht fiel. Der Mann war Inder und sah enorm kräftig aus. Seine Kleidung war mit rötlichem Staub bedeckt, und auf seinem rechten Unterarm saß ein Falke mit einer Haube über dem Kopf.

»Dürfen Sie hier sein?«, erwiderte sie. »Ist dies nicht der Eingang zur Zenana?«

Sie blickte in tief liegende, bernsteinbraune Augen und fragte sich, warum er keinen Turban trug. Trugen nicht alle Rajputen einen? Seine dunkle Haut glänzte, und seine dunkelbraunen Haare waren in einer lockeren Welle aus dem Gesicht gekämmt.

»Ich denke, Sie sollten nach dem Lieferanteneingang suchen«, fügte sie hinzu, da sie ihn für einen Händler hielt und wollte, dass er ging. Eigentlich sah er sogar mehr wie ein Zigeuner oder ein fahrender Musikant aus. Ihr lief ein Schweißtropfen aus der Achselhöhle, und nicht nur ihre Hände fühlten sich klebrig an.

In dem Moment kam eine ältere Inderin herein, traditionell bekleidet mit einem langen weiten Rock, einer eleganten Bluse und einem breiten Schal, der bei jeder Bewegung wehte. Das Kolorit aus Zinnoberrot, Smaragdgrün und Himbeerrot mit Gold war eine grelle Mischung, die dennoch schön aussah. Sie verströmte Sandelholzduft und ruhige Gelassenheit, und als sie hinter einer Marmorsäule an einer Schnur zog, leuchtete die Pfauenlampe auf und warf einen blaugrünen Schein auf ihre Hände. Dann ging sie ein paar Schritte auf Eliza zu und verbeugte sich leicht, wobei sie die Handflächen vor der Brust aneinanderlegte. An ihren Fingern steckten etliche mit Edelsteinen besetzte Ringe, und die Nägel waren silbern lackiert.

»Namaskar. Ich heiße Laxmi. Sie sind die Fotografin, Miss ...«

»Eliza Fraser.« Sie neigte den Kopf, unsicher, ob ein Knicks angebracht wäre. Schließlich war diese Frau die ehemalige Maharani und Mutter des Fürsten von Juraipur. Ihre Schönheit und Intelligenz seien legendär, hatte Clifford gesagt, und zusammen mit ihrem verstorbenen Gemahl, dem Maharadscha, habe sie die Sitten ihres Landes modernisiert. Sie trug die Haare geflochten und vom Nacken abwärts in ein Tuch gewickelt, ihre Wangenknochen waren markant, und ihre dunklen Augen funkelten. Sie war tatsächlich so schön, wie behauptet wurde. Eliza wünschte, sie hätte Clifford nach den Benimmregeln gefragt. Er hatte ihr lediglich geraten, sich vor Motten und weißen Ameisen zu hüten, da die einen ihre Kleider, die anderen die Möbel fräßen.

Laxmi wandte sich dem Mann zu. »Und du? Wie ich sehe, hast du den Vogel schon wieder mit hereingebracht.«

Der Angesprochene zuckte mit den Schultern, und das auf eine Art, die ein vertrautes Verhältnis vermuten ließ. »Du meinst Godfrey«, sagte er.

»Das soll ein Name für einen Falken sein?«, erwiderte sie.

Der Mann lachte und zwinkerte Eliza zu. »Mein Altphilologielehrer in Eton hieß so. Er war ein guter Mann.«

»Eton?«, fragte Eliza überrascht.

Laxmi seufzte tief. »Darf ich vorstellen? Mein zweiter und höchst eigensinniger Sohn, Jayant Singh Rathore.«

»Ihr Sohn?«

»Wiederholen Sie stets nur, was man zu Ihnen sagt, Miss Fraser?«, fragte Laxmi mit einem recht schalkhaften Blick.

23

Doch dann lächelte sie. »Sie sind nervös, daher ist das verständlich. Ich bin froh, dass Sie hier sind und unser Leben dokumentieren werden. Die Fotos sind für ein neues Archiv in Delhi bestimmt, wie ich höre.«

Sowie es um ihre Arbeit ging, fand Eliza aus ihrer Befangenheit und antwortete lebhaft: »Ja. Mr. Salter möchte ungezwungene Aufnahmen, die zeigen, wie das Leben wirklich ist. So viele Menschen sind von Indien fasziniert, und ich hoffe, einige Fotografien in guten Fachzeitschriften zu veröffentlichen. In der *Photographic Times* oder im *Photographic Journal*, das wäre wunderbar.«

»Ich verstehe.«

»Es geht um eine vollständige Darstellung des Lebens in einem Fürstenstaat im Jahreslauf. Also freue ich mich auf meinen Aufenthalt. Vielen Dank für die Einladung. Ich verspreche, nicht im Weg zu sein, aber es gibt so vieles, das ich sehen möchte, und das Licht ist fantastisch. Darauf kommt es am meisten an: auf den Kontrast von Licht und Schatten, Sie wissen, das sogenannte Chiaroscuro. Und ich kann hoffentlich ...«

»Ja, ja, gewiss doch. Was meinen Sohn betrifft, werden Sie feststellen, dass er nicht mehr so abschreckend aussieht, wenn er sich erst einmal den Wüstenstaub aus den Kleidern gebürstet hat.« Laxmi lachte. »Geben Sie es zu: Sie dachten, er sei ein Zigeuner, nicht wahr?«

Peinlich berührt wegen ihrer eigenen staubbedeckten Erscheinung, spürte Eliza, dass ihr die Röte ins Gesicht stieg, und fand es auf einmal unangenehm warm.

»Machen Sie sich deswegen keine Gedanken. Jeder denkt das, wenn Jayant tagelang in der Wüste gewesen ist.« Laxmi rümpfte die Nase. »Mit seinen fast dreißig Jahren ist er süchtig nach Gefahr und zieht die Wildnis uns zivilisierten Leuten vor. Da nimmt es einen nicht wunder, dass er noch unverheiratet ist.«

»Mutter«, sagte er mit einem warnenden Unterton. Danach

ging er ans Fenster, zog den Vorhang beiseite und lehnte sich mit einem Ausdruck trägen Desinteresses hinaus.

Laxmis Frustration über ihn äußerte sich im Zittern ihres Kinns, doch sie fasste sich rasch und wandte sich Eliza zu. »Nun, das ist Ihre Ausrüstung?«

»Ein Teil davon. Das Übrige befindet sich noch im Wagen.« Eliza deutete vage in die Richtung, wo sie den Kamelkarren vermutete.

»Ich lasse Ihr Gepäck in Ihre Zimmer bringen. Sie werden hier wohnen, wo wir Sie im Auge behalten können.«

Plötzlich eingeschüchtert, machte Eliza offenbar ein ängstliches Gesicht, denn Laxmi lachte. »Ich scherze nur, meine Liebe. Es steht Ihnen frei, zu kommen und zu gehen, wie es Ihnen beliebt. Wir haben die Wünsche des Residenten bis ins Einzelne erfüllt.«

»Das ist sehr freundlich.«

»Mit Freundlichkeit hat das nichts zu tun. Vielmehr liegt es in unserem eigenen Interesse, der britischen Regierung gefällig zu sein, wenn wir können. Die Beziehungen waren in der Vergangenheit heikel, gebe ich zu, aber ich versuche, meinen Einfluss auf gewisse Interessengruppen innerhalb des Palastes zur Geltung zu bringen. Ihnen steht eine abgedunkelte Werkstatt zur Verfügung, wo Sie auch Zugang zu Wasser haben, und Sie werden feststellen, dass Ihre privaten Räume sehr komfortabel sind und auf einen schönen Hof mit Topfpalmen hinausgehen.«

»Ich danke Ihnen. Mr. Salter sagte mir, er habe mit Ihnen die Vereinbarungen getroffen. Ich habe jedoch ... nun ja, ein kleines Haus für mich allein erwartet.«

»Das wäre überhaupt nicht angemessen. Unser Gästehaus in der Stadt wird ohnehin derzeit renoviert. Und der Hauptgrund ist: Wir mögen in Juraipur die Absonderung der Frauen abgeschafft haben, dennoch halten viele sie nach wie vor für richtig. Wir können Sie nicht allein in der Wildnis umherziehen lassen.«

»Ich käme ganz bestimmt zurecht«, erwiderte Eliza, obwohl sie sich dessen gar nicht sicher war.

»Nein, meine Liebe. Die Briten denken, es sei allein ihre Leistung, uns Frauen an die Öffentlichkeit zu bringen, doch um ganz offen zu sein, ich habe für die Purdah-Regeln von jeher nur Lippenbekenntnisse abgelegt. Mein Gemahl hat sich nach dem Tod seiner Mutter bereitwillig meiner Bitte gefügt, sie abzuschaffen. Den meisten Männern gefällt es, Frauen zu unterdrücken und zu ignorieren. Zum Glück hatte ich solch einen Mann nicht.«

»Wie werde ich mich außerhalb des Palastes bewegen?«

»Immer in Begleitung natürlich. Und das bringt mich zu Ihrer ersten Aufgabe. Da der Monat Kartik schon weit fortgeschritten ist, hat Jayant freundlicherweise angeboten, Sie bei einer Fahrt zum Chandrabhaga-Markt zu begleiten. Übermorgen. Sie werden auch Diener bei sich haben. Mein Sohn wird sich gewiss freuen, Englisch sprechen zu können, und Ihnen wird der Markt gefallen. Soweit ich weiß, gibt es dort Kamele in vielen Farben und interessante Gesichter zu sehen. Und morgen werden Sie Mr. Salter zu einem Polospiel begleiten.«

Eliza wurde allmählich ärgerlich. Sie war nicht erpicht auf ein Polospiel oder einen Kamelmarkt. Sie wollte sich in ihrer neuen Umgebung einrichten und Fuß fassen, anstatt sofort woandershin zu fahren, noch dazu in Begleitung des Prinzen, falls er wirklich einer war. Sie wollte lächeln, doch das misslang. »Ich hatte gehofft, zunächst mehr vom Palast zu sehen«, entgegnete sie. Dabei fiel ihr auf, dass der Prinz sie neugierig betrachtete.

»Mutter, mir scheint, du hast deinen Meister gefunden«, sagte er.

Dabei glaubte Eliza einen neuen Unterton bei ihm zu hören. Machte er sich etwa über sie lustig? Oder über seine Mutter?

Laxmi prustete auf eine sehr damenhafte Art. Offenbar sah sie, was ihr Sohn unterstellte, als höchst unwahrscheinlich an.

»Sie werden noch reichlich Zeit haben, sich den Palast anzusehen. Den Markt dürfen Sie nicht auslassen. Sie werden einiges von der Landschaft sehen und dort auch Indira kennenlernen. Ich lasse Kiri holen, Ihre Dienerin, damit sie Sie zu Ihrem Quartier bringt.«

»Du hast Indira erlaubt vorauszufahren? Wer weiß, was sie wieder anstellt!«

»Ich habe ihr einen verlässlichen Mann und eine Dienerin mitgegeben. Auf jeden Fall versteht sie etwas von Kamelen.«

Die Sonne war ein Stück weitergezogen und warf nun lange Strahlen über den Fußboden. Laxmi hatte sich offen und liebenswürdig gezeigt, doch Eliza spürte, dass man sich besser nicht mit ihr anlegte. Als die ältere Dame hoheitsvoll hinausging, machte ihr Sohn eine formelle Verbeugung. Eliza nahm die Gelegenheit wahr, ihn zu betrachten, besonders sein markantes Gesicht, das wie das seiner Mutter von ausgeprägten Wangenknochen beherrscht wurde, aber sehr maskulin war, ebenso die hohe Stirn, die weit auseinanderstehenden bernsteinbraunen Augen und den Oberlippenbart. Als er streng zu ihr herübersah, senkte sie den Blick.

»Wir haben Sie nicht eingeladen«, sagte er ganz ruhig. »Wir befolgen die Anordnung, Sie in den Palast zu lassen und überallhin zu begleiten. Wir bekommen viele solcher Anordnungen von den Briten.«

»Von Clifford Salter?«

»So ist es.«

»Und Sie kommen ihnen stets nach?«

»Ich …« Er stockte, dann wechselte er das Thema, doch sie glaubte, ihm habe zu dem vorigen noch etwas auf der Zunge gelegen. »Meine Mutter möchte ein schokoladenbraunes Kamel.«

»Es gibt schokoladenbraune Kamele?«

»Hauptsächlich auf dem Chandrabhaga-Markt. Es wird Ihnen gefallen. Wenige Briten fahren dorthin. Und mit Ihren kamelfarbenen Haaren werden Sie gut dazupassen.«

Er lächelte, doch sie versteifte sich und strich sich über das Haar. »Ich bezeichne meine Haare lieber als honigfarben.«

»Nun, wir sind in Rajputana.«

»Und diese Indira, darf ich fragen, wer sie ist?«

»Die Antwort ist nicht leicht ... gerade einmal neunzehn Jahre alt und tut stets, was sie will. Sie werden sie sehr fotogen finden.«

»Ihre Schwester?«

Er drehte sich zum Fenster, um hinauszuschauen. »Wir sind nicht verwandt. Sie ist eine sehr begabte Miniaturmalerin. Eine Künstlerin. Sie lebt im Palast unter dem Schutz meiner Mutter.«

Durch das Fenster hörte man Kinder lachen und kreischen.

»Meine Nichten«, sagte er und winkte ihnen, bevor er sich wieder zu Eliza umdrehte. »Ich habe drei davon, aber keine Neffen, zur ewigen Schande meines Bruders.«

Eine junge Frau kam herein und bedeutete Eliza, ihr zu folgen. Eliza nahm ihre Tasche. Sie war verärgert. Wie konnte er so etwas zu ihr sagen? Hielt er es wirklich für eine Schande, nur Töchter zu haben?

»Lassen Sie die Tasche stehen. Man wird sie Ihnen bringen.«

»Auch wenn ich nur eine Frau bin, trage ich sie doch lieber selbst.«

Er neigte den Kopf. »Wie Sie wünschen. Seien Sie übermorgen um sechs Uhr zum Aufbruch bereit. Das ist hoffentlich nicht zu früh für Sie?«

»Selbstverständlich nicht.«

Er musterte sie von oben bis unten. »Haben Sie auch Frauenkleider?«

»Falls Sie Röcke meinen, ja, aber beim Arbeiten haben sich Hosen als praktischer erwiesen.«

»Nun, es wird mir eine Freude sein, Sie näher kennenzulernen, Miss Fraser.«

Sein nachsichtiges Lächeln irritierte sie unnötig stark. Wer war dieser arrogante Mann, dass er sich ein Urteil erlaubte? Zweifellos war er träge, verwöhnt und lebte ziellos in den Tag hinein wie alle indischen Adligen. Und je mehr sie darüber nachdachte, desto gereizter wurde sie.

Am nächsten Tag wachte sie früh auf. Durch die dünnen Vorhänge schien grell die Sonne. Eliza musste die Augen beschirmen, als sie aus dem Bett sprang und zum Fenster ging, um hinauszusehen. Ihr war, als strömte trotz all der Jahre in England etwas von diesem orientalischen Land durch ihre Adern, als wäre sie ihm tief im Innern verbunden geblieben. Schon der Geruch der Erde rührte an ferne Erinnerungen, und während der Nacht war Eliza mehrmals mit dem Gefühl aufgewacht, als riefe etwas nach ihr. In der Luft hing der Geruch von Wüstensand, und sie atmete die Morgenkühle ein, beschwingt und zugleich unruhig.

Wie versprochen ging ihr Zimmer auf einen begrünten Innenhof hinaus. Sie lächelte über die Affen, die von Baum zu Baum sprangen und auf den Schaukeln spielten, den größten, die sie je gesehen hatte. Da der Palast, der nur ein Teil der gigantischen Festung war, hoch auf dem schroffen Sandsteinfelsen über der goldenen Stadt lag, war die Aussicht über die flachen Dächer atemberaubend. Eliza strahlte vor Entzücken. Kleine würfelförmige Häuser standen dicht an dicht und leuchteten in einem dunklen Ockerton. Mit zunehmender Entfernung verblassten sie in einer fein gestuften Farbpalette von Rotgold bis zu zartestem Gelb, bis sie mit dem hellgrauen Horizont verschwammen, wo die Stadt an die Wüste grenzte. Vereinzelt reckten sich staubige Bäume dem Licht entgegen, und über der Stadt stiegen große Vogelschwärme kreisend auf, um sich kurz darauf erneut irgendwo niederzulassen.

Es war jetzt kühl. Bis zum Nachmittag aber würde die Temperatur auf vierundzwanzig Grad und höher steigen, und regnen würde es höchstwahrscheinlich nicht. Eliza überlegte, was man wohl zu einem Polospiel anzog, und entschied sich für eine langärmlige Bluse und einen schweren Gabardinerock. Schon wochenlang bevor sie das Schiff nach Indien bestiegen hatte, hatte die Frage sie beschäftigt, welche Kleidung sie einpacken sollte. Ihre Mutter war ihr dabei keine Hilfe und erinnerte sich offenbar nur an die Abendkleider, die sie damals getragen hatte, bevor ihr Mann dem Attentat zum Opfer gefallen war. Eliza wusste kaum noch etwas aus jener Zeit, aber selbst jetzt spürte sie einen Kloß im Hals, wenn sie an ihren Vater dachte.

Das Leben in England war nicht leicht gewesen, und später, nach dem Tod ihres Mannes Oliver, war Eliza wieder zu ihrer Mutter gezogen, wo sie immer wieder unter dem Bett oder der Spüle auf einen geheimen Gin-Vorrat gestoßen war. Anna leugnete das unentwegt und konnte sich mitunter nicht einmal an ihre Alkoholexzesse erinnern. Am Ende gab Eliza die Hoffnung auf. Dass sie Clifford Salter kannten, war eine glückliche Fügung, und mit ihrer Reise nach Indien wollte Eliza nach vorn blicken. Dennoch stand sie jetzt hier und blickte zurück, und ihre Gedanken galten nicht nur ihrer Mutter.

Sie betrachtete ihr Zimmer. Es war groß und luftig, das Bett hinter einem Wandschirm verborgen. Ein leicht erhöhter Teil, der mit einem großen Lehnstuhl und einem bequem wirkenden Sofa ausgestattet war, diente als Wohnbereich. Daran grenzte, durch einen Mauerbogen getrennt, ein kleiner Speiseraum. Von Motten oder Ameisen war nirgends eine Spur. Ein zweiter hübscher Mauerbogen in der Wand gegenüber dem Himmelbett führte in ein großzügiges Bad. Die Tür zu ihrer Dunkelkammer befand sich außerhalb des Zimmers in dem dämmrigen Korridor. Eliza war froh, dass man ihrer Bitte entsprochen hatte und sie allein über den Schlüssel verfügen durfte.

Während sie ihre Kleidung herauslegte, dachte sie an ihre gestrige Ankunft bei läutenden Tempelglocken und einem strahlenden Sonnenuntergang, der den Himmel rot gefärbt hatte. Zwei kreischende und kichernde Mädchen auf Rollschuhen hatten sie beinahe umgefahren und sich auf Hindi entschuldigt. Eliza freute sich, weil sie sie einigermaßen verstand, und war ihrer alten Kinderfrau dankbar, von der sie die Sprache damals erlernt hatte. Auch die Unterrichtsstunden, in denen sie ihre Kenntnisse kürzlich aufgefrischt hatte, erwiesen sich als hilfreich.

Kurz nach Einbruch der Dunkelheit brachte ihr ein Diener in weißer Livree und mit rotem Turban auf einem Silbertablett Schüsseln mit Reis, Früchten und Dhal, einem Gericht aus Hülsenfrüchten, und nach dem Auspacken ging Eliza früh zu Bett. Wäre es nicht ungewöhnlich laut gewesen, wäre sie sofort eingeschlafen, müde von der Schiffsreise und der Fahrt nach Delhi, auf die eine weitere Tagesreise nach Jurapur gefolgt war. Aber ein vielfältiger Lärm drang von draußen in ihr Zimmer. Musik, Gelächter, zwitschernde Vögel, quakende Frösche, spielende Kinder, die endlos lange aufbleiben durften, und die schreienden Pfauen, die sich fast wie jaulende Katzen anhörten, störten immer wieder ihren Schlaf.

Lange lag sie wach, hilflos im Hochgefühl einer indischen Nacht, hörte die Trommeln, die Rohrflöten, roch den Rauch in der Luft. Vor allem aber spürte sie das Leben, das trotz Armut und feindseliger Wüstenlandschaft von den Menschen voll ausgekostet wurde.

Dabei dachte Eliza immer wieder an ihren Vater und ihren Ehemann. Würde sie sich jemals verzeihen können, was passiert war? Sie würde es müssen, wenn sie aus dieser einmaligen Gelegenheit das Beste machen wollte. Denn keinesfalls wollte sie kleinlaut zu ihrer Mutter zurückkehren müssen. Zumal sie in sich gerade etwas wiederentdeckte, das sie damals bei der Abreise nach England verloren hatte.

2

Draußen war es heiß, und Eliza fühlte sich bald zu warm angezogen und verschwitzt. Das war ein Tag für Musselinkleider, nicht für schweres Leinen, wenngleich Clifford einen Leinenanzug mit Kragen und Krawatte trug. Die Veranstaltung war kleiner als erwartet, mehr eine Gartenparty als etwas anderes. Die Unterstützer beider Seiten fanden sich ein – einige saßen bereits verstreut auf Stühlen –, und man spürte deutlich ihre Vorfreude. Eliza war noch nie bei einem Polospiel gewesen, und das von Bäumen und einem Eisenzaun umgebene Gelände mit den Bergen im Hintergrund kam ihr idyllisch vor.

»Wenigstens ist es hier trocken«, sagte Clifford. »Ganz anders als in England, wo morastiger Rasen das Spiel behindert.«

Die britische Mannschaft bestand aus Offizieren der 15th Lancers, wie Clifford erzählte. Offenbar hatten sie eine Schar lautstarker Anhänger mitgebracht, von denen viele bereits betrunken wirkten. Auch Offiziere anderer Regimenter waren gekommen, jeder mit seinem Diener, und auch einige voll ausgerüstete Ersatzspieler, für den Fall, dass sie gebraucht wurden.

Eliza wartete neben Clifford und beobachtete die Leute. Gleich hinter der Hauptgruppe britischer Unterstützer standen Arm in Arm ein Mann und eine hochgewachsene Frau, die gerade herüberschaute und lächelte. Als Clifford sie bemerkte, flüsterte er, das sei Dottie Hopkins, die Frau des Arztes. »Du wirst sie beide später kennenlernen«, fügte er hinzu. »Sie sind gute Leute.«

Die Frau wirkte freundlich, und Eliza freute sich darauf,

dem Paar vorgestellt zu werden. In der anderen Richtung sammelte sich eine große, lärmende Gruppe indischer Zuschauer, begleitet von einem Schwarm Diener in förmlicher Kleidung. Eliza beobachtete sie und konnte kaum wegsehen.

»Obwohl Polo als das Spiel der Könige gilt, nimmt Fürst Anish selten daran teil«, bemerkte Clifford. »Prinz Jayant lässt sich dagegen häufig sehen. Er ist ein exzellenter Reiter und ein großartiger Mannschaftsspieler. Wenn er heute mitspielt, wird es für uns schwierig zu gewinnen.«

»Finden oft Polospiele statt?«

»Die großen im Rahmen regelmäßiger Wettkämpfe, aber dieses ist nur ein kleines Freundschaftsspiel zur Unterhaltung. Jaipur hat den besten Ruf, weißt du? Hat dieses Jahr die indische Meisterschaft gewonnen. Doch Juraipur liegt in der Tabelle schon dicht hinter ihnen.«

»Das ist prima.«

»Und wir streben weiterhin den Sieg an. Für unser Land, wie man so schön sagt.«

Kurz darauf kamen die Spieler elegant und stolz aufs Feld gelaufen. Dann führten die Pferdepfleger die Ponys heran, und die Zuschauer klatschten. Clifford erklärte rasch, dass das keine echten Ponys, sondern Vollblüter seien.

»Das ist ein furchtbar kostspieliger Sport. Die Pferde verschlingen Tausende von Pfund.«

Die Spieler, die alle ungeheuer kraftvoll wirkten, saßen auf, und gerade als Eliza unter ihnen Prinz Jayant entdeckte, schwang er sich in den Sattel eines herrlichen Rappen. Nun stieg Stimmenlärm von der hocherfreuten Menge auf, gefolgt von anhaltendem Jubel und Pfeifen der indischen Unterstützer.

Clifford rückte näher an Eliza heran. »Er zieht immer Zuschauer an. Und sein Pony hat ein großartiges Temperament. Der Spieler muss sich auf sein Tier verlassen können, es muss starke Nerven haben. Siehst du die beiden Burschen dort drüben?«

Eliza schaute in die Richtung, in die Clifford zeigte.

»Die Schiedsrichter. Es gibt auch einen Oberschiedsrichter, der entscheidet, falls die beiden differieren. Im Polo wird Fairness großgeschrieben.«

So weit war das sehr unterhaltsam, und Eliza freute sich, im Freien zu sein und etwas Neues zu erleben. Die Unlust, die sie am Vortag noch empfunden hatte, war verschwunden. Die beiden Mannschaften stellten sich mit dem Schläger in der Hand einander gegenüber in einer Reihe auf, und mit dem Einwurf des Balles begann das Spiel. Während die Spieler hin und her galoppierten und von dem harten Boden Staub aufwirbelte, entwickelte sich eine gespannte Atmosphäre. Nach kurzer Zeit fiel das Pony des Prinzen durch eigenwilliges Verhalten auf.

»Soll das so sein?«, fragte sie.

Clifford runzelte die Stirn. »Es wirkt tatsächlich ein wenig ausgelassen.«

Sie sah weiter den Spielern und ihren Ponys zu, und dann, als sie zu den indischen Zuschauern hinüberblickte, bemerkte sie zwei förmlich gekleidete, Säbel tragende Männer, die erwartungsvoll vorgetreten waren. Eliza hielt den Atem an, doch es passierte nichts, und das Spiel ging weiter. Fasziniert schaute sie zu und hörte kaum hin, als Clifford ihr die Poloregeln und deren Begriffe erklärte.

Erst einige Minuten später wurde offensichtlich, dass mit dem Pferd des Prinzen etwas nicht in Ordnung war.

»Mein Gott!«, rief Clifford aus, als es hin und her tänzelte und dann sogar buckelte.

Eliza beobachtete Jayants Mienenspiel, der zunächst verärgert, dann verwundert und ratlos wirkte. Als sein Sattel zur Seite rutschte, ging ein Raunen durchs Publikum, dann wurden erstaunte Rufe laut. Zwei Augenblicke später lag Jayant am Boden, und sein Pferd ging durch. Die übrigen Spieler standen völlig still, und jeder beobachtete erschrocken, wie zwei Pferdepfleger hinter dem panischen Pony herrannten.

Eliza hielt den Atem an und packte Cliffords Arm, denn es rannte in die Menge der indischen Zuschauer hinein. Die schrien auf und rissen entsetzt die Arme hoch oder flüchteten. Plötzlich gellte ein Schrei, und eine Frau fiel rücklings gegen den Zaun. Das Pferd trat immer wieder aus, während die Leute rannten, um den Hufen auszuweichen. Die getroffene Frau lag jedoch reglos am Boden.

Eliza sah den Arzt, auf den Clifford sie vorhin aufmerksam gemacht hatte, zu ihr laufen. Er beugte sich über sie und ging neben ihr in die Hocke.

Nachdem das panische Pony eingefangen und beruhigt worden war, kamen zwei Männer mit einer Trage und brachten die Frau in Begleitung des Arztes weg. Der Prinz war inzwischen aufgestanden und klopfte sich Jacke und Hose ab. Er war offenbar unverletzt, aber leichenblass und verließ schließlich das Spielfeld zusammen mit seinem Pferd. Die beiden Säbel tragenden Männer folgten ihm. Seine Leibwächter, begriff Eliza.

Als Fotografin war sie darin geübt, die Details einer Szene wahrzunehmen, und so fiel ihr ein Inder auf – vermutlich ein Stallbursche –, der sich von den Ställen entfernte. Er schien sich geradezu fortzustehlen und ging im Rücken der indischen Zuschauer zu einem Mann. Dieser war groß und von majestätischer Haltung. Er klopfte dem Stallburschen breit lächelnd auf den Rücken. Das kam ihr sonderbar vor, nachdem doch der indische Prinz gerade vom Pferd gestürzt war. Außerdem sah sie zwei Anhänger der britischen Mannschaft, die einander zuzwinkerten, obwohl die angespannte Atmosphäre noch anhielt.

»Solche Idioten! Da gibt es überhaupt nichts zu lachen«, empörte sie sich. »Die Frau hätte dabei sterben können.«

»Ich werde bald von Hopkins hören, wie es ihr geht«, sagte Clifford.

Inzwischen plauderten die Briten weiter; sie waren nicht annähernd so bestürzt, wie es angemessen gewesen wäre, und keiner von ihnen machte Anstalten, sich zu verabschieden. Nur die Unterstützer der indischen Mannschaft schüttelten noch den Kopf und raunten, einige kehrten dem Spielfeld den Rücken und gingen davon.

»Also wird das Spiel abgebrochen?«, fragte Eliza.

»Nein«, sagte Clifford. »Schau. Da kommt schon ein Ersatzspieler. Im Falle einer Verletzung ist das erlaubt.«

»Wirklich? Ist das nicht ziemlich gefühllos?«

»Das Leben geht weiter, Eliza.«

Als sie sich umsah, stellte sie fest, dass sich die Aufregung gelegt hatte. Eliza hoffte, die Frau würde überleben.

»Aber das war durchaus merkwürdig«, meinte Clifford. »Sehr sonderbar. So etwas habe ich noch nicht erlebt. Da der Prinz ausgeschieden ist, werden wir aber wohl gewinnen. Das ist doch erfreulich. Ich bezweifle, dass er nach dem Vorfall ein anderes Pony reiten wird.«

3

Am folgenden Tag verließen Eliza und Jayant Singh die Marmorhallen und gingen hinaus in die Höfe aus rosa Sandstein, der in der frühen Morgensonne leuchtete, und weiter durch mehrere Pavillons in einen duftenden Garten, wo ein erfrischender Wind wehte. Obwohl Eliza mit den Gedanken noch bei dem Polospiel war, bewirkte die Herrlichkeit ihrer Umgebung, dass sie sich aufrechter hielt, den Hals reckte und einen stolzen Gang annahm. Als sie sich den Schal über den Kopf warf, bauschte er sich im Wind. Bei dieser einfachen weiblichen Handlung fühlte sie sich, als wäre sie soeben in die bestickten Schuhe einer Maharani getreten.

»Die Mauern sehen aus wie aus Holz geschnitzt«, bemerkte sie, als sie in einen geometrisch angelegten Garten gelangten. Dort stolzierten die Übeltäter der vergangenen Nacht umher. Die Pfauen! Sie lachte, weil einer von der Mauerkrone abhob und auf den Boden plumpste. Wer hätte gedacht, dass ein schönes Geschöpf so ungraziös sein konnte?

»Dieser Garten wurde im achtzehnten Jahrhundert angelegt«, erklärte der Prinz und deutete mit ausholender Armbewegung auf Rosenbüsche, Zypressen, Palmen und Orangenbäume.

Sie verließen den Palast über eine Rampe, die durch sieben Torbögen führte. In einem davon entdeckte Eliza fünf Reihen Handskulpturen an der Wand.

»Die sind aus den Handabdrücken der Sati entstanden«, erzählte Jayant völlig unbekümmert. »Auf dem Weg zu ihrer Verbrennung tauchten die Witwen die Hände in rotes Pulver und drückten sie gegen die Wand, um ihrer Hingabe Ausdruck zu verleihen. Später wurden sie zu Halbplastiken gemeißelt.«

Eliza stieß erschrocken den Atem aus. »Das ist entsetzlich.«

»1829 wurde das in Britisch-Indien verboten, danach auch in den Fürstenstaaten, und 1861 wurde es von Königin Viktoria für ganz Indien unter Strafe gestellt. Aber dennoch ...«

Sie wusste bereits von der rituellen Selbstverbrennung der Witwen in den Fürstenhäusern und auch unter den einfachen Frauen, aber ihr wurde übel, wenn sie daran dachte. Konnten sie wirklich geglaubt haben, das sei ein ehrenvoller Tod? Das Denken dieser Frauen war ihr unbegreiflich.

Sie schaute auf die sandigen Gassen der mittelalterlichen Stadt, in der alle Arten von Handwerkern dicht an dicht lebten, und dachte an den Moment zurück, als sie die immensen Mauern mit den Bastionen und Türmen zum ersten Mal gesehen hatte. Eliza blickte zur Festung hinauf. Unbezwingbar erhob sie sich auf einem schroffen Berg, aus demselben Stein wie dieser erbaut. Wie viele Frauen mochten in diesen Mauern schon den Feuertod gestorben sein?

Sie stiegen in das Auto, und nach einer Weile, als sie die Stadt hinter sich gelassen hatten, schaute Eliza über die Wüste, wo der Wind den sengend heißen Sand durch die Luft wehte. Kilometerweit zog sich die Straße durch eine sonnengebleichte Landschaft mit vereinzelten Akazien und Dornbüschen. Ganz selten sah man einen Flecken üppiges Grün. Das war eine einsame Gegend, und Jayant Singh war schweigsam und konzentrierte sich auf das Fahren, da die Straße nur schwer zu erkennen war. Eliza entschuldigte sein Schweigen. Ein Mann, der geistig und körperlich so viel Raum beanspruchte, war jedoch niemand, den man so ganz ignorieren konnte. Sie spürte etwas Unbändiges in ihm, das sie beunruhigte. Angespannt, wie sie war, versuchte sie, Konversation zu machen. Angesichts seiner einsilbigen Antworten beschloss sie schließlich zu schweigen, gab sich den Sinneseindrücken hin und ließ ihrer Fantasie freien Lauf. Gerade als sie in einen neuen Tagtraum mit Palastgärten und schaukelnden Affen hineinglitt und das Gesicht ihres Vaters darin erschien, entschloss Jayant sich zu einer Unterhaltung.

»An meinem Sattel hatte sich jemand zu schaffen gemacht.« Beim warmen, rauchigen Klang seiner Stimme schreckte Eliza hoch. »Ich habe Sie gestern beim Polospiel gesehen. Sicher fragen Sie sich, was den Vorfall herbeigeführt hat.«

»Es tat mir leid, dass Sie ausscheiden mussten. Woher wissen Sie das mit dem Sattel?«

»Ein Riemen war gerissen. Am Tag zuvor hatte ich ihn geprüft, bin aber vor dem Spiel zu spät gekommen und konnte das nicht mehr wiederholen. Der Sattelgurtriemen ist das heikelste Teil beim Sattelzeug. Ich hätte noch einmal nachsehen sollen.«

»Und deswegen hat das Pferd gebuckelt?«

»Nein, das lag an den Akaziendornen, die jemand unter den Sattel gelegt hatte.«

»Oh Gott! Dann war es also Sabotage.« Sie dachte an die beiden Inder, die ihr verschlagen vorgekommen waren. »Sie hätten sich den Hals brechen können.«

Er lächelte. »Allenfalls einen Arm, aber wie Sie sehen, bin ich unverletzt. Mein Pferd hätte es allerdings das Leben kosten können. Darüber kann ich nicht hinwegsehen, und was die arme Frau betrifft ...«

»Wie geht es ihr?«

»Sie hat eine Gehirnerschütterung, soweit ich weiß. Zum Glück nichts Schlimmeres.«

»Das macht mich wirklich wütend. Empörend, dass das jemand mit Absicht getan hat.«

Er senkte die Stimme. »Kindisch ist das. Mein Pferd ist eine Schönheit, ausdauernd, wendig und schnell. Es liegt mir am Herzen, und den Zuschauern hätte wer weiß was passieren können. Das rückt den Polosport in ein schlechtes Licht.«

»Was können Sie deswegen unternehmen?«

»Ich habe mich bei Mr. Salter und den Veranstaltern beschwert. Leider können wir nicht beweisen, wer das getan hat. Ich habe einen Verdacht, doch die gegnerische Mannschaft war bunt zusammengewürfelt und ist inzwischen abgereist.«

Eliza behielt für sich, was sie beobachtet hatte. Nachdem der Prinz bei dem Vorfall recht aufgebracht gewirkt hatte, schien er jetzt relativ gelassen zu sein.

»Welches Interesse haben Sie an uns, Miss Fraser?«

»Das wissen Sie. Ich habe einen Auftrag angenommen.«

»Sonderbar, dass Mr. Salter eine unbekannte Frau engagiert hat.«

Eliza reagierte ungehalten. »Ich bin nicht gänzlich unbekannt.«

Es folgte ein kurzes Schweigen, während sie innerlich schäumte.

»Wir werden mehrere Tage unterwegs sein«, sagte er sorglos.

»Nun, ich wünschte, das hätten Sie mir vorher mitgeteilt. Ich habe nur eine Garnitur zum Wechseln dabei.«

»Ich auch.«

»Waschen Sie sich etwa nicht?«

Er lachte schallend. »Bekäme ich nur jedes Mal ein Pfund, wenn mich das ein Europäer fragt! Heute übernachten wir im Zelt und morgen auch. Also nein.«

»So habe ich das nicht gemeint.« Sie war überzeugt, dass er sie richtig verstanden hatte, ließ es aber dabei bewenden. »Wo zelten wir?«

»In der Wüste. Aber keine Sorge, Sie werden nicht allein schlafen. Eine Dienerin wird bei Ihnen sein. Sie und andere folgen uns mit etwas Abstand.«

»Und die Zelte?«

»Alles ist vorbereitet. Ich habe Männer vorausgeschickt, die sie aufbauen. Der Chandrabhaga-Markt findet jedes Jahr im Monat Kartik statt. Dies ist eine von den Briten weitgehend unerforschte Gegend. Deshalb meinte meine Mutter, Sie sollten sie sehen.«

»Wie steht es mit Benzin für den Wagen?«

Er nahm eine Hand vom Lenkrad und deutete in die freie Natur. »Gibt es ab und zu. Da halten wir an. Alles ist arrangiert.«

»Fahren Sie oft so weit wegen Ihrer Kamele?«

»Nein, die kaufen wir in Pushkar oder Nagaur.«

»Also?«

»Ich habe etwas zu erledigen. Während des Marktes versammeln sich Pilger am Ufer des heiligen Chandrabhaga. Sie werden außerdem Festungen, Paläste, wilde Tiere und einen friedlichen See zu sehen bekommen, wo ein Sommerpalast steht, den uns ein Cousin hinterlassen hat. Dort werden wir schließlich bleiben. Sie werden sicher auch die alte Stadt der Tempelglocken besichtigen wollen.«

»Ich bin keine Touristin, ich möchte die Menschen fotografieren«, erwiderte sie gereizt. »Und genau darum hat der Vizekönig schließlich gebeten. Keine Amateurfotos. Wir bauen in Neu-Delhi ein Archiv auf. Laut Clifford geht es darum, das Leben in den Fürstenstaaten mit dem Leben in Britisch-Indien zu vergleichen.«

»Zu unserem Nachteil zweifellos.«

»Überhaupt nicht«, widersprach sie heftig. »Wie auch immer, ich hoffe, meine Fotos in einer Ausstellung zu zeigen, wenn ich einen Förderer finde.«

»Nun, seien Sie vorsichtig. Chatur wird Sie bestimmt für eine Spionin halten.« Er lachte. »Sind Sie eine?«

»Natürlich nicht. Und wer ist überhaupt Chatur?«

»Unser Dewan, der oberste Hofbeamte. Er kümmert sich um alles.«

Sie schwieg.

»Händler aus fernen Teilen von Rajputana, Madhya Pradesh und Maharashtra kommen zu dem Markt. Da werden Sie allerhand Menschen fotografieren können.«

»Und Indira?«

»Ja, die auch.«

»Möchten Sie mir von ihr erzählen?«

»Am besten, Sie lernen sie selbst kennen. Übrigens nehme ich zurück, was ich über Ihre Haare gesagt habe. In der Sonne sind sie rötlich oder golden, nicht kamelfarben.«

»Honigfarben«, murmelte sie, musste aber lächeln.

Sie fuhren an einigen Siedlungen mit einem Brunnen vorbei und ab und zu an kleinen Dörfern, wo Mais, Linsen und Hirse angebaut wurden. Als sie grasende Ziegen-, Schaf- und sogar Kamelherden sahen, deutete der Prinz nach draußen.

»Wo diese Gräser wachsen, Khimp und Akaro, gibt es tief im Boden Wasser. Manchmal große Reservoirs. Es kann jedoch über dreihundert Fuß tief liegen.«

»Brunnen zu bohren ist sicher kostspielig, nehme ich an.«

Er nickte. »Manche Frauen laufen jeden Tag kilometerweit zu den großen Wasserspeichern. Das Thema Wasser interessiert mich. Wir sind abhängig vom Monsunregen, der die Vorratsbehälter füllt, und dieses Jahr hat es wenig geregnet, voriges Jahr auch. Das Leben ist mitunter hart. Man kann eine Wüste nicht erobern, man kann nur sein Möglichstes tun, um sie zu schützen.«

»Ich brauche Wasser, um meine Fotografien zu entwickeln.«

»Und das könnte Ihre Pläne vereiteln.«

Am Abend saßen Eliza und der Prinz im Schneidersitz am Lagerfeuer zwischen würdevollen Männern mit bunt gemustertem Turban. Es war kühl, die Luft angenehm. Ein leichter Wind trug den Geruch von Wüstensand heran, und aus dem Topf über dem Feuer duftete es nach Gewürzen. Eliza war überrascht, dass sie so bereitwillig akzeptiert wurde, erkannte dann aber, dass sie das nur Jayant verdankte. Als er ihr ein großes Glas Milch anbot, fiel ihr auf, wie seine Haut im Feuerschein glänzte.

»Kamelmilch«, sagte er. »Sehr nahrhaft und erfrischend. Kosten Sie.«

Sie trank und stimmte ihm zu, dass sie guttat.

»Aber trinken Sie niemals Asha.«

»Was ist das?«

Er lachte. »Ein starkes Getränk. Das haut Sie um. Ich spreche aus Erfahrung.«

Einer der Männer begann zu trommeln, ein anderer schlug leise Gebetsglöckchen an, und als Rauch aufstieg, war Eliza wie berauscht von der Zeitlosigkeit der Szene. Das Dienstmädchen saß neben ihr und würde auch bei ihr im Zelt schlafen. Dadurch fühlte sich Eliza nicht bedroht, obwohl sie ein bisschen nervös war, weil sie mit so vielen Männern in der Wildnis übernachtete.

Am nächsten Tag, nach einer überraschend kühlen Nacht auf einem traditionellen Charpai, erwachte Eliza in der grauen Dämmerung vom Klang von Stimmen. Sie reckte sich und wollte den Augenblick noch ein wenig genießen, aber die Gerüche des Frühstücks waren verlockend, und sie hatte einen Bärenhunger. Außerdem war auch das Mädchen schon aufgestanden. Daher warf Eliza die Decke zurück, und ohne einen Gedanken ans Waschen zu verschwenden, verließ sie das Zelt. In den wenigen Momenten hatte sich das Licht bereits verändert. Ein außerordentlich schöner Morgen empfing sie. Am Horizont färbte sich der Himmel rotviolett und ging nach oben hin in ein blasses Pfirsichgelb über. Nirgends war eine Wolke zu sehen. Das zarte Licht warf einen sanften Schein über das flache Land, das sich scheinbar endlos erstreckte. In einiger Entfernung entdeckte Eliza einen provisorischen Stall, gebaut aus Holzpfählen und einer Zeltplane, die Schatten spenden sollte, und eine Herde Ziegen, die von den spärlichen Büschen fraßen. Das Nomadenleben musste sehr einsam sein, auch wenn es vielleicht manche Entschädigung bereithielt.

Eliza war angenehm überrascht, von einem lächelnden Prinzen begrüßt zu werden. Sein stolzes Gesicht sah weicher als gewöhnlich aus. Es war aber nicht nur das. Er wirkte insgesamt anders als bisher, und sie erkannte, dass dieser neue, entspannte Mann bei einem Leben unter freiem Himmel in seinem Element war. Jayant trug eine dunkle europäische Hose und darüber ein dunkelgrünes Oberhemd mit offenem

Kragen. Sie nahm sich vor, ihn später zu fragen, ob sie ihn fotografieren dürfe.

Während einer sättigenden Mahlzeit aus Hülsenfrüchten und Reis, die einer der Männer über dem Feuer zubereitet hatte, lachte er und scherzte mit den anderen. Er verzichtete auf Förmlichkeit und war offensichtlich gutgelitten. Eliza bemerkte seine Lachfältchen und dachte, dass die nachgewachsenen Bartstoppeln ihn zugänglicher erscheinen ließen.

»Zelten Sie häufig?«, fragte sie.

»So oft es geht. Das ist meine Rettung, wissen Sie?«

»Sie brauchen Rettung?«

»Brauchen wir die nicht alle?«

Ihr wurde deutlich, wie sehr er damit recht hatte, doch auch, wie anders er heute war. »Sie sind gar nicht förmlich, obwohl ich das Gegenteil erwartet habe. Aber Sie sind kein gewöhnlicher Prinz, nicht wahr?«

Er neigte den Kopf zur Seite. »Vielleicht nicht, doch man vergisst nie so ganz, woher man kommt.«

»Das ist leider wahr.«

»Sie sollten Udaipur zu Beginn der Regenzeit erleben, denke ich. Da sieht man am besten, wie die dunklen Wolken aufziehen. Sie ist die Stadt der Seen.«

»Ich hörte davon.«

»Vielleicht begleite ich Sie dorthin«, sagte er. »Das ist eine der schönsten Stätten Rajputanas.«

Als sie die Vorberge des bewaldeten Aravelligebirges erreichten, schaute Eliza besorgt zu den frei laufenden Nilgauantilopen.

Er lachte. »Keine Angst, Miss Fraser. Die kommen nicht in unsere Nähe. Sie sind längst an Karawanen und Menschen gewöhnt. Die ziehen seit dem Altertum hier entlang. Die Straße gehört zu einer alten Handelsroute, die die Wüste durchquerte und über die Güter aus fernen Ländern hergebracht wurden. Wir haben dafür Sandelholz, Kupfer, Kamele und Edelsteine verkauft.«

»Ich wünschte, ich hätte das damals gesehen.«

»Das waren gefährliche Zeiten. Die Fürstenreiche führten beständig Krieg gegeneinander, und hier draußen kann das Leben entbehrungsreich sein.«

Eliza bemerkte einige Geier auf einem Felsen.

Jayant grinste. »Da sehen Sie, was ich meine. Damals hatte man keine Chance, wenn man krank wurde.«

»Meine Güte. Vielleicht kann ich doch von Glück reden, in der heutigen Zeit zu leben.«

»Ohne Zweifel. Aber sehen Sie nur, wie schön das Land ist. Die Berge durchziehen ganz Rajputana. Die Vegetation besteht hauptsächlich aus Hartlaubgewächsen und Teakbäumen. Allerdings fürchte ich, die werden künftig immer mehr abgeholzt.«

»Ist das wahrscheinlich?«

»Es geschieht bereits.«

Während sie weiter über das Leben in Rajputana plauderten, wirkte der Prinz sehr gelöst. Er liebte seine Heimat ganz offensichtlich, und trotz seiner britischen Erziehung schien er sich seinem Land eng verbunden zu fühlen. Die anfängliche Spannung, die sie am Vortag bei der Abreise empfunden hatte, war verschwunden, und am Ende des zweiten Tages in seiner Gesellschaft fühlte sich Eliza recht zufrieden.

Auf dem letzten Wegstück zum Chandrabhaga-Markt begegneten sie einem Mann, der durch einen enormen Zwirbelbart und einen gehetzten Gesichtsausdruck auffiel. Er führte ein Kamel am Zügel, auf dem eine Frau im Damensattel ritt. Ihr roter Schal wehte und bauschte sich im Wind, bedeckte aber Gesicht und Haare. Um die Fußgelenke trug sie mehrere Goldreifen und auf der Hüfte ein kleines Kind mit abstehenden schwarzen Haaren. Die leuchtenden Farben ihrer Kleidung bildeten einen schönen Kontrast zum Blau des Himmels.

»Könnten Sie bitte anhalten«, sagte Eliza. »Ich möchte ein

Foto machen.« Das wollte sie unbedingt, obwohl die Farben auf der Fotografie nur als Grautöne abgebildet wurden.

»Bitten Sie den Mann vorher um Erlaubnis«, riet Jayant und bremste. »Man hat mir gesagt, Sie sprechen unsere Sprache. Wie gut, weiß ich allerdings nicht.«

»Als Kind habe ich in Delhi gelebt.«

»Nein, warten Sie«, sagte er, als Eliza die Wagentür öffnete. »Es ist besser, wenn ich das tue. Hier wird ein anderer Dialekt gesprochen.«

Er stieg aus, und nachdem die beiden Männer freundlich lächelnd ein paar Worte gewechselt hatten, gab der Prinz dem Mann einige Münzen und kam an das Beifahrerfenster.

»Er hat eingewilligt.«

Eliza machte die Aufnahme mit ihrer Rolleiflex und hoffte, den gehetzten Blick des Mannes eingefangen zu haben. Danach fuhren sie weiter und kamen an einem See entlang, wo sie große weiße Vögel mit sehr langen Schnäbeln aufscheuchten. Als sie vom Wasser aufstiegen, bewunderte Eliza die Spannweite der Flügel und die schönen schwarzen Federspitzen.

»Unglaublich!«

»Pelikane«, sagte er. »Sie haben noch nie welche gesehen?«

»Nicht in den Cotswolds«, antwortete sie und sah ihn lächeln.

»Der See führt sehr wenig Wasser«, bemerkte er.

Als sie sich dem Markt näherten, staunte Eliza über den Anblick der vielen Hundert Kamele. Männer saßen in Gruppen an rauchenden Feuern, und schon beim Aussteigen fand sie den Geruch nach Rauch und Kamelkot überwältigend. Sie hatte erwartet, aufzufallen wie ein bunter Hund, doch es wimmelte von Menschen, und niemand beachtete sie.

»Stellen Sie sich nie hinter ein Kamel«, riet er grinsend und zog sie zur Seite. »Die leiden häufig an Blähungen. Und an schlechter Laune.«

Am Ende einer Gasse sah sie Rinder, Ziegen und Pferde.

»Mir war nicht klar, dass hier alle Arten von Vieh verkauft werden. Wie finden die Käufer sich hier zurecht?«

»Es gibt Kamele mit verschiedenen Eigenschaften. Wenn man weiß, was man sucht, ist es nicht weiter schwierig.«

»Und wonach suchen Sie?«

»Ach«, antwortete er zögernd und lächelte schief, »das ist schwer zu erklären und ebenso schwer zu verstehen.«

Neugierig schaute sie ihn von der Seite an. Sie fand ihn immer wieder unergründlich. Als sie sich erneut den Tieren zuwandte, fiel ihr auf, dass sie in Größe und Farbe sehr verschieden waren, und sie machte eine dementsprechende Bemerkung.

»Genau wie wir, meinen Sie nicht? Auch bei den Tieren gibt es robuste und grazile. Aber halten wir mal nach Indi Ausschau.«

Eliza blieb dicht an seiner Seite. Dabei kam ihr plötzlich die Frage, wie sie ihn eigentlich anreden sollte. Er sagte natürlich Miss Fraser zu ihr, womit sie sich nicht recht wohlfühlte, und sie hatte eine direkte Anrede bislang vermieden. Sie entschied sich, ihn darauf anzusprechen.

»Nennen Sie mich Jay. Das tut jeder.«

Eliza runzelte die Stirn.

»Nun ja, nicht wirklich jeder, aber Sie dürfen.«

»Wäre das nicht arg ungezwungen?«

»Ich habe Sie nicht als besonders traditionsbewusst eingeschätzt. Und Sie sind es zweifellos auch nicht, wie man an Ihrer Kleidung sieht. Mir scheint sogar, Sie kleiden sich bewusst nachlässig.«

Dabei blickte er sie aufmerksam an. Es empörte sie, dass er sie durchschaute und das auch noch aussprach. »Das ist nicht …«

»Nicht die feine englische Art, meinen Sie? Nun, ich bin kein Engländer, obgleich man sich in Eton Mühe gegeben hat, einen aus mir zu machen.«

»Ach, tatsächlich?«

»Was denken Sie?«

Sie schaute zu Boden. Die Schatten der Vergangenheit konnten selbst an den sonnigsten Tagen präsent sein. Dann hob sie den Kopf. »Übrigens heiße ich Mrs. Cavendish. Aber ich benutze meinen Mädchennamen.«

Er schaute nach ihrem Ringfinger.

Wenn sie auch bestürzt war über Olivers plötzlichen Tod, trauerte sie nicht um eine große Liebe. Wie sollte sie auch, angesichts der Umstände! Der Verlust ihres Vaters, das war ein Stich ins Herz gewesen; sein Tod hatte sie derart verstört, dass sie antriebslos wurde, nicht essen und nicht schlafen konnte. Sie hatte sogar monatelang nicht gesprochen. Und weil sie an seinem Tod schuld gewesen war, hatte sie unter Albträumen gelitten.

»Ich bin Witwe«, sagte sie.

Er zog die Brauen hoch.

»Es war nicht meine Absicht, jemanden zu täuschen. Es hat sich so ergeben.«

»Das bleibt am besten unter uns. Es würde sich schnell herumsprechen, und die Menschen hier glauben noch immer, dass Witwen Unglück bringen.«

»Ich würde es aber gern Ihrer Mutter sagen. Sie war sehr freundlich zu mir, und ich möchte nicht, dass sie es später von anderen erfährt und denkt, ich hätte sie getäuscht.«

Er schüttelte den Kopf. »Die Menschen glauben, dass die Frau sich nicht ausreichend um den Mann gekümmert hat, wenn sie ihn überlebt, und dass ihr allgemein schlechtes Karma daran schuld ist.«

»Als fühlte ich mich nicht schon schlecht genug.«

»Man erwartet von Ihnen Selbstkasteiung. Sie sollten nur noch trockenen gekochten Reis essen und nicht wieder heiraten, obwohl die Wiederheirat inzwischen gesetzlich erlaubt ist. Das ist antiquiert, ich weiß, aber Ihr Leben könnte schwierig werden, wenn das bekannt würde. Man würde ebenfalls erwarten, dass Sie in Weiß gehen und sich den Kopf scheren.«

Er grinste sie an.

»Ich dachte, diese Sitten sterben aus.«

Er zuckte mit den Schultern. »Trotz des Verbots durch die Briten finden noch Witwenverbrennungen statt. Alte Bräuche halten sich hartnäckig, Miss, Verzeihung, Mrs. Cavendish.«

»Es wäre wohl besser, Sie nennen mich Eliza.«

Er nickte, und im nächsten Moment stürmte eine junge Frau an ihr vorbei und auf Jay zu, machte einen übertriebenen Knicks und lachte. Sie war sehr klein und schmal. Deshalb hielt Eliza sie auf den ersten Blick für ein Kind, für eine seiner Nichten. Aber dann sah sie ihr Gesicht. Die Frau hatte hellere Haut als Jay und war ungewöhnlich schön. Eliza konnte nicht anders, als sie anzustarren. Die locker zusammengebundenen Haare hingen ihr bis zur Taille herab, und ihre Augen waren verblüffend grün und dunkel umrandet. Ein bisschen wie meine, dachte Eliza. Ihre eigenen Augen waren graugrün wie ein englischer Teich. Diese dagegen sahen aus wie zwei Smaragde. Sie leuchteten, während die junge Frau lachte und schwatzte. Das tat sie überschwänglich. Und mit Freude, dachte Eliza, mit reiner, überschäumender Freude. Sie trug einen Edelstein am Nasenflügel und war behängt mit Armreifen und Halsketten. Nach einigen Augenblicken nahm Jay sie bei der Hand und führte sie breit lächelnd zu Eliza.

»Indira, das ist Miss Fraser. Eliza, das ist Indira.«

»Namaskar«, grüßte die junge Frau.

Jay unterbrach sie sogleich. »Sie wurde im Palast erzogen und spricht gut Englisch. Also lassen Sie sich nicht täuschen, Eliza.«

Als sich der Tag dem Ende zuneigte, fuhren sie zu dritt zum Sommerpalast am Seeufer. Der war entgegen Elizas Erwartung in einem erbärmlichen Zustand, überall bröckelndes Mauerwerk und abgeplatzter Putz. Jay erzählte, ihm gehöre ein Palast in Juraipur, der genauso heruntergekommen sei, und dass er vorhabe, ihn instand zu setzen, um mit seiner künftigen Familie dort zu leben.

»Er heißt Shubharambh Bagh.«

Soweit Eliza wusste, hieß *bagh* »Palast mit Garten und Obstbäumen« und *shubharambh* bedeutete »verheißungsvoller Anfang«.

»Es könnte hier schön aussehen«, fuhr er fort, »aber Sie werden den Palast ohnehin lieber fotografieren wollen, wie er ist.«

Sie nickte.

Während er sie in den überwiegend blauen, staubigen Gewölbegängen herumführte, bestaunte Eliza die schönen durchbrochenen Trennwände mit den floralen Mustern, die oft die Form einer Vase hatten, aus der Blattranken aufstiegen.

»Das sind Jali«, erklärte er. »Dahinter lagen die Gemächer der Frauen. Durch das Gitterwerk konnten sie sehen, ohne selbst gesehen zu werden.«

Elizas erster Gedanke war, dass Indira wohl nicht im Entferntesten hinter solches Gitterwerk verbannt wurde, denn sie ging eifrig voraus, und gelegentlich fasste sie besitzergreifend nach Jays Arm. Indira hat überhaupt nichts Sittsames an sich, befand Eliza. Wollte sie damit ihre Besitzansprüche signalisieren? Jedenfalls berührte sie ihn ganz unbefangen, sodass Eliza überlegte, ob die beiden sich liebten oder ob Indira eine Konkubine war. Oder benahmen sie sich lediglich wie Geschwister? Dann fiel ihr ein, dass Laxmi erwähnt hatte, die junge Frau sei eine hochbegabte Miniaturmalerin.

»Wir bewohnen diesen Palast nicht«, sagte er. »Darum treffe ich mich mit einem potenziellen Käufer. Wir sind hier, um Kapital aufzutreiben. Im Auftrag meines Bruders. Er reist nicht gern.«

»Sie scheinen überall Paläste zu haben.«

»Meine Familie, ja. Ich besitze nur den einen. Die Loggia dort würde Ihnen gefallen, aber vielleicht ist die Bezeichnung auch übertrieben und Sie würden es nur eine ›Veranda‹ nennen. Die Böden bestehen aus weißem Marmor, der nun leider rissig ist.« Er seufzte. »Da müsste viel restauriert werden.«

»Es scheint ein schöner Bau zu sein.«

»Ich brauche Licht und Luft zum Atmen, was in unserem Stammsitz mit den labyrinthischen Gängen und dunklen Treppen nicht möglich ist. In dem Punkt gebe ich den Briten völlig recht.«

Auf der Dachterrasse hatte jemand große Sitzkissen ausgelegt und Fackeln angezündet, an einer Seite sogar einen Wandschirm mit durchscheinenden Vorhängen aufgestellt. Zu dritt machten sie es sich bequem. Zwei Mädchen trugen Obst, einen Linseneintopf, Reis und Fleisch auf. Unter dem Sternenhimmel wehten die Gerüche der Nacht heran und mischten sich mit denen der Speisen und ihrer schwitzenden Körper. Berührt von einem beunruhigenden Zauber, der sicherlich keinen Platz in der realen Welt hatte, schaute Eliza auf. Die Nacht erschien ihr strahlender als der Tag, und als der Wind auffrischte, flatterten die Vorhänge. Da sie Gefahr lief, für immer bleiben zu wollen, musste sie sich ermahnen, dass sie nicht hier war, um sich vom Zauber Indiens verführen zu lassen, sondern um ihn im Bild festzuhalten. Sie erinnerte sich daran, dass aus der romantischen Wüste durch einen jähen Sandsturm die todbringende Wüste werden konnte. Der Puls des Lebens schlug zwar kräftig, doch der Tod lauerte vor der Haustür. Da konnte es nicht verwundern, wenn die Menschen glauben wollten, ihr Leben sei nur eine Etappe auf dem Weg zur Einheit mit dem Universum.

In dem Moment fing Indira zu singen an, ein trauriges, gefühlvoll klingendes Lied, das Eliza tief berührte, und gegen ihren Willen war sie neidisch auf ein weiteres Talent dieser jungen Frau.

4

»Leider haben wir uns bei dem Polospiel nicht kennenlernen können, aber jetzt freue ich mich, Sie hier zu sehen«, sagte die große dunkelhaarige Frau, die ihr die Hand entgegenstreckte. Die Freude war ihr wirklich anzusehen. »Ich bin Dottie. Dottie Hopkins.«

Eliza war soeben auf einer kleinen Cocktailparty eingetroffen, die Clifford in seiner Villa auf der wohlhabenderen Seite der Stadt für ein paar Briten gab. Das Haus war wie erwartet elegant und lichtdurchflutet. Die großen französischen Fenster standen offen, der Geruch frisch gemähten Grases wehte herein und mischte sich mit Zigarrenrauch. Die Hitze war die gleiche wie in einem englischen Landhaus an einem Sommertag.

»Ihr Mann hat der armen Frau noch helfen können«, sagte Eliza.

»Ja, das war alles ein wenig dramatisch. Sie hat unglaubliches Glück gehabt. Sind Sie bis zum Ende geblieben?«

»Ja, aber weil Clifford gleich danach fortmusste, bin ich auch gegangen.«

»Er musste den Vorfall untersuchen, stelle ich mir vor. Mein Mann meint, der sei absichtlich herbeigeführt worden. Aber inzwischen ist das schon vergessen. Sie glauben, die britische Anhängerschaft hatte etwas damit zu tun. Wie auch immer, Clifford wird keinen Wirbel machen wollen, wenn es einer von uns gewesen ist.«

Eliza fiel ein, was sie gesehen hatte. Das hatte wahrscheinlich nichts zu bedeuten, aber sie würde im Palast ihre Gedanken beisammenhalten müssen.

»Also, ich hoffe, wir werden gute Freunde. Wir wohnen

praktisch Tür an Tür.« Und mit einem kleinen Lächeln fügte sie hinzu: »Sie wissen also, an wen Sie sich wenden können, falls ...«

»Aber sicher«, sagte Eliza herzlich. Dottie war Ende dreißig, hatte freundliche Augen und einen festen Händedruck.

»Clifford hat uns viel von Ihnen erzählt.«

»So?« Eliza war überrascht.

»Ich bewundere Sie. Ich hätte Angst, so ganz allein in ein fremdes Land zu gehen wie Sie. Ich wusste gar nicht, dass es Fotografinnen gibt. Wie sind Sie dazu gekommen?«

Eliza lächelte. »Wir waren während der Flitterwochen in Paris, mein verstorbener Mann und ich, und sind dort zu zwei, drei Ausstellungen gegangen.«

»Mein Beileid.«

»Danke ... Eine davon war eine Fotoausstellung. Ich hörte eine Fotografin über ihre Arbeit sprechen, und das hat meine Leidenschaft geweckt. Als Oliver sah, wie hingerissen ich war, kaufte er mir als Hochzeitsgeschenk meinen ersten Fotoapparat. Im Grunde verdanke ich es ihm. Aber ich habe noch viel zu lernen. Jedenfalls hoffe ich, meine Sache hier gut zu machen.«

»Das werden Sie ganz sicher«, sagte Dottie freundlich.

Eliza verzichtete auf eine Bemerkung dazu und nickte nur.

»Nun, Sie sind mutig. Das sehe ich schon. Wie ist es denn? Ich brenne fast vor Neugier.«

»Sie meinen, im Palast?«

»Wir leben noch nicht so lange hier, aber ich bin natürlich schon dort gewesen, wenn auch nur als Besucherin, gewöhnlich wenn ein Durbar, ein wichtiger Empfang, abgehalten wird. Es muss faszinierend sein, im Palast zu wohnen.«

»Ich habe noch zu wenig davon gesehen, um etwas sagen zu können. Bisher wurde ich jedenfalls freundlich behandelt.«

»Ach, wissen Sie, Clifford würde alles für Sie tun. So ist er nun mal. Er hat Julian und mir in vielem geholfen, als wir hier ankamen ... Hauspersonal zu finden und derlei Dinge.«

Sie hielt inne und wurde ernst. »Sind Sie der Maharani schon begegnet?«

»Der Frau des Fürsten?«

Dottie nickte. »Priya.«

»Noch nicht.«

»Ich habe Gerüchte über sie gehört, und wenn die wahr sind, seien Sie besser auf der Hut. Auch vor einem gewissen Chatur. Soweit ich weiß, hält er im Schloss die Fäden in der Hand.«

»So?« Eliza erinnerte sich, dass Jayant ihn erwähnt hatte.

»Clifford leistet ausgezeichnete Arbeit, und wenn Sie mich fragen, hat er die Geduld eines Heiligen, aber mit diesem Chatur hatte er nichts als Ärger. Der stellt sich auf die Hinterbeine, ignoriert Anordnungen. Sie kennen diesen Typ. Er hasst die Briten.«

Sie schlenderten zu einem Tisch am Fenster, wo Kanapees und Krüge mit Früchtepunsch standen. Dottie schenkte zwei Gläser ein und hielt ihr dann eine Platte hin. »Mögen Sie Garnelen?«

Eliza nahm sie in Augenschein.

»Die sind gut. Natürlich aus der Dose. Wir sind zu weit vom Meer entfernt, um frische zu bekommen. Man wird Ihnen Hammelfleisch anbieten, aber selbstverständlich ist es Ziege. Halten Sie sich im Palast an fleischlose Speisen. Das ist mein Rat. Mein Mann hat im Lauf der Jahre viele britische Mägen kurieren müssen, ich sollte es also wissen.«

»Danke. Aber wenn es Ihnen nichts ausmacht, verzichte ich auf die Garnelen«, sagte Eliza und drehte sich zum Salon hin um. Ihr Blick fiel auf einen stämmigen Mann mit Schnurrbart, der zu ihnen herüberlächelte.

Dottie klatschte in die Hände. »Oh, sehen Sie, da steht Julian. Sie müssen ihn gleich kennenlernen. Clifford und er sind eng befreundet, und meinem Eindruck nach hält er große Stücke auf Sie. Ich bin ziemlich sicher, dass wir uns häufig sehen werden.«

Eliza runzelte die Stirn. »Wirklich? Clifford kannte mich als Kind, doch wir haben uns Jahre nicht gesehen. Erst kürzlich wieder.«

Dottie lächelte. »Nun, wie dem auch sei, Sie wissen jetzt, wo Sie uns finden, und können uns gern besuchen. Jederzeit.«

»Das ist sehr freundlich.« Eliza empfand wirklich so, und wer weiß, von Zeit zu Zeit würde sie es vielleicht nötig haben, in eine vertraute Welt zu flüchten, die sie einigermaßen verstand.

»Die Männer treffen sich häufig zum Poker«, sagte Dottie, dann meinte sie zaghaft: »Für mich ist das schrecklich stumpfsinnig, also wären Sie mir höchst willkommen. Hier gibt es so wenige Engländerinnen.«

»Ich hatte mir fest vorgenommen, mich mit Indien gründlich vertraut zu machen.«

»Sie werden sich auch davon ab und zu erholen müssen, glauben Sie mir. Nun kommen Sie, ich mache Sie mit meinem Mann bekannt. Ich bin sicher, Sie werden blendend miteinander auskommen.«

Am Tag nach der Cocktailparty entwickelte Eliza ihre ersten Fotografien und freute sich über das Ergebnis, besonders über die Aufnahme von dem Mann mit dem gehetzten Blick. Er hatte etwas von Unvergänglichkeit an sich und strahlte Würde aus, auch Traurigkeit. Eine Fotografie konnte in der Momentaufnahme eine ganze Geschichte erzählen, und das gefiel Eliza daran am meisten. Sie hoffte, beim Fotografieren häufiger spontaner Eingebung zu folgen statt planvoller Überlegung und, wenn es sich organisieren ließe, viel draußen unterwegs zu sein und die Rätselhaftigkeit der einfachen Leute zu erfassen. Dann wäre sie glücklich.

Sie hatte eine handgeschriebene Mitteilung von Chatur bekommen, dem sie noch nicht begegnet war. Er informierte sie, dass sie als Erstes die Fürstenfamilie zu fotografieren habe, andernfalls würde ihr Verhalten als höchst respektlos betrachtet. Das war ohnehin ihre Absicht gewesen, daher nahm Eliza das nicht übel. Dadurch würde sie dann auch wissen, wer wer war, bevor sie in die privateren Bereiche des Palastes vorstoßen würde. Und obwohl Clifford wahrscheinlich nur wichtig war, dass sie alles für das Archiv festhielt, war sie entschlossen, ihre Kreativität zu nutzen.

Ein weiß gekleideter Höfling mit rotem Turban führte sie zu einem großen Hof, der an drei Seiten von Fenstererkern der Zenana umgeben war. Die Frauen waren zwar nicht mehr auf ihre Gemächer beschränkt; viele ließen sich dennoch nicht öffentlich blicken. Als Eliza begriff, dass alles, was sie tat, durch die Jali-Gitter beobachtet wurde, befiel sie ein kribbelndes Unbehagen.

Ein großer, aufrechter Mann mit einem mächtigen Schnurrbart, buschigen Brauen und dunklen Tränensäcken kam auf sie zu. Sie hätte schwören können, dass er derselbe war, den sie beim Polospiel nach dem Ausscheiden des Prinzen hatte lachen sehen. Sie hatte überlegt, ob sie das Clifford gegenüber erwähnen sollte, doch sie fürchtete, die Szene missdeutet zu haben und dann als naiv dazustehen.

»Ich bin Chatur, der Dewan des Schlosses«, bekundete er in hochnäsigem Ton. Er wartete weder eine Erwiderung ab noch gab er ihr die Hand. »Ich habe das letzte Wort darüber, was hier geschieht und was nicht«, fuhr er gebieterisch fort. »Alles geschieht auf meine Anordnung. Verstehen Sie? Alles, was Sie tun möchten, hat über mich zu laufen.«

Obgleich ein gemeiner Mann, trat er auf wie ein König. Eliza dachte, dass er offenbar sehr von sich eingenommen war, und hielt seinem Blick stand, was ihr nicht leichtfiel. Es lag etwas Finsteres darin, und sie musste sich zwingen, nicht davor zurückzuweichen. Dass er einen gewissen Ruf hatte, war ihr durch Dottie schon bekannt, und das Benehmen des Mannes schien den zu bestätigen. Chatur betrachtete sie prüfend. Ob aus einem besonderen Anlass oder aus allgemeinen Gründen, wusste sie nicht.

»Wenn Sie meine Richtlinien befolgen, werden Sie feststellen, dass ich sehr hilfreich sein kann, Miss Fraser. Wenn nicht, nun ...« Er breitete schulterzuckend die Hände aus.

»Ich verstehe«, sagte sie, da es wohl das Beste war, sich zu fügen, vorerst jedenfalls.

»Wir werden einander häufig sehen.« Er ließ sich zu einem halben Lächeln herab. »Ich erwarte von Ihnen harmonische Zusammenarbeit. Wir schätzen es nicht, wenn Fremde ihre Nase in unsere Angelegenheiten stecken.«

»Ich kann Ihnen versichern, dass ich meine Nase nirgendwohin stecke, wie Sie es nennen. Ich bin lediglich hier, um zu fotografieren.«

»Das sagen Sie, Miss Fraser. Das sagen Sie. Ich werde Sie genauestens im Auge behalten.« Und damit drehte er sich um und ging.

Das kurze Gespräch war nicht dazu angetan, Elizas Nervosität zu zerstreuen, aber sie war entschlossen, nicht darüber zu grübeln.

Sie hatte für die Gruppenaufnahme eine Reihe von Orten ins Auge gefasst, wo das richtige Licht herrschte, war jedoch informiert worden, dass es zu dieser Uhrzeit und in diesem Hof zu geschehen habe und ihr eine halbe Stunde dafür gewährt sei. Auch über den Hintergrund hatte sie sich Gedanken gemacht und eine schmucklose Wand vorgezogen, damit der Blick des Betrachters auf die Personen konzentriert bliebe. Wie sich herausstellte, hatte Chatur die meisten ihrer Ideen als »höchst unpassend« abgelehnt. Und so musste sie die Aufnahmen vor einer kunstvollen Reliefwand machen, was umso mehr Sorgfalt erforderte.

Sobald sie die optimale Position des Fotoapparats ermittelt hatte, legte sie ihre Ausrüstung zurecht. Heute wollte sie ihre große Reisekamera benutzen, die »Sanderson Regula«. Verglichen mit anderen Plattenkameras war sie recht leicht, lieferte aber die Bildqualität, die Eliza haben wollte. Für Gelegenheitsaufnahmen ohne Stativ trug sie auch immer ihre bewährte

Rolleiflex bei sich. Zum Glück hatte sie durch die Beweglichkeit der Sanderson, wenn sie die Frontplatte neigte, die nötige Kontrolle über Perspektive und Brennebene, um ihr Motiv zur Geltung zu bringen.

Es dauerte eine Weile, alles vorzubereiten, da ein schweres Stativ aus Mahagoni und Messing justiert werden musste und vielleicht Blitzlichtpulver erforderlich war, um ausreichend Licht zu erzeugen, etwa bei einer Gruppenaufnahme unter dem Baum. Sie stellte ihre Agfa-Blitzlampe auf ein zweites Stativ und befestigte den Fernauslöser. Er bestand aus einem langen Schlauch mit einem Gummikolben, den sie drücken musste. Ein geringer Druck würde den Feuerstein-Mechanismus betätigen und das Pulver entzünden. Eliza ging umher, betrachtete prüfend die Umgebung, um zu entscheiden, wie viel Pulver sie benötigen würde. Sie hatte nur Zeit für drei oder vier, höchstens sechs Aufnahmen. Daher beschloss sie, damit es schneller ginge, das Pulver für alle Aufnahmen auf einmal anzumischen, anstatt vor jeder eine kleine Menge. Das war gefährlich, denn die Mischung aus Magnesium, Kaliumchlorat und Schwefelantimon konnte sich spontan entzünden. Dadurch hatte sie sich schon mehr als einmal die Haare versengt.

Nachdem alles bereit war, trugen wie aufs Stichwort – also wurde sie doch permanent beobachtet – vier Diener einen Thron in den Hof. Von diesen prächtig gepolsterten Sesseln hatte sie gehört. Er war leuchtend rot und golden, gar nicht Elizas Geschmack, und wenn er die Persönlichkeit des Maharadschas widerspiegelte, dann waren Jayant und sein Bruder Anish aus ganz verschiedenem Holz geschnitzt. Sie zeigte auf eine Stelle unter dem Baum, und der Thron sowie weitere Stühle wurden dort hingestellt. Ein weiterer Diener kam und bestreute den Boden ringsherum mit Rosenblättern.

Gefühlvolles Flötenspiel setzte ein, begleitet von schweren Trommelschlägen, und erinnerte Eliza daran, dass der indischen Mythologie zufolge die Schöpfung durch Trommelschläge entstanden war. Dann hörte sie Seide rascheln. Die fürstliche Familie betrat durch einen halb verborgenen Torbogen den Hof. Eliza empfand Ehrfurcht angesichts der Erhabenheit, und während sie feierlich auf den Baum zuschritten, wurde sie noch nervöser. Der Maharadscha setzte sich, dann erst nahm er Elizas Anwesenheit zur Kenntnis.

Anish war von stattlicher Statur und griff mit seinen molligen Fingern in eine Schachtel voll türkischem Honig, die seine mürrisch wirkende Frau Priya auf dem Schoß hielt. Er steckte sich ein Stück nach dem anderen in den Mund, dass der Puderzucker nur so stob. Seine Augen wirkten ein wenig blutunterlaufen, und Eliza fragte sich, ob er nicht nur gern schlemmte, sondern ob er auch ein Trinker war. Ihre Mutter sagte oft, die Exzesse der indischen Fürsten seien auf die haarsträubende Sitte der Polygamie zurückzuführen, die sie aus tiefster Seele verachtete.

Priya und ihr Mann trugen viele Ringe und andere Juwelen, und ausnahmsweise war Eliza einmal froh, dass sie den Anblick nicht in Farbe festhalten konnte. Wenn sie den Thron als pompös empfunden hatte, so erschien die Aufmachung des Fürstenpaars noch übertriebener. Priya war vermutlich Ende dreißig oder Anfang vierzig und keine klassische Schönheit. Ihre Miene war starr, ohne den Hauch eines Lächelns, dennoch wirkte die Maharani mit ihren tief liegenden Augen und der leichten Hakennase faszinierend. Ihre Kleidung bestand aus einer Bluse, einem roten goldbestickten Rock und einem passenden Seidenschal, der ihr Haar bedeckte. Am Hals trug sie eine Kette aus Rubinen und an den Oberarmen breite Reifen aus Gold und Silber.

Als Nächstes fand sich der Prinz ein, zusammen mit einem breitschultrigen, kleineren Mann mit pechschwarzen Haaren. Mit dem eng anliegenden, knielangen Stehkragenmantel aus schwarzer, goldbestickter Seide und der schwarzen Hose war auch Jayant formell gekleidet, aber sein Stil war zurückhaltender. Und zum ersten Mal sah sie ihn mit Turban. Was Eliza jedoch wirklich überraschte, war, wie würdevoll und elegant dieser Mann sein konnte, der sonst gern in der freien Natur zeltete. Als er sie anlächelte, bemerkte sie, dass sie ihn angestarrt hatte, und wandte sich verlegen ihrem Fotoapparat zu. Noch einmal waren Schritte zu hören. Indira kam aus einem anderen halb verborgenen Bogengang und gesellte sich zu ihr.

»Man hat mich angewiesen zu helfen, wenn es nötig ist. Theek hai?«

»Ja, ich bin einverstanden«, sagte Eliza.

Aber bei ihr stand nun eine andere Indira: Das überschäumende Temperament war verschwunden, sie hielt den Blick gesenkt und benahm sich vorsichtig. Der Gesichtsausdruck der Maharani legte nahe, dass sie der Grund dafür war. Priya billigte Indiras Anwesenheit ganz offensichtlich nicht und sah sie nur einmal mitleidig an, um sie anschließend zu ignorieren. Während Eliza überlegte, wer Jayants Begleiter sein mochte, stießen Laxmi und die drei Fürstentöchter als Letzte zu der Gruppe. Jays jüngerer Bruder befand sich in England im Internat und konnte nicht dabei sein. Der Begleiter des Prinzen hielt sich abseits.

Eliza dirigierte die Familienmitglieder enger zusammen, was ihnen offenbar unangenehm war. Priya seufzte wiederholt, und nach einigen Minuten stand sie auf, kehrte Eliza den Rücken zu und wandte sich an ihre Schwiegermutter.

»Die Engländerin ist nun hoffentlich fertig? Ich muss zum Gebet.«

»Miss Fraser ist ihr Name«, entgegnete Laxmi freundlich. »Es ist vereinbart, dass sie ihren Auftrag nach ihrem Ermessen ausführen darf.«

»Mit dir vereinbart!«

»Lass uns an einem so schönen Tag nicht streiten«, schaltete sich der Maharadscha ein. »Der Himmel ist blau, die Luft frisch, die Vögel singen. Sie darf tun, was ihr beliebt, aber natürlich«, er lächelte seine Frau an, »innerhalb eines vernünftigen Rahmens, meine Liebe.«

Priya schaute ihn beleidigt an und kräuselte höhnisch die Lippen. »Und wie immer richtest du dich nach den Wünschen deiner Mutter.«

Anish runzelte die Stirn. »Miss Fraser wird gewiss gleich fertig sein.«

Eine schwierige Gruppe. Eliza überwand ihre Nervosität. »Ja, gleich. Wenn es Ihnen nichts ausmacht, wieder Platz zu nehmen, Fürstin, ich beeile mich.«

Ihr war aufgefallen, dass Jayant den Wortwechsel völlig ignoriert und leise vor sich hin gepfiffen hatte. Er stand nonchalant in der Sonne, als hätte er keinerlei Sorgen. Aber die Zerwürfnisse in der Familie und die Gegensätze wurden offensichtlich. Eliza durfte sich hier keine Feinde machen, nicht, nachdem sie so viel in ihre Ausrüstung investiert hatte.

Mit den Aufnahmen kam sie nur langsam voran, da sie nach jeder die Platte wechseln musste. Dabei war sie ungeschickter als sonst. Aber endlich wurde sie fertig, immens erleichtert, weil sich nichts verklemmt hatte. Ein kleiner Segen, denn andernfalls hätte sie sich mit der Kamera in völlige Dunkelheit begeben müssen, um die Panne zu beheben, und das hätte alles verzögert. Im Freien fotografierte sie lieber mit der Rolleiflex, vor allem bei ungestellten Aufnahmen. Doch heute ging es um einen formellen Auftritt, wie ihn die Fürstenfamilie gewöhnt war, und Eliza wollte sie nicht jetzt schon verschrecken, indem sie die zwanglosen Fotos machte, die sie eigentlich haben wollte und die ihrem Auftrag entsprachen. Clifford hatte von Beginn an gesagt, dass das Leben in Rajputana möglichst realitätsgetreu abgebildet werden sollte, unbeeinflusst von der fürstlichen Vorliebe für Ernst und Förmlichkeit.

Als sich die Damen mit den Mädchen entfernten, nahm Jay seinen Bruder beiseite. Eliza hörte sie über etwas streiten, während sie ihre Sachen zusammenpackte. Ein paarmal fiel der Name Chatur, und aus den Augenwinkeln sah sie, dass Jay wütend war. Einmal packte er seinen Bruder beim Arm und hielt ihn fest. Der schüttelte seine Hand ab und hob die

Stimme. »Misch dich nicht ein! Wie Chatur seine Aufgaben erledigt, ist allein meine Angelegenheit und geht dich nichts an.«

»Aber du räumst ihm zu viel Macht ein.«

In dem Moment klappte Eliza das Stativ zusammen, sodass die Männer auf sie aufmerksam wurden. Darauf senkten sie die Stimmen, doch nun war klar, dass Jay den Dewan nicht leiden konnte.

Kurz darauf verließ Anish den Hof, und Jay stand ein paar Augenblicke lang still da. Schließlich kam er zur Eliza und schlug den gewohnten Ton an. »Nicht schlecht. Eigentlich sogar recht beeindruckend.«

»Sie haben das Foto noch nicht gesehen«, wandte sie ein, da sie sich über den schulmeisterlichen Ton ärgerte.

»Professionell.«

»Haben Sie etwas anderes erwartet?«

»Nun, wenn man eine Frau schickt ...« Er stockte und blickte sie forschend an, dann klang er sanfter. »Ich meinte damit, dass es ungewöhnlich ist, nicht wahr? Und wir sind es nicht gewohnt, eine Frau mit Klasse arbeiten zu sehen.«

»Eine Frau mit Klasse?«, wiederholte sie verständnislos.

Er nickte.

»Ich bin auch in England ein Kuriosum, aber ich habe die Absicht, mir einen Namen zu machen.« Dabei dachte sie, wie viel ihr an der Veröffentlichung lag. »Und ich lasse mich nicht abschrecken.«

»Ihr Verlangen nach Anerkennung könnte Ihr Ruin sein.«

»Zusammen mit meinem Wasserverbrauch, nehme ich an.«

Er schmunzelte.

»Sie meinen, ich sollte es gar nicht erst versuchen?«

»Man braucht eine gewisse Ausgeglichenheit, muss das Wichtige vom Unwichtigen trennen.«

»Und das ist Ihnen gelungen?«

Er schaute weg. »Das würde ich nicht behaupten. Übrigens, das ist mein alter Freund Devdan. Kurz Dev. Wir haben uns auf einem Kamelmarkt kennengelernt, als wir noch Knaben waren. Ich bin gern inkognito, wenn möglich. Dann fühle ich mich freier.«

»Ganz zu schweigen davon, dass er bei den Händlern niedrigere Preise aushandeln kann, wenn die nicht wissen, wer er ist. Ich war bei unserer ersten Begegnung ahnungslos«, sagte Devdan breit lächelnd. »Wie auch immer, ein Geschenk der Götter, das bin ich, oder zumindest heiße ich so.«

»Hitzkopf wäre passender.« Jay lachte und klopfte ihm auf den Rücken.

»Und ich bin da, um mit dem Prinzen ein wenig auf die Falkenjagd zu gehen, Antilopen zu jagen, an Kamelrennen teilzunehmen. ›Ehre über alles‹, der Wahlspruch der Rajputen, nicht wahr, Jay?«

Der Prinz lächelte, doch sein Blick war ernst geworden. Hinter seiner Nachdenklichkeit verbarg sich etwas, meinte Eliza. Vielleicht eine gewisse Unsicherheit, die man angesichts seines Selbstvertrauens nicht vermuten würde. Sie wartete ab, was er sagen würde, und schaute derweil zu den lärmenden Affen in den Orangenbäumen.

»Allerdings. Das waren noch Zeiten! ›Lieber Freitod als Unterwerfung‹«, sagte er schließlich, und erst nach einem unbehaglichen Zögern fügte er hinzu: »Da waren wir noch nicht so verzagt.«

»Verzagt! Sie scheinen mir kein verzagter Mann zu sein«, widersprach Eliza.

»Ah, aber früher waren wir erbitterte Kämpfer«, warf Dev ein, und bei seinem Gesichtsausdruck glaubte sie das sofort. Obwohl er kleiner war als Jay und eine leichtfertige Art hatte, strahlte er auch etwas Finsteres aus. So freundlich er sich gab, ab und zu bemerkte sie den argwöhnischen Blick, mit dem er sie musterte, und das machte sie unruhig. Er tat es vielleicht nur aus Neugier, doch ihr fiel es schwer, ihm in die Augen zu sehen. Sie waren tief und unergründlich. Einen Mann wie ihn hätte sie nicht unter Jays Freunden erwartet.

»Sie sprechen von Ausgeglichenheit«, sagte sie zu Jay. »Also, wie steht es mit Arbeit? Wenn Ihre alte Rolle als Krieger passé ist, könnten Sie doch etwas Nützliches tun.«

»Hörst du, Jay? Sie hält Kamelrennen für unnütz.« Dev lachte, und Eliza lächelte erleichtert, da sich die Stimmung aufhellte.

»Da könnte sie recht haben«, meinte Jay.

»Wieso interessieren Sie sich für Fotografie?«, fragte Dev dann.

»Mein Mann kaufte mir meinen ersten Fotoapparat, als wir in den Flitterwochen waren.« Das war ihr herausgerutscht, und nun blickte sie zu Jayant.

»Sie vermissen ihn sicherlich«, war alles, was er dazu bemerkte.

Ihr Schuldgefühl wegen Olivers Tod saß ihr wie ein harter Kloß in der Brust, und dummerweise fühlte sie sich den Tränen nah. Aber wie immer drängte sie ihre Empfindungen rigoros zurück und nickte knapp.

»Und was fanden Sie an der Fotografie besonders fesselnd?«

»Sie ist ungemein anregend.« Sie lächelte. »Ich habe Fotos von Man Ray gesehen. Die sind sehr experimentell, und er arbeitet mit Surrealisten wie Marcel Duchamp zusammen. Und als ich mich selbst daran versucht habe, stellte ich fest, dass ich Dinge durch das Objektiv anders sehen kann. Ich habe gelernt, auf das Unerwartete zu achten. Es war, als würde ich die Welt mit neuen Augen sehen. Natürlich hat sich mein Mann nicht vorgestellt, ich könnte daraus einen Beruf machen.«

Das wurde schweigend aufgenommen.

»Erst nach seinem Tod hatte ich die Mittel, mir mehr Ausrüstung zuzulegen und für Unterricht zu bezahlen.«

»Verzeihung, das wusste ich nicht«, sagte Dev.

»Und mittlerweile«, sie schaute zu Boden, »ist das Fotografieren mein Lebensinhalt geworden. Für mich geht es nicht nur um das, was ich sehe, sondern um das, was ich empfinde.«

Ihrem Ton mangelte es jedoch an Leidenschaft. Sie erzählte nicht, dass sie sich nur in der Fotografie wirklich ausdrücken konnte, noch deutete sie an, dass sie im Fotografieren Trost fand oder dass sie hoffte, sich nach einer erfolgreichen Ausstellung nicht mehr so schuldig zu fühlen. Sie wollte ihren Vater stolz machen und glaubte, sie könne, wenn sie hart arbeitete, über ihren Schmerz hinauswachsen. Aber in Wirklichkeit würde sie lieber sterben, als wie ihre Mutter zu enden, selbst wenn das hieß, lebenslang allein zu bleiben, als Preis für ihre Karriere. Und eines war sicher: Nie wieder würde sie sich selbst zurücknehmen, nur um sich weniger einsam zu fühlen; und sie würde sich auch nicht schämen, weil sie darauf beharrte, gehört zu werden.

»Sie sehen anders aus«, sagte sie zu Jay und schob damit ihre Gedanken beiseite.

»Ach, der Mantel? Das ist ein Achkan, ursprünglich ein Kleidungsstück der Moguln.«

Sie schaute zu den steinernen Jali-Gittern hinauf und hatte erneut den Eindruck, beobachtet zu werden.

Den Rest des Tages verbrachte Eliza in der Dunkelkammer. In der Hitze Rajputanas verdarben unentwickelte Fotoplatten leicht. Deshalb hatte sie sich vorgenommen, sie immer möglichst rasch zu entwickeln. Leider führte die extreme Hitze am Nachmittag in der engen Kammer, die keine Lüftung hatte, zu drückender Schwüle. Das hatte Eliza nicht bedacht. Zudem trug sie Schutzhandschuhe und eine Schutzmaske, denn die Entwicklerflüssigkeit war eine sehr giftige Chemikalie. Auch deswegen hatte sie darauf bestanden, dass nur sie den Schlüssel bekommen und ihn die ganze Zeit über bei sich tragen dürfe. Schon ein paar Tropfen Entwickler, geschluckt oder auf die Haut gespritzt, konnten sich grässlich auswirken. Sie arbeitete sehr gern so allein, und obwohl der saure Geruch der Chemikalien bei ihr Kopfschmerzen auslöste, arbeitete sie weiter und hatte am Ende eine Reihe von Kontaktabzügen vor sich liegen. Die würde sie Clifford zeigen, der sie hoffentlich absegnete und nach Delhi weiterschickte, mitsamt den Platten für die eigentlichen Abzüge und Elizas Anweisungen zur gewünschten Größe.

5

Überrascht von dem Klopfen an der Tür, bat Eliza um einen Augenblick Geduld und rief, sie sei gleich fertig. Sie dachte, es müsse jemand vom Personal sein, der ihr eine Erfrischung brachte. Als sie jedoch öffnete, lehnte Indira wartend an der Wand gegenüber.

»Haben Sie Lust, sich meine Bilder anzusehen?«, fragte die junge Frau unter neugierigen Blicken. Offenbar hatte sie ihre gewohnte Munterkeit zurückgewonnen. »Wir sind beide Künstler, wenn man Fotografie als Kunst verstehen kann.«

Eliza nickte höflich. »Sicherlich, wenn Bilder den Wunsch wecken, sie zu betrachten. Das ist alles, was zählt.«

Sie war sehr interessiert, sich Indis Arbeiten anzusehen, aber eigentlich war sie vielmehr neugierig auf die Malerin selbst. Sie gab ihr einige Rätsel auf. Wer war sie? Woher kam sie, diese junge Frau, die im Schloss viel Freiheit zu genießen schien und kaum eingeschränkt wurde? Und welcher Art war ihre Beziehung zu Jayant?

Indira eilte mit wehendem Schal und geschmeidiger Anmut durch die verwinkelten Gänge und engen Räume, aber Eliza fand es schwer, darin zu atmen. Das Gefühl verstärkte sich in dunklen, engen Durchgängen und Nischen und auf den zahllosen Treppen. Jali-Gitter waren überall, und nachdem sie zweimal die Orientierung verloren hatte, verstand sie, warum die Briten die Paläste als Hort von Intrigen und Gerüchten bezeichneten.

Aber dann gelangten sie in einen prunkvollen Audienzsaal. Wie herrlich waren die goldenen Säulen! In atemlosem Staunen sah Eliza an sechs Meter hohen Messingtüren hoch und schaute an die verspiegelte Decke, die im Licht strahlte und von Edelsteinen funkelte. Rubine, Saphire, Smaragde. Es war verrückt. Mit leisem Stolz wies Indi auf die Porträts der Familienmitglieder hin, allesamt Miniaturen im Stil der alten Mogul-Malerei, und während Eliza von einem zum anderen ging, bewunderte sie die Begabung der jungen Frau.

»Die haben Sie alle gemalt?«

»Ja«, sagte Indira und nickte dazu.

»Sie halten Fotografen für überflüssig, oder?«

Die junge Frau kaute auf der Unterlippe, während Eliza auf eine Antwort wartete. »Malen ist *mera pyaar*«, sagte sie schließlich.

»Ihre Leidenschaft. Das verstehe ich gut.«

»Wenn ich male, betrete ich eine geheime Innenwelt.«

»So geht es mir beim Fotografieren. Alles dreht sich darum, wie ich die Dinge sehe.« Eliza hielt Indiras Blick fest und überlegte sich jedes Wort genau. »Ich werde nicht für immer hier sein. Ich verspreche, Ihnen keine Konkurrenz zu machen.«

»Und Sie sind wirklich nur deshalb hier? Um zu fotografieren?«

»Natürlich. Wozu sonst?«

Indira schaute skeptisch, und eine Regung huschte über ihr Gesicht, aber sie sagte nichts.

»Und ich bin mir sicher, dass nicht jeder damit einverstanden ist. Die Maharani kann mich anscheinend nicht leiden.«

Indi kicherte. »Priya kann niemanden leiden. Sie gibt der britischen Bildung die Schuld daran, dass Jay der geworden ist, der er ist. Und Sie sind Britin.«

»Der geworden ist, der er ist? Was soll das heißen?«

»Einerseits zeigt er keinerlei Gefühle, was ganz die Art der Rajputen ist, und er wird sich nie eine Blöße geben. Andererseits ist er selbstsicher und eigenwillig, hört oft nicht auf seine Familie! Er weigert sich immer wieder, eine hübsche junge Prinzessin zu heiraten, und hat Freunde, die zivilen Ungehorsam befürworten, besonders seit der Salzsteuer und Gandhis Protestmarsch. Wie gesagt, Priya ist keine Britenfreundin, doch es gibt immer mehr Unruhen, und ihre Angst vor einer gewaltsamen Revolution ist noch größer als ihr Ärger über die Briten.«

»Ich verstehe«, sagte Eliza und dachte, dass Priya hinter ihrer Härte vielleicht sehr zerbrechlich war.

»Sie würde das nie zugeben, aber sie hat Angst.«

»Das ist oft so bei Leuten, die viel zu verlieren haben. Vielleicht fürchtet sie, was aus ihr wird, wenn Indien selbstständig wird.«

»Möglich. Doch Anish wird sich schon überlegt haben, wie er seine Schätze in den alten Tunneln unter der Festung verstecken kann.«

»Sein Reichtum ist gewaltig.«

Indi nickte.

»Was ist mit Dev? Ist er einer von Jays Freunden, die zivilen Ungehorsam befürworten?«

»Möglicherweise. Ihm wird der Besitz einer Schreibmaschine verwehrt. Das sagt einiges. Er meint, gewöhnliche Leute sollten Schulbildung bekommen, damit sie sich zusammentun und für sich eintreten können.« Indi zuckte mit den Schultern. »Oder so ähnlich. Bei Dev weiß man nie.«

Eliza stieß einen langen Seufzer aus und beschloss, das Thema zu wechseln. »Wie haben Sie malen gelernt?«

»Der Thakur in meinem Heimatdorf hat es mir beigebracht.«

»Ein Adliger?«

»Ja.«

»Stammen Sie aus einer adligen Familie?«

Indi schüttelte den Kopf und schaute auf ihre Füße. »Nein.«

Eliza hoffte, sie würde mehr erzählen, aber angesichts der verschlossenen Miene der jungen Frau hakte sie nicht weiter nach und fragte stattdessen, was ihr an dem Leben im Schloss am meisten gefiel.

Indi blickte auf, sichtlich froh, welche Richtung das Gespräch nun nahm. »Mir gefällt natürlich alles. Aber eigentlich möchte ich mehr über Sie erfahren. Haben Sie nie heiraten wollen?«

Eliza schmunzelte im Stillen. Kam sie Indira so alt vor? Nachdenklich schaute sie zu den schönen Miniaturen hinauf und dachte daran, wie sie zum Fotografieren gekommen war. In Paris hatte sie damals eine Frau kennengelernt, die sich gerade als Fotografin selbstständig machte und ihr vor Augen führte, dass so etwas tatsächlich möglich war. Und nachdem eines ihrer ersten Amateurfotos von einem einsamen, zerlumpten Kind in einer Illustrierten erschienen war, war Eliza sich sicher, eine erfolgreiche Fotografin werden zu können.

Zuerst zögerte sie, entschied sich dann aber, der Frage nicht auszuweichen. Eines Tages würde ihr Indiras Freundschaft vielleicht nützlich sein. »Ich war verheiratet, doch mein Mann kam bei einem Verkehrsunfall ums Leben.«

Indira schaute bestürzt drein. »Sie sind Witwe?«

Verblüfft über die Reaktion und mit einem mulmigen Gefühl im Magen, begriff Eliza, dass ihr der Ernst der Sache nicht klar gewesen war. Jay hatte ihr geraten, darüber zu schweigen, aber sie hatte vor seinem Freund Dev gedankenlos den Tod ihres Ehemannes erwähnt und nun auch vor Indira. Wo hatte sie bloß ihren Verstand gelassen?

6

Eines späten Abends, wenige Tage nach ihrem Gespräch mit Indira, schaute Eliza auf dem Gang aus einem Fenster ohne Jali-Gitter und sah im Hof vor den Küchenräumen lauter Kochgeräte auf dem Boden stehen. Der Mond versilberte die Schalen, Töpfe und anderen Gefäße. Die nächtliche Auslage bestärkte sie in ihrem Eindruck, diese fremde Welt vielleicht nie ganz zu verstehen, insbesondere, was es hieß, ein Rajpute zu sein.

Und am Morgen, als sie hörte, Clifford sei im Schloss, dachte sie sofort, dass er ihr empfindliches Gleichgewicht nun auch noch erschüttern würde. Nachdem man sie auf dem Gang, der die Männer- und Frauengemächer voneinander trennte, in einen kleinen Raum geführt hatte, kam Clifford mit einem großen, flachen Karton unter dem Arm hereingefegt und machte es sich auf unerhörte Weise bequem, indem er sich auf das samtbezogene Tagesbett warf und die Beine hochlegte.

»Ich komme, um dir bei deiner Vorbereitung auf den Durbar zu helfen«, erklärte er in dem kurz angebundenen Ton, der für ihn typisch war, und schob sich die herabgerutschte Brille höher auf den Nasenrücken. Seine Stirn glänzte. Er neigte eindeutig zum Schwitzen, besonders in schweren Leinenanzügen. Clifford zog ein weißes Taschentuch hervor und wischte sich über das Gesicht. »In zwei Tagen. Ist ein ziemlich prahlerisches Spektakel. Eine oberflächliche Angelegenheit mit all dem üblichen zeremoniellen Drum und Dran und enorm vielen Gästen.«

»Und ich muss hingehen?«

»Ich war der Meinung, es würde dir gefallen. Dottie wird auch dort sein.«

Eliza holte Luft und beschloss, tapfer ihre Interessen zu vertreten. »Nun, es wäre nett, sie wiederzusehen, doch eigentlich will ich aus dem Schloss wegziehen.«

»In die Stadt?«

Sie nickte.

Er schüttelte den Kopf, aber anscheinend ohne Bedauern. »Entschuldige, das geht nicht. Das Gästehaus ist geschlossen.«

Sie seufzte schwer. Das würde schwierig werden. »Es gibt im Palast keine Privatsphäre. Ich habe das Gefühl, ständig beobachtet zu werden.«

»Weil du beobachtet wirst. Mit diesen Typen trägt man immer einen schweren Kampf aus.« Nach ein paar Augenblicken hob er den Karton an. Dabei schob sich eines seiner Hosenbeine hoch und entblößte milchweiße Haut mit rotblonden Härchen. Er neigte auch zum Sonnenbrand.

»Aber du musst immer bedenken, dass wir es sind, die Indien regieren.« Er schwieg kurz, als wollte er seine Worte wirken lassen. »Wie auch immer, ich habe dir etwas mitgebracht.«

»Ich verstehe nicht. Von wem?«

Er lächelte selbstgefällig. »Sagen wir, es ist ein kleines Eingewöhnungsgeschenk von mir an dich.«

Sie nahm den Karton, legte ihn auf den Tisch und löste langsam die Kordel. Als sie den Deckel anhob, schnappte sie unwillkürlich nach Luft. Darin lag ein Kleid in einem ungewöhnlich schönen, leuchtenden Blaugrün.

»Deine Mutter sagt, das ist deine Lieblingsfarbe.«

Sie runzelte die Stirn. »Woher weißt du meine Größe? Hat sie dir die auch genannt?«

»Es ist aus Seide«, bemerkte er und überging ihre Frage. »Gefällt es dir?«

»Es ist schön.«

»Wenn es dir einen Tick zu gewagt erscheint, es liegt ein passender Schal dabei. Er ist mit Goldfäden durchwirkt. Den kannst du dir um die Schultern legen.«

»Ich weiß wirklich nicht, was ich sagen soll.«

Einen Moment lang herrschte Schweigen. Clifford stand auf und ging ans Fenster, um hinauszusehen. Falls er ihr damit Zeit geben wollte, so war sie ihm dankbar. Vielleicht hatte sie sich in ihm geirrt, vielleicht war er feinfühliger als gedacht. Aber sie durfte das Kleid nicht annehmen; schließlich kannte sie ihn kaum. Was würde das über sie aussagen, wenn sie es täte? Andererseits hatte sie noch nie ein so herrliches Kleid besessen, und die Versuchung war groß.

»Erzähl mir mehr über den Durbar«, bat sie, weil sie noch unschlüssig war. »Warum wird er abgehalten?«

»Früher hielten die Fürstenstaaten zwei wichtige Empfänge ab, einen politischen, bei dem der Maharadscha und seine Minister über Staatsangelegenheiten entschieden, und einen als gesellschaftliches Ereignis, bei dem der Reichtum des Hofes zur Schau gestellt wurde.«

»Und dieser entspricht der zweiten Art?«

»Ja. Da nun hauptsächlich wir die politischen Entscheidungen fällen, ist nur noch der prunkvolle Durbar nötig, um das Volk an den Glanz des Staates zu erinnern.« Er strahlte stolz. »Wir haben die Verwaltung erfolgreich von der Repräsentation getrennt. Wir dürfen diese Leute kein Durcheinander mehr anrichten lassen.«

Eliza verstand noch immer nicht, warum die Fürsten die Abkommen mit den Briten unterzeichnet und so viel Macht abgetreten hatten. Sie wusste nur, dass Britisch-Indien drei Fünftel des Landes einnahm und der Rest aus fünfhundertfünfundsechzig Fürstenstaaten bestand, die unter »indirekter« britischer Herrschaft standen. Eliza hätte sich gern mit Clifford darüber unterhalten, aber für heute hatte sie genug von ihm.

»Ich kann solch ein Geschenk nicht annehmen«, sagte sie rundheraus.

»Ich denke, du wirst feststellen, dass dir nichts anderes übrig bleibt.«

Statt zu widersprechen, wechselte sie das Thema. »Weißt du, warum gestern Nacht Dutzende Kochtöpfe in den Hof gestellt wurden?«

»Ich interessiere mich keinen Deut für die bizarren, wundersamen Gebräuche der Rajputen. Aber wahrscheinlich wegen des Mondscheins oder irgendeines ähnlichen Unsinns.« Er ging zur Tür. »Übrigens, was hältst du von Laxmi?«

»Sie ist sehr freundlich.«

»Besser, man bleibt wachsam. Erzähl es nur mir, wenn dir etwas sonderbar vorkommt.«

»Meine Güte. Was zum Beispiel?«

Er zuckte mit den Schultern. »Nichts Bestimmtes. Das ist nur ein gut gemeinter Rat.«

»Clifford, ich habe daran gedacht, die besten Fotografien in einer kleinen Ausstellung zu zeigen. Wäre das in Ordnung? Vielleicht im Oktober, wenn mein Jahr hier fast vorbei ist.«

»Ich wüsste nicht, was dagegensprechen sollte. Hast du dir schon überlegt, wo?«

»Noch nicht. Ich dachte, du könntest mir vielleicht etwas raten.«

»Nun, wir werden schauen. Aber leg alle Aufnahmen, die du ausstellen willst, zuerst mir vor. Ich möchte nicht, dass vom Empire der falsche Eindruck entsteht. Nun, jedenfalls sehen wir uns bei dem Durbar. Lass uns nicht hängen.«

»Werde ich nicht.«

»Offen gestanden, ich bin gespannt, wie du in dem Kleid aussehen wirst. Nun ja, gut, dass Zenana und Mardana getrennt sind.«

»Mardana?«

»Die Gemächer der Männer, meine Liebe. In meinen Augen bist du immer schön, doch darin wirst du die reinste Augenweide sein. Ich werde auf dich aufpassen müssen.«

Nachdem sie von Clifford erfahren hatte, was sie erwartete, nahm sie sich am Abend des Durbar viel Zeit, um sich zurechtzumachen, und sobald sie in Cliffords Kleid dastand, kam die Dienerin Kiri, um ihr die Haare zu bürsten. »Hundert Bürstenstriche«, flüsterte Eliza. »Nicht mehr und nicht weniger.« Sie hatte den fordernden Tonfall ihrer Mutter noch im Ohr, als Kiri ihr funkelnde Kristalle ins Haar flocht.

Und sie musste plötzlich daran denken, wie sie ihrer Mutter einmal die Haare gebürstet und sie dabei gefragt hatte, warum sie so traurig aussehe. Statt einer Antwort hatte sie nur Schweigen bekommen. Dann waren ihr warme Tränen auf die Hand getropft. Eliza wusste nicht, was sie tun sollte oder wie sie ihre Mutter trösten könnte, unternahm aber den zaghaften Versuch einer Berührung. Anna schlug ihre Hand weg, und noch immer wurde kein Wort gesprochen. Der Vorfall war Eliza deutlich in Erinnerung geblieben, obwohl sie bis heute nicht verstand, was die fortwährende Melancholie ihrer Mutter ausgelöst hatte, außer dem Tod ihres Mannes natürlich.

Jetzt schaute Eliza in den Spiegel und staunte, wie sehr das Grünblau des Seidenkleides ihre Augen zum Strahlen brachte. Sie leuchteten wie die Kristalle in ihrem Haar, das ihr wellig über die Schultern fiel und an ihrer sahnigen Haut wie poliertes Kupfer schimmerte. Die Dienerin steckte ihr die Haare zu einem lockeren Knoten zusammen, schminkte sie dezent nach indischer Art, indem sie die Augen grau umrandete, und tupfte ihr einen Hauch Rouge auf Lippen und Wangen.

Gerade als Eliza fertig war und hinausgehen wollte, kam Laxmi herein. Sie sagte etwas zu Kiri, die daraufhin hinaushuschte, und betrachtete Eliza lächelnd.

»Wie schön Sie sind! Warum stellen Sie Ihr Licht unter den Scheffel, mein Kind?«

»Ich ...«

»Ich habe Sie verlegen gemacht. Vergeben Sie mir. Aber Sie werden Ihre Schultern bedecken müssen.«

»Oh! Das hätte ich fast vergessen.« Eliza lief zum Schrank, in dem der Schal noch hing. Sie nahm ihn heraus und hielt ihn hoch, damit Laxmi ihn sah.

Die Ältere strich mit den Fingern darüber. »Wirklich sehr fein. Wo haben Sie ihn bekommen?«

»Clifford Salter hat ihn mir geschenkt.«

»Er ist ein guter, aufrechter Bursche. So würden die Briten sagen, nicht wahr?«

»Ja, vermutlich.«

»Vielleicht kein schöner Mann«, bemerkte Laxmi, »aber Sie könnten es schlechter treffen.«

»Ich habe keinen Bedarf.«

»Braucht nicht jede Frau einen guten Mann?«

Eliza lächelte. »Sind Sie wirklich davon überzeugt?«

Als Laxmi seufzte, wurde ihre Melancholie spürbar. »Ich hatte Glück. Ich hatte eine sehr glückliche Ehe mit einem wunderbaren Mann. Wir standen auf einer Stufe. Das kommt hier am Hof nicht oft vor. Aber nun lassen Sie uns über Sie sprechen. Was erhoffen Sie sich, was erwarten Sie? Selbst wenn Sie nicht nach einem Ehemann Ausschau halten, man kann vieles lieben. Ohne Liebe wird Ihr Herz leer sein.«

»Fürs Erste liebe ich meine Arbeit.«

Laxmi lächelte. »In der Tat. Nun kommen Sie, ich will Ihnen den Platz zeigen, wo man die Prozession am besten sieht. Wir modern denkenden Frauen müssen zusammenhalten, besonders zurzeit.«

»Danke.«

»Sie werden Freunde dringend nötig haben, und vergessen Sie nicht, was ich über Mr. Salter sagte. Eine weiße verheiratete Frau hat in Indien mehr Freiheit als eine alleinstehende Frau.«

»Das werde ich mir merken ... Ich habe gehofft, Sie würden mir etwas über die Glocken erzählen, die ich jeden Tag läuten höre. Soviel ich weiß, sind es Tempelglocken.«

»Sie rufen uns zum Gebet, zur Puja, wie wir es nennen. Sie werden feststellen, dass wir in Rajputana alles zu einem Ritual machen und dass in gewisser Weise die Götter, zu denen wir beten, für verschiedene Kräfte in unserem Leben stehen. Wir unterscheiden nicht zwischen dem heiligen und unserem profanen Leben. Für uns ist beides eins.«

»Ich verstehe. Ganz anders als bei uns.«

»Ja, das ist es wohl. Nun, genießen Sie den Abend.« Damit wandte sie sich zum Gehen.

»Übrigens, Laxmi«, sagte Eliza, »ich würde gern in ein Dorf fahren und die Bewohner fotografieren, wenn ich darf.«

»Ich werde dafür sorgen.«

Die Arkade neben dem größten äußeren Torweg ins Schloss war beleuchtet von lodernden Fackeln, die an Marmorurnen steckten und von weiß gekleideten Dienern bewacht wurden. Sobald Laxmi sie auf dem Balkon allein gelassen hatte, schaute Eliza über die Brüstung hinunter und sah eine lange Reihe von bemalten, edelsteingeschmückten Elefanten mit goldenen und silbernen Howdahs, die an einer blumengeschmückten Mauer entlang den Hügel heraufkamen. Als sie anhielten, schnappte Eliza hörbar nach Luft, aber nicht wegen des Spektakels, sondern weil sie in dem Moment wieder zehn Jahre alt war und sich von einem anderen Balkon lehnte, um ihrem Vater zu winken. Ihre Augen begannen zu brennen, und im nächsten Moment rang sie mit den Tränen. Sie durfte sich jetzt nicht gehen lassen. Jahrelang hatte sie sich gestählt, sich keine Schwäche erlaubt, sich innerlich und nach außen stark gemacht. Sie durfte jetzt nicht versagen.

»Eliza?«

Sie drehte sich um. Vor ihr stand Jayant in einer dunklen, tief ausgeschnittenen goldbestickten Jacke und lächelte sie an. Seine Zähne leuchteten weiß zwischen den dunklen Lippen und der schimmernden Haut, und die Fältchen in seinen Augenwinkeln traten deutlich hervor. Still sah er sie an und hielt ihren Blick fest. Der Moment dauerte an, und dabei erkannte sie, dass dieser Mann vollkommen ungekünstelt war und dass etwas an ihm sie tief berührte. Sie öffnete den Mund, brachte aber kein Wort heraus. Dann senkte sie den Blick.

Beschämt, weil er sie in einem schwachen Moment erlebt hatte, wischte sie ungehalten die Tränen weg und trat einen Schritt zurück. Hastig überlegte sie, was sie sagen könnte, um davon abzulenken.

»Sie ist sehr schön«, sagte sie. »Die Prozession.«

»Sie sind es auch. Wer hätte das gedacht? Ich nehme alles zurück, was ich über Ihre Haare gesagt habe.«

Sie blinzelte heftig. Nettigkeit konnte sie jetzt gar nicht gebrauchen.

»Wollen Sie mir erlauben, Sie nach unten zu begleiten?«

Eliza nickte, halb erleichtert, weil der Moment der Scham vorüber war, und halb unsicher, welche Konsequenzen es haben könnte, wenn sie vor aller Welt am Arm des Prinzen erschien.

Auf der breiten Marmortreppe, die sich zu dem großen Audienzsaal hinunterwand, atmete sie durch und versuchte, ihre Verkrampfung zu überwinden. Sie fühlte sich wie auf dem Präsentierteller. Jayants unmittelbare Nähe machte sie nervös, und das nicht nur, weil andere Leute sich etwas dabei denken könnten. Wie sich zeigte, waren ihre Befürchtungen nicht aus der Luft gegriffen. Sie begegnete Indiras Blick, die in einem atemberaubenden purpurroten Kleid unter den Gästen stand, aber ihre mürrische Miene drückte einen Neid aus, der Eliza beunruhigte. Es war nicht zu übersehen, dass Indi in Jay verliebt war. Eliza war gespannt, wie er darauf reagierte, doch er schien Indira nicht zu bemerken. Hatte er sich etwas zuschulden kommen lassen? Ihr falsche Hoffnungen gemacht? Oder hatte nur die jahrelange freundschaftliche Nähe Indira ermutigt, ihn anzuhimmeln? Eliza hoffte auf Letzteres.

Sobald die Elefanten von ihren adligen Passagieren und deren Dienern befreit waren, führte die Palastwache die Gäste in den Audienzsaal. Während man auf den Maharadscha und seine Gemahlin wartete, spielte ein Orchester auf einer Bühne bereits europäische Musik. Als Anish erschien, mit funkelnden Juwelen über einer Kurta aus dunkelblauer Seide, wurde es still im Saal. Es war, als hielten die Versammelten den Atem an. Priya folgte ihm mit gesenktem Blick; sie trug einen hellrosa Rock zu einer kurzen, engen Bluse, einen Schal und edelsteinbesetzte Reifen an den Oberarmen und Fußgelenken.

Auf einem Podium am Saalende gegenüber der Orchesterbühne nahm das Fürstenpaar auf gepolsterten Thronen aus Elfenbein und Silber Platz. Nachdem sie bequem saßen, gesellten sich Laxmi, Jayant und die Prinzessinnen dazu. Von der Gästeschar, die aus zweihundert Adligen und anderen bedeutenden Familien aus dem ganzen Fürstentum bestand, stieg Jubel auf, und das Orchester stimmte eine fröhliche Melodie an.

Eine Fläche wurde frei gemacht, und das indische Unterhaltungsprogramm begann mit einer Sängerin, die sich selbst auf der Trommel begleitete. Dann traten tanzende Zigeunerinnen auf, die sich außergewöhnlich anmutig drehten und sprangen. Eliza sah sich suchend nach Dottie und Julian um, konnte sie aber nirgends entdecken. Trotz der schmerzhaften Erinnerungen genoss sie den Abend. Bisher war man freundlich zu ihr gewesen, und entgegen ihrer Befürchtung fühlte sie sich im Palast nicht deplatziert. Nach einer Weile bemerkte sie Indira und Jayant, die die Köpfe zusammensteckten und miteinander sprachen, und als Indi sich abrupt umdrehte und aus dem Saal flüchtete, hatte Eliza Mitleid mit ihr. Sie beschloss, ihr nachzugehen.

Sie hatte gehofft, Indira bei einer der großen Schaukeln zu finden, die den Frauen zur Zerstreuung dienten. Sie waren typisch für diesen Landesteil, und in den Höfen und Gärten des Palastes gab es recht viele. Dieser Teil des Gartens war jedoch verlassen. Eliza ging zu einer beleuchteten Ecke, von der Jasminduft heranwehte. Es war kühler, als sie erwartet hatte. In ihren Schal gehüllt, schaute sie zu den Sternen hinauf. Sie empfand den gleichen Zauber wie auf dem Dach des Sommerpalastes und wünschte sich etwas, das sie nicht näher benennen konnte. Eliza hatte sich dagegen verschlossen, auf

Liebe zu hoffen, und ihre ganze Kraft darauf gerichtet, sich der Außenwelt zuzuwenden und das Wesentliche einer Szene in einem einzigen Augenblick festzuhalten und sichtbar zu machen. Das war etwas Überragendes, wenn es gelang.

Als sie kehrtmachte, sah sie Clifford mit etwas ungleichmäßigen Schritten auf sich zukommen.

»Eliza, Eliza«, sagte er. »Mein liebes, liebes Mädchen. Was tust du denn hier draußen?«

»Dasselbe könnte ich dich fragen.«

»Ich habe dich gesucht.« Er blieb für einen Moment stehen, dann trat er nah an sie heran, schaute sie fragend an und senkte die Stimme. »Irgendetwas bemerkt in letzter Zeit?«

Nach einem Blick zu Boden hob sie den Kopf. »Zum Beispiel?«

»Chatur benimmt sich?«

»Ich nehme es an. Er scheint sich allerdings gern einzumischen.«

Er lachte. »Chatur, wie er leibt und lebt … Bekommst du Anish und seine Frau häufig zu Gesicht?«

Sie runzelte die Stirn. »Eigentlich nicht. Warum willst du das wissen?«

»Ich mache nur Konversation, meine Liebe. Unternehmen wir einen kleinen Spaziergang?«

»Natürlich.«

Während sie unter Öllampen einen schmalen Weg entlanggingen, sagte er kaum etwas, aber das Schweigen war nicht unbeschwert. Sie überlegte gerade, worüber sie plaudern könnten, als Clifford ihr zuvorkam, und seine Stimme klang tiefer als sonst.

»Eliza, ich kenne dich schon seit deiner Kindheit in Indien.«

»Ja.«

»Natürlich habe ich dich während deiner Jugend in England kaum gesehen.«

»Du hast uns einmal besucht. Das weiß ich noch.«

»Hast du eine Ahnung, wie gern ich dich inzwischen habe?«

»Das ist sehr schmeichelhaft.« Sie atmete tief ein, um kurz nachzudenken. »Du bist zu mir sehr freundlich gewesen, Clifford. Ich weiß das, aber eigentlich kenne ich dich kaum, und du kennst mich genauso wenig. Jedenfalls weißt du nicht, wie ich heute bin.«

»Eliza, ich spreche nicht von Freundlichkeit! Ich hätte es gern, wenn wir einander besser kennenlernen. Verstehst du?«

Das war genau das, was sie nicht gebrauchen konnte. Wie hellsichtig Laxmi gewesen war und wie blind sie selbst, dass sie das nicht hatte kommen sehen!

Er neigte sich zu ihr, und da sie Whisky und Zigarrenrauch in seinem Atem roch, wich sie einen Schritt zurück, aus Angst, er könnte sie küssen wollen.

»Du bist eine sehr anziehende Frau. Es ist zwar nicht lange her, seit du deinen Mann verloren hast, aber ...«

Sie unterbrach ihn. »Ich bedaure, Clifford, ich bin noch nicht so weit.«

Er musste ihr Stirnrunzeln gesehen haben, denn er nahm sie sanft bei den Schultern und sagte: »Ich werde dich ganz bestimmt nicht drängen. Nimm nur die Gelegenheit wahr, mich kennenzulernen. Das ist alles, worum ich dich bitte.«

»Natürlich.«

»Stört dich, dass ich älter bin als du? Ist es das? Männer können bis ins hohe Alter Kinder zeugen, und ich bin noch keine fünfzig und ...«

Aus dem dringenden Bedürfnis, das Gespräch abzukürzen, unterbrach sie ihn erneut. »Clifford, ich mag dich sehr ...« Sie stockte, weil sie im Geiste sein weißes, rotblond behaartes Schienbein vor sich sah, bemerkte dann aber seinen traurigen Blick.

»Wäre das nicht ein guter Anfang? Sich zu mögen?«

Eliza wollte ihn nicht kränken oder verärgern, aber sie konnte nicht antworten.

»Nun, ich wollte dir einen Antrag machen. Es wäre freundlich, wenn du darüber nachdenken würdest. Ich kann dir ein schönes Haus bieten, und ich bin ein achtbarer Mann, keiner wie …« Er verstummte.

»Keiner wie?«

»Ach, nichts. Es spielt keine Rolle. Denk nur über das nach, was ich gesagt habe. Ich habe vollkommen ernste Absichten.«

»Wie gesagt, ich fühle mich sehr geschmeichelt.«

»Bitte bedenke auch, die Auswahl an Briten ist klein. Hast du schon darüber nachgedacht, was du nach dem Projekt tun möchtest?«

»Noch nicht.«

»Das solltest du vielleicht. Jedenfalls hoffe ich, dich zu überzeugen, dass ich nur dein Bestes will.«

Als er sich entfernte, schlenderte Eliza zu einem rechteckigen Wasserbecken, an dem ringsherum Kerzen brannten. Kleine Musselinzelte standen ringsherum mit der Öffnung zum Wasser hin, jedes groß genug für zwei Leute. Sie ging zu dem hintersten und ließ sich auf einem der dicken Seidenkissen nieder. Mit einem lauten Knall explodierte über ihr die erste Feuerwerksrakete. Zuerst erschrak Eliza, dann sah sie dem Schauspiel zu, und am Ende war sie zum zweiten Mal an dem Abend den Tränen nahe, diesmal ohne so recht zu verstehen, warum. Nachdenklich betrachtete sie die Spiegelungen des Kerzenscheins auf dem Wasser und fühlte sich ungeheuer einsam.

Auf der anderen Seite des Beckens sah sie Jay allein und gedankenverloren entlanggehen. Als er aufblickte, bemerkte er sie und schaute herüber. Dabei spürte sie die gleiche Verbundenheit wie vorhin auf dem Balkon, ehe sie zusammen die Treppe zum Audienzsaal hinabgestiegen waren. Jay kam um das Becken herum, lächelte sie an und fragte, ob es ihr allein im Garten gut gehe. Sie nickte, und nach kurzem Zögern verneigte er sich und ging davon.

7

Etwa eine Woche lang lief alles glatt, und Eliza tat ihre Tränen am Abend des Balls als Überspanntheit ab. Zurzeit durfte sie sich keine Gefühle gestatten, die ihr hinderlich werden könnten. Jetzt kam es darauf an, ihre Arbeit zu leisten. Bislang gewährte ihr das Personal fast überall im Palast freien Zugang, auch zu den Küchen und Vorratskammern, und sogar die Frauen der Zenana begegneten ihr freundlich. Nachdem sie entdeckt hatte, dass Anish sich tatsächlich noch Konkubinen hielt, fühlte Eliza sich zu diesen Frauen hingezogen, von denen viele alt waren und schon zur Zeit ihres Vaters dort gelebt hatten. Manche erzählten, wie sie als Säuglinge in den Palast gebracht worden waren, und viele hatten ihn seitdem nicht mehr verlassen. Aber sie lachten und nähten und sangen, und wenn Eliza bei ihnen war, erlebte sie eine Kameradschaftlichkeit, die ihr ganz neu war.

So etwas hatte sie während ihrer Zeit im Mädcheninternat nicht erlebt. Das Internat hatte sie dank eines Mannes besuchen können, den ihre Mutter als Onkel bezeichnete. Sein Name war James Langton, und er war nicht mit ihnen verwandt, was Eliza auch damals schon wusste. Dennoch ließ er sie beide in einem Häuschen auf seinem Anwesen wohnen, und Anna brauchte als Gegenleistung lediglich sein Personal zu beaufsichtigen, wenn er außer Haus war.

Bis heute fehlte Eliza die Selbstverständlichkeit, mit der andere Menschen offenbar in ihrer Welt verwurzelt waren. Aber jetzt, in Gesellschaft der Konkubinen, machte ihr das nichts aus, selbst wenn sie in ihrer Abwesenheit über sie reden mochten. Eliza machte es Freude, mit ihnen zusammen zu sein. Bei den Mädchen im Internat hatte sie nie Freude empfunden und ihnen sogar misstraut. Die Frauen der Zenana hörte sie nur abfällig reden, nachdem Priya sie besucht hatte, und Eliza merkte ihnen an, dass sie der Maharani nicht trauten.

Gerade als Eliza eine der jungen Konkubinen fotografieren wollte, kam Indira mit einer Tasche herein und sprach sie auf Englisch an, sodass die anderen sie nicht verstanden.

»Möchten Sie etwas sehen?«, fragte sie breit grinsend, zog sich selbstzufrieden einen Stuhl heran und setzte sich.

»Kommt darauf an, was es ist.«

»Eine Bestattung der besonderen Art.«

Eliza runzelte die Stirn. Sie hatte für ihr Leben genug von Begräbnissen.

»Sie wird Ihnen gefallen. Ganz bestimmt.«

Eliza zögerte. Seit dem Durbar, wo sich Indis Eifersucht deutlich gezeigt hatte, war sie der jungen Malerin kaum begegnet.

»Kiri kommt auch mit.«

»Wirklich? Die Dienerin?«

Indi nickte. »Wir treffen uns mit ihr in der Stadt.«

Eliza fällte eine Entscheidung und packte ihre Fotoutensilien zusammen. »Ich bin hier ohnehin fertig. Also, warum nicht? Allzu lange darf es aber nicht dauern, da ich die Platten bald entwickeln will. Ist es in Ordnung, wenn ich meine Rolleiflex mitnehme?«

»Wenn Sie sie in einer Schultertasche bei sich tragen.« Dann sprang Indi auf und hielt ihr etwas hin. »Wir bleiben zwar nicht lange, doch Sie müssen sich umziehen. Ich habe indische Kleidung mitgebracht.«

»Woher?«

Indi neigte den Kopf zur Seite und lächelte geheimnisvoll. »Ich komme an alles heran, was ich brauche. Nun ziehen Sie sich um.«

»Vor den Frauen?«

Indi lachte. »Natürlich. Wir sind hier unter uns. Die Frauen haben alles schon einmal gesehen. Sie können Ihre Sachen nach unserer Rückkehr mitnehmen.«

Eliza war nicht prüde, doch beim Auskleiden brannten ihre Wangen vor Scham, und sie versuchte, gewisse Körperstellen bedeckt zu halten. Die Frauen lachten und redeten, aber so schnell, dass Eliza nichts mitbekam. Es klang jedoch gutmütig, und eine halb nackte weiße Frau zu sehen, die himbeerrot im Gesicht wurde, war für sie wahrscheinlich aufregend und neu. Als Eliza fertig umgezogen in einem bauschigen Rock und einer weiten Bluse dastand, fühlte sie sich ganz anders.

Kurz nach dem Verlassen der Frauengemächer schubste Indi sie plötzlich in eine Nische und bedeutete ihr, ganz still zu sein. Nach einigen Augenblicken entspannte sie sich. »Chatur!«

Eliza erinnerte sich an seinen dunklen prüfenden Blick und seine buschigen Brauen. »Und?«

»Er hat seine Augen überall. An mich ist er gewöhnt, aber je weniger er von Ihnen weiß, desto besser. Er wird seine Nase in alles hineinstecken, was Sie tun, wenn Sie nicht vorsichtig sind. Kommen Sie. Er ist weg.«

»Warum muss ich vorsichtig sein?«

»Veränderungen sind ihm ein Gräuel, und er hält nichts von den Briten. Ich bezweifle, dass er damit einverstanden war, Sie im Palast wohnen zu lassen. Er denkt sehr unmodern. Er und Priya verstehen sich gut. Man hält sich am besten von beiden fern.«

Danach redete Indira über dies und das. Worüber sie bei dem Ball so erregt gewesen war, schien vergessen zu sein. Vielleicht hatten Indi und Jay sich aussprechen können? Jedenfalls war Eliza erleichtert, weil die Missstimmung behoben war. Denn nachdem sie von ihren Einblicken in das Palastleben so bezaubert war, hatte sie sich schon gesorgt, dass ihr die Reibereien mit Indira alles verderben könnten. Was Clifford betraf, so hatte sie ihn vorerst aus ihren Gedanken verbannt.

Eliza ging zum ersten Mal ins Zentrum der mittelalterlichen Stadt, und dort trafen sie auch mit Kiri zusammen, die sie begleiten würde. Begeistert von den lebhaften Farben, folgte Eliza den beiden Frauen durch die unüberschaubaren Straßen der Altstadt. Wie es schien, erstreckten sich die Basare wie schmale Bänder vom Hauptglockenturm aus nach allen Seiten, und von Batikfärbern bis zu Puppenmachern waren dort alle Handwerker vertreten. Eliza kam der Gedanke, dass sie von selbst nicht mehr zurückfände, wenn sie sich verliefe. Würde ihr jemand helfen? Diese arbeitsamen Menschen, die mit ihrem eigenen Leben beschäftigt waren, die augenscheinlich eng zusammenlebten, sich vielleicht aber gar nicht nahestanden?

Auf den Gewürzmärkten umgaben sie der Duft von Weihrauch und der durchdringende Geruch von auf Holzkohle gebratenem Ziegenfleisch. Während sie immer weiter durch Basare gingen, wo von Süßigkeiten bis zu Saris alles zu bekommen war, hörten sie ferne Trommelschläge, die zunehmend lauter wurden, und zugleich stank es immer stärker nach Abwasser.

»Wird da etwas gefeiert?«, fragte Eliza, da sie wusste, dass Indi eine Vorliebe für Feste hatte, ob es um die Geburt eines Gottes oder um eine gute Ernte oder um Musik ging.

»Nicht ganz.«

Eliza blieb mitten auf der Straße stehen. »Was dann?«

Indi ging weiter und strahlte sie über die Schulter an. »Kiri stammt aus einer Familie von Puppenspielern. Heute ist für sie ein besonderer Tag. Kommen Sie weiter, sonst werden Sie noch von einer Rikscha überfahren.«

»Aber Sie sagten doch ...«

»Es sei eine Bestattung. Und das ist es wirklich. Eine ganz besondere.«

»Es bleibt rätselhaft.«

Indira lachte, hakte sich bei Eliza und auch bei Kiri unter, die darauf breit lächelte. »Sie werden schon sehen. Glauben Sie an das Karma oder an Schicksal?«

»Schicksal? Ich bin mir nicht sicher, was das heißt.«

»Ich glaube daran. Wir haben das Lebensrad, in dem das Wirken des Karmas dargestellt wird. Bei uns dreht sich alles ums Karma. Und der heutige Tag ist keine Ausnahme.«

In dem Moment hörte Eliza eine Engländerin nach ihr rufen. Sie drehte sich um und sah Dottie, die mit erhitztem Gesicht auf sie zugelaufen kam.

»Ich dachte doch, dass Sie es sind«, sagte sie. »Meine Güte, bin ich aus der Puste! Regel Nummer eins: In dieser Hitze niemals rennen! Aber was haben Sie in dieser Aufmachung vor?«

»Etwas Eigentümliches wohl. Ich gehe zu einem Begräbnis.«

»Du lieber Himmel, ist es ungefährlich?« Dottie schaute sich um, als könnten sich in den Gassen Meuchelmörder verborgen halten.

»Ganz bestimmt«, versicherte Eliza. »Wie geht es Ihnen übrigens, Dottie? Ich habe es bedauert, Sie bei dem Durbar nicht gesehen zu haben.«

»Ich hatte wieder diese schrecklichen Kopfschmerzen. Julian hat mir etwas dagegen gegeben, aber das hat mich umgehauen.« Dottie fasste Eliza am Unterarm und blickte sie einen Moment lang an. »Doch mal ernsthaft, hier so allein herumzulaufen …«

»Ich bin mit den beiden hier.« Sie deutete auf Indi und Kiri.

»Aber ich meinte …«

»Ich weiß, was Sie meinten, doch ich komme bestens zurecht. Wirklich.«

»Würde Clifford das gutheißen?«

»Wahrscheinlich nicht. Aber wie wär's, wenn Sie mitkämen?«

Dottie lächelte erfreut. »Wissen Sie, ich würde ja gern, doch Julian ist bei mir. Er möchte sich ein Schachspiel kaufen.«

»Schade.« Eliza entfernte sich bereits einen Schritt und schaute zu Indira.

»Ein andermal vielleicht?«

Eliza nickte. »Verzeihen Sie meine Eile, ich kann die beiden nicht länger aufhalten.«

»Natürlich. Sehen wir uns bald?«

Eliza hörte den ernsten Beiklang in der Frage und begriff, dass die Arztgattin auch ein wenig einsam war. Sie nahm sich vor, sie bald zu besuchen.

Dottie ging davon, und Eliza schloss sich ihren Begleiterinnen wieder an.

Als sie schließlich am Stadtrand ankamen, gelangten sie auch an den Fluss. Er war nicht besonders breit und dem Anschein nach auch nicht tief, aber am Ufer war es nicht so staubig wie in der Innenstadt, und die Luft kam Eliza frischer vor. Und dann sah sie die kleine Menschenmenge, die sich versammelt hatte, um eine Aufführung von Puppenspielern zu sehen.

»Deswegen sind wir hier?«

»Zum Teil.«

Ungefähr einen Meter große Marionetten mit Holzköpfen und kunstvollen Kostümen auf einer kleinen Bühne agieren zu sehen war für Eliza etwas völlig Neues. Der halb verborgene Puppenspieler sprach durch ein Bambusrohr, um seine Stimme zu verfremden, und die Frau neben ihm schlug die Trommel, die man von Weitem gehört hatte.

»Bei den Puppenspielen geht es um das Schicksal. Und um Liebe, Krieg und Ehre. Sie können Jay danach fragen. Er weiß alles über Ehre.«

Eliza fragte sich, ob sie da einen Unterton wahrgenommen hatte, mit dem Indira etwas andeuten wollte, tat den Gedanken aber ab. Wahrscheinlich hatte sie sich das nur eingebildet.

»Diese Leute sind Landarbeiter aus der Gegend um Nagaur. Gewöhnlich führen sie die Puppenspiele spätabends auf, doch heute wird etwas Besonderes stattfinden.«

Eliza sah der Aufführung zu. Der Puppenspieler machte die Stimmen und Geräusche, eine Frau erzählte die Geschichte, eine andere sang und schlug die Trommel.

»Gleich kommt die Bestattung«, erklärte Indira.

»Wer wird bestattet?«

»Er liegt dort drüben.«

Obwohl Eliza nicht gern eine Leiche sehen wollte, drehte sie doch den Kopf. Sie sah jedoch nur Kiri neben einer großen Puppe sitzen, die, auf Seide gebettet, am Boden lag.

»Die Puppe ist alt und zu abgenutzt, um sie weiter zu benutzen.«

Die Aufführung kam zu ihrem Ende. Der Puppenspieler ging zu Kiri, gab ihr einen Kuss auf den Scheitel, dann hob er die alte Marionette auf und trug sie liebevoll zum Rand des Wassers, wo er zu beten begann. Eliza hielt den Moment mit dem Fotoapparat fest. Ohne das Gebet zu unterbrechen, legte er mit Kiris Hilfe die Puppe aufs Wasser.

»Je länger sie an der Oberfläche treibt, desto geneigter sind die Götter«, erklärte Indira.

»Warum geht Kiri ihm zur Hand?«

»Der Mann ist ihr Vater.«

»Aber sie lebt nicht bei ihrer Familie?«

»Das darf sie nicht. Um im Palast zu arbeiten, muss man auch dort wohnen.«

Danach schlenderten sie zu dritt über die Basare, wo sie immer wieder Radfahrern ausweichen und um schlafende Kühe und ausgelegte Waren herumgehen mussten. Nur ab und zu blieben sie stehen, hielten sich einen bunten Schal oder eine Kette an und warfen sich dabei kichernd in Pose.

»Indische Kleidung steht Ihnen gut, Eliza.«

»Aber warum musste ich mich heute so anziehen? Es hätte doch sicher genügt, wenn ich mir einen Schal über den Kopf gelegt hätte.«

»Ja. Doch ich dachte, so ist es lustiger und Sie werden weniger angestarrt.«

Eliza lächelte. Der Ausflug machte ihr tatsächlich Spaß, auch wenn sie sich ihrer weißen Haut ständig bewusst war. Ungewohnt heiter und voller Bewunderung für Indira, weil sie die Stadt so gut kannte, entdeckte sie an sich offenbar eine neue Seite. Auf den Straßen waren viele verschleierte und unverschleierte Frauen unterwegs, und niemand belästigte Eliza und ihre Begleiterinnen. Sie kauften sich kleine Mehlklöße und frittierte Linsenplätzchen und aßen sie in einem der vielen Parks.

Bis sie wieder am Fuß des Berges ankamen, dämmerte es, und Eliza schaute staunend hoch. Die Festung war hell erleuchtet und sah aus wie vergoldet. Jedes Fenster lockte, und sie dachte, wenn sie sich jetzt nicht festhielt, würde sie in ein Märchenland sinken und nie mehr in die wirkliche Welt zurückfinden.

Es war ein schöner, glücklicher Tag gewesen, der ihr gezeigt hatte, wie einfach das Leben sein konnte, wenn man sich nicht ständig schützen musste. Eliza hoffte, Indi und sie würden enge Freundinnen werden. Es war lange her, dass sie eine echte Freundin gehabt hatte.

8

In der Nacht träumte Eliza von Oliver, und als sie aufwachte, stiegen ungebeten längst vergessene Empfindungen und Bilder in ihr hoch. Immer wieder dachte sie an den Tag ihrer ersten Begegnung in der Buchhandlung. Ihretwegen hatte Oliver einen Stoß Bücher fallen lassen, weil sie unbedacht gegen ihn gestoßen war oder, genauer gesagt, ihn rücklings angerempelt hatte. Als sie sich bückte und ihm beim Aufheben half, sah sie, dass es Bücher über Kunst waren, darunter Kataloge zu Ausstellungen in London und Paris. Auf dem Boden hockend, schaute sie sich die Fotografien an, und dann kniete er sich neben sie. Zuerst nickte sie nur wortlos, aber nachdem sie ein paar Worte über das Wetter gewechselt hatten, mussten sie beide lachen. Es war lustig, mit einem wildfremden Menschen auf dem Boden Bücher anzusehen. Und dann half er ihr auf und lud sie in das Teehaus um die Ecke ein.

Die schöne Zeit mit ihm hatte nicht lange angehalten, und sie dachte an den letzten heftigen Streit zurück. Sie sagte damals nichts weiter, als dass sie Fotografin werden wolle. Das machte ihn so wütend, dass er die Tür hinter sich zuschlug und das Haus verließ, ohne sich noch ihre Gründe anzuhören. Sie durchfuhr plötzlich eine Angst, bei der sie weiche Knie bekam, und das zu Recht: Oliver sah den Bus nicht kommen und wurde überfahren, und sie musste in der Folge lernen, mit ihren Schuldgefühlen zu leben.

Es klopfte an der Tür, und Eliza fuhr aus ihren Gedanken hoch. Überrascht sah sie den Dewan auf dem Gang stehen. Er lächelte nicht, sondern schaute sogar geringschätzig und reichte ihr mit spitzen Fingern ein Blatt Papier.

»Das ist eine Liste der Leute, die Sie fotografieren sollen.

Auch die Reihenfolge ist vermerkt. Sie werden sehen, ich habe geeignete Orte dafür vorgeschlagen.«

»Ich verstehe.«

Er bedachte sie mit einem kühlen Lächeln. »Ich bin sicher, ich kann die Zeit erübrigen und jeweils dabei sein. Sollte ich nicht verfügbar sein, wird Sie einer der Wächter begleiten.«

Verärgert über die Störung, runzelte sie die Stirn. »Allerdings suche ich mir meine Motive gern selbst aus, und es war außerdem vereinbart, dass ich mich frei bewegen darf.«

»In gewissen Grenzen, Miss Fraser. In gewissen Grenzen. Nun, Sie werden die Liste gewiss nützlich finden. Ich habe einige Wächter draußen warten lassen, damit sie jetzt fotografiert werden. Sie finden sie im nächsten Hof.«

Als er sich verneigte und ging, dachte Eliza an das, was Laxmi gesagt hatte. Folglich durfte sie tun und lassen, was sie wollte, und brauchte niemandes Anweisungen zu befolgen. Sie würde Chaturs Liste kurzerhand ignorieren.

Draußen in dem Hof standen drei Palastwächter steif nebeneinander, und egal, was sie zu ihnen sagte, sie blieben in dieser Haltung. Eliza zerbrach sich den Kopf, wie sie zu einem zwanglosen Bild gelangen könnte, als Dev in den Hof trat und sie anstarrte. Sie musterte ihn ebenfalls. Seine Haare waren kürzer als Jays, seine Augen dunkler, und durch die längere Nase wirkte sein Gesicht ein wenig derb. Zudem hatte er etwas Seltsames an sich, so als bewegte er sich auf einem schmalen Grat, während sein starres Lächeln nichts preisgab. Zuerst schaute er argwöhnisch. Nachdem er jedoch die Situation erfasst hatte, änderte sich das.

»Brauchen Sie Hilfe?«, fragte er.

»Eigentlich nicht. Ich kann die Wächter nur nicht überzeugen, die steife Haltung aufzugeben. Mir wäre es am liebsten, wenn sie vergessen, dass ich da bin.«

Dev warf einen Blick auf die drei und überlegte. Dann lächelte er. »Da habe ich genau das Richtige.«

Aus der Tasche, die er bei sich trug, holte er etwas hervor

und dazu ein Säckchen. Sowie die Wächter es sahen, gingen sie zu ihm. Er sprach ein paar Worte, und sie nickten, ohne Eliza weiter zu beachten.

»Das ist ein Spiel«, sagte Dev zu ihr. »Wir nennen es Challas.«

Er entrollte ein Quadrat aus Segeltuch, auf dem mit Seide Spielfelder aufgenäht und Zeichen aufgestickt waren, sehr hübsch, wie Eliza bemerkte. Dann setzte er sich im Schneidersitz auf den Boden, und die Wächter gesellten sich dazu. Aus dem Säckchen holte er Spielsteine und Kaurimuscheln hervor.

»Sie wissen sich zu helfen, nicht wahr?«, meinte sie.

Er saß mit dem Rücken zu ihr, aber sie sah ihn nicken, und dann beachtete er sie nicht mehr. Das war raffiniert von ihm, denn nun konnte sie die Männer so fotografieren, wie sie es wollte. Aus Dev selbst wurde sie nicht schlau. Zuerst war er argwöhnisch gewesen und kurz darauf so hilfsbereit. Warum?

Während einer kurzen Spielpause stand er auf und kam zu ihr. »Das ist ein jahrhundertealtes Spiel. Damit bringen wir jungen Männern Strategie und Taktik bei.«

»Sind Sie darin gut? In Strategie und Taktik?«

Er zuckte mit den Schultern.

»Was tun Sie heute sonst noch?«

»Ich komme gerade von der Falkenjagd mit Jay. Bitte, machen Sie ihm das Leben nicht noch schwerer, Miss Fraser. Er hat hier keinen leichten Stand, muss man sagen, und ich bin mir nicht sicher, ob es ihm bei seinem ohnehin belasteten Verhältnis zu Chatur nützt, wenn er mit Ihnen Zeit verbringt.«

»Ist Chatur wirklich so mächtig?«

Er nickte. »Ich fürchte, ja. Übrigens erwähnte Jay neulich einmal, Sie hätten früher in Indien gelebt.«

»Ja, in Delhi, als ich noch klein war. Nach dem Tod meines Vaters zogen wir aber nach England zurück.«

Er schaute auf seine Füße und drehte mit der Schuhspitze einen Kieselstein um, schwieg jedoch.

»Nun, vielen Dank für Ihre Hilfe«, sagte Eliza. »Ich weiß das zu schätzen.« Und damit wandte sie sich ab und packte ihre Sachen zusammen.

Den nächsten Tag verbrachte sie allein mit Jayant. Diesmal stieg sie in den offenen Beiwagen eines Motorrads. Sie hatte nicht gewusst, dass Jay sie zu dem indischen Dorf begleiten würde, aber er hatte sich dazu bereit erklärt, was sie überraschte und freute. Er trug eine lange indische Tunika in Dunkelgrau über einer europäischen Hose derselben Farbe und roch dezent nach Sandelholz, Zedern und Limetten.

»Das Motorrad gefällt mir«, sagte sie.

»Früher hatte ich eine 1925er Brough Superior, doch die wurde mir Anfang des Jahres gestohlen. Jetzt habe ich eine Harley-Davidson.«

Als sie losfuhren, wirbelten die Räder Sandwolken auf, aber Eliza kniff die Augen zusammen und blickte tapfer nach vorn auf die Straße. Erst nachdem sie ihre sonderbare Befangenheit überwunden hatte, beschloss sie, die Gelegenheit auszukosten. Es gab noch so viel, was sie nicht über Jay und seine Welt wusste. Manchmal wirkte er dunkel und rätselhaft, aber in ihm steckten auch Freude und Elan – und eine gewisse Schärfe. Ja, eindeutig.

»Ich hoffe, Sie eröffnen mir jetzt nicht, dass wir wieder mehrere Tage unterwegs sein werden«, rief sie ihm zu.

Er lachte. »So weit ist es nicht. Bis zum Tee werden wir wieder zurück sein. Es ist ein Bauerndorf. Sie werden sehen, wie die Menschen dort leben, und hoffentlich einige interessante Gesichter fotografieren können. Außerdem ist es Indis Heimatdorf.«

Auf dem Weg durch die karge Landschaft und überraschend feuchte Luft begegneten sie Ziegen, die mitten auf der Straße grasten, und kamen an Kamelen und Büffeln vorbei. Dabei bemerkte Eliza, wie schnell sie sich an diese fremde Welt gewöhnte. Sie mochte die Gerüche der Wüste, und ihr gefiel, wie ihr der Wind durch die Haare wehte und wie diese Welt sie mit dem erfüllte, das ihr so lange gefehlt hatte.

»Hier geht das einfache Leben weiter wie seit vielen Jahrhunderten«, rief Jay über den Motorlärm hinweg. »Handwerker weben Teppiche aus Kamelhaar und brennen Wasserkrüge aus dem hiesigen Ton. Ich komme gern hierher wegen der Vögel.«

»Sie beobachten Vögel?«

»Eigentlich nicht, aber hier rasten viele Zugvögel. Wenn Sie die Augen offen halten, werden Sie Sittiche und Pfauen entdecken.«

Während er redete, dachte Eliza nach und begrüßte eine neue Lebenslust, die sie noch nie empfunden hatte. Bei jeder Begegnung mit Jayant stellte sie etwas Überraschendes an ihm fest.

»Wenn wir zum Olvisee fahren, werden wir allerhand Wasser- und Sumpfvögel sehen: Reiher, Eisvögel, Zwergtaucher, vielleicht sogar Jungfernkraniche.«

»Halt«, bat sie lachend. »Mein Kopf ist glutheiß und voller Sand. Das kann ich unmöglich alles aufnehmen, und ich kann bei dem Motorgeräusch auch nur wenig verstehen.«

In dem Moment bemerkte sie ein ihr unbekanntes Tier. Jay hielt an und stellte den Motor ab.

»Das ist eine Indische Gazelle. Meistens sieht man hier nur Hirschziegenantilopen«, erklärte er, wirkte aber geistesabwesend und schwieg dann, als dächte er über etwas nach. »Das gewöhnliche Leben geht unverändert weiter, das ist wahr, doch was uns, die Herrscher, betrifft, so müssen Sie verstehen, dass die Briten unsere Macht durch ein System indirekter Herrschaft verdrängt haben.«

Sie runzelte die Stirn, fühlte sich aber ermutigt, ihn zu fragen: »Ich verstehe nicht, warum die Fürsten die Verträge mit den Briten unterzeichnet haben. Warum haben Sie so viel Macht abgegeben?«

»Die Rajputen stammen ursprünglich aus einer anderen

Region und mussten das Gebiet erst erobern. Da drehte sich alles um Verwandtschaftsbeziehungen, den Stamm und um Landgewinn. Die verschiedenen Stämme führten permanent Krieg gegeneinander in der Hoffnung auf mehr Land und Reichtum. Unsere militärische Stärke wuchs durch Heiraten, die zwischen den Stämmen arrangiert wurden.«

»Bei uns heiraten die Adligen auch nur untereinander. Deshalb das fliehende Kinn, wissen Sie?«

Er lachte.

»Die Briten boten an, unsere Gebiete zu schützen, und zum Ausgleich mussten wir uns unterordnen.«

»Sonderbar, dass Sie dem zugestimmt haben.«

»Ich denke, wir waren es leid, Krieg zu führen und die Kosten dafür aufzubringen. Die Briten fürchteten damals Provokationen der Fürstenstaaten, darum isolierten sie uns voneinander. Es ist ein wenig besser, nachdem sie jetzt einer kooperativen Beziehung wohlwollender gegenüberstehen.«

»Wir sind sehr verschieden, nicht wahr? Die Briten und die Rajputen, meine ich.«

»Ganz recht, obwohl auch die Briten viel vom Adel halten. Aber manche von uns haben es mit den Unterschieden besonders schwer. Wer die englische Schulbildung genossen hat, kann nach seiner Rückkehr hier nicht mehr richtig Fuß fassen, und ohne echte Ziele im Leben fangen die Männer an zu trinken.«

»Und Sie?«

Er lachte. »Ich habe einen Fuß in beiden Welten und in keiner einen richtigen Platz. Mein Bruder ist zufrieden damit, ein kostümierter Fürst zu sein. Ich wäre es nicht.«

Eine Weile schwiegen sie. Eliza dachte derweil über das Gesagte nach, und Jay zündete sich eine Zigarette an. Eliza stieg aus dem Beiwagen, um sich die Füße zu vertreten, und betrachtete Jayant, wie er rauchend auf dem Motorradsattel saß. Seine Haare waren vom Fahrtwind zerzaust, und an der linken Hand hatte er einen schwarzen Ölfleck. Er wischte ihn achtlos an der Hose ab, dann lächelte er sie an. Er war ein vielschichtiger Mann, der unbekümmert über sein Leben redete, doch sie glaubte nicht, dass er mit einem so ziellosen Leben glücklich war. Obwohl er sich stets lässig und charmant gab, vermutete sie mehr dahinter.

»Aber Sie sind auch nicht glücklich«, sagte er, als hätte er ihre Gedanken gelesen.

»Ich weiß nicht, wie Sie darauf kommen«, erwiderte sie, plötzlich gereizt. Das war zu nah an der Wahrheit. Außerdem hatte die Luft ihre Frische verloren, und die steigende Hitze machte sie mürrisch.

»Sie haben etwas an sich, das innere Freiheit vermuten lässt. Aber allmählich zweifle ich daran.«

»Die Bemerkung ist ziemlich grob«, erwiderte sie und gab sich Mühe, nicht aufgebracht zu klingen. »Und das geht Sie auch kaum etwas an.«

Ein paar Augenblicke lang schwiegen sie.

»Ich sagte ja, ich bin kein Engländer.«

»Offensichtlich!«

»Die Briten denken, wir hätten unsere schlechten Angewohnheiten abgelegt«, entgegnete er. »Doch einige alte Sitten leben im Verborgenen weiter.«

»Was meinen Sie?«

»Ich denke da an Indi. Und was ihr so leicht hätte zustoßen können.«

Eliza runzelte die Stirn.

»Sie kam in den Palast, weil ihre Großmutter mir das Leben gerettet hatte. Meine Mutter gab ihr ein Miniaturgemälde als Dank und sagte ihr, wenn sie je Hilfe benötige, solle sie mit dem Bild zum Palast kommen und nach der Maharani fragen.«

»Und dann?«

»Indi lernte, es zu kopieren.«

»Mit der Hilfe eines Thakurs?«

»Ja.«

»Aber was hätte ihr zustoßen können?«

»Das erzähle ich Ihnen später. Wir müssen jetzt weiter.«

»Warten Sie. Bevor wir fahren ... Ich habe mich gefragt, ob ich etwas sagen sollte – Devdan hat mich ermahnt, keine Zeit mehr mit Ihnen zu verbringen. Er meinte, ich bringe Ihnen nur Schwierigkeiten mit Chatur ein.«

»Tatsächlich?«

»Die Sache ist die: Ich habe bei dem Polospiel, als Sie verletzt wurden, etwas beobachtet. Ich habe es bisher niemandem gegenüber erwähnt, weil ich dachte, ich deute zu viel hinein. Jedenfalls sah ich Chatur mit einem anderen Mann zusammenstehen und über Ihren Sturz lachen. Da habe ich mich gefragt ...«

»Ob Chatur dahintersteckt. Das vermuten Sie?«

»Damals habe ich es für einen groben Streich gehalten. Aber könnte es ernster sein?«

Sein Blick verfinsterte sich, und er sah nachdenklich aus. »Der Mann ist eine Gefahr«, sagte er. »Doch mein Bruder begreift das nicht. Chatur wird vor nichts zurückschrecken. Ich habe Anish gewarnt.«

»Vor nichts zurückschrecken? Zu welchem Zweck?«

»Um den Einfluss auf meinen Bruder und seine eigene Macht zu behalten.«

Sie seufzte. Das ging sie eigentlich gar nichts an.

Jay startete den Motor, und sie fuhren eine Zeit lang, ohne dass einer von ihnen den Versuch unternahm, das Gespräch fortzusetzen. Schließlich hielt Jay am Rand eines Dorfes an. Ein Staubschleier lag über den Lehmhäusern. Froh, die Beine ausstrecken zu können, stieg Eliza aus und schaute sich nach allen Seiten um. Die Häuser sahen aus, als wären sie auf natürliche Weise aus dem Erdboden gewachsen, und die schlichte Schönheit der weichen Linien zog den Blick der Fotografin auf sich. Diesmal würde sie ausschließlich die Rolleiflex benutzen.

»Die Festung ist der angestammte Sitz des hiesigen Thakurs«, sagte Jay. »Dorthin gehen wir zuerst.«

»Dann ins Dorf?«

»Ja, ja. Aber wir müssen vorher bei dem Thakur vorsprechen. Er ist kunstinteressiert und selbst ein Künstler. Er ist der Adlige, der Indi damals unter seine Fittiche nahm. Wir schulden ihm Dank.«

Auf dem Weg durch das Dorf betrachtete Eliza lächelnd die Handwerker, die ihrer Arbeit nachgingen, die majestätisch schreitenden Frauen, die vom Brunnen Wasser holten, die laut spielenden Kinder und das grasende Vieh. Schlafende Hunde lagen überall herum, und wohin sie auch kamen, begegneten ihnen freundliche Gesichter. Jay bewegte sich mit lässigen, ausgreifenden Schritten die Straßen entlang, und trotz seiner persönlichen Bemerkung von vorhin war Eliza ihm dankbar, dass er sie hergebracht hatte.

»Die Familie gehört zum selben Stamm wie wir«, sagte er. »Und mein Bruder Anish ist das Oberhaupt. Da, sehen Sie, die Festung.«

Eliza blickte auf ein goldgelbes Haus, das von einer hohen Mauer umgeben war, und als sie das Anwesen durch einen Torbogen betraten, wurden sie von einem Diener in einen Garten geführt, wo der Thakur an einer Staffelei saß und malte. Er war auch so ein großer, würdevoller Mann, wie Eliza nun schon etliche gesehen hatte. Er hatte einen grau melierten Schnurrbart und musste ungefähr in Laxmis Alter sein. Der Thakur erhob sich, wischte sich die Hände an einem Tuch ab und kam ihnen mit ausgestreckten Armen entgegen.

»Willkommen, willkommen. Jayant, wie schön, dich und deine hübsche Begleiterin zu sehen! Was soll ich bringen lassen?«

»Etwas Kaltes zu trinken für uns beide«, sagte Jay. »Einverstanden, Eliza?«

Sie nickte und grüßte auf die indische Art.

»Also bitte, nehmt Platz.« Als sie es sich bequem machten, sprach er weiter. »Die Festung wurde vor zweihundert Jahren erbaut. Der Maharadscha gab die Erlaubnis zum Dank für die

Tapferkeit meines damaligen Vorfahren. Zum Ausgleich für das Land musste er acht Pferde für die Reiterei des Maharadschas halten und an Schlachten teilnehmen. Zum Glück bin ich dazu nicht mehr verpflichtet.«

Sie lächelte. »Ich würde gern die Dorfbewohner fotografieren. Ob die mir das wohl erlauben?«

»Ganz sicher. Ich halte die Fotografie für die neue Kunst.«

»Ich hoffe, sie wird die Malerei nicht verdrängen, sondern die gleiche Daseinsberechtigung genießen«, sagte sie.

»Das hoffe ich auch. Jayant meint, Sie sprechen unsere Sprache.«

»Ein wenig.«

»Sie ist zu bescheiden.«

»Und wie geht es Indira?«, fragte der Thakur an Jay gewandt. Er lächelte zwar, doch sein Blick wirkte angespannt. »Sie kommt selten zu uns.«

»Ich weiß, du verstehst, warum.«

Der Mann schaute enttäuscht drein. »Ja, durchaus, aber ich vermisse ihr heiteres Wesen. Nun lass uns nicht mehr von der Vergangenheit sprechen.«

Gerade davon hätte Eliza gern mehr gehört, doch der Gesichtsausdruck der beiden Männer hielt sie davon ab zu fragen. Als sie alle aufstanden, traten Jay und der Thakur für einen Moment beiseite, sodass Eliza nicht verstehen konnte, was gesprochen wurde.

Dann begleitete sie der Thakur zum Tor. »Das Haus war früher einmal von einer Lehmmauer umgeben. Mein Großvater ließ sie durch eine Steinmauer ersetzen. Davon abgesehen befindet sich die Festung größtenteils im ursprünglichen Zustand. Das Tor wurde vergrößert, sodass ein Mann auf dem Rücken eines Elefanten hindurchpasst.«

»Es ist sehr imposant«, meinte Eliza.

Der Thakur nickte. »Möchten Sie gern Indiras Großmutter kennenlernen, bevor Sie fotografieren?«

»Sehr gern.«

»Ich werde Sie hinbringen und dann allein lassen.«

Zurück im Dorf, machten sie vor einer Hütte halt, zu der ein kleiner Garten und ein magerer Rosenbusch gehörten. Der Thakur grüßte laut, und eine feindselig wirkende alte Frau kam heraus, als hätte sie den Besuch erwartet. Sie zog sich den Schal über die Haare und lächelte nicht.

»Sie spricht kein Englisch. Werden Sie genügend verstehen?«, fragte Jay.

»Wenn nicht, sage ich Bescheid.«

Eliza sammelte sich, während Jay und der Thakur mit Indiras Großmutter sprachen. Sie wollte hauptsächlich wissen, ob ihre Enkelin wohlauf und glücklich war, und schien sich über die Auskünfte zu freuen. Dann fiel Elizas Name. Die alte Frau starrte sie an und bat Jay zu wiederholen, was er gesagt hatte.

»Eliza Fraser.«

Das Gesicht der Frau verschloss sich sichtlich. Sie wich zwei Schritte zurück und verschwand hastig in ihrer Hütte. Der Besuch war vorbei. Jay und der Thakur wechselten einen Blick.

»Was hatte das zu bedeuten?« Eliza war peinlich berührt, konnte sich aber keinen Reim auf das seltsame Verhalten der Frau machen.

»Sicherlich nichts, das Sie beunruhigen müsste«, antwortete Jay.

Sie nahm die Antwort schweigend hin, spürte jedoch, dass mehr dahintersteckte.

Der Thakur schaltete sich ein, um den Vorfall zu überspielen. »Sie fragen sich sicher, wovon die Menschen hier leben. Nun, die Einnahmen kommen vom Land wie seit eh und je. Die Bauern bestellen die Äcker für mich und erhalten dafür einen Teil der Ernte. Die Hirten dürfen ihre Tiere auf dem Land weiden lassen und geben mir dafür einen Anteil an der Herde.«

»Mein Freund Devdan hätte einiges dazu zu sagen«, bemerkte Jay schmunzelnd.

Der Thakur hob alarmiert die Hände. »Erinnere dich, ich habe ihn kennengelernt. Er ist ein Revolutionär, nicht wahr? Ein gefährlicher Bursche, vor dem man sich in Acht nehmen muss.«

»Er ist eigentlich kein schlechter Charakter, er redet nur viel.«

»Nun, ich würde ihn im Auge behalten. Aber jetzt muss ich gehen. Hat mich gefreut, Miss Fraser.« Und damit nahm er Jay erneut auf ein Wort beiseite.

Hinterher schlenderten Jayant und Eliza am Rand des Dorfes entlang. Er war stiller als vorher, was Eliza merkwürdig vorkam. Sie vermutete, es habe etwas mit ihr zu tun, und bei dem Gedanken stellten sich ihr die Nackenhaare auf. Aber sie hatte alle Hände voll zu tun. Mit einer Rolle Film bekam man nur sechs Fotos, und Eliza musste sich immer wieder in dunkle Ecken kauern, um unter einem schwarzen Tuch den Film zu wechseln. Daher sprach sie ihre Vermutung Jay gegenüber nicht an. Dann, als sie in die schmalen Gassen vordrangen und sie sah, was für ein kümmerliches Leben die Menschen in dieser kargen Landschaft führten, war sie tief bestürzt. Wie konnte es sein, dass der Palast solche Reichtümer anhäufte, während diese Leute hier in bitterer Armut dahinvegetierten? Von den Kindern in den Gassen waren einige splitternackt, und mitten auf dem Weg floss in einer Rinne das Abwasser. Hier waren die Menschen dünner, die Gesichter von Entbehrung gezeichnet. Als Eliza den Unterschied zwischen diesem Teil des Dorfes und dem anderen sah, wurde sie still. Es hatte nichts Malerisches an sich, aber sie fotografierte alles: die Armen, die Verlorenen, die Vergessenen. Und ihr kam der Gedanke, dass sie mit ihrer Fotoausstellung vielleicht auf ihre Weise den Rechtlosen eine Stimme geben konnte.

Als sie wieder in den Beiwagen stieg, fragte Jay, ob sie gern über den Basar ginge, der nur ein paar Kilometer entfernt sei. Dort gebe es Stoffe mit Holzschnittdruck zu kaufen, und er habe selbst auch etwas zu erledigen.

»Es ist ein abgelegener, kaum besuchter Ort. Die beste Gelegenheit, um das unverfälschte Rajputana kennenzulernen.«

Das war ein freundlicher Vorschlag, aber Jay klang ernst und hatte einen harten Unterton, der ihr vorher nicht aufgefallen war. Während der Fahrt auf der holprigen Straße dachte Eliza an Indis Großmutter und beschloss, Jay zu bitten, ihm mehr über ihre Familie zu erzählen.

Jay hielt an einer Gabelung an, anscheinend unschlüssig, welchen Weg er nehmen sollte.

»Sie sagten vorhin, als wir über Indi sprachen, die alten Sitten leben im Verborgenen weiter. Worin bestand der Zusammenhang?« Eliza hoffte, dass Jay jetzt mehr geneigt war zu antworten.

Er seufzte schwer. »Ihnen ist sicher aufgefallen, dass Indi anders aussieht. Sie ist ein bisschen hellhäutiger als wir und weiß nicht, wer ihr Vater ist. Außerdem hat ihre Mutter sie verlassen. Obwohl sie mütterlicherseits aus einer sehr alten rajputischen Kriegerfamilie stammt, leidet sie unter der Schande, von den Eltern verlassen worden zu sein. Blutsbande sind für uns das Wichtigste.«

»Das arme Mädchen«, sagte Eliza, denn es war schon schlimm genug, ohne Vater aufzuwachsen, wie sie selbst wusste. Kein Wunder, dass sie eine starke emotionale Bindung zu Jay entwickelt hatte.

Schweigend saßen sie nebeneinander, und als sie den Kopf zu ihm drehte, blickte er sie kurz an.

»Was?«, fragte er.

»Sehen Sie denn gar nicht, dass Indi in Sie verliebt ist?«

Er schaute ausdruckslos, dann zog er die Brauen zusammen und sagte wie zu sich selbst: »Unsinn. Sie ist für mich wie eine Schwester.«

Eliza schnaubte.

Darauf war eine gewisse Gereiztheit spürbar.

»Die besondere Aufmerksamkeit des Thakurs isolierte sie

noch mehr von den Dorfbewohnern, und wenn er und ihre Großmutter sie nicht beschützt hätten, wäre sie zur Dakan erklärt worden.«

»Und das heißt?«

Jay schaute sie forschend an, als wollte er ihre Reaktion einschätzen. »Eine Frau, die der Hexerei verdächtigt wird.«

»Immer noch? In der heutigen Zeit?«

Er nickte langsam. »Nachdem eine andere der Hexerei verdächtigte Frau mit einer Axt im Rücken aufgefunden wurde, handelte Indis Großmutter schnell und schickte die Enkelin zum Palast. Sie gab ihr die Miniatur meiner Mutter mit und dazu einige von Indi gemalte Bilder. Indira erklärte ihr, sie sei zu Hause nicht mehr sicher, und wegen der alten Schuld gegenüber der Großmutter musste Laxmi das Mädchen aufnehmen. Hexen werden mit der Axt getötet.«

Eliza überlief es kalt. »Sie meinen, die Dörfler hätten auch Indi umgebracht? Das haben Sie also neulich gemeint.«

»Indi ist begabt und sehr schön. Und neidische Frauen gibt es viele.«

Eliza musste ihm in beidem recht geben. »Wie ging es für sie weiter?«

»Sie arbeitete zunächst als Dienerin. Als ihr Talent auffiel, gab meine Mutter ihr die Aufgabe, die Mitglieder unserer Familie zu porträtieren. Dafür erfuhr sie von Indi alles, was sie sah und hörte. Laxmi war damals noch Maharani, müssen Sie bedenken. Indi erfährt auch heute noch von allen Palastintrigen und weiß, worüber geklatscht wird. Woher, ist mir ein Rätsel.«

»Laxmi war sicher eine wunderbare Fürstin, könnte ich mir denken.«

»Das ist wahr. Und eine wunderbare Mutter … wenn auch mitunter ein bisschen zu wunderbar.«

Letzteres klang gedankenverloren, und Eliza kam nicht umhin, Laxmi mit ihrer eigenen Mutter zu vergleichen. Die eine lebte geradezu für ihre Kinder, die andere zeigte kaum

Interesse an ihrer Tochter. Eliza selbst hatte bisher selten mal daran gedacht, Mutter zu werden, und stand der Idee eher skeptisch gegenüber.

Jay blickte zwischen den beiden möglichen Routen hin und her, dann griff er Elizas Bemerkung wieder auf. »Maharani bedeutet eigentlich ›Königin‹, doch die Briten haben uns verboten, unsere Herrscher als ›König‹ und ›Königin‹ zu bezeichnen. Wir dürfen auch keine Krone mehr tragen. Das bleibt dem britischen Königshaus vorbehalten.«

Eliza zog die Brauen hoch. »Das ist zum Lachen, ehrlich gesagt, aber ich fühle mich ein bisschen schuldig.«

Er sah sie freimütig an. »Tun Sie das nicht. Auch auf unserer Seite gibt es viel Unrecht. Hätte nicht ein Sohn meiner Mutter den Thron bestiegen, würde sie als Witwe jetzt nicht dieses hohe Ansehen genießen.«

»Ich verstehe.«

»Wir sollten nun weiterfahren.« Er startete das Motorrad wieder. »Besser diesen Weg.«

Nach ein paar Kilometern gelangten sie in das nächste Dorf. Jay hielt unter einem Baum an und stellte den Motor ab. »Bitte, bleiben Sie dicht bei mir.« Er gab sich den Anschein, unbekümmert dahinzuschlendern, doch Eliza sah an seiner steifen Schulterhaltung und seinem Gesichtsausdruck, dass etwas im Argen lag. Jay begegnete einem Dorfbewohner, den er ansprach. Sie redeten sehr schnell, und Jay wurde energisch, aber der Mann schüttelte den Kopf.

Aus der Nähe war ein halb ersticktes Blöken zu hören. Eliza spähte in eine Seitengasse. Dort war eine lebende Ziege an den Hinterläufen aufgehängt. Schaudernd sah Eliza mit an, wie ein Mann ein Schwert zog und das Tier mit einem Hieb köpfte.

Jay nahm sie beim Arm. »Rasch, zum Motorrad!«

»Aber ich habe gerade …«

»Nicht reden. Wir müssen uns beeilen.« Beinahe grob zog er sie mit sich.

»Was ist denn los?«

Erst als sie im Beiwagen saß und der Motor lief, antwortete er ihr, und sein Gesicht verriet große Qual. »Die alten Sitten leben fort.«

»Ja. Und?«

»Etwas Schreckliches ist im Gange.«

9

Eliza hielt sich an ihrem Sitz fest, während Jay wütend einen zunehmend steinigen Weg entlangraste. Ihr saß die Angst in den Gliedern. Nichts Genaues zu wissen machte es schlimmer, zumal sie Jay noch nie so aufgewühlt gesehen hatte. Sie spürte, dass er in einer Welt lebte, in die sie im Grunde keinen Einblick hatte, in einem abgeschirmten Reich, und Jay war vielschichtig und undurchdringlich wie das rajputische Fürstentum, das sie vielleicht nie ganz verstehen würde. Verborgen hinter den Ritualen und Bräuchen seines Lebens, lag etwas Bedeutendes, das alles zusammenhielt. Sie fragte sich, was das war, und beschloss, sich mehr Wissen über den Hinduismus anzueignen. Vielleicht würde sie diese Menschen dann besser verstehen. Aber im Augenblick ging es um nichts Mystisches oder Fremdes, sondern lediglich um das persönliche Verhalten eines anderen Menschen, der sie gerade ausschloss.

»So sagen Sie es doch bitte«, rief sie. »Was ist im Gange?«

»Eine Witwenverbrennung. Der Thakur hatte das Gerücht gehört, es würde morgen eine stattfinden, doch Indiras Großmutter sagte, ich solle zu dem Dorf fahren, das wir soeben verlassen haben, und da habe ich dann erfahren, dass die Witwenverbrennung heute stattfindet.«

»Du lieber Himmel! Aber das ist doch verboten! Wir müssen es verhindern.«

»Das habe ich vor. Es ist verboten, geschieht jedoch weiterhin. Die Leute wissen, dass die Briten an abgelegenen Orten nicht eingreifen werden.«

Die Sonne, die jetzt im Zenit stand, schien heiß auf eine ausgebleichte Landschaft, die öde und bedrohlich wirkte. Den Tränen nahe, wünschte Eliza sich weit, weit fort.

»Ich sagte doch, dass die alten Bräuche noch lebendig sind. Damit haben wir es jetzt zu tun.«

»Aber eine Frau bei lebendigem Leib zu verbrennen!«

»Nichts ändert sich über Nacht.«

Danach schwieg er. Eliza heftete den Blick auf den Rand der Wüste und ihre schiere Schönheit und fühlte sich elend. Ein wenig später verriet der alarmierende Klang von Trommelschlägen, dass sie sich dem Ort des Geschehens näherten.

Als Jay vom Motorrad abstieg und sie aus dem Beiwagen klettern wollte, sagte er: »Nein, bleiben Sie hier. Es ist vielleicht schon zu spät.«

»Ich komme mit.«

Er stockte nur für eine Sekunde. »Also gut, aber wir müssen rennen.«

In Rajputana konnte der Winter wärmer sein als ein englischer Sommer, und dieser Tag bildete keine Ausnahme. Eliza schwitzte bereits sehr.

»Ziehen Sie sich Ihren Schal über den Kopf und möglichst weit ins Gesicht.«

Als sie sich der Menschenmenge näherten, setzte ein Sprechgesang ein.

»Was passiert jetzt?«

Jay blieb stehen. »Sehen Sie dort. Am Fluss, hinter dem Gebäude.«

Eliza sah eine Menschenansammlung, halb verdeckt von einer Hauswand.

»Ich muss am Rand entlang zur anderen Seite gelangen und will, dass Sie hierbleiben. Sie können ohnehin nichts tun. Wenn ich mich den Leuten zu erkennen gebe, kann ich sie vielleicht noch aufhalten.«

Diesmal blieb Eliza zurück und wartete, jedenfalls für ein paar Minuten. Als Jay außer Sicht war und der Sprechgesang nicht aufhörte, begann sie zu zittern. Sie lief ihm nach bis zu jener Hausecke, wo ihr sofort klar wurde, dass das Trommeln eine Beschwörung des Todes war.

Eliza sah, wie Jay den Kopf schüttelte und laut mit einigen Männern stritt. Die Witwe konnte sie nirgends entdecken, aber etwa zwanzig Schritte entfernt stand ein Priester neben einem großen Scheiterhaufen und schwenkte ein Weihrauchfass. Ein anderer läutete eine Glocke, die das Trommeln übertönte, und zwei weitere Männer gossen aus einem Tonkrug Öl auf die Holzscheite am Rand. Als ein fünfter Mann eine Fackel anzündete und an das Holz hielt, stiegen kleine Flammen auf und erstarben wieder. Einen Augenblick später war ein entsetzlicher, schriller Klageton zu hören, und da sah Eliza, wie eine junge Frau zum Scheiterhaufen gezerrt wurde.

Ohne zu überlegen, machte Eliza einen Schritt von der Hauswand weg und schrie, doch niemand beachtete sie. Aller Augen waren auf die schmächtige junge Witwe gerichtet, die zu dem weiß verhüllten Toten auf dem Scheiterhaufen gehoben wurde. Alles schien still zu werden, und obwohl sie an den Händen gefesselt war, sah es für einen Moment so aus, als würde sie ihr Schicksal hinnehmen. Eliza graute es. Aber dann änderte sich alles, als Jay die Männer stehen ließ und sich zwischen den Menschen hindurchdrängte, bis er den Kordon der Zuschauer durchbrochen hatte.

Nach kurzem Knacken und Zischen loderte plötzlich Feuer auf. Eliza stockte das Herz, als Jay die Witwe am Arm zu fassen bekam und versuchte, sie vom Scheiterhaufen zu ziehen. Augenblicke vergingen. Eliza meinte, den Geruch von Angstschweiß wahrzunehmen. Schaudernd spürte sie das Entsetzen der jungen Frau. Jay gab nicht auf, und einen Moment lang sah es so aus, als würde das Feuer auf ihn übergreifen. Aber da packten ihn drei Männer und zogen ihn weg. Er entwand sich ihren Griffen und warf sich erneut nach vorn, doch sie setzten ihm nach und hielten ihn fest. Nun loderten die Flammen hell auf und schlossen die junge Frau ein, die sich selbst jetzt noch nach einer Lücke im Feuer umsah, um vom Scheiterhaufen zu springen. Sie kreischte, als etliche Männer und eine ältere Frau sie von allen Seiten mit langen Stöcken zurückstießen.

Trotzdem gelang es ihr, auszuweichen und zu einer Stelle zu laufen, wo das Feuer am schwächsten brannte. Ein Mann hieb mit einem Säbel nach ihr, sodass sie gezwungen war zurückzuweichen. Eliza sehnte sich danach, zum Scheiterhaufen zu laufen und sie zu retten, aber dann riss Jay sich noch einmal los und griff nach der jungen Frau. Zu spät. Im selben Moment leckten gelbe Flammen an ihren Füßen, und ihr Rock fing Feuer, dann ihr Schal und schließlich ihre Haare. Ihr Kreischen klang immer verzweifelter. Eliza konnte kaum hinsehen. Die Menschenmenge schaute schweigend zu.

Der Wind frischte auf, und die Flammen loderten höher, schlugen hin und her und trugen die Schreie der Brennenden in den strahlend blauen Himmel hinauf. Eine mitleidlose Wolke schwarzen Rauchs stieg auf und mit ihr ein Geruch, den Eliza ihr Leben lang nicht mehr vergessen würde.

Taumelnd wandte sie sich ab und rannte entsetzt von dem Schauplatz fort. Nur das Prasseln des Feuers war noch zu hören. Blind vor Tränen krümmte sie sich zusammen, und im nächsten Moment spürte sie Jays Arme um sich. Er zog sie weiter von dem Geruch brennenden Fleisches fort.

»Das hätten Sie nicht sehen sollen«, sagte er.

Sie drehte sich weg von ihm und schlug mit Fäusten auf seine Brust ein. »Warum musste das passieren? Warum?«

Er umfing sie erneut und hielt sie diesmal fester. Dabei bemerkte sie die Brandwunde an seiner Hand.

»Sie haben sich verbrannt.«

»Nicht der Rede wert.«

»Ich habe gesehen, was Sie tun wollten.«

Er schüttelte den Kopf. »Zu spät. Ich hatte gehofft, es den Leuten noch ausreden zu können. Ich dachte, mir bliebe noch Zeit, da die Witwe zuerst nirgends zu sehen war, doch man hatte sie nur versteckt gehalten.«

Beim Motorrad angekommen, half er Eliza in den Beiwagen.

Noch immer raste ihr Herz, und sie meinte, die Trommel zu hören, die den Tod der jungen Frau angekündigt hatte. Weinend setzte sie sich. Dann, als ihre Tränen ein wenig nachließen, blickte sie zu Jay, der die Arme auf dem Lenker verschränkt und die Stirn daraufgelegt hatte. In ihrer Brust saß ein brennender Schmerz, und Eliza wusste, ihre Stimme würde hoch und dünn klingen, wenn sie jetzt zum Sprechen ansetzte.

»Sie war noch so jung«, sagte er.

Eliza rang nur nach Luft.

»Wir werden nicht zurückfahren. Ich halte es für besser, Sie zu meinem Palast zu bringen. Er liegt nur eine Stunde von unserem Regierungssitz entfernt, und wir werden dort ungestört sein, können freier miteinander sprechen.«

»Es gibt nichts zu besprechen«, brachte sie unter halb ersticktem Schluchzen hervor.

»Es gibt sogar sehr viel zu sagen, aber nach diesem Erlebnis müssen Sie erst einmal mit den Emotionen fertigwerden. Ich kenne das.«

Während der Fahrt redeten sie nicht, und nach einer guten Stunde erreichten sie ihr Ziel, einen Palast von verblichener Schönheit. Jay führte sie durch ein großes Tor in einer langen, hohen Mauer und über einen Weg in einen hübschen Hof, der an drei Seiten von goldgelben Bauten mit je zwei nach vorn liegenden Türen umgeben war.

»Die Quartiere der Dienerschaft, die Ställe und Vorratskammern«, sagte er.

An der Seite gegenüber dem Torweg erstreckte sich entlang eines alten zweigeschossigen Hauses eine Säulenveranda. Es musste reichlich Wasser geben, denn im Gegensatz zu der trockenen Landschaft ringsum war der Hof bemerkenswert grün, und in Kübeln an den Hauswänden blühten üppige rosa und rote Petunien. Ein hoher Baum mit gelben Blüten und langen Blättern und zwei Bänken darunter stand in der Mitte und spendete reichlich Schatten.

»Das ist eine Siamesische Senna«, sagte Jay, als er ihrem

Blick folgte. »Diese Bäume können achtzehn Meter hoch werden. Aus dem Holz werden Möbel und Schiffe gezimmert. In den Gärten hinter dem Haus stehen noch mehr.« Er deutete in die Richtung.

Sie durchquerten das Haus und gingen an der Rückseite durch eine offene Säulenhalle und über eine Terrasse zu einer Außentreppe. Von dort sah man in einen weitläufigen Garten und einen Obsthain. Es roch nach Gras, und Eliza atmete tief durch. Obwohl sie sich noch nicht vorstellen konnte, wie sie je ihren Abscheu und Schrecken verarbeiten sollte, musste sie zugeben, dass es eine kluge Entscheidung gewesen war, zu diesem stillen Zufluchtsort zu fahren. Einen Moment lang blieb sie stehen, um in die Ferne zu schauen, und sah, dass das Land leicht abfiel.

Jay führte sie zu einem Schlafzimmer im Obergeschoss. »Wenn es kühler geworden ist und Sie sich ausgeruht haben, kommen Sie zu mir auf die Terrasse.« Er drückte ihre Hand. »Bis später.«

Eliza legte sich auf das Bett, in dem offenbar lange niemand mehr geschlafen hatte. Es roch nach Mottenkugeln, aber auch nach einem Parfüm, das sie an Laxmi erinnerte. Vielleicht war das irgendwann einmal das Zimmer von Jays Mutter gewesen? Es verfügte über einen kleinen angrenzenden Salon mit einem großen Teppich und verschiedenen Sitzkissen. Eliza versuchte, an etwas anderes zu denken, aber die Erinnerungen an die Witwenverbrennung ließen sie nicht los. Als Fremde in einem fernen Land hatte sie gehofft, allmählich Fuß zu fassen, doch tatsächlich fühlte sie sich den Erfahrungen immer weniger gewachsen. Dies war keine behagliche Welt für sie. Für keine Frau, dachte sie und fragte sich, ob sie als Witwe womöglich auch gefährdet war. Wie war es wohl, diesen qualvollen Tod zu sterben, die Schmerzen, die Angst, die schiere Grausamkeit durchzumachen?

Als die Dämmerung einsetzte und der Himmel zuerst zartlila, dann rosa wurde, machte Eliza sich auf die Suche nach

Jay und fand ihn mit einem Glas Whisky in einem Korbsessel auf der Säulenterrasse hinter dem Haus, die kleiner und intimer war als die an der Vorderseite. Sichtlich niedergeschlagen strich er sich die zerzausten Haare aus der Stirn und rieb sich über das Gesicht. Seine Hand war rußverschmiert.

»Früher haben wir die meiste Zeit hier draußen gelebt«, sagte er und deutete mit der anderen, inzwischen verbundenen Hand zu den Gärten. »Möchten Sie auch etwas zu trinken?«

Sie bat um Wasser.

Während ein Diener ihr ein Glas einschenkte, setzte sie sich Jay gegenüber in einen Sessel. Als es dunkel wurde, ging der Mond auf und warf ein silbriges Licht über den Garten. Die Luft war geschwängert vom nächtlichen Geruch nach Erde und stark duftenden Levkojen. Eliza war, als könnte sie in der sanften Wärme alles vergessen, aber dann begann Jay zu reden.

»Zwei Wochen bevor mein Großvater starb, hörte meine Großmutter auf zu essen und zu trinken. Sie pflegte ihn. Eines Nachts hörte ich dann ihren Sprechgesang. Großvater war gerade gestorben, und sie hatte schon bekannt gegeben, sich mit ihm am nächsten Morgen verbrennen zu lassen. Sie hielt es für eine Schande, wenn eine Frau ihren Mann überlebt.«

Er griff nach einer Schachtel Zündhölzer, die auf dem Tisch lag, stand auf und nahm eine Wachskerze aus einem Metallkasten an der Wand, riss ein Streichholz an und hielt es an den Docht. Während er die Flamme an zwei Leuchter an der Mauer hielt, verbreitete sich der Geruch von brennendem Öl. Das Licht flackerte, und Eliza sah ein oder zwei Minuten lang dem aufsteigenden Rauchfaden zu.

»Sie waren dabei?«

»Meine Mutter war hingefahren, weil sie wusste, dass ihr Vater nicht mehr lange leben würde, und ich habe sie begleitet. Nachdem er gestorben war, wusch sich meine Großmutter und legte ihr Hochzeitskleid an, dann saß sie ganz allein bis zum Morgen bei ihm. Als die Sonne aufging, traf ihr Schwager ein, der die letzten Rituale vollziehen sollte. Wenn eine

Sati zum Scheiterhaufen geht, wird sie von einer großen Schar Menschen begleitet, und die versammelten sich bereits.«

»Das alles haben Sie gesehen?«

Er hatte in die Dunkelheit geschaut. Jetzt blickte er sie ernst und traurig an, verzog aber die Lippen zu einem grimmigen Lächeln. »Sie hatte nach mir geschickt. Meine Mutter fing die Nachricht jedoch ab und befahl, mich in meinem Zimmer einzuschließen. Sie billigte es nicht, aber ich wollte unbedingt zusehen und kletterte aus dem Fenster. Ich habe meine Großeltern beide geliebt.« Er stockte und musste mühsam schlucken. »Manchmal wird die Witwe festgebunden. Nicht meine Großmutter. Als ich endlich ankam, brannte das Feuer schon hoch, und ich konnte sie nicht mehr sehen – doch ich hörte sie. Ihren Sprechgesang. Bis sie starb. Die Leute verehren sie bis heute.«

Eliza schwieg. Sie betrachtete sein Gesicht, das im Lampenschein voller Schatten war, und sah, welche Linien Kummer und Bestürzung hinterlassen hatten. Wieso hatte sie das nicht eher bemerkt? Aber dann beugte er sich mit gesenktem Kopf nach vorn und versank in Schweigen. Sie konnte seine Kiefermuskeln arbeiten sehen. Wie schrecklich für ein Kind, so etwas mitanzusehen! Das musste ihn tief verstört haben, genau wie sie damals der gewaltsame Tod ihres Vaters.

»Wie alt waren Sie?«

»Dreizehn. Es war eine Woche vor meinem vierzehnten Geburtstag. Während der Schulferien, andernfalls wäre ich in England gewesen.«

Voller Mitgefühl für den Jungen von damals betrachtete sie ihn, und ihre Augen füllten sich mit Tränen. »Ich nehme an, Sie haben es niemandem erzählt, als Sie wieder im Internat waren?«

Er schüttelte den Kopf und sah sie an. Es war, als blickte sie in sein Innerstes und er in ihres. Dann schaute er weg.

»Da hielten mich ohnehin alle für einen Wilden oder für verwöhnt. Meine Großmutter hat ihren Mann über alles geliebt und war todtraurig. Aber außer meiner Mutter versuchte keiner, sie von ihrem Entschluss abzubringen. Ihr Schwager sorgte sich nur darum, ob sie vielleicht doch Schande über die Familie bringt, weil sie es sich noch anders überlegt.«

»Warum lassen die Frauen das zu?«

Er zuckte mit den Schultern. »Manche sehen es noch als die höchste Form weiblicher Ergebenheit und Opferbereitschaft an. Meine Großmutter wollte im nächsten Leben bei ihrem Mann sein, darum kam für sie nichts anderes infrage.«

»Aber an den Frauen wird ein Verbrechen begangen.«

Darauf blickte er sie so traurig an, dass es sie drängte, ihn zu trösten, doch sie musste weitersprechen.

»Was, wenn es gar kein nächstes Leben gibt, Jay?«

Er seufzte schwer, hielt aber ihren Blick fest.

»Sind Frauen für sich genommen so wenig wert?«, fragte sie.

»Die, die sich dafür entscheiden, bezeichnen es als freiwilligen Akt der Hingabe. Wir beide könnten dem entgegenhalten, dass ihnen das eingeredet wurde. Sie haben zweifellos die alten Überzeugungen verinnerlicht. Sie standen vor der Wahl, sich verbrennen zu lassen oder als gescheiterte Ehefrau betrachtet zu werden.«

»Sie werden nicht genötigt?«

Er schnaubte und wandte den Blick ab, und für sie war es, als wäre ein Zauber gebrochen. »Oh, doch. Priester, die aus dem Besitz der Witwen etwas Wertvolles bekommen, ermutigen sie. Die Verwandten beider Familien, die ihren Schmuck erben wollen, ebenfalls. Und manche Witwen wurden mit Marihuana oder Opium betäubt oder an die Leiche ihres Mannes gefesselt oder durch Gewichte am Aufstehen gehindert. So schwer das Leben für eine Witwe ist, viele versuchen wegzulaufen. Und wenn sie das getan haben, ist ihre ganze Familie entehrt.«

»Weil der Wunsch zu leben stärker war als die Familienbande oder die Verheißung eines nächsten Lebens?«

»Ja.«

»Aber einige sind wirklich davon überzeugt? Wie Ihre Großmutter?«

»Sicher. Für manche war und ist es ein höchst spiritueller Akt. Schwer zu verstehen, nicht wahr? Doch es passiert aus vielen Gründen, nicht immer unter Zwang oder wegen der Religion, und manchmal nutzt eine deprimierte oder verzweifelte Frau es als Gelegenheit zum Selbstmord, der natürlich verboten ist.«

»Mir scheint, das gründet auf einer idealisierten Vorstellung, wie eine Frau zu sein hat.«

»In Ihrer Kultur ist die nicht viel anders, wenn sie auch nicht so extreme Ausprägungen hat.«

»Wir verbrennen keine Frauen.« Obwohl ihm sein Leid anzusehen war, bedachte sie ihn mit einem strengen Blick. »Und wir töten auch keine weiblichen Säuglinge.«

»Heutzutage nicht mehr, aber denken Sie zurück. Wussten Sie, dass nach dem britischen Verbot die Zahl der Witwenverbrennungen gestiegen ist?«

Sie schüttelte den Kopf, und ein paar Augenblicke lang herrschte ein unangenehmes Schweigen.

»Was werden Sie tun?«

»Anish davon berichten, und dann Chatur, die beide aber nichts unternehmen werden. Und ich werde mit Mr. Salter sprechen. Die Briten könnten nach den Schuldigen suchen, würden jedoch nichts erreichen. Die Dorfbewohner halten zusammen.«

»Aber Sie könnten die Männer identifizieren.«

»So weit würden die Briten nicht gehen. Sie wissen auch, dass es noch vorkommt.«

»Wie kommt es nur, dass Frauen in der ganzen Welt so übel misshandelt werden?«, rief Eliza aus und war plötzlich so wütend, dass sie nicht mehr wusste, wohin mit ihrem Zorn.

Er zuckte mit den Schultern. »Eine uralte Frage. Ich weiß darauf keine Antwort.«

Eliza wurde bewusst, dass sie als Außenseiterin enden könnte, doch gleichzeitig empfand sie das wachsende Bedürfnis, Indien nicht nur zu verurteilen, sondern besser zu verstehen.

Die Nacht hatte den Garten eingehüllt. Eliza konnte nichts erkennen und lauschte auf das Knacken von Zweigen und Rascheln von Tieren im Gebüsch. Sie zögerte einige Minuten lang, bevor sie den Mund öffnete, aus Angst, die Grundfesten ihres Lebens könnten einstürzen, wenn sie jetzt das Falsche tat oder sagte. In Jays traurigen Augen sah sie sich selbst, und deshalb wollte sie ihm von sich etwas geben. Sie hatte immer geglaubt, sie könne sich durch Schweigen schützen, aber dadurch hatte sie wie hinter einer Glaswand gelebt. Diese Wand stand nun kurz vor dem Zerspringen, erkannte sie jetzt.

Schließlich brach sie das lange Schweigen und schaute ihm in die Augen. »Mein Vater kam ums Leben, als ich zehn war«, begann sie mit klopfendem Herzen.

»Das tut mir sehr leid.«

Sie sah ihm an, dass er es ernst meinte. »Ich habe es auch mitangesehen.«

10

Sie erwachte an einem goldenen Morgen. Die Luft roch so süß und frisch. Eliza konnte sich fast einreden, es wäre gar nicht passiert, sondern nur ein böser Traum gewesen, der sich bei Tageslicht in Wohlgefallen auflösen würde. Wenn sie nicht den Geruch noch in der Nase gehabt hätte. Am Abend hatte sie sich voll bekleidet ins Bett fallen lassen. Nun riss sie sich die Sachen vom Leib, weil der Geruch des Menschenopfers darin haftete. In einem hohen, dunklen Wandschrank fand sie einen Morgenmantel. Den zog sie an, band den Gürtel zu und begab sich auf der Suche nach Jay auf die Terrasse.

Dort war es still, auch an den Bäumen regte sich kein Blatt. Trotzdem roch es nach den aromatischen Kräutern, die irgendwo im Garten wachsen mussten, und es duftete nach Jasmin und Geißblatt. Die Säulenbögen der Terrasse waren aus Sandstein, wie ihr jetzt auffiel, und schimmerten in der Morgensonne.

»Wenn es doch immer so sein könnte«, sagte sie, als sie Jay hinter dem Diener kommen sah, der ein Tablett mit Kaffee herantrug.

»Wie denn?«

»Friedlich.«

Er schaute zum Himmel auf, als könnte er von dort eine Antwort bekommen, und blickte dann sie an. »Hier bin ich am liebsten«, sagte er mit Wehmut in den Augen. »Hierher fahre ich, wenn mir die Welt unerträglich vorkommt. Und zufällig wurde ich hier auch geboren.«

»Das Zimmer, in dem ich geschlafen habe, gehörte Ihrer Mutter?«

Er nickte, während sie einander in die Augen sahen. »Wir

drei haben ein gebrochenes Herz, Sie, Indi und ich. Das verbindet uns.«

Als er in Nachdenken versank, glaubte sie es sofort. Er war unrasiert und trug noch dieselbe Kleidung wie am Vortag, roch nach Sandstaub und Rauch, und obwohl er keine Rußflecken mehr im Gesicht hatte, wirkte er verloren.

»Brauchen Sie etwas Frisches zum Anziehen?«, fragte er. »Ich auf jeden Fall.«

Sie nickte.

»Dafür kann ich sorgen.«

»Ich muss mir auch die Haare waschen.«

Im Gegensatz zu Clifford glaubte Eliza nicht, dass die Briten in Indien taktvoll mit den Bräuchen des Landes umgegangen waren. Bisher war sie der Ansicht gewesen, die Briten hätten das Recht auf ihrer Seite, aber wenn sie sich bei solchen Grausamkeiten einfach wegdrehten, machte sie das mitschuldig. Sie hatten bei der Niederschlagung von Rebellionen zweifellos den Bogen überspannt. Nach dem schrecklichen Erlebnis fühlte Eliza sich ganz elend. Frauenverachtung hatte in den verschiedenen Teilen der Welt viele Ausprägungen, doch lebendig verbrannt zu werden überstieg doch alles.

Sie schaute in den schönen, üppigen Garten und genoss die Ruhe und den Frieden. Er war wild und sah wunderbar aus, die Wege waren frei geschnitten, die Blumen – Kletterrosen, Jasmin und viele andere – blühten im Überfluss. Allerdings sah Eliza auch, wie man den Garten noch herrlicher gestalten könnte, etwa indem man an einigen Stellen Blickachsen schuf. Irgendwo musste es Wasser geben, und das Gefälle des Landes mochte damit zu tun haben.

Sie entschied sich zu fragen.

»Wir sammeln Regenwasser in Zisternen. Es gibt während der Regenzeit auch kleine Flüsse, und wir haben Brunnen. Wir müssten jedoch mehr tun, Kanäle bauen, Auffangbecken. Im Grunde benötigen wir Bewässerungsanlagen, aber ich bin mir nicht sicher, was ich in der Hinsicht tun kann.«

»Möchten Sie nicht das Leben der Menschen verbessern?«
Er runzelte die Stirn, doch die Idee setzte sich in Eliza fest.
Sie dachte weiter über Bewässerung nach. Sie mochte gegen die Behandlung der Frauen nichts ausrichten können, aber der Gedanke, auf andere Weise helfen zu können, gab ihr Auftrieb. »Es muss eine Möglichkeit geben.«
»Ich tue schon, was ich kann, beschäftige nur Einheimische, erlaube ihnen, im Hof Wasser aus dem Brunnen zu schöpfen, doch nur mein Bruder kann die Besteuerung gerechter gestalten, und das will er nicht.«
»Aber wie steht's mit Bewässerung?«
»Nun, wie gesagt …«
»Bestimmt können Sie eine Anlage bauen«, unterbrach sie ihn.
»Ich habe mich schon damit beschäftigt.«
»Aber hier, das ist genau der richtige Ort dafür. Auf Ihrem eigenen Land, wo es abfällt, da könnten Sie einen See anlegen und vielleicht weitere dazu.«
»Sie glauben wohl, ich schwimme im Geld? Mir gehört das Motorrad, doch der Wagen ist Eigentum meiner Mutter, Eliza. Ich habe diesen schönen alten Palast, den ich kaum instand halten kann, und bekomme ein recht großzügiges Taschengeld, aber davon kann ich keine Bewässerungsanlage bauen.«
»Dann beschaffen Sie sich das Geld. Wo ein Wille ist …«
Sie zögerte einen Moment lang, konnte sich jedoch nicht zurückhalten. »Sehen Sie überhaupt, wie arm die Menschen sind?«
»Selbstverständlich.«
»Nein, Jay. Das glaube ich nicht. Sie sehen, was Sie sehen wollen. Ich werde die Aufnahmen von gestern entwickeln, und Sie werden sie sich anschauen, mit weit geöffneten Augen. Wenn Sie es schwarz auf weiß vor sich haben, können Sie es nicht mehr ignorieren. Es ist Zeit, aktiv zu werden, etwas zu tun.«

»Sie klingen wie mein Freund Devdan.«

»Nun, wenn es ihm darum geht, die Ungerechtigkeiten zu reduzieren, dann bin ich auf seiner Seite. Sie haben auf diesem Gelände Wasser. Also beginnen Sie hier.«

»Und das Geld?«

»Sammeln Sie. Ich werde mich auch dafür einsetzen.«

Eliza wusste seinen Palast als besonderen Rückzugsort zu schätzen, er war erfrischend für Geist und Seele. So erschüttert sie noch war, fühlte sie sich, als hätte sie einen entscheidenden Schritt getan und etwas Verlorenes zurückgewonnen, und das veränderte ihr Denken. Sie hätte nicht sagen können, was es war. Ein Gefühl von Zugehörigkeit vielleicht. Obwohl das sonderbar klang, nachdem sie etwas mitangesehen hatte, durch das sie sich in dem Land noch fremder vorkam.

Nachdem sie gefrühstückt hatten – süßes Brot mit Quark und Honig –, ging Eliza auf ihr Zimmer, wo indische Kleider für sie bereitlagen. Und am Waschtisch stand ein Krug mit Wasser. Sie wusch sich die Haare, um den Brandgeruch loszuwerden, und konnte die Tränen nicht zurückhalten, als sie an die junge Witwe dachte. Für die Frau gab es all das nicht mehr, kein Haarewaschen, keine Kinder, kein Leben.

Eliza ließ die feuchten Haare offen über die Schulter hängen, zog sich an und ging zu Jay, den sie in einem spärlich möblierten, aber hellen, luftigen Zimmer im Erdgeschoss fand.

Lächelnd stand er auf. »Sie haben schöne Haare.«

»So nass?« Sie hob eine Strähne an.

Er lachte. »Wenn sie trocken sind. Sie schimmern in vielen Farben. Manchmal golden, manchmal wie Kupfer.«

»Also doch nicht kamelbeige?«

»Das war grob von mir. Vergeben Sie mir.«

Er sah ihr in die Augen, und in dem Moment dachte sie, sie könnte ihm alles verzeihen.

»Ich hielt Sie für eine dieser Engländerinnen, die die kuriosen Inder bestaunen will.«

»Das war ich nie.«

Sie gingen spazieren und plauderten. Zuerst zeigte er ihr die Arkade, die er ihr einmal beschrieben hatte. Sie führte von der Terrasse aus an einer Seite des Gartens entlang. Die Bögen waren spitz und die Bogenzwickel mit hübsch gemeißelten Blüten und Blättern verziert. Einige waren zerbrochen, aber der Stein hatte einen hellen Goldton.

»In Rajputana gibt es viel Sandstein, Schiefer, Marmor und anderes Baumaterial. Aus den Steinbrüchen bei Makrana stammte der Marmor für den Taj Mahal. Wir haben aber auch Kalkstein aus Jaisalmer und den roten Sandstein, mit dem die Festung in Delhi gebaut wurde. Haben Sie die gesehen?«

»Ja, und ich würde gern noch einmal nach Delhi fahren. Wie Sie wissen, haben wir dort früher gelebt. Tatsächlich werde ich irgendwann hinfahren müssen, um meine fertigen Fotos abzuholen.«

»Nun, dann steigen Sie im *Imperial* ab. Das tun alle Briten.«

Sie nickte. Durch einen breiten Türbogen gelangten sie in einen staunenswerten Raum von doppelter Höhe. Das Licht strömte weit oben durch Fenster herein, die von unten nicht zu sehen waren.

»Die liegen über den Mauerbögen«, erklärte Jay, als er ihrem Blick folgte.

Das Licht durchflutete den oberen Teil des Raumes, als wäre die Sonne eigens dafür geschaffen worden, und ihre Stimmen schienen in die Höhe zu steigen und sich im Klang zu verändern.

»Das ist ein Audienzsaal. Aber sehen Sie sich den Boden an.«

Der Marmor war gesprungen und an einigen Stellen bröckelig.

Jay blieb stehen. »Möchten Sie mir erzählen, was Ihrem Vater zugestoßen ist?«

Für zwei Sekunden schloss sie die Augen, und als sie sie wieder öffnete, schaute er sie mit solcher Freundlichkeit an, dass sie heiße Tränen wegblinzeln musste.

»Es passierte am dreiundzwanzigsten Dezember 1912. Das Datum werde ich nie vergessen. Er ritt auf einem Elefanten unmittelbar hinter dem Vizekönig am Kopf der Prozession. Meine Mutter und ich waren sehr stolz. Delhi sollte Kalkutta als Regierungssitz ablösen, und der Vizekönig hielt an dem Tag seinen prunkvollen Einzug in die Stadt.«

Jay sah sie sehr aufmerksam an, und sein Blick hatte sich verdunkelt. »Erzählen Sie weiter.«

Sie riss sich zusammen, um ruhig sprechen zu können. »Jemand warf eine Bombe. Meine Mutter und ich standen auf unserem Balkon und wurden Zeugen des Anschlags. Ich sah meinen Vater nach vorn sacken und rannte hinunter auf die Straße. Da stellte ich fest, dass die Explosion ihn getötet hatte.« Als sie stockte, griff Jay nach ihrer Hand.

»Es war meine Schuld. Ich hatte ihn gebeten, für einen Moment anzuhalten und mir zu winken. Hätte er das nicht getan ... Nun, jedenfalls ging ich zu ihm und warf die Arme um ihn. Ich habe ihm gesagt, dass ich ihn lieb habe. Viele Jahre habe ich mir eingeredet, er hätte es noch gehört. Jemand half mir vom Boden hoch, und da war mein neues weißes Kleid rot vom Blut meines Vaters.«

»Eliza, die Frage mag Ihnen seltsam erscheinen, aber glauben Sie an das Schicksal?«

»Ich bin mir nicht sicher, ob ich wirklich verstehe, was das bedeutet.«

»Wir glauben, man kann sein Schicksal ändern, doch manches scheint vorherbestimmt zu sein. Als müsste es so und nicht anders passieren.«

»Wie zum Beispiel?«

Er überlegte offenbar, ob er etwas Ernstes sagen sollte, entschied sich jedoch dagegen. Jay lächelte und machte eine wegwerfende Geste. »Wahrscheinlich versteht jeder etwas anderes darunter. Ich habe mich einfach nur gefragt, wie Sie es verstehen.«

Ein wenig später gingen sie zusammen durch den Garten zu den Ställen. Eliza wunderte sich, warum sie nicht längst nach Juraipur zurückkehrten, und sprach Jay darauf an.

»Können Sie reiten?«, fragte er, anstatt darauf einzugehen.

»Ich bin ein bisschen eingerostet.«

»Ich dachte, wir könnten einen kurzen Ausritt über den Trampelpfad machen.«

Ein Stallbursche grüßte ihn, und Jay erwiderte den Gruß herzlich, dann brachte der Junge zwei Pferde heraus. Währenddessen grübelte Eliza über den Schicksalsbegriff und darüber, warum Jay sie nach ihrer Meinung gefragt hatte. Sie verschob das Thema auf später.

»Wüstenpferde«, sagte er in Unkenntnis ihrer Gedankengänge.

Eliza bestaunte die herrlichen Tiere, ihre kräftigen gebogenen Hälse und die schönen gebogenen Ohren, die leicht nach innen gedreht waren. Vor allem aber erregten die langen Wimpern und flatternden Nüstern ihre Aufmerksamkeit.

»Sie stammen ursprünglich von Arabern ab.«

»Ehrlich gesagt, könnten wir das ein andermal tun? Ich muss zurück und meinen Film entwickeln, bevor er verdirbt. Würde Ihnen das etwas ausmachen?«

»Nur ein kurzer Ritt? Keine Sorge, Ihr Pferd ist sehr sanftmütig.«

Eliza fühlte sich hin- und hergerissen. Gern wollte sie noch länger mit Jay zusammen sein, hatte aber Angst, sich beim Reiten zu blamieren. »Ich würde Sie bloß aufhalten.«

Da er nur lächelte, sah sie ein, dass es zwecklos war, sich zu weigern, und gab nervös nach. Das letzte Mal war sie als Teenager geritten. Doch weil sie allmählich den Eindruck hatte, Jay bei aller Fremdheit vertrauen zu können, wollte sie die Gelegenheit nutzen und seine Gesellschaft noch etwas länger genießen.

»Wollen wir versuchen, ohne Sattel zu reiten? Falls Sie das noch nicht getan haben, werden Sie es bestimmt wunderbar finden. Es wird Ihnen helfen, Abstand zu dem grausigen Erlebnis zu gewinnen.«

Sie sagte nichts, bezweifelte das jedoch stark.

»Und so entwickelt man eine viel stärkere Bindung zu dem Tier. Wollen Sie es ausprobieren?«

Eliza sah ihn nur an, ohne zu antworten. Er nahm ihr Schweigen als Zustimmung und half ihr aufs Pferd, wo sie mit klopfendem Herzen saß.

»Geben Sie acht, wie ich es mache.« Jay schwang sich hinauf. »Sie müssen ein wenig weiter vorn sitzen und auch die Beine weiter vorn halten. Aber drücken Sie nicht mit den Fersen oder Unterschenkeln in die Seiten, wenn Sie anhalten oder das Pferd langsamer gehen lassen wollen. Und seien Sie nicht nervös.«

Eliza wollte ihr Leben nicht einem fremden Tier anvertrauen.

»Es wird wunderbar klappen. Vertrauen Sie dem Pferd. Wenn Sie das nicht tun, wird es Ihre Angst spüren. Entspannen Sie sich und genießen Sie den Ritt.«

Ehe sie losritten, schaute sie zu Jay hinüber. »Warum fragen Sie mich nach dem Schicksal?«

Er zuckte mit den Schultern. »Wir halten hier viel davon.«

Seine Antwort war unbefriedigend, und wegen der Art, wie er den Blick abwandte, vermutete sie, dass er das Thema nicht nur aus Konversationsgründen aufgebracht hatte. Er wich dem eigentlichen Grund aus.

Zunächst ritten sie Schritt, und trotzdem hatte Eliza schweißnasse Hände. Sie kamen an mehreren armen Dörfern vorbei, wo sie sehen konnte, wie das kärgliche Leben in dieser ausgedörrten Landschaft erkämpft werden musste. Wieder dachte sie, wie sehr Wasser das Dasein der Menschen verändern könnte. Aber nach und nach, als sie die Dörfer hinter sich gelassen hatten, konnte sie es genießen, durch die märchenhaft raue Landschaft Rajputanas zu reiten und den Wind in den Haaren zu spüren.

Jay hielt Wort. Es blieb ein kurzer Ritt, und bald darauf saß Eliza im Beiwagen seines Motorrads.

»Hat es Ihnen Spaß gemacht?«, fragte er, bevor er den Motor anließ.

»Wissen Sie, ich war von mir selbst überrascht.« Und das entsprach der Wahrheit. Eliza fühlte sich nicht mehr so angespannt, auch wenn ihr das grausige Ende der jungen Frau noch immer naheging.

Er lachte, und sie schaute ihn irritiert an. »Sie hätten Ihr Gesicht sehen sollen«, meinte er. »Rosig und strahlend. Am liebsten hätte ich Sie in mein stilles Königreich gebracht und gefangen gehalten.«

»Sie haben ein stilles Königreich?« Mehr sagte sie nicht, dann schaute sie weg, aber ob aus Verlegenheit oder weil sie Herzklopfen bekam, darüber wollte sie nicht nachdenken.

11

Zurück im Palast in Juraipur war der erste Mensch, den Eliza sah, Indira. Durch die hohen Fenster des Flurs strömte das Licht und zeichnete Muster auf den Boden, und Eliza war wieder einmal bewusst, dass sie sich in solchem Glanz deplatziert fühlte.

»Sie waren länger fort als erwartet«, stellte Indi fest und lächelte, wirkte aber ein wenig gereizt, während sie zusammen durch die unteren Räume gingen.

»Ja.«

Indira blieb stehen, Eliza dagegen setzte ihren Weg fort.

»Warum? Man braucht nur einen Tag, um zu meinem Dorf und wieder zurück zu fahren.«

In dem Glauben, die junge Frau sei nur neugierig, schaute Eliza über die Schulter und sagte: »Weil etwas vorgefallen ist.«

»Mit Jay?«

Eliza resignierte. Sie hatte gehofft, mit Indira über das sprechen zu können, was passiert war. Bestürzt über Indis harten, kalten Blick, erkannte sie nun jedoch, dass sie das lieber lassen sollte. »Ich möchte nicht darüber reden.«

»Haben Sie in seinem Palast übernachtet?«

»Ja, in Laxmis altem Zimmer, denke ich.«

»Das ist jetzt Jays Zimmer.«

»Das wusste ich nicht.«

»Und wo hat er geschlafen?«

»Ich weiß es nicht. Hören Sie, ich muss jetzt dringend meine Aufnahmen entwickeln.« Eliza entfernte sich ein paar Schritte, aber Indi holte sie ein und fasste sie am Ärmel.

»Das sind nicht Ihre Kleider. Was ist mit Ihren Sachen passiert?«

Indi kniff die Augen zusammen; den gleichen eifersüchtigen, misstrauischen Blick hatte Eliza während des Balles bei ihr gesehen. Sprachlos über die offene Feindseligkeit, geriet sie ins Stottern.

»Ich ... ich ...«

»Er hat Ihnen sein Schlafzimmer überlassen. Das ist ein Privileg. Ich durfte nie dort schlafen.«

Eliza schreckte vor Indiras Ton zurück. Sie sollte ihr nicht erlauben, so mit ihr zu reden. »Es tut mir leid, aber dafür kann ich nichts. Und nun bitte, ich habe es eilig.« Sie schüttelte Indis Hand ab und ließ die junge Frau stehen, doch der kurze Wortwechsel hinterließ bei Eliza einen bitteren Geschmack. Sie wollte sich Indira wirklich nicht zur Feindin machen.

Obwohl Eliza versuchte, sich abzulenken, ging ihr die Witwenverbrennung nicht aus dem Sinn. Dabei war das Schlimmste der Geruch, den sie immer noch in der Nase hatte. Sie sollte vielleicht doch mal mit jemandem darüber reden. Mit einem Landsmann, der verstehen würde, wie es ihr ging. Darum verließ sie unauffällig den Palast und rief sich eine Riksha herbei.

Eine Viertelstunde später saß Eliza auf dem bequemen Sofa in Dotties Salon und trank Tee aus einer dünnwandigen Porzellantasse.

»Also, wissen Sie, das ist mal eine schöne Überraschung!«, sagte Dottie. »Es fällt mir schwer, meine Zeit auszufüllen, obwohl ich nicht glaube, dass Sie das gleiche Problem haben.«

Eliza schüttelte den Kopf und hörte nur halb zu. Die Normalität ihrer Gastgeberin und die typisch englischen Dinge ringsherum fielen ihr plötzlich besonders auf: die kleine bauchige Vase mit Wicken auf dem Beistelltisch, das Klavier in der Ecke, die Gemälde mit Schäferhunden und die hübschen geblümten Vorhänge. Liberty-Stoff, dachte sie und verspürte mit einem Mal Heimweh.

»Ich wollte mit Ihnen reden«, sagte sie. »Mir schwirrt der Kopf, und ich weiß nicht mehr, was ich denken soll.« In ihrem

Hals hatte sich ein Kloß gebildet, und Eliza holte tief Luft. Konnte sie überhaupt darüber sprechen? Worte erschienen ihr angesichts der Grausamkeit dieses Todes schrecklich unzureichend.

»Natürlich.«

Eliza schaute in Dotties freundliches Gesicht. »Ich frage mich auch, wer es noch erfahren sollte, wenn ich es Ihnen erzähle.«

Dottie wirkte ratlos.

»Ich ...« Eliza stockte. »Ich habe etwas gesehen.«

»Ja?«

»Eine Frau ist verbrannt.«

Dottie biss sich auf die Unterlippe. »Wie furchtbar. Ein Unglücksfall?«

»Nein. Es ...« Sie holte tief Luft. »Es war ... eine Witwenverbrennung.«

Dottie schlug sich die Hand vor den Mund und wurde blass. »Du lieber Gott! Ich weiß nicht, was ich sagen soll. Sie müssen einen Schock erlitten haben.«

»Das glaube ich auch. Ich dachte, es ginge mir einigermaßen gut, aber ich rieche ständig ihr brennendes Fleisch. Ich werde es nicht los. Dottie, das war das Herzzerreißendste, was ich je gesehen habe.«

»Oh, Sie Ärmste!«

Eliza brach in Schluchzen aus.

Dottie stand auf und lief im Raum auf und ab. »Also, das ist verboten. Als Erstes müssen wir Clifford verständigen und dann ...«

»Nein«, unterbrach Eliza sie. »Nein. Bitte lassen Sie Jay das tun. Er sagt, es kommt immer noch vor, und die Behörden unternehmen gar nichts. Ich überlege, ob er sich nicht besser selbst darum kümmert und die Briten außen vor lässt.«

Nun war Dottie entsetzt und blickte Eliza mit großen Augen an. »Er hat Sie doch nicht etwa mitgenommen, damit Sie es sehen?«

»Nein. Wir fuhren zufällig daran vorbei, und er hat versucht, die Verbrennung zu verhindern.«

»Und?«

»Er war sehr tapfer, hat sich sogar die Hand verbrannt, aber ...« Sie schluchzte. »Wir kamen zu spät.«

Dottie ging zum Barschrank und schloss ihn auf. »Ich denke, Sie brauchen etwas Stärkeres als Tee. So geht es mir jedenfalls.« Sie hielt eine Flasche hoch. »Brandy?«

Eliza nickte, und Dottie schenkte zwei Gläser ein. Ihres leerte sie in einem Zug, sowie sie sich neben Eliza auf das Sofa gesetzt hatte.

»Ach Gott, diese Leute«, sagte sie. »Meinetwegen können sie glauben, woran sie wollen, aber das ist eine Abscheulichkeit sondergleichen. Zutiefst barbarisch.« Sie schüttelte den Kopf. »Sobald man anfängt, sich zu Hause zu fühlen, passiert so etwas.«

»Aber das ist doch unfassbar! Ich weiß nicht, was ich tun soll. Etwas so Schreckliches habe ich noch nicht erlebt.« Eliza ließ den Kopf hängen und spürte, wie ihr neue Tränen in die Augen stiegen.

»Dessen bin ich mir sicher.«

»Ich fühle mich geradezu krank.« Eliza stützte die Ellbogen auf die Knie und barg das Gesicht in den Händen.

Dottie tätschelte ihr den Rücken. »Sie Ärmste, wie entsetzlich!«

Eliza drehte den Kopf, um zu Dottie hochzublicken. »Laut Jay gibt es sogar mehr Witwenverbrennungen, seitdem sie verboten wurden, und jetzt finden sie heimlich statt. Er sollte derjenige sein, der das meldet. Es ist besser, wenn es von ihm kommt.«

»Hat er Ihnen das so gesagt?«

»Nein! Natürlich nicht.«

»Denn die Verbrennungen sind Mord, Eliza. Das darf man nicht durchgehen lassen.«

»Man hat es bereits und tut es noch immer. Aber ich sollte

jetzt gehen. Bitte behalten Sie es vorerst für sich. Clifford darf nicht erfahren, dass ich dort war. Das möchte ich auf keinen Fall. Er würde Jay Vorwürfe machen oder meine Bewegungsfreiheit einschränken.«

Dottie fasste ihre Hand. »Liebes, ich kann Sie nicht in dem Zustand gehen lassen. Sie zittern ja. Bleiben Sie und essen Sie etwas. Vielleicht ein Sandwich?«

Am späteren Nachmittag beschäftigte Eliza sich in der Dunkelkammer, und später verlor sie sich wieder in der Erinnerung an das Erlebnis und ihren Besuch bei Dottie. Wenn sie an Jay dachte, merkte sie, dass sie ihm noch mehr zugetan war als vorher. Sie hatte ihn auf seine Frage, ob sie an Schicksal glaube, ansprechen wollen und dachte auch immer wieder darüber nach. Bedeutete es, das eigene Leben nicht in der Hand zu haben? Wenn ja, dann konnte sie einer so fatalistischen Weltsicht nicht zustimmen.

Ihre Gedankengänge führten sie zu Indira. Sie musste sich etwas einfallen lassen, wie sie die Freundschaft mit ihr fördern könnte, anstatt es bei der Konkurrenz zwischen ihnen zu belassen. Nach einer Weile zog sie sich aus und legte sich aufs Bett, um den Vögeln vor dem Fester zu lauschen. Anfangs wollten die Stimmen der Vergangenheit sie nicht in Ruhe lassen. Sie hörte ihren Vater, der ihr versprach zu winken, dann hörte sie Oliver die Tür zuschlagen und in den Tod laufen. Aber irgendwann schlief sie vor seelischer Erschöpfung ein.

Ein Klopfen an der Tür weckte sie. Da sie glaubte, es müsse Indi oder Kiri sein, warf sie sich den Morgenmantel über und ging, zerzaust, wie sie war, an die Tür. Überrascht sah sie Jay dort stehen. Sie starrten einander an. Als sie spürte, dass sie rot wurde, zog sie sich den Morgenmantel über der Brust fester zusammen.

»Was wollen Sie?«, fragte sie unbeholfen.

»Meine Mutter wünscht Sie zu sprechen.«

»Warum hat sie Sie geschickt und keine Dienerin? Habe ich etwas falsch gemacht?«

»Nein. Sie hat es nur vorgeschlagen.«

Während des Wortwechsels hatte Eliza seinen Blick festgehalten. Jetzt sah er für einen Moment weg. »Eliza, ich ...«

»Ja?«

Er berührte ihre Haare. »Sie haben wirklich schönes Haar.«

Sie lächelte. »Das hätten Sie auch gleich bemerken können.«

In seinem Gesicht sah sie eine Regung, die in ihr mehr Zuneigung auslöste, als ihr lieb war. Aber nahm er sie ernst? Sie spielte mit ihrer Silberkette und mit dem kleinen Edelstein, der in ihrem Kehlgrübchen lag, dann fasste sie sich an den Hals, wo ihr Puls pochte. In dem Moment erschien England sehr weit entfernt. Eigentlich rückte es jedes Mal weiter weg, wenn Jay sie ansah.

»Wollen Sie auf dem Gang warten? Oder, Augenblick, Sie könnten sich die Aufnahmen ansehen, während ich mich anziehe.« Sie ging zurück ins Zimmer, um die Kontaktabzüge zu holen, und gab sie ihm mit zitternden Händen. Sie durfte sich durch ihn nicht derart aus der Ruhe bringen lassen.

Beim Anziehen hörte sie jemanden auf dem Gang auf Hindi reden und ging zur Tür, um zu lauschen.

Zuerst war da nur Jays Stimme, dann unterbrach ihn eine schrille weibliche Stimme. Eliza konnte zwar kein Wort verstehen, erkannte jedoch schließlich, dass es Indira war. Eliza hatte weibliche Eifersucht aber schon früher erlebt. Im Internat war sie einmal von ein paar Mädchen festgehalten worden, und sie hatten ihr die langen Haare abgeschnitten. Nach diesem Vorfall hatte sie dort ständig Ängste ausgestanden. Das Letzte, was sie jetzt brauchte, war die Boshaftigkeit einer anderen Frau. Eliza fühlte sich ohnehin schon überfordert.

Mit der Zeit wurde es still auf dem Flur, und als Eliza vor die Tür trat, lief Jay mit den Abzügen in der Hand auf und ab.

»Ärger?«, fragte sie.

»Verzeihung, ich konnte sie mir noch nicht richtig ansehen, aber ich verstehe sehr gut, was Sie über die Armut denken. Wir sind längst daran gewöhnt, wissen Sie? Darf ich die Aufnahmen für eine Weile behalten?« Er lächelte schief und schüttelte dann den Kopf. »Sie haben auch recht gehabt, was Indira angeht. Ich bin blind gewesen.«

»Für einen Außenstehenden ist es immer leichter, so etwas zu erkennen.«

Er seufzte. »Ich habe sie nie ermutigt. Ich empfinde nichts Derartiges für sie. Das wäre vollkommen falsch. Für mich war sie immer wie eine kleine Schwester.« Er bedachte Eliza mit einem Blick, den sie nicht deuten konnte. »Wenn ich einmal heirate, wird es eine mir ebenbürtige Frau sein müssen. Wenn meinem Bruder etwas zustößt, muss ich die Regierung übernehmen.«

Nun, damit ist alles klar, dachte Eliza.

»Wie gesagt, falls Anish stirbt, besteige ich den Thron. Allerdings wird Chatur alles versuchen, um das zu verhindern. Es gibt vieles, was ich ändern möchte, und seine Macht einzuschränken steht ganz oben auf der Liste. Um dazu in der Lage zu sein, muss ich mich an die Tradition halten.«

»Natürlich. Das hat ohnehin nichts mit mir zu tun.« Sie riss sich zusammen, um sich nichts anmerken zu lassen, aber sie war doch betroffen und überlegte, ob er sie damit auch hatte warnen wollen.

»Nun lassen Sie uns gehen. Übrigens habe ich schon mit Mr. Salter über die Witwenverbrennung gesprochen. Er war erwartungsgemäß schockiert und versprach, die Angelegenheit zu untersuchen.« Nach kurzem Zögern sagte er: »Ich habe nicht erwähnt, dass Sie dabei waren. Hätte ich das tun sollen?«

»Nein. Mir ist lieber, wenn er nicht davon erfährt. Ich möchte von ihm nicht überbehütet werden.«

»Tatsache ist, er wird nur sehr wenig dagegen unternehmen können.«

Jay führte sie durch viele Gänge und Räume zu dem blauen Vestibül, wo sie am Tag ihrer Ankunft gewartet hatte.

»Diesen Raum hat Indi für meine Mutter gestaltet.«

Eliza schaute auf die goldenen Blüten und Blattranken. »Ihr Talent ist erstaunlich.«

In dem Moment kam Laxmi und streckte Eliza die Hand entgegen. »Ich freue mich, Sie zu sehen. Mein Sohn hat mir von Ihrem Ausflug erzählt.«

Eliza nickte, unsicher, auf welchen Teil des Ausflugs sie sich bezog, und fühlte ihr Herz klopfen.

Diesmal durfte sie das fürstliche Empfangszimmer betreten und sah, wie schön es war. Es glänzte wie ein Spiegelsaal. Die Wände waren mit bunten Glasmosaiken ausgelegt, die Decke mit Engeln bemalt, und der Stuck war vergoldet. Sie betrachtete es staunend. Am Boden lagen lauter seidene Teppiche, einer über dem anderen, aber Laxmi bedeutete ihnen, auf den Sesseln Platz zu nehmen. Eliza setzte sich auf einen geradlehnigen aus rotem Samt, während Jay sich auf einer Chaiselongue ausstreckte.

»Wie ich höre, haben Sie eine Idee zu einer Bewässerungsanlage«, begann Laxmi.

»Das war nur ein Gedanke.«

»Und ein guter. Mein ältester Sohn, Anish, wird vielleicht nicht dieser Ansicht sein, doch seit Jay heute Morgen mit mir darüber sprach, habe ich kaum an etwas anderes gedacht. Mit scheint, wenn wir die Menschen auf unserer Seite halten wollen, müssen wir ihnen das Leben erleichtern. Andernfalls werden die Briten oder die Rebellen sie leicht überzeugen können, sich gegen uns zu wenden. Wie Sie wissen, geschieht das bereits in einigen Teilen des Landes, und solche Unzufriedenheit kann nur wachsen. Ich fürchte um unsere Herrschaft und habe gewartet, dass Anish etwas unternimmt, doch da er das nicht tut, werde ich die Sache wohl selbst in die Hand nehmen müssen. Also habe ich einen Plan gefasst und möchte ihn vorstellen.«

Jay zog die Brauen hoch. »Machen Sie sich auf etwas gefasst.«

»Meine Idee ist folgende: Wir haben in unserem Tresorraum allerhand Familienschmuck liegen. Wenn wir eine Zusage britischer Geldgeber erwirken könnten, wäre ich nur zu gern bereit, die anfänglichen Kosten aus meinem Privatvermögen zu decken und einen Ingenieur für die Baupläne zu bezahlen.«

»Wir sollten ehrlich sein, Mutter.«

Darauf zuckte sie mit den Schultern. »Meinetwegen.«

»Eliza, meine Mutter stellt sich vor, dass wir mit den Bauplänen in der Hand den Familienschmuck beleihen, unter der Voraussetzung, dass die britischen Darlehen später zustande kommen.«

»Das muss unter uns bleiben«, fügte Laxmi hinzu. »Anish darf von der Hypothek nichts wissen. Jayant hat mir versichert, ich könne mich auf Ihre Diskretion verlassen.«

»Natürlich.« Eliza überlegte kurz. »Sie werden abwarten müssen, ob das Projekt genehmigt wird und Gelder verfügbar sind, bevor Sie anfangen.«

»Ganz recht. Und da kommen Sie ins Spiel. Wenn Sie mit Mr. Salter darüber sprechen und ihn überzeugen können, sich um die Genehmigung zu kümmern, würde das viel dazu beitragen, uns die Darlehen zu sichern. Er könnte sogar dabei helfen, Finanziers zu finden, die das Projekt unterstützen.«

Eliza freute sich, denn sie hatte nicht erwartet, dass Jay ihre spontanen Ideen so ernst nehmen würde. »Ich weiß nicht, wie viel Einfluss ich habe, aber ich werde mich bemühen.«

Eine halbe Stunde erörterten sie den Plan, und als Jay sich verabschiedete, um zu einem Polospiel zu gehen, stand auch Eliza auf.

»Bleiben Sie noch, Eliza. Nachdem wir uns nun ein wenig kennen, haben Sie vielleicht Fragen, auf die Sie gern eine Antwort hätten?« Laxmi bedeutete ihr, wieder Platz zu nehmen. »Möchten Sie etwas wissen?«

Eliza war angenehm überrascht. Inzwischen hegte sie gewisse Ängste, ob sie im Palast noch sicher war, und zugleich fand sie, dass sie mehr über die Kultur wissen sollte, wenn sie sich je in Indien zu Hause fühlen wollte.

»Ich würde Ihre Kultur gern besser verstehen«, sagte sie, obwohl sie dabei vor ihrem geistigen Auge den Scheiterhaufen brennen sah.

»Die Palastkultur? Oder die strenge Etikette, die unsere Beziehungen regelt?«

Eliza überlegte und entschied sich, nichts über die Witwenverbrennung zu sagen. »Nun, mich interessiert beides, besonders aber die Rituale, die Gebete, die Götter. Wofür sind sie da? Es scheinen sehr viele zu sein.«

»Wir sind eine sittenstrenge Gesellschaft. Unsere Gebete geben uns Sinn in einer ansonsten sinnlosen Welt. Wir sind Hindus. Der Hinduismus ist keine Religion, auch wenn die Leute das immer meinen. Es ist eine Art zu leben, in die wir hineingeboren werden.«

»Und wenn es diese Götter in Wirklichkeit gar nicht gibt?«

»Was Wirklichkeit ist, hängt von unserer Deutung ab. Die Götter existieren in unseren Gedanken und Empfindungen. Da sind sie von Bedeutung. Sie geben uns die Ordnung, innerhalb derer wir unser Leben führen. Nicht alles daran ist gut, aber wir wissen, wo wir stehen. Wir kennen unseren Platz in der Welt. Können Sie dasselbe von sich sagen?«

Eliza dachte an die Dörfer, die staubigen Gassen, wo tagtäglich in der Mitte eine Abflussrinne ausgehoben wurde. Trotz der Armut hatten ihr die Lehmhäuser gefallen, die schlafenden Kühe und Hunde und die kleinen Kinder, die ihnen mit dunklen Augen hinterhergeschaut hatten. Sie bewunderte die Anmut der großen, sehr aufrecht gehenden Frauen, die Kopf und Gesicht mit leichten Schals verhüllt hielten. Was die Sitten und Gebräuche betraf, konnten sie von England kaum weiter entfernt sein, und erst recht hinsichtlich ihres Ansehens.

»Ich habe noch nie darüber nachgedacht«, antwortete sie,

obwohl das nicht ganz der Wahrheit entsprach. In gewisser Hinsicht wusste sie überhaupt nicht, wo ihr Platz in der Welt war. Sie sehnte sich danach, Laxmi zu offenbaren, wie entsetzlich es gewesen war, den Tod der jungen Frau mitanzusehen, und wie ungeschützt sie sich fühlte, weil sie selbst auch Witwe war. Sie wollte mit dieser großzügigen Frau gern ehrlich sein, ihr die Wahrheit anvertrauen.

»Was kann ich tun, damit Sie sich hier besser einleben?«, fragte Laxmi. »In Ihren Augen sehe ich immer ein wenig Angst, und Ihnen stehen noch viele Monate bevor, wenn Sie einen ganzen Jahreslauf von unserem Leben in Juraipur fotografieren wollen.«

»Ich wünsche mir eine Führung durch den gesamten Palast und auch durch die Festung. Ich finde mich nämlich überhaupt nicht zurecht und möchte nicht immer von anderen Leuten abhängig sein.«

ZWEITER TEIL

Wer weint, weil die Sonne aus seinem Leben verschwunden ist, wird vor lauter Tränen die Sterne nicht sehen.

Rabindranath Tagore

12

Beim heiteren Geläut der Tempelglocken war Eliza eingeschlafen, und am Morgen erwachte sie überraschenderweise voller Hoffnung. Sie schaute zum wolkenlosen Himmel hinauf. Ein Dutzend hellgrüner Sittiche stieg aus einem Baum auf und flog zum nächsten, sodass sie das gelbe Gefieder unter den Flügeln zu sehen bekam. Daraufhin wollte Eliza in den Hof hinunter, fand eine Treppe, die sie hinführte, und ging an zierlichen Säulen vorbei den Bogengang entlang.

Ein wenig später kam Jay zu ihr, um sie mit der Anlage des Palastes vertraut zu machen.

»Ich habe nicht erwartet, dass Sie mich herumführen würden.«

Er verneigte sich. »Ich habe eigens darum gebeten.«

Während der Besichtigung gab er sich formell und zeigte ihr alle Räume: die Audienzsäle, die Waffenkammern, alle Arten von Salons, die Quartiere der Männer, Bankettsäle, Verbindungsbüros, große Bibliotheken, zahlreiche Werkstätten, Ställe, Vorratskammern, Küchen, ummauerte Gärten und zu guter Letzt die Zenana. Eliza versuchte, sich die Aufteilung und Wege möglichst gut einzuprägen, während Jay vieles erklärte. Aber bei der immensen Größe würde sie sich allenfalls einen Bruchteil merken können. Wenn sie von jetzt an allein zurechtkäme, ohne sich zu verlaufen, würde sie sich vielleicht nicht mehr ganz so fremd fühlen.

»So«, sagte er schließlich. »Wie geht es Ihnen? Ganz ehrlich?«

»Sie meinen, nach der …«

»Ja.«

»Ich werde wohl darüber hinwegkommen.«

»So etwas vergisst man nicht so schnell. Zögern Sie nicht, wenn Sie jemanden zum Reden brauchen.«

»Danke.«

Er lächelte. »Und nun habe ich eine kleine Flucht auf das Dach mit Ihnen vor. Zur Ablenkung.«

»Wirklich? Wo?«

Er tippte sich an die Nase. »Kommen Sie mit.«

Sie gingen durch einen Torbogen in einen dunklen, offenbar unbenutzten Teil der Festung. Eliza schauderte, als sie an Wänden mit abplatzendem Putz entlanggingen und schmutzige, steile Treppen hinaufstiegen. Die Fenster waren klein, und das Labyrinth der Korridore und feuchten Räume roch nach Trostlosigkeit. Selbst die Werkstätten wirkten bedrückend.

»Das ist der älteste Teil der Festung, und wie Sie sehen, wird er nicht mehr benutzt. Geben Sie auf Ihre Schritte acht, weiter vorne sind Risse im Boden.«

Nachdem sie mehrere Wendeltreppen hochgestiegen waren, zog Jay einen Schlüssel aus der Tasche und schloss eine große eisenbeschlagene Tür auf. Die plötzliche Helligkeit blendete Eliza, sodass sie taumelnd einen Schritt zurückwich. Er reichte ihr eine Hand und führte sie auf das Dach.

»Das ist mein geheimer Zufluchtsort«, sagte er. »Niemand sonst kommt hierher.«

Eliza schaute nach allen Seiten, überwältigt von der Weite des schimmernden blauen Himmels. Das war ein herrliches Gefühl, so als stünde sie auf dem Dach der Welt. Ihre Haare wehten im Wind, und die Luft war so frisch, geradezu berauschend. »Es ist ungeheuer schön.«

Die Stadt leuchtete golden, und die weite felsige Hügellandschaft erschien dunstig und grau. Zwischen den niedrigen Hügeln und der Stadt zogen große Schafherden. Eliza schaute zum Himmel und sah einen Bussard von einer Seite der Festungsmauer zur anderen fliegen. Sie befanden sich an der Rückseite des Palastes, und als sie an den Rand des Daches ging und hinunterblickte, sah sie die Anlage von oben, die vielen Verbindungsgänge und Höfe. Die Menschen erschienen von hier oben winzig. Erst da wurde Eliza klar, wie hoch sie tatsächlich standen. Weil ihr plötzlich schwindlig wurde, wich sie zurück.

»Alles in Ordnung?«, fragte er.

»Ja. Ich bin wie berauscht von der Luft. Sie ist belebend.«

»Wie guter Champagner.«

»Besser.«

»Jetzt muss ich Ihnen etwas zeigen.«

Er ging zu einem kleinen, runden Backsteinturm und öffnete die Tür. Einen Moment später kam er mit einem großen Drachen heraus. Die leuchtend rote und orangefarbene Seide war straff über einen rautenförmigen Holzrahmen mit zwei gekreuzten Latten gespannt und bemalt mit einem verschlungenen Muster. An der unteren Spitze flatterten Dutzende gelber Bänder.

»Möchten Sie lernen, wie man ihn steigen lässt? Der Wind ist genau richtig dafür.«

»Lassen Sie mich zuerst zusehen.«

»Helfen Sie mir vielleicht dabei? Wir lassen das ganze Jahr über Drachen steigen, aber hauptsächlich zum Sankranti-Fest. Man stellt seinen Drachen und seine Flugkünste zur Schau, versucht jedoch auch, seine Schnur um die des Konkurrenten zu winden, damit sein Drachen abstürzt.«

»Ich werde hoffentlich nicht gegen Sie antreten müssen.«

Er lachte. »Sicherlich nicht beim Drachensteigen.«

Den Schnurball in der Hand, bat er sie, den Drachen festzuhalten, wickelte etwa achtzehn Meter Schnur ab und wartete auf günstigen Wind. Dann bat er sie, so weit von ihm wegzugehen, bis sich die Schnur zwischen ihnen spannte, und sich mit dem Rücken zum Wind zu stellen und den Drachen vor sich zu halten.

»Jetzt lassen Sie ihn los.«

Als sie das tat, neigte der Drachen sich in den Wind und wurde in die Höhe getragen.

»Wenn der Wind ihn erfasst, gibt es zwei Luftströmungen, eine an der Oberseite, eine an der Unterseite. Dadurch steigt er.«

Jay wickelte mehr Schnur ab, sodass der Drachen höher steigen konnte. Sie sah ihn kreisen und hin und her gleiten, als wäre er lebendig, die Bänder flatterten hinter ihm her.

»Kommen Sie und halten Sie ihn«, rief Jay.

Er gab ihr den Schnurball. Mit der starken Vibration hatte sie nicht gerechnet, und fast wäre ihr die Schnur entrissen worden. Darum stellte Jay sich hinter sie und griff mit beiden Armen um sie herum, um ihre Hände zu führen, sodass sie den Drachen gemeinsam hielten. Jay so nah zu spüren und dazu die Vibration in seinen und ihren Händen zu fühlen machte sie nervös und befangen. Sie schaute über die grün gesprenkelte Landschaft und die sandige Ebene dahinter, wo Kleinbauernhöfe und Dörfer gerade noch mit dem bloßen Auge erkennbar waren. Eliza entdeckte einen schmalen Streifen Blau. Vielleicht war das der Fluss, wo der Puppenspieler seine Marionette zur letzten Ruhe gebettet hatte. Und während sie all das sah, spürte sie deutlich ihr Herzklopfen. Die Zeit schien gespannt innezuhalten, als wartete sie darauf, dass einer von beiden den ersten Schritt machte.

Bei einem plötzlichen Windstoß holte Jay den Drachen ein Stückchen ein und gab ihm dann wieder mehr Leine. Eliza stand still zwischen seinen Armen und fühlte sich atemlos.

»Ich werde ihn jetzt übernehmen«, sagte er.

Sie trat beiseite. »Danke.«

»Ich wollte etwas tun, durch das es Ihnen besser geht.«

»Das ist Ihnen gelungen.«

»Ich werde für einige Zeit fort sein. Ich muss meine Kontakte bemühen, vielleicht sogar in England, um Geldgeber für das Bewässerungsprojekt aufzutreiben. Werden Sie allein zurechtkommen?«

»Ja, natürlich. Und ich kann jederzeit zu meiner Freundin Dottie gehen.«

In Gedanken bei Jayant Singh, machte sich Eliza in einer Rikscha auf den Weg zur Residentur, Clifford Salters großer Stadtvilla. Ein Palastwächter war zu ihrer Begleitung abgestellt worden. Der Fahrer würde warten, um sie zurückzubringen. Sie wollte Clifford ihre Kontaktabzüge und Fotoplatten geben und außerdem fragen, ob er beim Genehmigungsverfahren und der Darlehensbeschaffung helfen würde.

Der Raum, in den man sie führte, sah aus, als befände er sich in einem englischen Landhaus. Nur ein Hauch von Orient war darin zu spüren. Sie setzte sich mit dem Rücken zum Fenster und legte ihren Umschlag und das Päckchen behutsam auf den Tisch.

Als Clifford hereinkam, im hellen Leinenanzug mit Krawatte, stand Eliza auf und streckte ihm die Hand entgegen. Statt sie zu nehmen, gab er ihr einen Kuss auf die Wange. Er strahlte sie an und war sichtlich erfreut, sie zu sehen.

»Wie schön. Ich lasse Tee kommen.« Er zog sich einen Sessel heran, setzte sich ihr gegenüber und läutete mit einer Handglocke. Clifford fuhr sich mit einem Finger am inneren Kragenrand entlang. »Also? Erzähl schon.«

Sie lächelte. »Da gibt es nicht viel. Ich habe neulich noch einige zwanglose Fotos machen können.«

»Famos! Wir wollen das echte Rajputana sehen, nicht nur die steifen gestellten Aufnahmen, die die Fürstenfamilie bevorzugt. Aber sag doch mal, hat Jayant Singh viel Besuch?«

»Ich habe keine Ahnung.«

»Aber du musst doch etwas gesehen haben. Vielleicht jemanden, der ein bisschen deplatziert erscheint? Derber vielleicht? Man weiß nie, wer diese Leute beeinflusst.«

»Er hat einen Freund namens Devdan, der ein bisschen anders zu sein scheint. Aber das ist auch schon alles, was ich weiß.«

»Na schön. Wie steht's mit Laxmi?«

»Laxmi? Bei ihr habe ich noch keinen Besucher gesehen, doch sie wird wohl welche haben.«

»Und Chatur? Hast du bei ihm ungewöhnliche Leute bemerkt?«

»Von ihm weiß ich nur, dass er hochnäsig und herablassend ist. Wie soll ich wissen, wer ihn besucht? Der Palast ist sehr groß, Clifford.«

»Natürlich. Natürlich. Aber du hast mir noch nicht gesagt, weshalb du gekommen bist. Es sei denn ...« Er zögerte. »Darf ich hoffen?«

Sie schüttelte den Kopf. »Ich bedaure.«

»Also ...?«

»Jayant Singh hat beschlossen, einen Ingenieur zu beschäftigen, der ihm Pläne für den Bau einer Bewässerungsanlage erstellt. Er will sein Land bewässern und die umliegenden Dörfer mit Wasser versorgen. Er möchte ihnen Wohlstand bringen und glaubt, Wasser ist die Lösung.«

»Ich verstehe ... Wasser. Nun, da hat er recht. Will er Brunnen bohren?«

»Das nehme ich nicht an. Allerdings ist es noch zu früh, das zu sagen. Aber, Clifford, die Menschen sind arm, und es hat wenig geregnet. Wenn ich in ihre verhärmten Gesichter blicke, habe ich ein schlechtes Gewissen. Die Sache ist die, wir brauchen deine Hilfe.«

Er verzog einen Mundwinkel. »›Wir‹?«

»Nun ja, nicht ich, sondern Laxmi und Jay. Doch ich habe angeboten zu tun, was ich kann. Man braucht die Armut nur mal zu sehen und möchte schon helfen.«

»Jay? So nennst du ihn?« Es entstand eine unangenehme Pause, bei der Clifford sie forschend ansah, ehe er fortfuhr. »Ich hoffe, es steckt nicht mehr dahinter?«

»Selbstverständlich nicht.«

Er schien zu überlegen. »Und diese Hilfe?«

»Es geht darum, Geld aufzutreiben und die Genehmigung des Projekts zu erwirken. Jay braucht die Zustimmung der Briten. Und die Erlaubnis, einen kleinen Fluss zu stauen.«

»Und britisches Geld?«

»Genau.«

Er schnaubte. »Die Familie hat ihren Reichtum versteckt und kommt doch wie immer mit dem Hut in der Hand an!«

Clifford sprang auf, stand dann aber mit den Händen in den Hosentaschen da. »Würdest du zum Lunch bleiben, Eliza? So hätte ich Zeit, Überlegungen anzustellen, und könnte ein paar Kontaktleuten eine Nachricht zukommen lassen. Was sagst du?«

Eliza neigte den Kopf. »Sehr gern.«

»Lass uns in den Garten gehen. Da ist es schattig.«

Sie setzten sich zusammen auf eine Bank – ein bisschen zu dicht nebeneinander für Elizas Geschmack, aber sie fand, das sei ein geringer Preis für Cliffords Zustimmung. Deshalb rückte sie nicht von ihm weg, obwohl sie das gern getan hätte. Ruhig saß sie da, die Hände im Schoß, und wartete ab, wie Laxmi es täte. Bei dem Gedanken, von ihr beeinflusst zu sein, lächelte Eliza und schaute zu der hübschen Gartenlaube, dem zierlichen Springbrunnen und den Kletterpflanzen an der Gartenmauer.

»Woran denkst du gerade?«, fragte er.

»Nur, wie schön der Garten ist«, sagte sie und wurde mit einem Lächeln belohnt.

»Mein ganzer Stolz. Übrigens«, er rückte seine Krawatte zurecht, »da ist ein Brief für dich gekommen. Dem Poststempel nach zu urteilen ist er von deiner Mutter. Ich lasse ihn dir bringen, bevor du gehst.«

Eliza dankte ihm, obwohl ein Brief von ihrer Mutter – vermutlich voller Klagen – bei ihr keine Freude auslöste.

»Also, wie geht es dir hier wirklich?«, fragte er.

Ein Diener in Weiß brachte ihnen einen Aperitif, und Eliza sah zu, wie Clifford sein Glas vom Tablett nahm und trank. Er war eindeutig ein anspruchsvoller Mann, immer tadellos gekleidet bei jedem Wetter, die Fingernägel stets kurz geschnitten.

»Nun, alles ist natürlich fremd.«

»Fremd? Mehr nicht?« Er runzelte die Stirn. »Du hast nichts gegen die Polygamie? Die Konkubinen? Ich hätte gedacht, dir als Frau wäre das zuwider.«

»Ich versuche, nicht darüber nachzudenken, und die Konkubinen sind freundlich zu mir.«

»Und der Götzendienst?«, fragte er verbissen weiter.

Das machte ihr klar, dass sie die Witwenverbrennung ihm gegenüber nicht ansprechen sollte. »Laxmi hat mir einiges erklärt. Das klang ganz vernünftig.«

Er zog die Brauen hoch. »Du wirst doch nicht zur Inderin, hoffe ich? Dann kämst du wirklich in Schwierigkeiten.«

»Also ehrlich, Clifford, das wohl kaum.« Wenn er wüsste, wie weit sie davon entfernt war.

Er kniff die Augen zusammen. »Sei vorsichtig, Eliza.«

»Wie gesagt, ich komme zurecht.« Sie sah auf und hielt seinem Blick stand, wobei sie hoffte, es würde sich als wahr erweisen.

»Nun, Anish ist unfähig, ein Land zu regieren. Ständig müssen wir zivilen Ungehorsam und angehende Rebellionen bekämpfen, die er nicht einmal bemerkt. Die britische Krone hat in Indien die Oberherrschaft, und das scheint der Bursche manchmal zu vergessen. Wir würden ihn gern los sein, ehrlich gesagt, und da könntest du uns helfen.«

»Wie?«

»Bin mir noch nicht sicher. War nur ein Gedanke. Sein alter Herr war ein guter Mann, offen für die Veränderungen, die wir vorschlugen, aber Anish will sich nur in Schale werfen und Polo spielen. Dabei ist er inzwischen auch dafür schon zu fett. Wenn wir die Fürstenstaaten nicht an Bord halten können, werden die Rebellen davon profitieren.«

»Rebellen?«

»Die ein unabhängiges Indien wollen. Wir können uns keinen weiteren Aufruhr leisten. Wie es aussieht, ist der zivile Ungehorsam auf dem Vormarsch.«

Es folgte ein kurzes Schweigen.

»Clifford, bist du religiös? Glaubst du an das Schicksal?«

»Schicksal als Vorherbestimmung von Ereignissen außerhalb menschlicher Einflussnahme?«

»Vermutlich.«

Er schüttelte den Kopf. »Das ist Fatalismus. Wenn wir unser Schicksal nicht beeinflussen können, wozu sollte man dann etwas tun?«

»So sehe ich das auch.«

»Jedenfalls bin ich nicht religiös.«

»Meinem Eindruck nach haben die Hindus ein anderes Verständnis vom Schicksal«, sagte Eliza.

»Ja. Du müsstest mal einen fragen, doch ich nehme an, dass alles mit ihrer Karma-Idee zusammenhängt. Schicksal, wie wir es verstehen, heißt lediglich, dass etwas vorherbestimmt ist. Sie dagegen glauben, es kann durch frühere und künftige Taten beeinflusst werden. Manchmal frage ich mich, ob die Missverständnisse zwischen unseren Kulturen an der Interpretation solcher Begriffe liegen.«

Zurück im Palast, begab sich Eliza direkt zu ihren Räumen, wo sie erschrocken feststellte, dass das Vorhängeschloss an der Dunkelkammer nicht richtig eingeschnappt war. Sie hätte schwören können, dass es eingerastet war, nachdem sie die Kontaktabzüge und Fotoplatten für Clifford herausgeholt hatte. Aber vielleicht hatte sie den Bügel in ihrer Hast doch nicht ganz ins Schloss gedrückt. Eliza klingelte und bat um ein Glas Masala Chai, dann setzte sie sich an den Schreibtisch, um den Brief ihrer Mutter zu öffnen.

Nachdem sie ihn gelesen hatte, ließ sie ihn auf den Boden fallen und stützte den Kopf in die Hände. Das durfte nicht wahr sein! Ihre Mutter log. Ganz sicher. Doch da fiel Eliza etwas ein, woran sie lange nicht mehr gedacht hatte. Sie war damals ungefähr acht Jahre alt, und es war ein sonniger Tag gewesen. Sie freute sich, ihre Kinderfrau begleiten zu dürfen, die am Chandni Chowk Spitze kaufen sollte. Während sie bezahlte, schaute Eliza durch das Ladenfenster nach draußen und entdeckte ihren Vater auf der Straße mit einem großen Blumenstrauß. Als sie wieder zu Hause war, fragte sie ihre Mutter aufgeregt, wo denn die Blumen stünden, die er mitgebracht habe. Es gab keine. Tatsächlich hatte ihre Mutter ihn seit zwei Tagen nicht gesehen. So klein Eliza da noch war, sie fand den Vorfall bedrückend.

Nun hob sie den Brief auf und las ihn noch einmal. Ihre Beklommenheit wuchs mit jedem Satz.

Meine liebe Eliza,

diesen Brief will ich Dir schon seit Jahren schreiben. Ich wollte es Dir vor Deiner Heirat mit Oliver sagen, aber ich brachte es nicht über die Lippen, denn es wäre mir unerträglich gewesen, Dir persönlich von dem abscheulichen Verhalten Deines Vaters zu erzählen. Ich weiß, Du hast ihn vergöttert, aber was ich Dir jetzt sagen werde, ist die reine Wahrheit, ich schwöre es bei Gott. Nun, da es um meine Gesundheit nicht mehr so gut bestellt ist, will ich sprechen, solange ich noch kann. Keine Sorge, ich bitte Dich nicht, nach Hause zu kommen, zumindest noch nicht.

Alles fing an, als ich mit Dir schwanger war, einige Monate vor Deiner Geburt. Ich habe nichts geahnt, bis eine meiner Freundinnen mir erzählte, sie habe David gesehen, wie er in einem Park ein Tanzmädchen küsste. Weil ich ihn liebte, wollte ich ihr nicht glauben und tat die Geschichte ab. Ich habe David vertraut. Wir waren glücklich, und ich konnte nur annehmen, dass die Freundin neidisch war. Ich hatte einen schneidigen jungen Ehemann, während sie unverheiratet und von der Großzügigkeit ihres Bruders abhängig war.

Aber der Schaden war angerichtet. Nach und nach fielen mir Kleinigkeiten auf. Mal roch David schwach nach Jasmin, wenn er heimkam, oder sein Kragen war im Nacken nicht richtig umgeschlagen. Anfangs kam er ab und zu erst mitten in der Nacht nach Hause, ohne mir eine Erklärung zu geben, schließlich blieb er tagelang weg. Als ich herausfand, dass er große Spielschulden hatte, fühlte ich mich sogar erleichtert. Wenigstens hat er keine Geliebte, dachte ich. Das sagte ich mir immer wieder. Aber ich fürchte, da war ich im Irrtum. Bald sollte ich das ganze Ausmaß seiner Untreue erfahren, nicht nur gegen mich, sondern auch gegen Dich.

Kurz vor seinem Tod kam alles ans Licht. Er hatte uns nicht nur durch seine angehäuften Spielschulden ruiniert; er hatte auch anderweitig Schulden angehäuft. Denn seit Jahren hatte er ein Tanzmädchen in einer kleinen Wohnung am Chandni Chowk ausgehalten. Selbst diese Schulden sollte ich nach seinem Tod begleichen. Es gibt noch mehr zu erzählen, aber ich kann mich dazu nicht durchringen.

Bisher habe ich Dir Dein idealisiertes Bild von Deinem Vater nicht nehmen wollen, jetzt jedoch kann ich diese Dinge nicht länger für mich behalten. Es tut mir leid.

Ich hoffe, es geht Dir gut. Bitte richte Clifford meine Grüße aus. Falls er Interesse an Dir zeigt, so wirst Du hoffentlich entgegenkommend sein. Wie Du nun weißt, ist kein Mann ohne Fehler, nicht einmal Dein geliebter Vater.

Deine Dich liebende Mutter

Der Boden schien zu kippen, aber Eliza sprang auf und schritt auf und ab, bestürzt über die Verbitterung, die aus den Zeilen sprach. Was konnte ihre Mutter davon haben, wenn sie ihr diese abscheuliche Lüge auftischte? Damit hatte sie Elizas Bild von sich und ihrem Vater ins Wanken gebracht. Eliza dachte an seine herzlichen Umarmungen und sein warmes Lächeln, und dann erinnerte sie sich an sein häufiges Fernbleiben. Oh Gott! Wenn es nun doch wahr war? Aber nein. Das war nur ein weiterer Versuch ihrer Mutter, ihre Liebe zum Vater zu zersetzen. Sie hatte ihre Stimme im Ohr, hörte sie beim Schreiben laut sprechen. Doch ob es wahr war oder nicht – Eliza war am

Boden zerstört. Dass ihre Mutter ihr eigens deswegen schrieb, machte es noch schlimmer, und zudem gab es angeblich auch »noch mehr zu erzählen«. Was konnte das noch sein? Und war ihre Gesundheit wirklich angegriffen, oder wollte ihre Mutter sie damit emotional erpressen?

Eliza ging, um mit Jayant zu sprechen, erfuhr jedoch, dass er schon abgereist war, um sich mit britischen Ingenieuren zu treffen. Es überraschte sie, dass er nicht gewartet hatte, um zu hören, was sie bei Clifford erreicht hatte.

Auf dem Rückweg zu ihrem Zimmer vernahm sie leise Schritte hinter sich. Erschrocken fuhr sie herum. Da war niemand. Nur der Wind säuselte durch die Jali-Gitter. Ihr lief ein Schauder über den Rücken, wenn sie sich vorstellte, jemand könnte sie heimlich beobachten und belauschen. Sie sagte sich, das sei bloß Einbildung, doch der Eindruck blieb, dass jemand hinter ihr durch die Gänge schlich. Vielleicht jemand vom Personal? Ein Wächter? Entweder das oder im Palast gab es Gespenster. Das hätte sie auch nicht überrascht. Die leisen Schritte und die gleitenden Schatten im Zwielicht der Korridore lösten in Eliza eine ständige unterschwellige Angst aus.

In einem sonnigen Hof suchte sie Zuflucht. Dort fand sie Indi, die an einer Staffelei mit einem neuen Bild begann. Der Duft von Rosen und Jasmin zog durch die Luft. Von dem Wunsch beseelt, im Palast dazuzugehören, sah Eliza ihr ein paar Augenblicke lang zu. Und weil sie gerade niedergeschlagen war und dringend eine Freundin brauchte, beschloss sie, es noch einmal mit Indi zu versuchen.

»Ist das eine Skizze für ein neues Bild?«, fragte sie freundlich und trat näher.

Indi fuhr herum, aber ohne zu lächeln. »Eine Skizze, ja.«
»Sie ist gut.«

Indira schwieg, und Eliza fürchtete schon, ihren Atem zu vergeuden.

»Möchten Sie vielleicht mehr über das Fotografieren erfahren? Ich würde Ihnen gern zeigen, wie ich es anstelle, einen bestimmten Moment festzuhalten.«

Indi blickte sie an. »Nahin dhanyavaad.« Dann wandte sie sich bewusst ab und ignorierte Eliza.

Das war ein sehr entschiedenes »Nein danke« gewesen.

13

Januar 1931

Wie immer, wenn die Vergangenheit sie einholte, flüchtete sich Eliza auch diesmal in die Arbeit. Ins Fotografieren vertieft, spürte sie den Schmerz nicht, den die Anschuldigungen ihrer Mutter hervorgerufen hatten. Vor dem Morgengrauen, wenn ein weicher blauer Dunstschleier über der Stadt unten lag, und bevor die Tempelglocken läuteten, stand sie auf und erkundete den Palast. Dabei fotografierte sie die Architektur aus ungewöhnlichen Perspektiven, nahm erlesene Steinmetzarbeiten von Nahem auf, nutzte scharfe Kontraste zwischen Licht und Schatten. Dies waren ungewohnte, erhebende Momente angenehmer Einsamkeit. Sie ging in die Stadt, natürlich in Begleitung, und fotografierte Handwerker bei der Arbeit, einmal auch einen Musiker, der auf einem Instrument aus Kokosschalen spielte.

Nach ihrer Rückkehr war das einzig Erfreuliche eine kurze Nachricht von Clifford, in der es hieß, er habe die Räder in Bewegung gesetzt und Jay könne vermutlich schon mit dem Bau beginnen. Als sie später die Dienerschaft fotografierte, war ihr schon leichter ums Herz. Alle ließen sich bereitwillig darauf ein, und die Konkubinen baten sie sogar, sich zu ihnen zu gesellen. Sie vertrauten ihr allmählich, und während sie plauderten und miteinander kicherten, ließen sie sich in gelöster Atmosphäre von Eliza fotografieren. Als sie ihnen später die Kontaktabzüge zeigte, riefen sie durcheinander und zeigten aufgeregt auf ihre Fotos. Dafür boten sie ihr an, sie in die sechzehn Künste der Frau einzuführen. Aus Furcht vor dem, was dazugehören mochte, lehnte Eliza zunächst ab, aber da die Konkubinen darauf beharrten, blieb ihr keine andere Wahl.

Sie gingen mit ihr in einen Raum im Erdgeschoss, der mit

hellrosa Marmor ausgelegt war. Die Jali-Gitter an den Fenstern, die goldene Lichtmuster auf den Boden warfen, waren mehr schön als geheimnisvoll und ließen mehr Licht durch. Und als die Mädchen große Schüsseln mit dampfendem Wasser hereintrugen, das sie in eine hohe Kupferwanne gossen, sah Eliza erwartungsvoll zu und fühlte sich glücklich.

Sie musste sich auf eine Holzbank setzen, und die Konkubinen wuschen ihr die Haare mit Kokoswasser und badeten sie in nach Jasmin duftendem Wasser. So nackt vor ihnen zu stehen, während so viele Augenpaare sie taxierten und so viele Finger ihre blasse Haut berührten, machte Eliza verlegen, zumal sich die Frauen offen zu ihren Brüsten und Oberschenkeln äußerten. Ganz allmählich aber entspannte Eliza sich, und als sie sich der Situation überließ, wurde sie zusehends träger. Nach dem Abtrocknen massierten die Frauen Eliza mit Rosenöl und erzählten ihr ihre Lebensgeschichten. Eine war die dritte Tochter einer armen Familie, die in einem unfruchtbaren, weit entfernten Landstrich lebte und keinen einzigen Sohn hatte.

»Also haben Sie Schwestern«, sagte Eliza. »Ich habe mir immer eine Schwester gewünscht.«

Das junge Mädchen schüttelte den Kopf und begann, Elizas Fußsohlen mit einem scharfkantigen Gegenstand abzuschaben. »Sie wurden von den Wölfen geholt, und ich wurde hierher gebracht.«

»Als Wickelkind?«

»Meine Eltern waren zu arm, um mich zu behalten. Wozu ist ein Mädchen nütze?«

Dann rieb sie Elizas Füße mit etwas ein, das wie Butter aussah, und sang dabei leise vor sich hin.

Eine Frau riet Eliza, mehr Schmuck zu tragen, weil man sie sonst für eine Witwe halten würde. Eliza lehnte das ab, worauf sie alle drängten, möglichst bald zu einem Goldschmied zu gehen und sich viel zu kaufen. Eliza lachte, schenkte dem aber durchaus Beachtung. Die ganze Zeit über sah sie die Frauen einander hätscheln und über Scherze, die Eliza nicht verstand, in Gelächter ausbrechen. Sie nahm teil an einer lebensfrohen Idylle und genoss das Gefühl, vielleicht ein bisschen mehr von diesem Land und seinen vielfältigen Bräuchen zu kennen.

Eine der Frauen hatte etwas angemischt, was sie »Kaajal« nannte. Es handelte sich um die schwarze Schminke, mit der sie sich die Augen umrahmten, und sie bot Eliza an, ihr zu zeigen, wie sie dabei vorgehen sollte. Anschließend sah Eliza in den Spiegel und war erstaunt, wie ausdrucksvoll ihre Augen jetzt wirkten. Sie sahen grüner aus, strahlender, und als sie erfreut lächelte, bekam sie ein silbernes Döschen davon geschenkt, zusammen mit einem Holzstäbchen zum Auftragen.

Seit Mitte November wohnte sie nun im Palast und hatte ein stilles Weihnachtsfest bei Dottie verbracht. Inzwischen wurde es nachts empfindlich kalt, sodass Eliza eine zusätzliche Decke zum Schlafen brauchte. Man gab ihr eine mit Baumwolle gefüllte Steppdecke, die stark nach Moschus roch. Angeblich half es, warm zu bleiben. Und so gewöhnte sich auch Eliza an, sich am frühen Morgen in einen großen Kaschmirschal zu hüllen und ihn erst abzulegen, wenn es draußen warm geworden war. Noch immer hatte sie den Eindruck, beschattet zu werden, obwohl nie jemand zu sehen war, wenn sie sich umdrehte. Der Palast wirkte geheimnisvoll. Manchmal wartete sie unbewusst darauf, dass etwas Schreckliches passierte; das unangenehme Gefühl, beobachtet zu werden, war zermürbend. Dann wieder schob sie es auf die Geräusche, die ständig von irgendwoher zu hören waren. Es überraschte sie, wie sehr sie Jay vermisste. Während sie sich wünschte, es wären seine Schritte, die durch die langen Gänge hallten, wurde sie den Eindruck nicht los, dass etwas im Argen lag.

Eines frühen Morgens klopfte es an ihrer Tür, und als Eliza öffnete, stand dort eine Dienerin und bedeutete ihr mitzukommen. Zunächst hatte Eliza keine Angst, aber als sie in den

Keller hinabstiegen, wurde ihr unheimlich. In einem so weitläufigen Bau war es schwer, nicht die Orientierung zu verlieren. In den fensterlosen Gängen war es kalt und schummrig wegen der wenigen Öllampen; und Eliza fand es auch zunehmend seltsam, dass sie hier heruntergeführt wurde.

Vor einer dunklen Holztür blieb die Dienerin stehen. Eliza war überrascht, als der Dewan öffnete und sie hineinwinkte. Sie zögerte und blickte über die Schulter nach dem Dienstmädchen, aber ein bewaffneter Wächter, der plötzlich aus dem Gang erschienen war, verstellte ihr den Weg. Sie konnte Chatur nicht leiden und traute ihm nicht. Von seiner stocksteifen Haltung bis zum Schürzen der Lippen drückte alles an ihm Verachtung aus.

Als sie den düsteren Raum betrat, setzte er ein kaltes, einschüchterndes Lächeln auf. »Das Fotografie-Projekt ist Ihnen wichtig?«

»Ja«, antwortete sie in neutralem Ton und so würdevoll wie möglich.

»Das ist schade.« Noch so ein kaltes Lächeln, mit dem er sich wohl über sie lustig machte. »Vielleicht haben Sie schon gehört, dass eine Witwe in unserem Land als schuldig betrachtet wird. Es ist eine Schande für sie, wenn sie ihren Mann überlebt.«

Er spielte Katz und Maus mit ihr, und Eliza musste mehrmals voller Unbehagen schlucken. »Nach meinem Dafürhalten eine vollkommen lächerliche Auffassung.«

Chatur ignorierte die Bemerkung. »Ich habe erfahren, dass Sie Witwe sind, Mrs. Cavendish. Bei uns spricht sich alles schnell herum.«

Ihr Herz schlug heftig. Als sie den Mund öffnete, kam Chatur ihr zuvor.

»Woher ich das weiß, geht Sie nichts an.«

»Da bin ich anderer Meinung.«

»Nun, wie dem auch sei, einer Frau wie Ihnen können wir nicht erlauben, sich frei zu bewegen. Wir glauben, dass der

Kontakt mit einer Witwe großes Unglück bringt, und kaum jemand wird Sie noch in seiner Nähe haben wollen. Deshalb werde ich oder einer meiner Leute Sie überallhin begleiten und alle Aufnahmen überwachen und die Kontaktabzüge prüfen. Was ich für ungeeignet halte, wird vernichtet. Ist das klar?«

Von ihrer Entrüstung angespornt, bot sie ihm die Stirn. »Völlig. Allerdings glaube ich, dass der britische Resident auch etwas dazu zu sagen hat.«

»Mr. Salter ist gegenwärtig in Kalkutta und wird wahrscheinlich noch für einige Wochen fort sein.«

»Nun, Prinz Jay ...«

»Lassen Sie sich nicht täuschen. Der Prinz hat sich auch danach zu richten. Der Maharadscha persönlich hat angeordnet, Sie nicht mehr allein zu lassen.«

»Sie haben ihm erzählt, dass ich Witwe bin.«

»Das ist meine Pflicht. Wir sind sehr pflichtbewusst, und die oberste Pflicht einer Frau ist es, ihren Mann am Leben zu halten.« Er lachte bitter. »Nun wissen Sie Bescheid.«

Sie wandte sich ab, doch da sie die ständige Beunruhigung leid war, drehte sie sich wieder um und verlangte Aufklärung. »Warum lassen Sie mich beschatten?«

Er schmunzelte. »Das bilden Sie sich nur ein. Sie werden nicht beschattet. Aber wenn, wäre es dann nicht in Ihrem eigenen Interesse, den Palast zu verlassen, bevor es ... wie soll ich sagen? Bevor es zu Schlimmerem kommt? In Palästen kann so manches passieren.«

Sein drohender Ton erschreckte sie. »Was denn zum Beispiel?«

»Ich meine damit nichts Bestimmtes, Miss Fraser. Aber Sie haben gesehen, was bei dem Polospiel geschehen ist.« In spöttischem Bedauern zuckte er mit den Schultern.

Jetzt war sie überzeugt, dass Chatur hinter dem Zwischenfall steckte, und musste nicht nur um sich selbst, sondern auch um Jay Angst haben. Obwohl sie sich machtlos fühlte, gönnte sie Chatur nicht die Freude zu sehen, wie bestürzt sie war.

Deshalb wahrte sie, so gut es ging, ein unbewegtes Gesicht. Die verschleierte Drohung war beängstigend, und nun sollte sie auch noch bei ihrer Arbeit stark eingeschränkt werden. Es konnte kaum noch schlimmer kommen.

Sie wünschte, Jayant würde zurückkehren, und nachdem Chatur die Wahrheit kannte, wusste sicher auch Laxmi davon. Beschämt, weil sie ihren tatsächlichen Status verschwiegen hatte, rang Eliza um Fassung. Was würde Jays Mutter dazu sagen? Und war sie im Palast nun überhaupt noch sicher? Ihre Augen brannten, ihre Hände waren feucht, doch sie zwang sich, sich zusammenzunehmen. Ihr würde bestimmt nichts zustoßen. Chatur wollte sie bloß schikanieren, oder?

14

Da Jay noch immer nicht zurückgekehrt war, hatte Eliza keinen Verbündeten. Die Konkubinen luden sie nicht mehr zu sich ein, und zu den meisten Palasträumen wurde ihr der Zutritt verwehrt. Gelegentlich sah sie Anishs Töchter Rollschuhlaufen, aber da sie immer einen Wächter bei sich hatte, wagte Eliza nicht, sie anzusprechen. Die Wächter hatten eindeutig Befehl, sie in ihren Absichten zu behindern. Sie fühlte sich eingesperrt und frustriert, und die Zeit wurde ihr lang. Manchmal war ihr, als würde sie in der Stille ersticken.

Da sie immer häufiger an Aufnahmen gehindert wurde, glaubte Eliza allmählich, es sei ihr bestimmt, ihren Auftrag zu verfehlen. Außerdem quälten sie wieder Albträume. Doch jetzt träumte sie nicht nur von explodierenden Bomben, sondern auch von dem Gestank brennenden Fleisches, das an ihren Haaren und der Haut haften blieb. Dann erwachte sie und kratzte sich am ganzen Körper. Manchmal sah sie auch das Gesicht ihres Vaters vor ihren Augen zerfallen und hinter einer Flammenwand verschwinden. Nach solchen Träumen wachte sie zitternd und schweißgebadet auf.

Immer wieder meinte sie, einen Beschatter hinter sich zu spüren, und erwartete, auf jemanden zu stoßen, der auf der Lauer lag. Aber hatte sie mehr Angst davor, tatsächlich beschattet zu werden, oder vor dem, was in ihrer Fantasie an schlimmen Dingen passieren könnte? Eliza konnte es nicht sagen. Sie musste hoffen, dass Chatur es beim Drohen beließ und sie nicht wirklich in Gefahr schwebte. Oder sollte sie doch packen und abreisen? Es war nur menschlich. Und was würde sie dann in England erwarten? Sie hatte einen beträchtlichen Teil ihres Geldes für die Fotoausrüstung ausgegeben, darauf gesetzt, etwas zu erreichen. Zwar wurde sie monatlich bezahlt, aber wenn sie das Projekt nicht zu Ende brachte, würde sie am Ende die Pauschalsumme nicht bekommen, und ihr Ruf als Fotografin wäre beschädigt.

Eliza war auf dem Weg zu ihren Räumen und mit den Gedanken bei der nächsten Fotoserie, als sie hastig in eine Nische zurückwich. Sie hatte einen Mann aus ihrem Schlafzimmer kommen und verstohlen die Tür abschließen sehen. Nach einer Weile rannte sie zu ihrer Tür und schloss sie mit zitternden Händen auf. Drinnen war auf den ersten Blick alles unverändert, dann stellte Eliza jedoch fest, dass ihre Utensilien auf dem Frisiertisch anders lagen. Nun hatte sie den Beweis, dass sie beschattet wurde! Das ängstigte sie, und es machte sie wütend. Wie konnten sie es wagen, heimlich ihr Zimmer zu betreten? Sie glaubte, in dem Mann einen von Chaturs Wächtern erkannt zu haben. Also steckte der Dewan dahinter. Eliza lehnte einen Stuhl schräg gegen die Tür. Ein großes Hindernis war das freilich nicht.

Am nächsten Morgen, nach einer angstvollen, schlaflosen Nacht, ließ der Wächter sie draußen allein. Eliza setzte sich auf eine der Schaukeln, auf denen vier Frauen nebeneinander Platz hatten, und während sie die Schuhspitzen durch den Sand zog, hörte sie eine Stimme und blickte auf. Es war Indira, die auf sie zukam.

»Haben Sie es ihm verraten?«, fragte Eliza rundheraus. Schon der Gedanke, Indi könnte dahinterstecken, traf sie tief, und sie konnte ihren Ärger nicht unterdrücken.

Indira runzelte die Stirn.

Eliza wurde lauter. »Haben Sie Chatur gesagt, dass ich Witwe bin?«

»Natürlich nicht.«

»Wer dann?«, fragte sie aufgebracht. Aber dies war eine geschlossene Gesellschaft, in der viel gemunkelt wurde und kein Geheimnis sicher war. Das war Eliza längst bewusst.

»Das weiß ich nicht.«

»Nun, es hat sich herausgestellt, dass ich ständig beschattet werde. Was fürchtet man denn, was ich tun könnte?«

Indi seufzte. »Die anderen Frauen verderben, wahrscheinlich. Ich kann Ihnen helfen. Ich kenne alle Winkel des Palastes, kenne mich sogar besser aus als die Wächter. Ich kann Sie rein- und rausbringen, ohne dass die es bemerken.«

»Chatur will die Kontaktabzüge kontrollieren.«

»Die kann ich auch hinausschmuggeln.«

»Sie wollen mir wirklich helfen?«

Indi nickte, und Eliza hoffte, dass sie es ehrlich meinte. »Und ich kann Ihnen auch den geheimen Durchgang zwischen Zenana und Mardana zeigen. Da hört man bestens, was vor sich geht.«

»Wie kann ich mich dafür revanchieren?«

Indi lächelte. »Ich habe über alles nachgedacht. Es tut mir leid, dass ich gemein zu Ihnen war. Sie haben mir angeboten, mir zu zeigen, worauf es beim Fotografieren ankommt. Nicht nur handwerklich, sondern auch künstlerisch. Sind Sie noch bereit dazu?«

Ein Hoffnungsschimmer. Eliza freute sich und wollte gern glauben, dass zwischen ihnen wieder alles in Ordnung war. Sie nahm Indis Hand. »Nur zu gern. Ehrlich. Wir können lernen, die Welt mit den Augen des anderen zu sehen. Lassen Sie uns gegenseitig helfen.«

Ein einziger Freund in dunkler Zeit kann schon die Rettung sein, dachte Eliza und stand auf. Auf der schmalen Treppe, die zu ihren Räumen hinaufführte, bat sie Indi, ihr von früher zu erzählen.

Darauf blieb Indira stehen. »Ich habe meine Großmutter geliebt.«

»Ich bin ihr begegnet. Wissen Sie das?«

Indira nickte. »Ich habe davon gehört.«

»Jay hat mir ein bisschen erzählt, wie das damals war. Ihre Großmutter dachte, Sie seien in Gefahr.«

»Ich habe damals wie die meisten Kinder eine Halskette getragen. Eines Tages war sie verschwunden. Ich hatte sie nicht verloren, das wusste ich genau. Und als eine angebliche Hexe tot aufgefunden wurde, mit einer Axt im Rücken, war meiner Großmutter klar, dass man mir die Halskette im Schlaf gestohlen hatte und ich ebenfalls in Gefahr war. Das Dorf ist rückständig, da leben nur Bauern. Ich hatte weder Vater noch Mutter, dafür aber Ideen im Kopf, die sich nach allgemeiner Ansicht nicht geziemten.«

Eliza dachte an die weichen Linien der ockerfarbenen Lehmhäuser und ihrer Hofmauern. »Das Dorf wirkte so friedlich.«

»Durchaus, aber ich war nicht unterwürfig, und sie fanden, man hätte mich besser in einem Tontopf begraben.«

»Wie bitte?«

»Das tun sie mit unerwünschten weiblichen Säuglingen. Viele neugeborene Mädchen werden in Tontöpfe gelegt und in der Wüste vergraben. Fragen Sie Ihren Residenten. Die Briten haben einige ausgegraben.«

Erschüttert rang Eliza nach Luft. »Sie meinen, lebendig begraben?«

»Ich weiß es nicht. Wahrscheinlich ja, damit sie die Säuglinge nicht selbst töten müssen. In gewisser Weise ist das verständlich. Die Leute sind arm und Mädchen kostspielig. Die Eltern gewinnen nichts durch sie. Wenn die Mädchen das Haus verlassen und zu ihrem Ehemann ziehen, sind Vater und Mutter im Alter auf sich allein gestellt. Sie bleiben traurig zurück, weil sie ihre Töchter natürlich lieben. Es heißt, eine Mutter weint, wenn sie ein Mädchen zur Welt bringt und wenn es das Elternhaus verlässt. Knaben bleiben, wissen Sie?«

»Aber das geschieht doch wohl heute nicht mehr? Das ist Kindesmord!«

Indi zuckte mit den Schultern. »Es ist verblüffend, wie viele Mädchen von den Wölfen geholt werden.«

15

Februar

Am nächsten Tag, als sie Chatur begegnete, graute es ihr einen Moment lang. Aber egal, wie groß ihre Angst war, sie musste sich gegen den Mann zur Wehr setzen. Sie straffte die Schultern und entschied sich, ihrem Ärger Ausdruck zu verleihen.

»Warum lassen Sie mich beschatten?«, fragte sie energisch. Sie hatte jedoch Mühe, mit fester Stimme zu sprechen, und spürte, dass sie errötete. »Ich will die Wahrheit wissen. Es ist einer Ihrer Leute, ich habe ihn gesehen.«

Er runzelte die Stirn und machte sich noch ein Stück größer, dann trat er einen Schritt näher. »Ich habe Ihnen ja gesagt, dass Sie ständig in Begleitung sein werden.«

»Oh, nein, so einfach lasse ich Sie nicht davonkommen. Das ist etwas ganz anderes. Der Mann folgt mir heimlich, nicht offen. Ich sah ihn aus meinem Zimmer kommen.«

Chatur lächelte kalt. »Das wird eine Dienerin gewesen sein, die geputzt hat.«

Sie blickte ihm direkt in die Augen. »Es war ein Mann.«

»Sie haben eine lebhafte Fantasie, Miss Fraser. An Ihrer Stelle würde ich sie zügeln. Und bedenken Sie, dass ich nicht dumm bin, was immer Sie sonst von mir halten mögen. Wüste Anschuldigungen verfangen beim Fürsten nicht, und wenn Sie Klatsch verbreiten, wird man Ihnen nicht glauben. Dafür werde ich sorgen.«

»Klatsch!«

»Mich können Sie nicht täuschen. Sie wurden hier eingeschleust, um uns zu beobachten. Für wen arbeiten Sie wirklich?«

Eliza hätte beinahe gelacht. »Das ist vollkommen lächerlich!«

»So?«

»Natürlich.«

»Dann fragen Sie sich doch einmal selbst: Will Mr. Salter von Ihnen nicht genau wissen, was hier vor sich geht?«

Sie schaute einen Moment zu Boden und antwortete nicht.

Er zog die Brauen hoch. »Das dürfte meinen Verdacht wohl bestätigen. Ich brauche kaum zu sagen, dass wir Eindringlinge nicht freundlich aufnehmen. Ich rate Ihnen, auf sich aufzupassen. Guten Tag, Miss Fraser.«

Chatur konnte ihr sicherlich gefährlich werden, so viel stand fest, doch dass er sie als Spionin hinstellte, sollte wohl eher dazu dienen, sie zu verunsichern. Sollte sie mit Laxmi darüber sprechen? Vielleicht. Aber was, wenn Jays Mutter ihr nicht glaubte? Was, wenn Chatur bereits Lügen über sie verbreitet hatte? Nein. Besser, sie behielt die Nerven und schwieg über ihren Verdacht, bis sie Clifford wiedersah. Sie würde ihn sowieso bitten müssen, mit dem Fürsten zu sprechen, damit sie sich wieder frei bewegen konnte. Und da Jay und Clifford schon eine ganze Zeit lang fort waren, fühlte sie sich schutzlos. Leider war ihr jetzt nur zu deutlich bewusst, dass Clifford tatsächlich von Anfang an versucht hatte, sie nach den Vorgängen im Palast auszufragen.

Überraschenderweise ergab sich eine Möglichkeit, Jay alles zu erzählen, denn er klopfte später unerwartet an ihre Tür. Er stand da mit einer Decke um die Schultern und blickte sie freundlich an.

»Erfreut, mich zu sehen?«, fragte er strahlend.

Sie seufzte erleichtert und griff zum Türrahmen, weil ihr plötzlich die Beine zitterten. »Sie haben ja keine Ahnung!«

»Ich werde nicht lange hier sein. Also, laufen wir ein Stück? In die Stadt?«

»Ich würde gern einmal hier rauskommen«, sagte sie. Im Augenblick war ihr nichts lieber, als dem Palast den Rücken zu kehren. »Ist es in Ordnung, wenn wir einfach gehen?«

»Klar. Warum denn nicht? Doch ziehen Sie sich etwas

Warmes über. Es ist kühl.« Er lachte. »Aber im Vergleich zu Yorkshire ist das gar nichts.«

»Sie waren also in England?«

Er nickte und ließ ihr den Vortritt.

Obwohl es für indische Verhältnisse kalt war, war in der Stadt alles wie gewohnt. Die Ladentüren standen weit offen, und viele Menschen waren unterwegs, wenn auch in Decken gehüllt. Hier trug offenbar niemand einen Mantel.

»Möchten Sie auch einen Chai?«, fragte er und brachte dann von einem Stand zwei Becher voll süßem Tee. »Wenn es kalt ist, schmeckt er immer am besten, finde ich.«

Sie tranken den Tee, und kurz darauf blieben sie bei einem Händler stehen, um sich einige erlesene Seidenschals in leuchtenden Farben anzusehen. Ein kräftiges Blaugrün fiel Eliza ins Auge, und sie befühlte den Schal. Aus dem Augenwinkel sah sie Jay an den Händler herantreten, und nach kurzer Verhandlung kam er zu ihr zurück. »Er gehört Ihnen. Seide und Kaschmir, sagt der Mann.«

»Das kann ich nicht annehmen.«

»Natürlich können Sie. Betrachten Sie es als Zeichen meiner Wertschätzung.« Behutsam legte er ihr den Schal über den Kopf und strich ihr kurz mit den Fingerspitzen über die Wange. »Schön. Er betont Ihre Augenfarbe.«

Sie spürte, dass sie rot wurde, lächelte aber zu ihm hoch. »Danke.«

»Und wie war es in der Zwischenzeit?«

Nach kurzem Zögern erzählte sie. »Hier ist viel passiert. Chatur hat Anish überzeugt, mich nur noch in Begleitung herumlaufen zu lassen. Aber etwas anderes macht mir viel mehr Sorge: Ich habe einen Mann aus meinem Zimmer kommen sehen. Zwar habe ich Chatur darauf angesprochen, aber er hat es abgestritten und mir vorgeworfen, eine Spionin zu sein. Was sagen Sie dazu? Ist das nicht verrückt?«

»Das ist unerträglich. Doch wie kam es zu den Restriktionen?«

»Chatur hat erfahren, dass ich Witwe bin. Offenbar ist das für ihn eine Blankovollmacht. Man befürchtet, ich könnte die anderen Frauen verderben.«

Sein Gesicht verfinsterte sich, und er sah weg. »Das klingt nicht gut. Ich werde mit meinem Bruder reden.«

»Nun, ich glaube, das wird nicht viel nützen. Wenn er Chatur nach dem Gespräch mit Ihnen rügt, wird mich der Mann noch mehr hassen. Er lässt mich auf Schritt und Tritt beschatten. Zuerst dachte ich, es wäre bloß Einbildung, doch jetzt weiß ich es genau.«

»Ich werde das Schloss auswechseln lassen. Chatur braucht davon nichts zu erfahren, und nur Sie werden dann noch einen Schlüssel haben. Falls Ihnen das nicht genügt, könnten Sie vielleicht bei Ihrer Freundin Dottie unterkommen.«

Eliza schüttelte den Kopf. »Dottie ist sehr nett, doch ich möchte nicht Tür an Tür mit Clifford wohnen.«

»Vielleicht müssen Sie sich für ein Übel entscheiden.«

»Ja, vielleicht.«

»Wir müssen für Ihre Sicherheit sorgen. Ich kümmere mich um den Austausch des Schlosses, doch ich fahre heute noch nach Jaipur. Nur für ein paar Tage. Wenn Sie sich in Gefahr fühlen, solange ich weg bin, gehen Sie zu Ihrer Freundin. Und sprechen Sie mit Mr. Salter, damit er die Restriktionen aufheben lässt. Er ist wieder da.«

Am selben Abend, nachdem sie ihr neues Schloss ausprobiert hatte, wartete Eliza auf Indi. Als sie mit einem Armvoll indischer Kleidung zu ihr kam, zog Eliza sich um und stieg mit Indira in die unterirdischen Gänge hinab. Sie hatte beschlossen, der jungen Frau zu vertrauen, und hoffte, zumindest einige Bereiche des Palastes unbemerkt durchstreifen zu können. Sie würde Indi die künstlerische Fotografie nahebringen, und Indira würde sie unbemerkt aus dem Palast schmuggeln, entweder sehr früh, um zu fotografieren, oder am Abend, um die Kontaktabzüge fortzubringen, so wie jetzt.

Als sie weiter hinten im Gang jemanden husten hörten, blieb Eliza zurück und sah sich nach einer geeigneten Nische um, während Indi weiterging. Falls sie dort Chatur oder einem seiner Wächter in die Arme liefen, würde sie mit den Abzügen nicht bis zu Clifford gelangen. Chatur würde sie beschlagnahmen, und das wäre es dann. Weil es nach Kardamom und Koriander roch, vermutete Eliza, dass sie nicht weit von den Hauptvorratsräumen entfernt waren und der lange abschüssige Gang parallel zu den Küchen verlief. Aber noch etwas fiel ihr auf: Selbst hier unten wehte Weihrauch von den Abendgebeten durch die dunklen Gänge und machte ihr zusammen mit dem Geruch der Öllampen das Atmen schwer.

Sie hörte jemanden lachen. Indi, dachte sie und wartete ein bisschen, bevor sie die Nische verließ. Als sie das tat, sah sie sie ein Stück weiter vorn warten.

»Wir sind fast da«, flüsterte die junge Frau und bedeutete ihr mitzukommen. »Alles in Ordnung.«

»Müssen wir noch tiefer hinabsteigen?«

»Ich möchte Ihnen etwas zeigen, bevor wir nach draußen gehen. Es ist noch nicht ganz dunkel, also schadet es nicht, wenn wir ein paar Minuten länger hierbleiben.«

Kurz darauf blieb Indi wieder stehen. An der Stelle brannte keine Öllampe, aber Eliza konnte an der groben Steinwand ein gerahmtes Bild vom Palast hängen sehen. Indi nahm es vom Haken und stellte es behutsam auf den Boden. Mithilfe einer Feile, die sie aus der Tasche zog, entfernte sie einen kleinen Stein und hielt das Ohr an das Mauerloch.

»Jetzt Sie. Lauschen Sie.«

Eliza zögerte.

Indi grinste sie breit an, und Eliza konnte nicht anders, als sie zu mögen – ihre Lebendigkeit und die Art, wie sie alles auskostete, was das Leben ihr bot, und die Sittenwächter zum Teufel schickte.

»Nur zu.«

Eliza tat wie geheißen. Das Mauerwerk war eiskalt, aber

nicht das erschreckte sie, sondern das, was sie hörte. Sie glaubte, Devdans Stimme zu erkennen.

»Es ist doch ganz eindeutig, dass wir eine Entscheidung treffen müssen«, sagte er gerade.

»Scheint mir unnötig zu sein«, erwiderte ein anderer, dessen Stimme aber leiser und undeutlicher zu hören war. »Warum muss sich etwas ändern?«

»Wir werden uns entscheiden müssen.«

»Sollen wir uns etwa mit einem Haufen Rebellen zusammentun?« Die Stimme klang gedämpft, doch Eliza war sich fast sicher, richtig verstanden zu haben und dass es Jay war, der da redete. Aber war er nicht schon weggefahren?

»Wenn nicht, müssen wir auf ein bröckelndes Empire setzen. Unsere Abkommen werden nichts wert sein, wenn die Briten scheitern.«

»Werden sie? Im Ernst?«

»Man sieht doch, wie weit der zivile Ungehorsam sich schon ausgebreitet hat. Die britische Krone ist am Ende.«

Es folgte Schweigen, dann wurden Stühle gerückt. Eliza schüttelte den Kopf und drehte sich zu Indira um. »Wie viele wissen von dem Mauerloch?«

»Das ist ein uralter Lauschschacht. Er wird in einer alten Palastchronik erwähnt, die ich gelesen habe. Vor ein paar Jahren habe ich ihn gesucht und entdeckt.«

»Sonst weiß niemand davon?«

»Das kann man nicht mit Sicherheit sagen. In solchen Festungen lebte man früher gefährlich. Jeder hatte es auf den Thron abgesehen. Da gab es Intrigen und Mord. Schon als Kind habe ich es darauf angelegt, möglichst viel zu erfahren. Keiner hat auf mich geachtet, und ich konnte mich mühelos verstecken. Es war also nicht schwer. Als Laxmi bemerkte, was ich tat, bat sie mich, Chatur im Auge zu behalten. Sie traut ihm nicht.«

»Welchen Raum haben wir gerade belauscht?«

»Jay hat ein kleines Arbeitszimmer an dem Korridor, der zu den Männerquartieren führt.«

»Sie hätten ihm reinen Wein einschenken müssen.«

»Warum sollte ich meinen kleinen Trumpf aus der Hand geben?«

»Aber Sie mögen ihn doch.«

Indi schnaubte. »Ich muss mich schützen.«

Auf dem Weg zu dem unterirdischen Gang, durch den sie in einen Hof außerhalb der Palastmauer gelangen würden, dachte Eliza, dass es doch einleuchtete, wenn eine junge Frau mit Indis Herkunft und Geschichte sich Mittel und Wege suchte, um sich zu schützen, auch wenn sie dafür jemanden hintergehen musste. Offenbar wollte Indira sich nicht allein auf Laxmis schützende Hand verlassen.

»Haben Sie noch mal darüber nachgedacht, wer Chatur verraten haben könnte, dass Sie Witwe sind?«

»Durchaus, doch ich weiß es noch nicht.«

»Es könnte Dev gewesen sein. Hat er davon gewusst?«

Eliza nickte und überlegte. Vielleicht hatte Indi recht. Oder war es sogar Jay gewesen? Ein schrecklicher Gedanke, der sie völlig ratlos machte. Das konnte doch nicht sein, oder? Sie hatte Jay vertraut, und er hätte auch gar keinen Vorteil davon. Aber der Verdacht ließ sie nicht mehr los. Sie gelangten in den Außenhof, wo wasserspeiende Bronzepfauen im Lichtschein der oberen Fenster schimmerten und Tonlampen den Rand des Weges beleuchteten.

»Der Hof ist hübsch«, meinte Indi, »aber niemand kommt je hierher. Laxmi lässt ihn in Schuss halten. Hier ist ihr jüngstes Kind, ihre einzige Tochter, gestorben.«

»Das wusste ich nicht.«

»Sie spricht nicht darüber, doch es wird gemunkelt, dass Anish die Kleine geschubst hat. Sie hat sich den Kopf am Brunnenrand aufgeschlagen und ist nicht mehr zu Bewusstsein gekommen.«

»Wie traurig.«

»Laxmi hatte sich sehnlichst eine Tochter gewünscht, und dann, lange nach den beiden Söhnen, bekam sie noch ein

Mädchen. Manchmal denke ich, sie wünscht sich, ich wäre die verlorene Tochter.«

Als es dunkel war, stahlen sie sich aus dem Palast fort und tauchten in den Straßen der Stadt unter, wo sich die dunkle Seite der indischen Kultur völlig ungestört entfaltete. Da hörte man rätselhaftes Trommeln gleich neben der Opiumhöhle aus einem Kellerloch. Als Eliza das schummrige Nachtleben in diesem versteckten Teil der Stadt sah, bangte sie um ihr Leben, aber sie hielt den Kopf gesenkt und folgte Indi. Sie mussten die Abkürzung durch das Labyrinth der Gassen nehmen, denn die britische Residentur lag auf der anderen Seite der Stadt. Wären sie außen herumgegangen, hätten sie zu Fuß viel zu lange gebraucht.

Als sie sich der Residentur näherten, fuhr ein Wagen vor, und Eliza wich zurück, als Clifford ausstieg. Er hatte sie aber längst gesehen und blickte sie stirnrunzelnd an. Zwar wollte sie ihn sprechen, hatte jedoch vorgehabt, an seine Tür zu klopfen, statt von ihm entdeckt zu werden, wie sie sich an die dunkle Hauswand drückte wie ein Dieb.

Der Chauffeur hielt noch jemandem die Wagentür auf, und Eliza sah eine bekannte Britin aussteigen. Zuerst kam sie nicht darauf, wer die Frau war, dann fiel es ihr ein: die Gattin des derzeitigen Vizekönigs. Hinter ihr stieg ein wichtig aussehender grauhaariger Mann aus. Natürlich hatte Clifford Verbindungen auf höchster Ebene und sprach stets mit Rückendeckung gewisser Personen. Und natürlich fanden in seinem Haus viele Gesellschaften statt.

Die Dame redete mit Clifford in forschem, säuerlichem Ton. Ein Diener kam aus dem Haus, und während der sie und ihren Mann hineingeleitete, blieb Clifford zurück und winkte Eliza heran.

Er war sichtlich ungehalten.

»Du lieber Himmel, Eliza! Was denkst du dir dabei, dich in diesem Aufzug bei Dunkelheit hier herumzudrücken?«

»Indira hat mich aus dem Palast geschmuggelt. Ich bringe

dir die Abzüge und Platten. Weißt du, ich darf mich nicht mehr frei bewegen.«

»Tatsächlich? Wir werden uns darum kümmern. Zweifellos Anishs Werk oder vielleicht doch eher das seiner verflixten Frau, die sich gern in alles einmischt. Wäscht sich die Hände, nachdem sie einen Engländer angefasst hat. Ist das die Möglichkeit? Eine Unverschämtheit! Wenn es nach ihr ginge, würde Anish das auch tun.« Clifford schwieg für einen Moment. »Dass ich dich gerade hier treffe, bringt mich auf eine Idee. Ich habe jetzt jedoch keine Zeit zu reden.« Er deutete zur Haustür, durch die seine Gäste soeben verschwunden waren. »Aber du erinnerst dich sicher, dass ich neulich meinte, du könntest uns vielleicht helfen.«

»Ja.«

»Nun, ich werde vorbeikommen und ein Wort mit dem Maharadscha reden, dann können wir uns darüber unterhalten.«

16

Am nächsten Tag, kurz nach dem Geläut der Tempelglocken, wurde sie in Jays Arbeitszimmer gerufen. Zu nervös, um den Geheimgang allein zu benutzen, nahm sie den offiziellen Weg dorthin. Dabei trug sie den neuen Schal. Jay lächelte breit, als er ihr die Tür öffnete, aber sie wich erst einmal einen Schritt zurück.

»Was ist?«, fragte er. »Ist etwas vorgefallen?«

Unsicher, was sie denken sollte, starrte sie ihn an. Er war unrasiert, verhielt sich jedoch wie immer. Ihre Befürchtung, er könnte sie an Chatur verraten haben, hatte weiter an ihr genagt, und nun sah sie keine andere Möglichkeit, als ihn rundheraus zu fragen.

»Eliza, kommen Sie doch herein. Lassen Sie uns nicht auf dem Gang reden.«

Sie schüttelte den Kopf, und er trat zu ihr auf den Flur hinaus.

»Verraten Sie mir, was los ist?«

Sie setzte zur Antwort an, doch ihre Stimme ließ sie im Stich, und sie konnte ihm nicht in die Augen sehen.

»Nun?«, hakte er verwundert nach.

Sie zögerte noch kurz, dann rang sie sich durch. »Ich muss Sie etwas fragen.«

Er lächelte. »Heraus damit.«

»Waren Sie es, der Chatur von meiner Witwenschaft erzählt hat?« So mulmig ihr war, sie erwiderte offen seinen Blick.

»Selbstverständlich nicht. Wie kommen Sie darauf?«

»Indi hat geschworen, dass sie es nicht war. Sie meinte, es könnte Ihr Freund Devdan gewesen sein. Aber der war eigentlich gar nicht hier, bis gestern jedenfalls.«

Er runzelte die Stirn. »Devdan war gestern hier?«

»Das wissen Sie doch.«

»Das klingt höchst sonderbar. Meines Wissens ist er während meiner Abwesenheit nicht hier gewesen.«

»Wann sind Sie gestern zurückgekehrt?«

»Gegen Mitternacht.«

Sie senkte die Stimme. »Ich dachte, ich hätte Sie mit ihm reden hören.«

»Wann?«

»Kurz vor dem Dunkelwerden.«

Er schüttelte den Kopf. »Das war ich nicht.«

Sie dachte hastig nach, wer es sonst gewesen sein könnte. Die Stimme war undeutlich gewesen. Vielleicht hatte sie sich getäuscht. Konnte es Anish gewesen sein?

»Wo haben Sie ihn reden hören?«

Sie legte den Finger an die Lippen. »Könnten wir nach draußen in einen Hof gehen?«

»Natürlich, aber Sie müssen zugeben, das klingt ein bisschen sonderbar.«

Im Hof setzten sie sich zusammen auf eine Bank neben einem der Springbrunnen. Eliza blickte in den strahlenden Himmel auf und sah die Sittiche von einem Baum auffliegen. Es erfüllte sie jedes Mal mit Freude, einen Blick auf ihr gelbes Untergefieder zu erhaschen, nur heute nicht.

»Es wird bald wärmer werden. Es ist fast Frühling«, sagte er. »Und dann wird es unerträglich heiß.«

Eliza fröstelte und fühlte sich neben ihm wieder genauso befangen wie zu Anfang, zumal man sie von den Frauengemächern aus beobachten konnte.

»Benehmen Sie sich unverkrampft«, riet er, als hätte er den Grund für ihre Zurückhaltung erraten. »Lächeln Sie, und ringen Sie nicht die Hände im Schoß.«

Sie wurde rot. »Das habe ich gar nicht gemerkt.«

Er schaute ein paar Augenblicke lang zu Boden, dann hob er den Kopf. »Ich gebe zu, ich habe es meiner Mutter gesagt.«

Eliza blickte ihn an. »Sie wussten, wie ich darüber denke. Ich habe Ihnen vertraut.«

»Es tut mir leid.«

»Ich bin Ihnen zuliebe zu Clifford gegangen.«

»Und das war grandios. Der Ingenieur kommt morgen mit dem ersten Entwurf. Sie werden beeindruckt sein. Die Baugenehmigung wird allerdings auf sich warten lassen.«

»Verstehen Sie nicht, was Sie getan haben?«

»Hören Sie, es ist mir herausgerutscht. Meine Mutter bewundert Sie sehr, Eliza. Sie versteht das. Wirklich. Sie hat Sie nicht verurteilt und wird es auch niemandem weitersagen. Und ich habe es Chatur nicht verraten, glauben Sie mir.«

Sie war wütend. Dass er die Indiskretion für akzeptabel gehalten hatte! Sie hatte es Laxmi selbst sagen wollen, und das war nun nicht mehr möglich. Bestenfalls hielt seine Mutter sie jetzt für hinterlistig und schlimmstenfalls für eine Lügnerin. Eliza senkte den Kopf und schlug die Hände vors Gesicht.

»Nehmen Sie die Hände herunter. Wir werden beobachtet.« Er benahm sich, als wäre alles in schönster Ordnung, aber in seinen Augen sah sie seine Beunruhigung.

Eliza stand auf und ignorierte sein aufgesetztes Lächeln. »Nein, Sie können vielleicht heucheln, ich nicht.«

»Bitte, bleiben Sie.«

Sie drehte sich wieder zu ihm um. Er hatte gewusst, dass Chatur Schwierigkeiten machen würde, wenn das herauskäme. Jay hatte sie darauf hingewiesen, dass sich hier alles schnell herumsprach. Nun hatte er selbst alles verdorben. Warum sollte sie ihm helfen, indem sie ihm von dem Lauschschacht erzählte? Er verdiente es, belauscht zu werden.

Eliza ging zu ihrem Zimmer zurück, legte sich aufs Bett und fühlte sich sehr niedergeschlagen. Sie war wütend, aber schlimmer war der Schmerz der Enttäuschung. Wie töricht, dass sie Jay überhaupt vertraut hatte! Sie schalt sich, weil er ihr trotzdem am Herzen lag und sie in einem fort an ihn denken musste.

Allein mit ihrer Angst, sah Eliza am nächsten Morgen aus dem Fenster über die Stadt, die die Sonne in Rotgold tauchte. Ein wenig später hörte sie ein Auto hupen. Sie eilte in den großen Saal gegenüber dem Haupttor und sah Clifford, der aus einem großen schwarzen Wagen stieg. Ein kleinerer hielt hinter ihm an. Ein junger Mann setzte vorsichtig beide Füße auf den Boden, und als er sich erhob, erkannte Eliza, dass er eine lange Papierrolle unter dem Arm hielt. Er trug europäische Kleidung, sah aber ein wenig indisch aus. Eliza vermutete, dass er der Ingenieur war. Eigentlich war sie gespannt darauf, die Baupläne zu sehen, doch den Boten, der sie zu Jays Arbeitszimmer begleiten sollte, schickte sie weg. Gekränkt wegen der gedankenlosen Indiskretion, ließ sie ausrichten, sie sei unpässlich. Aber dann lief sie aufgewühlt in ihrem Zimmer auf und ab, voll gerechter Empörung. Erst nach einer Weile fiel ihr ein, dass jemand das Gespräch über das Projekt belauschen könnte, und das musste sie verhindern. Die Bewässerungsanlage würde das Leben vieler Menschen verbessern, und die Pläne durften nicht in die falschen Hände geraten. Sie durfte das Vorhaben nicht durch Untätigkeit ruinieren. Nachdem sie entschieden hatte, doch noch hinzugehen, nahm sie ihren Mut zusammen und eilte durch den Geheimgang, den Indi ihr gezeigt hatte, vorbei an verblüfften Wächtern. Atemlos pochte sie an Jays Tür.

Ihr wurde flau, als er öffnete und mehrere Augenpaare sie anblickten.

»Ich dachte, Sie wären unpässlich«, sagte er mit dem Anflug eines Lächelns.

»Ich muss Sie sprechen. Aber zuerst schicken Sie alle mit den Plänen in Laxmis Gemächer. Das ist immens wichtig«, sagte sie leise.

»Also gut.« Er ging hinein, sie blieb auf dem Gang stehen.

Sie hörte Stimmengemurmel, dann kam er heraus. »Sie sind einverstanden. Mein Bruder macht allerdings ein wütendes Gesicht.«

»Es ist Ihr Projekt. Sie müssen es absichern. Ihr Arbeitszimmer ist ungeeignet.«

»Eliza …«

Sie zog ihn außer Hörweite der Tür und flüsterte: »Wo haben Sie Ihrer Mutter gesagt, dass ich Witwe bin? In welchem Raum?«

»Welche Rolle spielt das?«

»Bitte, denken Sie nach.«

»Sie kam eines Nachmittags hierher.«

Eliza nickte. »Ich kann Ihnen versichern, dass das Zimmer abgehört wird.« Sie erklärte es ihm und erzählte auch, dass sie Devdans Stimme erkannt hatte.

»Meine Güte. Deshalb soll ich da drinnen nicht über das Projekt sprechen?«

»Es ist vielleicht besser, die Pläne in diesem frühen Stadium geheim zu halten …« Dann fragte sie: »Was meinen Sie, mit wem Devdan geredet haben kann?«

»War es eindeutig ein Mann?«

Sie nickte.

»Vielleicht mit meinem Bruder?«

»Es klang ein bisschen danach, als planten sie etwas gegen die Briten.«

»Das sähe Dev ähnlich. Ich nahm allerdings an, er hätte es aufgegeben, die Trommel zu rühren.«

»Die Trommel zu rühren?«

»Für einen Sinneswandel des Volkes.«

»Manchmal denke ich auch, die Bevölkerung sollte sich gegen die Briten erheben.«

Er lächelte. »Nun! Das ist ziemlich unpatriotisch, nicht?«

Sie zuckte mit den Schultern. »Ich kann es nicht leiden, wie Clifford und seinesgleichen reden.«

Eliza ging mit ihm zu Laxmis Wohnung, und als sie den verspiegelten, nach Jasmin duftenden Salon betraten, fand sie ihn wieder genauso atemberaubend wie beim ersten Mal. Anish, Priya, Laxmi, Clifford und der junge Mann mit der Papierrolle waren bereits dort. Die Pläne lagen auf einem großen Tisch ausgebreitet.

Laxmi empfing sie lächelnd. »Ich freue mich, dass Sie auch kommen, meine Liebe.«

Eliza erwiderte das Lächeln, obwohl sie sich bloßgestellt fühlte, da nun alle über sie Bescheid wussten. Sie war ungemein erleichtert, dass Chatur nicht anwesend war.

»Also, warum der abrupte Umzug?«, wollte Anish sichtlich verärgert wissen. »Worin besteht das Geheimnis?«

»Es gibt keins«, antwortete Jay. »Der Tisch in meinem Arbeitszimmer ist zu klein, um die Pläne nebeneinander auszubreiten.«

»Und warum ist die Engländerin dabei?«, fragte Priya auf ihre übliche arrogante Art.

»Das Projekt war ihre Idee«, erklärte Laxmi und schenkte Eliza ein herzliches Lächeln.

»Du erlaubst einer englischen Witwe zu bestimmen, was wir tun sollen?« Priya schnaubte verächtlich und gab einen Wortschwall auf Hindi von sich, von dem Eliza nicht mehr verstand, als dass Priya das Vorhaben ablehnte.

»Wie ich mich erinnere, bist du in erheblichem Maße fähig, selbst zu bestimmen«, erwiderte Laxmi. Und das verstand Eliza klar und deutlich.

Im Stillen grinste sie. Zwischen den beiden Frauen waren einige Rechnungen offen, aber Laxmi würde immer die Oberhand behalten.

»Mutter. Priya«, mahnte Anish. »Lasst uns persönliche Differenzen beiseitelassen und über das Projekt sprechen.«

Der Ingenieur trat vor. »Mein Name ist Andrew Sharma. Ich wurde in London ausgebildet und habe in ganz Indien an mehreren Bewässerungsanlagen mitgewirkt.«

»Rajputana ist anders als andere Gegenden«, bemerkte Anish mit ausdrucksloser Stimme.

Der junge Mann verbeugte sich. »So ist es, Sir. Und ich habe alles berücksichtigt.«

Anish lächelte nachsichtig. »Wie Sie wissen, sind schon viele solcher Projekte gescheitert. Warum sollte es bei unserem anders sein?«

Ein Windstoß trug Gerüche aus dem Garten herein. Eliza meinte, den Wüstensand zu riechen, und lächelte die Maharani versuchsweise an. Die zog nur eine Braue hoch und drehte verächtlich lächelnd den Kopf weg.

Der Ingenieur blickte zu Clifford, der ihm zunickte. »Bei allem Respekt, sie sind hauptsächlich gescheitert, weil die Landeskenntnisse der Einheimischen ignoriert wurden. Ich dagegen habe die Leute ausgefragt und dadurch genau ermitteln können, wo die Seen angelegt werden müssen, wie tief sie sein sollten und wie man mit dem Gefälle des Geländes umzugehen hat. Schließlich werden wir in der Lage sein, den Fluss zu stauen. Aber fürs Erste halten wir die Sache einfach. Diese Leute wissen sehr viel über die Schwachstellen des Geländes und wo Mauern nötig sind, um das Versickern zu verhindern. In meinen Plänen ist das alles schon berücksichtigt.«

»Warum vergeuden wir so viel Zeit und Geld für ein paar Bauern?«, fragte Priya. »Ich kann keinen Sinn darin sehen.«

Eliza verschlang die Finger hinter ihrem Rücken, und Anish drehte sich zu seinem Bruder hin. »Und du willst für das Projekt die gesamte Verantwortung übernehmen?«

Jay nickte. »So ist es.«

»Und wenn es fehlschlägt?«

»Das wird es nicht.«

»Und die Briten sind bereit, das mit ihrem Geld zu unterstützen?«, fragte Anish an Clifford gewandt.

»Bis zu einem gewissen Maße.«

Nachdem alle die detaillierten Pläne studiert hatten, wollte Clifford mit dem Maharadscha unter vier Augen sprechen, und Eliza hoffte, es ginge dabei um ihr Fotoprojekt und darum, dass die Beschränkungen gegen sie aufgehoben wurden. Die anderen verließen ebenfalls den Raum, und so blieben Jay und Eliza mit Laxmi zurück. Jay erzählte ihr, dass er auf die Zustimmung seines Bruders gesetzt habe, obwohl der die Pläne gerade zum ersten Mal gesehen hatte.

»Im Augenblick benutze ich alte dampfbetriebene Schaufelbagger. Die sind exzellent zum Ausschachten, müssen aber von drei Leuten bedient werden. Es sind schwere, komplizierte Maschinen«, erklärte Jay. »Daher habe ich vor, sobald ich es mir leisten kann, dieselbetriebene Bagger zu beschaffen, die billiger und einfacher zu handhaben sind. Wenigstens sind die Arbeiter eingetroffen, und das Ausschachten ist bereits im Gange.«

»Ich wollte ihn überzeugen, noch zu warten, bis wir die Baugenehmigung haben«, sagte Laxmi. »Aber das erste Auffangbecken muss bis Juli fertig sein, bevor der Regen einsetzt.«

»Die Zeit sollte genügen, sofern nicht unvorhergesehene Probleme auftauchen«, fügte Jay hinzu.

Laxmi streckte Eliza die Hände entgegen. »Kommen Sie zu mir, meine Liebe.«

Eliza trat einen Schritt auf sie zu, ließ aber den Kopf hängen und war furchtbar verlegen. »Ich bedaure unendlich ...«

»Sie müssen sich nicht entschuldigen. Ich verstehe das.«

Eliza blickte auf und versuchte zu lächeln. »Wirklich?«

»Vergessen wir die Angelegenheit. Ich will tun, was ich kann, damit sich die Leute weiterhin von Ihnen fotografieren lassen. Viele sind schlichte Gemüter, die wenig oder gar keine Bildung erhalten haben. Aber wenn ich ihnen erkläre, dass es ein erheblicher Unterschied ist, in Ihrer Kultur Witwe zu sein, dann werden sie das vielleicht verstehen. Ich hörte, es macht Ihnen Freude, die Konkubinen zu fotografieren.«

»Das stimmt. Sie sind so herzlich und lustig.«

»Ich werde sehen, was ich tun kann.«

Jay blickte Eliza forschend an. »Also ist mir vergeben?«

Sie nickte zögernd. »Woher Chatur es erfahren hat, wissen wir aber immer noch nicht.«

»Er kennt den Lauschschacht offenbar auch.« Jay streckte ihr die Hand hin. »Nun müssen wir meine Mutter allein lassen. Sie möchte zum Gebet gehen.«

Sie stiegen über eine der Haupttreppen in den großen Audienzsaal hinunter, wo der Dubar stattgefunden hatte. Eliza fragte Jay, wie Priya und Laxmi miteinander auskämen.

»Indische Schwiegermütter können sehr grausam sein«, sagte er.

»Aber Laxmi doch sicher nicht?«

»Nein, sie wurde selbst von ihrer Schwiegermutter schlecht behandelt. Die sperrte sie oft tagelang ein, um sie von meinem Vater fernzuhalten.«

»Warum denn nur?«

»Damit sie meinen Vater nicht beeinflussen konnte. Meine Mutter war ihrer Zeit immer voraus. In unserer Kultur müssen die Kinder aber ihr Leben lang den Eltern gehorchen.«

»Sogar wenn die sich irren?«

»Auch dann«, sagte er ernst.

»Und Ihr Vater konnte dagegen nichts tun?«

»Unsere Etikette verlangt von dem Ehemann, die Mutter nicht zu kritisieren. Laxmi gab sich Mühe, ihrer Schwiegermutter zu gefallen, doch es war vergeblich. Zum Glück ist der alte Drachen jung gestorben, und meine Mutter blühte auf.«

»Aber das erklärt nicht, wie es zwischen Laxmi und Priya steht.«

»Wohl wahr. Ich denke, meine Mutter kann sie nicht leiden.«

»Und misstraut ihr vielleicht auch?«

»Möglich.«

Sie schlenderten umher, und Eliza wurde unsicher, worüber sie noch sprechen sollten. »Das neue Schloss funktioniert gut.« Mehr fiel ihr nicht ein.

Er lächelte. »Dessen bin ich mir sicher ... Würden Sie mir erlauben, Sie am zweiten Abend des Holi-Festes auszuführen? Sozusagen als Entschuldigung meinerseits. Es findet Anfang nächsten Monats in der Altstadt statt.«

Jay hatte die Einladung recht beiläufig ausgesprochen, und

Eliza war überrascht. »Sie dürfen dazu in die Stadt gehen? Ich dachte, Sie müssten an der Feier im Palast teilnehmen.«

»Gewöhnlich mache ich mich nach einer Weile aus dem Staub; dann bin ich schon völlig mit Pulver bestäubt und bestens maskiert. Wenn Sie sich indische Kleider anziehen und sich Farbe in Gesicht und Haare schmieren, werden wir nicht auffallen.«

Sie überlegte kurz. »Das hört sich lustig an.«

»Ich verspreche Ihnen, es ist einmalig. Sie werden tief berührt sein – bei dem Fest geht es darum, Vergangenes hinter sich zu lassen.«

Genau das, was ich brauchte, dachte sie wehmütig.

»Und der Frühling wird gefeiert. Die Zeit neu erwachender Hoffnung«, fügte er hinzu.

»Wird man Sie wirklich nicht erkennen?«

»Und wenn schon. Aber ich werde abgenutzte, einfache Kleidung tragen, und niemand erwartet, mich dort zu sehen, also wird mich auch niemand sehen. Erwartungen sind oft entscheidend, meinen Sie nicht auch?«

17

Eliza liebte den frühen Morgen, und bislang hatte sie keine Schatten mehr bemerkt, die beim Umdrehen aus ihrem Blickfeld huschten, auch kein Geflüster, keine leisen Schritte. Sie wurde nicht mehr beschattet und war wieder heiterer gestimmt. Als sie früh aufstand, um das beste Licht zu nutzen, und mit der Rolleiflex nach draußen ging, dachte sie an Jays Einladung zum Holi-Fest. Eliza musste zugeben, die Vorstellung versetzte sie in Erregung. In der kühlen Morgenluft fotografierte sie als Erstes die großen Schaukeln. Bei einem Geräusch erschrak sie und schaute sich nach allen Seiten um. Dann hörte sie leise Schritte. Nicht schon wieder!, dachte sie und legte den Fotoapparat hin. Sie lief zum Bogengang, wo das Geräusch herzukommen schien. Es war still. Aber da war jemand gewesen. Ein leichtfüßiger Mensch. Dessen war sie sicher. Vielleicht hatte eine der Konkubinen mit ihr sprechen wollen, sich dann aber doch nicht getraut? Die Stille kam ihr plötzlich bedrohlich vor. Angespannt lauschte Eliza, ob sie jemanden flüstern hörte. Nichts. Sie kehrte in den Hof zurück, aber als sie den Fotoapparat aufhob, erschrak sie noch mehr. Das Objektiv hatte einen Sprung. Hatte sie den Apparat zu unvorsichtig abgelegt? Nein, das wäre ihr sofort aufgefallen. Wer war im Hof gewesen? In Gedanken mit dieser Überlegung beschäftigt, kehrte Eliza in ihr Zimmer zurück.

Es war nun ein wenig wärmer geworden, doch die sengende Hitze ließ noch auf sich warten. Im Sommer würde es unmöglich sein, in der Stadt zu fotografieren, und daher sollte sie ihren Fotoapparat möglichst schnell in Reparatur geben. Sie beschloss, Cliffords Einladung zum Lunch zu nutzen und ihn zu fragen, ob er ihr einen Tipp geben konnte.

Sie zog sich einen hellrosa Sommerrock aus Crêpe de Chine an und dazu eine Bluse mit dezenten Puffärmeln. Der Rock lag an der Hüfte eng an und betonte ihre Figur so sehr wie kein anderes ihrer Kleidungsstücke. Das Ensemble trug sie immer, wenn sie beeindrucken wollte. Sie legte die Perlenkette an, und als sie die dazugehörigen Ohrringe einhakte, beschloss sie angesichts ihres veränderten Aussehens, Clifford nichts von dem Eindringling in ihrem Zimmer zu erzählen. Er würde womöglich darauf bestehen, dass sie zu Dottie zog.

Auf dem Weg nach draußen begegnete sie Jay just an der Stelle, wo die einfallenden Sonnenstrahlen Muster auf den Marmorboden malten.

»Sie sehen heute sehr hübsch aus«, meinte er mit einem breiten Lächeln. »Die Farbe steht Ihnen.«

»Ich gehe zu einer Lunch-Party«, erklärte sie halbherzig und fühlte sich ein bisschen zu sehr bestaunt.

»Sehr britisch.« Er verneigte sich. »Viel Spaß. Übrigens, das Bewässerungsprojekt macht rasante Fortschritte. Wir müssen aber noch die Finanzierung unter Dach und Fach bringen, damit das erste Auffangbecken bis Juli fertig werden kann, sonst ist die ganze Arbeit umsonst gewesen.«

»Und klappt das?«

Er neigte den Kopf auf seine typische Art, bei der sie nie wusste, ob das nein oder ja hieß. »Sie müssen es sich vorher einmal ansehen.«

Sie konnte schlecht sagen, dass sie viel lieber Zeit mit ihm verbrachte als mit Clifford und dass sie sofort mit ihm hinfahren würde. Bei dem Gedanken kroch Hitze in ihre Wangen, und der Moment für eine Antwort war vorüber.

»Und Sie sind noch hübscher, wenn Sie erröten«, fügte er hinzu.

»Ach, seien Sie still! Wahrscheinlich wird es schrecklich langweilig.«

»Vielleicht könnten Sie noch einmal mit Mr. Salter reden, ob er bei den Geldgebern und mit der Baugenehmigung vorankommt? Als ich in Kalkutta war, schienen die Verhandlungen gut zu laufen, aber seit meiner Rückkehr habe ich nichts Konkretes mehr gehört.«

Ein wenig später, als Eliza aus dem Wagenfenster schaute, fand sie die Armut von Neuem bestürzend und versuchte zu begreifen, was sie sah. Verwahrloste Kinder folgten aufdringlich dem langsam fahrenden Wagen und hofften zweifellos, etwas zu bekommen, wenn er am Ziel anhielt. Nach den Verschlägen am Straßenrand zu urteilen, hatten viele Menschen kein richtiges Dach über dem Kopf. Eliza suchte in ihrer Tasche ein paar Rupien zusammen und hielt sie in der Hand, um sie beim Aussteigen zu verschenken. Sie hatte einen Blick für Details, schon immer. Das war ihre Rettung gewesen, eine Methode, nach dem Tod ihres Vaters zurechtzukommen. Eliza hatte sich damals alles eingeprägt und es ihm dann erzählt. Einmal wurde ihre Mutter zufällig Zeuge, wie sie im Garten ein Gänseblümchen hochhielt und laut mit ihrem verstorbenen Vater redete. Ihre Mutter schlug ihr auf die Hand, das Blümchen fiel auf den Boden. Danach führte Eliza ihre Gespräche mit ihrem Vater nur noch stumm.

Als sich der Wagen Cliffords Haus näherte, glaubte sie noch an eine Lunch-Party, doch wieder einmal stellte sich heraus, dass sie mit Clifford allein war. Nach einem köstlichen Brathähnchen mit Dampfkartoffeln und Gemüse lehnte Eliza sich gesättigt zurück. Obwohl sie das indische Essen mochte, wurde sie Reis und Linsen allmählich leid.

»So«, sagte er. »Noch Platz für Apfelkuchen?«

»Willst du mich mästen?«

»Ganz und gar nicht. Wie du bist, bist du perfekt.«

Sie lachte. »Du hast mich aber sicher nicht eingeladen, um mir das zu sagen.«

Er lächelte. »Nein. Ich wollte dich wissen lassen, dass deine Freiheit wiederhergestellt ist.«

»Danke. Das bedeutet mir viel. Doch ich brauche deine Hilfe noch bei etwas anderem.«

»So?«

»Heute Morgen ist etwas Merkwürdiges passiert. Ich habe meinen Fotoapparat nur für ein paar Augenblicke allein gelassen, und als ich zurückkam, hatte das Objektiv einen Sprung. Es ist ausgerechnet das, das ich im Freien am meisten benutze.«

»Du musst den Apparat zu hart aufgesetzt haben.«

»Das glaube ich nicht. Aber wo kann ich ein neues Objektiv bekommen? Und ich fürchte, im Gerät könnte auch etwas beschädigt sein.«

»Hast du den Fotoapparat bei dir?«

»Er liegt im Flur auf dem Tisch.«

»Ich lasse ihn nach Delhi senden. Aber ich sage dir gleich, das wird seine Zeit dauern.« Nach ein paar Augenblicken sagte er: »Nun will ich dir meine Idee erläutern. Sie dir vorschlagen, wenn du so willst.«

»Schieß los.«

Er nickte. »Nun, wie du weißt, tue ich mein Bestes, um Geldgeber für das Bewässerungsprojekt deines Prinzen aufzustöbern.«

»Er ist nicht ›mein‹ Prinz, Clifford.«

»Das war nur eine Floskel. Wenn du also eine Kleinigkeit für mich tun könntest, wäre das absolut wunderbar.«

»Natürlich. Alles, was du willst.«

»Wir möchten, dass du Augen und Ohren offen hältst und mir Bericht erstattest, wenn etwas Ungewöhnliches vor sich geht. Wie gesagt, wir halten Anish für einen schwachen Herrscher, der nur auf den eigenen Luxus bedacht ist, und hätten nichts gegen ein paar Änderungen, wenn du verstehst, was ich meine.«

»Bittest du mich, für dich zu spionieren?« Sie war unsicher, wie sie auf diese erstaunliche Bitte reagieren sollte, und es beunruhigte sie, da sie an Chaturs Anschuldigung denken musste.

»Natürlich nicht. Halte nur die Augen offen. Wenn dir etwas merkwürdig vorkommt, lass es mich wissen. Du kannst jederzeit sagen, du musst wegen der Fotos zu mir fahren.«

18

März

Der zweite Tag des Holi-Festes brach an. Freudig erregt, aber auch nervös, weil sie am Abend mit Jay in die Stadt gehen würde, dachte Eliza an die vorige Fahrt mit ihm zurück. Sie sehnte sich danach, durch die Wälder des Aravelligebirges zu streifen, die Jungfernkraniche über der Wüste fliegen zu sehen, die großen weißen Pelikane zu beobachten, wenn sie in Ufernähe vom See aufstiegen. Cliffords Bitte beunruhigte sie, und Jay blieb der einzige Mensch, bei dem Eliza sich zaghaft erlaubte, ihm zu vertrauen.

Am Abend, als sie sich in einem der Palasthöfe zu den Feiernden gesellte, hielt sie nach ihm Ausschau und entdeckte ihn bald zusammen mit einem Jungen. Sein jüngster Bruder, vermutete sie. Nach einer Stunde kam Jay mit einer gestreiften Wolldecke über den Schultern zu ihr. Er flüsterte ihr ins Ohr, sie könnten jetzt aufbrechen, und so stahlen sie sich aus dem Hof fort und liefen einen Gang entlang, den Eliza noch nicht kannte. Schon dort atmete sie auf, immens erleichtert, die unangenehme Atmosphäre des Palastes hinter sich zu lassen.

»War das Ihr Bruder?«, fragte sie.

»Ja. Er geht in England aufs Internat und ist auf einen kurzen Besuch bei uns. Es ist wichtig, dass er nicht zu britisch wird. Aber wegen der langen Reise kommt er nicht so oft, wie er eigentlich sollte.« An einer Tür blieb Jay stehen. »Niemand außer der Familie kennt diesen Tunnel. Nehmen Sie meine Hand, und Sie dürfen sie nicht loslassen, fürchte ich. Es ist sehr dunkel da unten.«

Sie lachte. »Ich fühle mich geehrt.«

Langsam tasteten sie sich voran. Mit Jay allein im Dunkeln

zu sein nahm ihr gewisse Hemmungen. »Sie haben mich einmal gefragt, ob ich an das Schicksal glaube. Warum?«

»Das ist eine lange Geschichte. Ich erzähle sie Ihnen irgendwann einmal.«

»Erzählen Sie sie mir jetzt. Bitte.«

Der unterirdische Gang war an manchen Stellen so schmal, dass sie hintereinandergehen mussten. Es roch nach Erde, und man hörte Wasser murmeln. »Ein unterirdischer Bach«, sagte Jay und griff hinter sich nach ihrer anderen Hand. Dann blieben sie stehen.

»Sie haben mir von dem Tag in Delhi erzählt, als Ihr Vater starb.«

»Ja.« Eliza hörte Insekten summen und fragte sich, worauf er hinauswollte.

»Erinnern Sie sich noch an den indischen Jungen?«

Sie dachte zurück. »Sie meinen, unten auf der Straße? Ja, ich erinnere mich.«

»Sie haben bei Ihrem toten Vater gekniet, und der Junge hat Ihnen aufgeholfen.«

»Ja.«

»Das war ein schreckliches Erlebnis, und ich habe das englische Mädchen nie vergessen können. Ich habe immer wieder an Sie gedacht. Ich war das. Ich war der indische Junge.«

Das war kaum zu glauben. Eliza brannten die Augen von Tränen, und sie war froh, dass es dunkel war. Sie drückte fest seine Hände, und obwohl keiner das Gesicht des anderen sehen konnte, passierte etwas zwischen ihnen. Ein paar Minuten lang blieben sie so stehen. Eliza überkam ein ungeahnter innerer Friede. Weil Jay dort gewesen war, den schrecklichen Augenblick mit ihr geteilt hatte, löste sich etwas in ihr. Sie konnte es nicht erklären, aber weil sie doch nicht so allein gewesen war, wie sie immer geglaubt hatte – er war dabei gewesen! –, erschien es ihr mit einem Mal möglich, aus dem Schatten herauszutreten, den der Tod ihres Vaters über ihr Leben geworfen hatte. Mit angehaltenem Atem überließ sie sich diesem neuen Gefühl, was immer es war, und wollte sich am liebsten nicht mehr von der Stelle bewegen. Es war jedoch kalt in dem Tunnel, und als sie schauderte, gingen sie langsam weiter.

»Ich habe mit meiner Mutter auf einem Elefanten gesessen und bin nach der Explosion hinuntergestiegen.«

»Wussten Sie sofort, wer ich bin, als ich im Palast ankam?«

»Nein. Aber dann erwähnten Sie, in Delhi gelebt zu haben, und da fiel mir der Name des Mannes ein, der bei dem Attentat umgekommen war. Nach ein paar Erkundigungen dachte ich mir, dass Sie es sind.«

»Warum haben Sie nichts gesagt, als ich davon erzählt habe?«

»Dafür kannte ich Sie nicht gut genug, fand ich. Ich war besorgt, wie sich das auf Sie auswirken könnte.«

»Es macht mich froh. Es bedeutet mir viel, und ich bin sehr dankbar.«

Sie verließen die Festung durch eine dicke Holztür, die hinter Büschen verborgen war. »Passen Sie wegen der Dornen auf«, sagte er, bevor sie ins Freie traten. Auf dem Weg in die Altstadt gab er ihr die Wolldecke. »Legen Sie sich die Decke über den Kopf und ziehen Sie sie möglichst tief ins Gesicht, obwohl Sie inzwischen schon so viel buntes Pulver an sich haben, dass niemand Sie mehr als Europäerin erkennen wird.«

Die Feier im Palast war nichts im Vergleich zu dem, was in der Stadt los war. Der Mond war fast voll, und überall loderten Freudenfeuer, wo das tote Laub und das Reisig des Winters verbrannt wurden. Scharen von Menschen füllten die Straßen und Plätze. Aber es war das hypnotisierende Trommeln, das sie in Stimmung brachte. Die Menschen tanzten nach dem Rhythmus und bewarfen einander mit farbigem Pulver und gefärbtem Wasser. Die auffliegenden Wolken erhellten die Luft: Rote, blaue, grüne, gelbe Pulverschwaden wirbelten umher, stoben auf und rieselten auf alle herab. Es war, als öffnete der Himmel seinen Farbkasten und entleerte seine Farben auf die Welt. Der Lärm machte es unmöglich, sich zu unterhalten, aber Jay hielt Eliza fest bei der Hand, und sie beherzigte seinen Rat, ihn nicht loszulassen. Eliza fasste sich ins Gesicht und bekam blaue Finger. Das Pulver hing in ihren Haaren, an den Wimpern, und sie hatte es sogar im Mund. Sie war froh, als Leute auf den Balkonen der Häuser entlang der Straße mit Schläuchen Wasser herabspritzten. Doch es verband sich mit dem Farbpulver, anstatt es wegzuspülen. Wäre Eliza nicht mit Jay zusammen gewesen, hätte sie die exotische, verrückte Nacht überfordert. Aber so bekam sie nur manchmal Angst, wenn das wilde Treiben und der Lärm ihre britische Vernunft niederzuwalzen drohten. Die ganze Stadt schien außer Rand und Band zu sein, doch hier wurde das Leben auf die beste Art gefeiert, die sie sich vorstellen konnte. Schließlich ergab Eliza sich in den allgemeinen Übermut. Jay war in seinem Element, wich lachend Wassergüssen und Pulvergeschossen aus, und Eliza, hilflos getroffen, warf den Kopf in den Nacken und lachte mit.

Ein wenig später packte Jay sie beim Oberarm und zog sie in eine Gasse, und im nächsten Moment flohen Leute nach allen Seiten, weil berittene Rajputen durch die Farbwolken herangaloppierten und noch mehr Pulver schleuderten. Eliza war sich Jays Nähe deutlich bewusst, und als die Reiter vorbeigesprengt waren und er nicht von ihr wegtrat, schlug ihr Herz noch schneller. Dann legte er die Arme um sie, und ohne nachzudenken, ließ sie sich gegen ihn sinken. Er hielt sie an sich gedrückt. Die Hitze seines Körpers war so alarmierend und zugleich zu beglückend, dass sie ihn nie wieder loslassen wollte. Jay hob ihr Kinn an, und sie sah ihm in die Augen.

»Eliza. Ich habe darauf gewartet, dass Sie erkennen, was ich für Sie empfinde.«

Ihr stockte der Atem, das Herz klopfte ihr im Hals. Und als er sie sanft küsste, wusste sie kaum, was sie denken sollte. Er hatte eine Hand in ihren Nacken gelegt und hörte nicht auf. Der Kuss wurde leidenschaftlich. Noch benommen von der

Holi-Feier, war ihr, als würde die Welt kippen. Noch ein bisschen mehr, und sie würde über den Rand fallen. Als es vorbei war, fand sie keine Worte und gab schließlich auf. Worte waren nicht wichtig. Heute Nacht ging es nur um die Sinne. Im Schein einer Öllampe betrachtete sie die Konturen seiner Lippen und seine braune Haut, dann legte sie die Hand auf seine Wange. Seine Haut war weicher als vermutet, roch nach Sandelholz und Zedern, aber es war die Blässe ihres Handrückens, die sie verblüffte.

Lauter Jubel stieg auf, und Eliza sah, dass sich auf der Straße etwas Neues anbahnte.

Jay grinste. »Das müssen Sie sehen.«

Sie standen mit dem Rücken an der Hauswand, als bunt bemalte Elefanten mit prächtigem Kopfputz entlangstapften. Die Glöckchen an ihren Beinen klingelten, wenn sie die mächtigen Füße hoben. Ihre Führer, die Mahuts, saßen auf goldbestickten Decken und hielten bunte Sonnenschirme über sich.

»So«, sagte Jay, als der Zug vorüber war. »Ich glaube, es gibt kein Leben ohne Reue. Aber sind Sie bereit, sich von der Vergangenheit zu verabschieden?«

Während Eliza von ihrem Bett aus zusah, wie es dämmerte, ging sie immer wieder die Einzelheiten des vergangenen Abends durch. Sie sah wieder in Jays schöne Augen und dachte daran, wie leichtsinnig sie das rauschende Fest gemacht hatte. So etwas hatte sie nie empfunden, wenn sie mit Oliver zusammen gewesen war. Tatsächlich konnte sie sich jetzt, da sie darüber nachdachte, kaum erinnern, wie es mit ihm gewesen war. Stattdessen stellte sie sich vor, wie Jay sie in die Arme nähme, und als die Erregung sie durchströmte, war es, als erwachte ihr ganzer Körper. Sie drehte sich auf den Bauch, sehnte sich danach, seine Hände auf ihrer Haut zu spüren, und drückte sich an die Matratze. Die Erregung war fast nicht auszuhalten. Dann dachte sie darüber nach, was er sie zuletzt gefragt hatte. War sie bereit, die Vergangenheit hinter sich zu lassen? Einerseits wünschte sie sich das ernsthaft. Aber dabei fiel ihr ein, was Jay über den Todestag ihres Vaters gesagt hatte. Glaubte sie, dass etwas im Leben vorherbestimmt sein konnte? Nein. Sie musste jedoch zugeben, dass es ein außergewöhnlicher Zufall war, dass Jay damals, im schrecklichsten Moment ihres Lebens, bei ihr gewesen war und sie sich jetzt wiederbegegnet waren. Sie vermied es mit aller Kraft, an die Zukunft zu denken. Doch die Bilder kamen gegen ihren Willen, ein Szenario nach dem anderen, und sie konnte nicht aufhören, sich ihr späteres Leben vorzustellen. Mit ihm. Natürlich war das unmöglich. Das war ihr klar, und so verfiel Eliza in hoffnungslose Träumerei.

Sie versuchte, vernünftig zu sein, es auf den bezaubernden Abend zu schieben, doch Jay hatte sie in ihrer Seele berührt, und kein noch so vernünftiges Argument konnte das Gefühl der Verbundenheit schmälern, das sie in seiner Nähe empfunden hatte. Es war ein bisschen, wie nach Hause zu kommen, nach Hause zu einem Menschen ...

Am nächsten Tag brachte ihr eine Dienerin einen Brief, und als sie ihn öffnete, sah sie, dass er von Jay war. Er schrieb, er habe ihre Gesellschaft sehr genossen und hoffe, sie sehr bald wiederzusehen. Und sie sei am schönsten, wenn sie mit buntem Pulver bedeckt sei.

Als Laxmi sie später zu einem Gespräch bat, war Eliza besorgt, zu ihr könnte durchgedrungen sein, was während des Holi-Abends passiert war. Vielleicht hatte Chatur jemanden hinter ihnen hergeschickt, der sie bespitzelt und der alles gesehen hatte. Eliza war die Vorstellung zuwider, dass vielleicht jede ihrer Bewegungen beobachtet worden war, und das Gefühl, sich nirgends verstecken zu können, war lähmend. Laxmi würde nicht erfreut sein, dass sie mit Jay in der Stadt gewesen war, und erst recht nicht über den Kuss. Seine Mutter wollte ihn seit ein paar Jahren verheiraten – nicht mit einer

Rajputin, das war offenbar nicht erlaubt, sondern mit einer Angehörigen eines anderen indischen Stammes – und hoffte auf eine starke Allianz mit einer anderen Fürstenfamilie.

Eliza wappnete sich, während sie sich langsam zu Laxmis Räumen begab. Dazu musste sie durch vier verschiedene Korridore, die gewöhnlich von Eunuchen bewacht wurden. Vor der Tür zu Laxmis Wohnung standen jedoch immer zwei Frauen. Eliza nickte ihnen zu und klopfte an. Laxmi öffnete selbst, und Eliza sah erleichtert, dass sie herzlich lächelnd empfangen wurde. Vielleicht war doch nichts durchgesickert.

»Möchten Sie eine Erfrischung?«, fragte Laxmi, würdevoll und liebenswürdig wie immer. In ihrem glatten Gesicht waren die Falten in den Augenwinkeln das einzige Zeichen des Alterns.

Eliza bat um Wasser.

In Blau, Grün und Silber gekleidet, sah Laxmi heute von Kopf bis Fuß wie eine Königin aus. In ihrer Gegenwart setzte sich Eliza stets aufrechter hin als sonst. Oder vielleicht lag es an den herrlichen Glasmosaiken der Wände und an den Engeln an der Decke.

»Wie ich höre, waren Sie beim Holi-Fest in der Stadt.«

Eliza brachte mühsam den Schluck Wasser hinunter und stellte ihr Glas so abrupt ab, dass sie etwas auf die Perlmuttauflage des Tisches verschüttete. »Oh, das tut mir leid, ich werde ...«

Laxmi winkte ab und klingelte mit einem Glöckchen. »Sahili wird sich darum kümmern. Sie ist sehr tüchtig. Wissen Sie, dass sie mit mir zusammen in den Palast kam?«

»Wirklich?«

»Sie gehörte zu meiner Mitgift. Aber nun hören Sie, meine Liebe, ich habe nichts dagegen, wenn Sie mit meinem Sohn etwas unternehmen. Ich hoffe nur, Sie verstehen das richtig. Tatsächlich hat er Sie auf meinen Vorschlag hin zu dem Kamelmarkt und in das Dorf mitgenommen.«

Das stimmte. Laxmi hatte sie beide zusammengebracht,

sich aber wohl nicht überlegt, was passieren könnte. Wollte sie sie jetzt voneinander trennen?

»Jayant Singh ist so lange in England gewesen. Er schien sich zu langweilen, und ich nahm an, er würde ein wenig englische Gesellschaft reizvoll finden.«

Sie sprach in einem tröstenden Ton, und Eliza hielt den Atem an.

»Aber er wird Ihnen nie mehr anbieten können als Freundschaft. Verstehen Sie das, Eliza?«

Sie holte hastig Luft, als sie die Unerbittlichkeit hinter Laxmis sanfter Frage hörte. »Ja, natürlich.«

»Es liegt nicht nur daran, dass Sie Engländerin sind. Eine Zeit lang gab es viele Heiraten zwischen dem indischen und dem europäischen Adel, manchmal auch unter einfachen Leuten. Sie wurden als legitime Frauen und ihre Kinder als legitime Erben betrachtet. Dann verabschiedete Lord Curzon ein Gesetz, wonach das Kind eines indischen Herrschers und einer europäischen Frau von der Thronfolge ausgeschlossen ist.«

»Das wusste ich nicht.«

»Jay sitzt zwar nicht auf dem Thron, würde Anish aber nachfolgen, wenn diesem etwas zustieße, da Anish keinen Sohn hat. Ein Königreich ohne Thronfolger können die Briten leicht an sich reißen. Doch es gibt ein noch größeres Problem, das mit Ihrer Herkunft und der Thronfolge nichts zu tun hat.«

Eliza runzelte die Stirn. »Ich kann mir nicht denken, was das sein könnte.«

»Er darf keine Witwe heiraten. Mit Ausnahme der Frau seines Vorgängers.«

Das war es also. Im ersten Moment wusste Eliza nicht, was sie sagen sollte, aber dann kamen ihr langsam die richtigen Worte über die Lippen. »Ich bin nicht auf der Suche nach einem Ehemann, Laxmi. Das kann ich Ihnen versichern.« Sie versuchte, Jay aus ihren Gedanken zu verbannen.

»Dann ist es gut. Ich möchte nur nicht, dass Sie sich Hoffnungen machen und dann bitter enttäuscht sind oder dass Sie als Konkubine enden oder als zweite oder dritte Frau, verborgen vor der Öffentlichkeit. Ich hoffe, Sie verstehen. Bei uns ist Heiraten keine romantische Angelegenheit, sondern Teil einer komplizierten Strategie, die das Vermögen und Ansehen der Familie vergrößern soll.«

Es folgte ein kurzes Schweigen.

»Vermutlich werden Sie froh sein, nach dem Ärger mit Chatur, den Palast zu verlassen. Ja, ich weiß davon … Also wird es vielleicht ganz gut sein, wenn Sie vor dem Monsun weggehen und nicht das volle Jahr hier verbringen.«

Die letzte Bemerkung traf Eliza mit Wucht, und das, was sie beinhaltete, machte sie sprachlos. Sie blickte in Laxmis intelligente Augen und fragte sich, welche Absichten Jays Mutter hegte. Eliza hatte immer vorgehabt, den Monsunregen zu erleben und sogar länger zu bleiben. Sie wollte nicht nur die fertige Bewässerungsanlage fotografieren, sondern auch die Regenfälle. Jeder sprach darüber so ehrfürchtig, dass sie das Schauspiel miterleben wollte. Jay hatte gesagt, sie müsse sehen, wie die dunklen Wolken über den Seen bei Udaipur aufzogen.

Eliza nickte, sagte aber zunächst nichts. Vor dem Monsun, das wäre schon bald, und das passte nicht in ihren Plan. Clifford hatte die Arrangements für ein ganzes Jahr getroffen.

»Ich gebe zu, ich mag Jay«, sagte sie schließlich. »Aber ich muss hier sein, wenn der Regen einsetzt, und auch noch, wenn der Herbst beginnt. Sie brauchen nicht zu fürchten, dass ich Erwartungen hege.«

»Das mag sein. Lassen Sie mich ein wenig mehr erklären, damit Sie wirklich verstehen. Ich denke nur an Sie, meine Liebe. Es ist von vornherein festgelegt, dass eine Maharani einen höheren Status genießt als die Rani, die zweite Ehefrau. Die Maharani bekommt prächtige Gemächer, isst von goldenen Tellern, trägt schöne Kleider und wird mit Schmuck überhäuft. Eine zweite, dritte oder vierte Ehefrau bekommt nur ein Zimmer für sich, vielleicht mit einem kleinen Hof, vielleicht auch nicht. Eine Konkubine bekommt überhaupt kein Zimmer für sich allein. Sie sehen also, Status ist alles.«

»Wie gesagt, ich habe keine Erwartungen in Bezug auf Ihren Sohn«, versicherte Eliza ziemlich hastig.

Laxmi nickte beifällig. »Europäische Frauen werden bei uns nie so ganz akzeptiert. Unsere Beziehung zu den Menschen, die wir regieren, ist klar festgelegt und speziell. Die gewöhnlichen Leute würden eine Witwe keinesfalls akzeptieren, verstehen Sie?«

Eliza wusste nicht, was sie noch sagen könnte, um Laxmi zu überzeugen, dass Jay vor ihr sicher war, und darum schwieg sie.

»Jedenfalls freue ich mich, dass ich eine vielversprechende Frau für meinen Sohn gefunden habe. Ein wunderbares junges Mädchen aus fürstlicher Familie mit einer beträchtlichen Mitgift. Ich hoffe, sie werden in Kürze heiraten.«

Laxmi hatte in munterem Ton gesprochen und strahlte zufrieden. Aber Eliza hatte Mühe, ihre Bestürzung zu verbergen. Wusste Jay schon davon? Hatte er bereits zugestimmt? Es war, als stünde das Schicksal vor ihr, um ihr die Strafe für den Kuss zuzumessen, und sie wollte am liebsten in ein Versteck kriechen und ihre Wunden lecken.

»Dann haben wir uns also verstanden. In Palästen wird üblicherweise viel spioniert. Nichts bleibt unbemerkt, meine Liebe. Nichts. Ich hätte schon eher etwas gesagt, ich wollte aber nicht eingreifen, solange es keinen Anlass zur Sorge gab.«

»Und Sie meinen, den gibt es jetzt, obwohl er verlobt ist?«

»Ich kenne meinen Sohn.« Laxmi hielt inne. Eine Sorge schien zu bleiben.

Eliza wünschte sich weit fort. Egal, wohin, Hauptsache, sie hätte dort Ruhe und könnte ihre Gedanken ordnen.

»Es kann hart sein für eine Frau. Sie wissen, früher, wenn man eine Rani oder Konkubine bei der Liaison mit einem anderen Mann ertappte, wurde sie mit dem Tod bestraft. Unsere Herrschaft beruhte auf Furcht und Ehrfurcht. Keine

Frau des Palastes wagte es, ihr Gesicht einem Mann zu zeigen, der nicht ihr Ehemann war.«

»Und das halten Sie für richtig?«

»Das würde ich nicht sagen. Ich halte aber viel von der Pflicht der Frau, ihre Ehe zu schützen und die Familie zusammenzuhalten.«

»Selbst wenn der Ehemann fremdgeht?«

»Der Ehemann?« Sie lachte. »Die Ehemänner hatten so viele Frauen und Konkubinen. Mein Vater hatte dreihundert. ›Fremdgehen‹, wie Sie es nennen, gehörte zur Gesellschaftsordnung.«

»Und Sie halten diese Ungleichheit nicht für falsch?«

»Wenn die Frauen nicht die Ehe und Familie hochhalten, wer dann? Wir sind keine Männer. Für uns ist das anders.«

»Ich habe kürzlich erfahren, dass mein Vater eine Geliebte hatte. Meine Mutter ist daran zerbrochen.« Nie zuvor hatte Eliza darüber gesprochen. Sie zog sogar zum ersten Mal in Erwägung, dass die Anschuldigung ihrer Mutter wahr sein könnte. Laxmi hatte etwas an sich, das zu Offenheit verleitete.

»Männer bleiben Männer, meine Liebe. Da ist es nur gut, ihren Eigenheiten in der gesellschaftlichen Lebensweise Rechnung zu tragen, meinen Sie nicht? Dann kann es keine bösen Überraschungen geben.«

»Sie haben keine sehr hohe Meinung von ihnen.«

»Im Gegenteil.«

»Und wie steht es mit Eifersucht? Die ist doch auch eine menschliche Eigenheit.«

»Viele Ranis und Konkubinen waren und sind gute Freundinnen, aber natürlich gab und gibt es auch Eifersucht.«

»Und was passiert dann?«

»Meistens kommt es zu Vergiftungen.«

19

Seit dem Gespräch mit Laxmi hatte sich Elizas Stimmung drastisch verändert. Wie dumm war sie gewesen, sich in eine hoffnungslose Romanze zu stürzen! Von jetzt an würde sie sich Jay gegenüber so distanziert verhalten, wie es die Form verlangte. Als er ihr am Eingang des Gebäudeteils entgegenkam, in dem ihr Zimmer lag, nickte sie ihm knapp zu und eilte an ihm vorbei und die Treppe hinauf. Sie hatte nicht innegehalten, um seine Reaktion zu sehen, und sowie sie in ihrem Zimmer war, schloss sie hinter sich ab und lehnte sich mit heftigem Herzklopfen gegen die Tür. Sie war atemlos, obwohl sie nicht gerannt war. Und wenn sie über das nachdachte, was passiert war, erkannte sie, dass sich hinter Laxmis Würde ein eiserner Wille verbarg.

Vielleicht hatte Jays Mutter recht? Vielleicht war es das Beste, das Projekt so schnell wie möglich zu beenden. Es bei sechs Monaten in Juraipur zu belassen und aus dem vermaledeiten Palast ein für alle Mal zu verschwinden. Dottie würde ihr zustimmen, dessen war sie sicher. Eliza beschloss, nur noch ein paar Aufnahmen von der Fürstenfamilie zu machen und die Altstadt zu fotografieren, obwohl sie dazu die Plattenkamera nehmen müsste.

Clifford hatte zu einem Picknick draußen am See eingeladen, und bei der Gelegenheit würde sie ihm sagen, dass sie die Dinge gern beschleunigen würde. Und Jays Bewässerungspläne? Da würde er ohne ihre Hilfe auskommen müssen.

»Das Gute hält nicht ewig«, flüsterte sie und dachte daran, wie ihre Mutter mit ihr aus Indien weggezogen war, um auf James Langtons Anwesen in Gloucestershire zu leben. Eliza hatte geglaubt, er wollte sie dort haben, er würde es begrüßen, ein Kind im Haus zu haben. Aber dann wurde sie fortgeschickt auf ein drittklassiges Internat, und sie dachte immer, dass er sie aus dem Weg haben wollte.

Cliffords Picknick holte eine weitere Erinnerung hervor. Es war passiert, kurz bevor sie ins Internat geschickt worden war, und war das einzige Mal gewesen, dass Langton Eliza und Anna bei einem kleinen Ausflug begleitet hatte. Sie spazierten durch sonnige Felder, er trug den Picknickkorb. Es war gerade Frühling geworden, und Eliza war glücklich, weil Langton sich ihnen ausnahmsweise einmal angeschlossen hatte. Aber ihm schmeckten die Hühnerpasteten nicht, die ihre Mutter zubereitet hatte, und als er sich versehentlich in einen Kuhfladen setzte, lachte Eliza. Langton packte sie daraufhin beim Ellbogen, zerrte sie von der Decke und schlug ihr ins Gesicht. Sie war da etwa dreizehn Jahre alt und fand das zutiefst demütigend. Eliza rannte nach Hause und weinte den ganzen Weg lang. Über eine Stunde später kam auch ihre Mutter zurück. Ihr Haar war zerzaust, und sie hatte das Kleid falsch geknöpft. Gerade als sie von ihrer Mutter Liebe und Trost gebraucht hätte, stellte Anna sich auf Langtons Seite. Das war eine bittere Enttäuschung gewesen.

Eliza war nicht in der Stimmung für ein Picknick. Trotzdem hatte sie sich ein hellgrünes Kleid mit weitem Rock angezogen und einen breitkrempigen Strohhut aufgesetzt. Einige Bekannte Cliffords würden auch kommen, und Eliza wappnete sich für einen Nachmittag mit oberflächlichen Gesprächen. Man konnte den Leuten im Palast vieles vorwerfen, aber nicht, dass sie belangloses Zeug redeten.

Sie war überrascht, als es sich ganz anders ergab.

Der ausgewählte Platz war atemberaubend schön. Diener luden bequeme Stühle, einen Tisch, Fächer und mehrere große Sonnenschirme aus Autos und Pferdewagen und stellten sie mit Blick zum See auf, der in der Nachmittagssonne glänzte. Kraniche, Pelikane und Störche hielten sich am Ufer auf, sogar Enten schwammen auf dem Wasser, und in den Bäumen zwitscherten allerhand Vögel. Im Blau der Ferne erhoben sich die Berge. Offenbar hatte Clifford keine Kosten gescheut und an alles gedacht. Julian und Dottie Hopkins waren wie immer freundlich zu ihr, aber Eliza hatte ein schlechtes Gewissen, als sie Dottie zur Begrüßung umarmte. Sie hatte sich vorgenommen, sie zu besuchen, das aber in letzter Zeit nicht mehr getan.

»Dir ist nicht zu heiß?«, fragte Clifford und deutete auf einen Stuhl unter einem der Sonnenschirme. »Wir hätten näher ans Wasser gehen können, doch hier oben ist es ein bisschen frischer. Ich hoffe, es gefällt dir, Eliza.«

»Es ist schön hier«, sagte sie und sah zu, wie sich die Vögel am Rand des Wassers sammelten. »Ich werde später, wenn die Sonne tiefer steht, ein paar Aufnahmen machen. Mir gefällt die Abendstimmung.«

Die anderen Gäste plauderten miteinander, während der Tisch mit gestärkten Leinentüchern und silbernem Besteck gedeckt wurde. Es gab sogar zwei zum See hin offene weiße Zelte.

»Die sind perfekt für ein Nickerchen nach einem ausgedehnten Lunch«, sagte Clifford, als er ihren Blick bemerkte.

Sie stand auf und ging hinüber, um in eines hineinzuspähen. Drinnen lagen stapelweise Seidenkissen, und neben den Zelten hatten sich drei Musiker aufgestellt. Die Luft roch frisch und war überraschend kühl. Eliza sehnte sich nach ein bisschen Ruhe, und doch musste sie immerzu an Jay denken. Was am Holi-Abend passiert war, wühlte sie auf und machte sie angespannt. Sie war nicht auf Liebe aus gewesen, und natürlich war es auch keine Liebe gewesen. Aber was war es sonst? Begierde? Es war doch sicher etwas Ernsteres gewesen, was sie beide verbunden hatte? Gedankenverloren stand sie da, dem See zugewandt, ohne etwas zu sehen. Hatte er nicht einmal gesagt, sie beide verbinde ein gebrochenes Herz? Ja, aber da hatte er Indi mit eingeschlossen.

»Also«, sagte Clifford, »was hältst du davon?«

»Verzeihung?«

»Hast du nicht zugehört?«

»Entschuldige, ich war mit meinen Gedanken woanders.« Sie deutete vage auf die Aussicht. »Es ist ungeheuer schön hier.«

»Ich sagte, wir sollten den Palast am See in Udaipur besuchen. Nirgendwo ist es so romantisch wie dort, besonders während der Regenzeit.«

»Der richtige Platz, um sich zu verlieben, was, Clifford?«, scherzte einer der Männer und stieß seinen Nachbarn an.

Die beiden waren Offiziere und im Süden stationiert, aber die Frau des einen, die ihn begleitet hatte, kannte Clifford schon aus Kindertagen. Daher waren sie auf dem Weg zur Hochzeit ihrer Schwester im Punjab auf einen kurzen Abstecher vorbeigekommen.

»Es ist sicher nett, wieder unter Ihresgleichen zu sein, Miss Fraser«, meinte der jüngere der beiden Offiziere.

Eliza nickte nur, da sie sich über die Überheblichkeit ärgerte.

»Ich weiß nicht, wie Sie das aushalten«, sagte die Frau, die Gloria Whitstable hieß. »Ich könnte in dem scheußlichen Palast kein Auge zutun, hätte immer Angst, in meinem Bett ermordet zu werden.«

»Tatsächlich hat es mir ziemlich gut gefallen«, erwiderte Eliza, deren Ärger wuchs. »Und mein Jahr dort ist noch nicht um.«

»Ich bin sicher, es ist faszinierend«, warf Dottie ein, und Eliza schenkte ihr ein Lächeln.

»Ich habe Neuigkeiten«, sagte Clifford plötzlich.

»Ach so?«

»Ich wurde gefragt, ob du in Erwägung ziehen würdest, für ein kurzes Projekt nach Shimla zu gehen. Das ist ein gutes Angebot, und in der Hitze hier würdest du nicht überleben. Offen gestanden hält man es eigentlich nur in Shimla aus. Du müsstest auch nicht bei Indern wohnen. Es soll eine Fotoreportage über das britische Leben werden. Du weißt schon, Sommerpartys, Amateurtheater, der Klub und dergleichen.«

Obwohl sie ihn hatte fragen wollen, ob sie das laufende Projekt ein wenig verkürzen dürfe, war Eliza enttäuscht, als es nun tatsächlich dazu kommen sollte.

»Ach, wir werden Sie vermissen«, sagte Dottie. »Aber Shimla ist natürlich wunderschön. Ich bin geradezu neidisch.«

Eliza dachte daran, wie einsam Dottie ihr manchmal vorkam, und spürte erneut ihr schlechtes Gewissen. Da sie nichts dazu sagte, schaute Clifford ein wenig gekränkt. »Ein schlichtes Danke genügt, Eliza. Du wärst nicht so allein, und ich würde hochkommen, wenn ich die Zeit erübrigen kann.«

Natürlich wäre das eine gute Gelegenheit, ihrem gegenwärtigen Dilemma zu entkommen, doch sie würde Jay nicht sehen. Schockiert merkte Eliza, wie viel sie für ihn empfand. Es war leicht, sich vorzustellen, auf so beiläufige Art zu gehen, aber schwer, es tatsächlich zu tun.

»Eliza?«

»Entschuldige, ich habe nachgedacht.«

»Ich hätte nicht geglaubt, dass es da etwas zu überlegen gibt. Das ist eine fantastische Gelegenheit.«

»Aber mein Jahr hier ist noch nicht um.«

Er zuckte mit den Schultern.

»Hast du je vorgehabt, es ein ganzes Jahr werden zu lassen, Clifford?«

»Selbstverständlich. Der neue Auftrag hat sich gerade erst ergeben.«

»Würde es dir schrecklich viel ausmachen, wenn ich die Entscheidung überschlafe? Du weißt, mein Fotoapparat ist noch nicht aus Delhi zurück, und ich möchte nichts auslassen, was für das Archiv von Bedeutung ist.«

»Wirst du bestimmt nicht. Aber sei dir im Klaren, dass du bis zum Ende der Woche entscheiden musst, sonst geben sie den Auftrag jemand anders. Du könntest im September wieder hierher zurück.«

»Du bekommst deine Antwort. Tut mir leid, dass ich es so kompliziert mache.«

»Das tust du nicht. Ich verstehe das.«

Doch seine leicht gekränkte Miene sagte das Gegenteil. Eliza ignorierte das und behielt ihre Gedanken für sich. Als den Gästen ein kostspieliges Essen serviert wurde, wusste sie schon, dass sie keinen Appetit hatte. Während sie die Bissen auf dem Teller hin und her schob, hoffte sie, dass Clifford nicht von ihr erwartete, sich mit ihm in ein Zelt zu legen.

»Übrigens«, sagte er und räusperte sich, »es gibt ein paar Probleme bei der Finanzierung des Bewässerungsprojekts.«

»Sagtest du nicht, das Geld sei da?«

Er schüttelte den Kopf. »Ich habe es gehofft, nicht versprochen.«

»Aber Jay muss den ersten Bauabschnitt bis zum Regen im Juli fertigstellen, sonst wird die bisherige Arbeit zunichtegemacht. Der Regen würde die Ausschachtung zerstören, wenn die Hänge nicht abgestützt sind.«

»Ich bedaure. Ich habe mein Bestes getan.«

»Du meinst also, es gibt kein Geld.«

Er zuckte wieder mit den Schultern.

»Clifford, das ist furchtbar. Das würde den Dorfbewohnern so viel bedeuten.«

»Den Dorfbewohnern oder dir, Eliza?« Er blickte sie durchdringend an, und es war ihr fast unmöglich zu verbergen, was sie wirklich dachte.

Er beugte sich zu ihr und sagte leise: »Hast du dich in Schwierigkeiten gebracht, Eliza? Gefühle entwickelt für einen Kerl wie den? Das wäre höchst unkorrekt.«

Sie erschrak über seinen kategorischen Tonfall. »Natürlich nicht.« Eliza wich zurück und setzte eine gekränkte Miene auf.

»Gut. Er wird dir keinen Gefallen tun, weißt du, und mein Angebot steht noch.«

»Shimla oder ...«

»Beides, meine Liebe. Beides. Du wirst feststellen, dass ich nicht so leicht aufgebe«, fügte er mit einer gewissen Aufdringlichkeit hinzu. »Aber wenn du mich glücklich machst, werde ich dich glücklich machen, falls du verstehst, und man kann nie wissen.« Er hielt inne, als überlegte er. »Die Mittel für die Bewässerungsanlage könnten sich doch noch ergeben.«

20

Es war fast Abend, als Eliza am Palast eintraf. Sie war wütend auf Clifford, denn seinen dezenten Hinweis hatte sie durchaus verstanden. Aber das war vergessen, sowie sie durch das Tor trat. Im Palast herrschte Aufregung. Menschen eilten zielstrebig hin und her oder gingen mit ernster Miene in den Höfen auf und ab. Niemand beachtete sie. Sie begab sich auf direktem Weg zu ihrem Zimmer, um über Shimla nachzudenken. Indi stand im Bogengang und gab ihr ein Zeichen, und Eliza ging zu ihr.

»Was ist los?«, fragte sie.

»Anish ist krank.«

»Ist es etwas Ernstes?«

»So scheint es. Ärzte und Astrologen sind bei ihm.«

»Wissen Sie, was er hat?«

Indi schüttelte den Kopf, doch Eliza hatte den starken Eindruck, dass sie etwas bedrückte.

»Aber er wird doch wieder gesund?«

Indi sah sie mit großen Augen an. »Man weiß es nicht. Falls nicht, muss Jay den Thron besteigen, und Chatur wird vor nichts zurückschrecken, um das zu verhindern. Das ist das Problem.«

»Aber warum?«

»Jay ist ein Reformer, Chatur das genaue Gegenteil. Er akzeptiert keinen anderen Standpunkt als den eigenen. Anish kann er manipulieren, bei Jay hätte er damit keinen Erfolg. Ich vermute, dass Anish schon seit einer Weile nicht gesund ist und Chatur das verschwiegen hat.«

Als Eliza weiter zu ihrem Zimmer ging, war sie beunruhigt. Aber vielleicht lag das nur an Laxmis Gerede über Giftmorde. Anishs Erkrankung konnte mit ihr doch gar nichts zu tun haben. Sie beschloss, den Leuten aus dem Weg zu gehen und den Abend in der Dunkelkammer zu verbringen.

Während der Arbeit war sie jedoch aufgewühlt. Sie hatte ihr Leben lang versucht, den Erwartungen anderer zu entsprechen, zuerst als Tochter, dann als Ehefrau, und beide Male vergeblich. Sie hatte sich nach Kräften bemüht, Oliver zu lieben, hatte für ihn gekocht, die kleine Wohnung sauber gehalten und versucht, seinen Avancen entgegenzukommen, obwohl es jedes Mal für beide frustrierend geendet hatte. Oliver war der einzige Mann, mit dem Eliza bisher zusammen gewesen war, und in ihrer Unerfahrenheit gab sie sich anfangs selbst die Schuld. Sie hatte jedoch einen bedeutenden Verbündeten: Bücher. Eliza las gern und viel, hatte schon als Kind die Nase in ein Buch gesteckt, wann immer es ihr möglich war. Daher erkannte sie mit der Zeit, während sie sich mit rotem Kopf über Sex informierte, dass Oliver kein zärtlicher Liebhaber und überhaupt kein liebevoller Mensch war. Er erwartete von ihr offenbar, dass sie ihm zu Willen war, wenn er es verlangte, und trug selbst nichts zum Gelingen bei. Und wenn sie das nicht tat, wurde es für sie erst richtig unangenehm. Es wurde ihr immer mehr zuwider. Schlicht und einfach. Sie musste geradezu darum ringen, ihn nicht zu hassen. Nach einer ihrer missglückten Begegnungen warf Oliver ihr vor, sie sei kalt und asexuell. Zur Vergeltung warf sie ihren Ehering aus dem Fenster und sagte, sie wolle einen Beruf ausüben. Am nächsten Tag versuchte sie, sich mit ihm zu versöhnen, stellte Blumen auf den Esstisch, zog ihr schönstes Kleid an, tupfte sich Parfüm hinters Ohr. Die erwünschte Wirkung blieb aus, und daraufhin hielt Eliza sich nicht mehr zurück und teilte ihm mit, sie würde Fotografin werden, egal, was er davon hielt. Oliver ging, schlug die Tür hinter sich zu, und sie sah ihn nicht lebend wieder. Und obwohl ihr jetzt klar war, dass sie ihn gar nicht geliebt hatte, war sie traurig über seinen sinnlosen Tod.

Allmählich beruhigte Eliza sich. In der stillen Dunkelkammer hatte sie die Ruhe und die Zeit zum Nachdenken, und beim routinierten Hantieren mit den Chemikalien fand sie zu sich selbst. Aber sie musste sich der Tatsache stellen, dass sie, abgesehen von ihrem fotografischen Talent, einem Mann nichts zu bieten hatte. Was nützte es in einer Ehe zu wissen, wie man den Charakter eines Menschen in einem Foto zum Vorschein bringt? Was nützte da ihre Fähigkeit, Menschen die Befangenheit zu nehmen und dadurch natürliche Momentaufnahmen zu erzielen? Sie war schon einmal eine schlechte Ehefrau gewesen und hegte gewiss nicht den Wunsch, wieder zu heiraten, vor allem nicht, wenn sie dann ihr Leben vergeuden müsste, um jemanden zu versorgen, der eigentlich selbst dazu imstande war. Natürlich wollte Jay eine Frau, die sich unterordnete, daher konnte er an ihr gar nicht interessiert sein. Er war für ein ganz anderes Leben bestimmt. Letztendlich war es nur ein Kuss gewesen, und sicher hatte er schon zahllose Frauen geküsst. Sie, Eliza, war von ihm geblendet, mehr nicht. Es bedeutete eigentlich gar nichts.

Aber Clifford hatte sie im Stich gelassen. Er hatte versprochen, bei der Beschaffung der Geldmittel zu helfen, und jetzt würde Jay auf dem Trockenen sitzen. Laxmi hatte bereits einen Teil des Familienschmucks beliehen, um den Ingenieur zu bezahlen und Baumaschinen zu mieten, damit die Arbeit beginnen konnte. Es wäre katastrophal, wenn alles ins Stocken geriete. Sie hatten sich auf Clifford verlassen. Nun sah es ganz danach aus, als müsste sie ihm geben, was er wollte, damit er ihnen die Mittel beschaffte. Und darauf würde sie sich keinesfalls einlassen.

Am späten Abend kam Jay zu ihr. Nachdem sie rechts und links den Gang hinuntergeschaut hatte, bat sie ihn herein. Er schwenkte eine Zeitung.

»Schon gelesen?« Er tippte auf einen Artikel. »Churchill hat Gandhi als halbnackten Fakir bezeichnet.«

Eliza wusste nichts über den Vorfall.

»Nur mit einem Lendenschurz bekleidet, ist Gandhi vor das Haus des Vizekönigs gezogen. Das hat den Briten gar nicht gefallen«, erklärte er wütend und besann sich dann. »Wenn man darüber nachdenkt, ist es eigentlich lustig. Schade, dass Sie nicht dort waren, um es zu fotografieren. Mit der Aufnahme würden Sie jetzt ein Vermögen verdienen.«

»Ich verstehe.«

Er runzelte die Stirn und kratzte sich im Nacken. »Stimmt etwas nicht? Es tut mir leid, dass wir uns nicht eher sehen konnten.«

»Wie geht es Ihrem Bruder?«, fragte sie. Ihr Mund war trocken, und sie kämpfte mit widersprüchlichen Gefühlen. Sie wollte jeden Moment mit Jay auskosten und wusste doch, dass sie das nicht durfte. Sie hörte selbst, wie kühl sie klang, und die Unbekümmertheit zwischen ihnen war verschwunden. Es war, als hätte es den Abend, an dem sie einander ihren Kummer anvertraut hatten, nie gegeben.

Jay zog die Brauen zusammen, aber es war unmöglich zu erraten, was er dachte oder fühlte. »Ganz gut, jedenfalls wird es wieder. Wahrscheinlich eine Magenverstimmung.«

»Indi war sehr beunruhigt.«

»Tatsächlich?« Er stutzte, und als er zum Sessel ging und sich hinsetzte, wünschte Eliza, sie wäre mutiger.

Stattdessen fürchtete sie sich davor, zurückgewiesen zu werden oder zu viel zu sagen oder verletzt zu werden. Da erschien es ihr besser, den Schutzschild oben zu lassen.

»Ich bin nicht hier, um über Indi oder meinen Bruder zu reden.«

Eliza schaute auf seine Hände und dachte daran, wie er sie im Nacken berührt und geküsst hatte. »Weshalb dann?« Sie wollte nicht verletzt klingen, fürchtete jedoch, dass ihr das nicht ganz gelang.

»Ich habe darüber nachgedacht, was an unserem Holi-Abend passiert ist.«

»Ich auch«, gestand sie, beschämt, weil sie nicht den Mut

aufgebracht hatte, das anzusprechen, und froh, weil er das nun tat.

Er seufzte. »Erzählen Sie von sich.«

Das überraschte sie. »Was denn?«

»Es gibt etwas, das Sie ständig zurückhält, nicht wahr? Das ist mir gleich zu Anfang aufgefallen. Sie gehören nicht hierher, aber ich frage mich, ob Sie sich überhaupt irgendwo zugehörig fühlen.«

Das sagte er leise und in demselben Ton wie neulich, als er sich ihr als der indische Junge von damals zu erkennen gegeben hatte. Eliza setzte sich auf das Sofa, dann zog sie die Knie an und blickte auf ihre Füße.

»Manchmal muss man im Leben etwas riskieren.«

Darauf schaute sie ihn an und sah gleich wieder weg. »Ich habe das Risiko auf mich genommen, hier einen Auftrag anzunehmen.«

»Ich meine, emotional.« Er zögerte. »Eliza, sehen Sie mich an.«

Sie schüttelte den Kopf. »Clifford hat mir einen neuen Auftrag angeboten.«

»Nun, das ist gut, oder?«

»Dafür muss ich nach Shimla. Bis zum Ende der Woche muss ich mich entscheiden.« Sie wagte es nicht, ihn anzublicken, aus Angst vor dem, was sie in seinem Gesicht sehen würde. Aber als er sprach, klang seine Stimme ausdruckslos.

»Wann müssten Sie abreisen?«

»Sofort.«

Sie hörte ihn scharf Luft holen. »Eliza, ich weiß nicht, was Sie erwarten.«

Sie blickte ihn an. »Entspannen Sie sich, ich habe keine Erwartungen.«

»Sie haben Ihr Leben selbst in der Hand. Es ist wichtig, dass Sie das begreifen.«

»Und was ist mit dem Schicksal?«

»Sie gestalten Ihr Schicksal.«

»Denken Sie das wirklich?«

»Davon bin ich überzeugt. Sie wissen, wir glauben hier an das Karma. Was man tut, wirkt sich auf die Zukunft aus, ob in diesem Leben oder im nächsten.«

»Wenn ich also ein braves Mädchen bin, komme ich als indische Prinzessin zurück, mit der ein Prinz zusammen sein darf. Meinen Sie das?«

»Ganz bestimmt nicht.« Er schenkte ihr ein breites Lächeln. »Sie fänden es sowieso furchtbar. Eine indische Ehefrau zu sein, meine ich.«

Eliza lächelte nicht, sie wollte ihm viel lieber ihren Ärger zeigen. Doch gleichgültig, was sie beide jetzt sagen würden, es würde an den Umständen nichts ändern. Sie blieb eine Witwe mit zweifelhafter Vergangenheit und er der glanzvolle, unerreichbare Prinz Jayant Singh Rathore, für den viele Frauen schwärmten. Sie hatte bisher hinter keine Fassade geblickt, nicht hinter seine, nicht hinter die des Palastes. Eliza brach der Schweiß aus, und sie wischte sich über die Stirn. Sie schwitzte sogar im Nacken.

»Eliza, was ist los? Erzählen Sie es mir.«

Sie atmete tief durch. »Ich muss Ihnen etwas sagen. Clifford hat die Mittel für die Bewässerungsanlage nicht beschafft.«

Sie straffte die Schultern. Zugleich wünschte sie sich sehnlichst, Jay möge sie bitten, das Angebot in Shimla abzulehnen. Aber sie hielt seinem Blick stand.

Er schwieg, und die Atmosphäre schien abzukühlen.

»Warum starren Sie mich an?«, fragte sie schließlich und verspürte eine leise Hoffnung, obwohl sie es im Grunde schon wusste.

Ihr wurde flau, als er aufsprang. »Damit ich mich an jede Einzelheit erinnern kann, wenn Sie fort sind.«

Sie hatte Mühe, nicht Kopf und Schultern hängen zu lassen vor lauter Enttäuschung, und empfand doch eine gewisse Erleichterung. Das war es. Alles vorbei, bevor es richtig angefangen hatte.

Er ging zur Tür. »Wenn Sie gestatten? Ich habe über einiges nachzudenken. Belasten Sie sich nicht damit. Nachdem ich mich einmal dazu entschlossen habe, werde ich nicht aufgeben. Ich muss vor dem Regen fertig werden und habe noch ein paar Monate Zeit. Danke für Ihre Hilfe. Gute Nacht.«

Jay verneigte sich und ging.

21

Eliza hatte schlecht geschlafen und wachte mit Bauchschmerzen auf. Eines war klar: Sie durfte es nicht dabei belassen. Sie wollte Jay sehen, musste dringend noch einmal mit ihm sprechen, aber wie viel sie wirklich für ihn empfand oder ob es nur der Reiz der verbotenen Liebe war, wusste sie nicht. Eliza wusch sich und zog sich rasch an, dann machte sie sich mit Herzklopfen und schwitzenden Händen auf die Suche nach Jay. Nachdem sie mehrmals vergeblich an die Tür seiner Wohnung geklopft hatte, blieb nur noch ein Ort, wo sie es versuchen konnte: sein Arbeitszimmer.

Sie lief den Hauptgang hinunter mit dem wachsenden Gefühl, einen Fehler zu machen. Als sie dort ankam, war die Tür nur angelehnt. Sie durfte jetzt nicht kneifen! Eliza nahm all ihren Mut zusammen und schob die Tür auf, in der Erwartung, Jay zu sehen. Stattdessen blickte sie in Devdans erschrockenes Gesicht. Er war augenscheinlich hastig aufgesprungen – der Position des Stuhls nach zu urteilen, hatte er an der Schreibmaschine gesessen. Eliza nahm die Szene in sich auf und vermutete, dass er auf Jay wartete. Aber merkwürdig fand sie es trotzdem.

»Wie sind Sie hereingekommen?«, fragte sie.

»Es war nicht abgeschlossen. Jay lässt mich manchmal seine Schreibmaschine benutzen.«

»Seit wann sind Sie wieder hier?« Eliza spürte bei ihm großes Unbehagen. Es war, als fühlte er sich ertappt.

»Seit gestern Abend«, antwortete er und schien sich wieder gefangen zu haben, denn er lächelte dabei und faltete das Blatt Papier zusammen, das er aus der Walze gezogen hatte.

»Wo ist Jay?«

»Wer weiß? Er ist im Morgengrauen mit dem Motorrad weggefahren.«

»Wirklich? Wohin?«

Devdan zuckte mit den Schultern. »Hat er nicht gesagt. Das tut er ab und zu, wenn ihm etwas im Kopf herumgeht. Oder wenn er verstimmt ist. Vielleicht ist er zur Baustelle gefahren, um zu sehen, wie die Arbeit vorangeht.«

»Nun, ich gehe besser auch an die Arbeit.« Eliza wandte sich ab. »Hab viel zu tun.«

»Packen Sie? Jay hat mir erzählt, dass Sie abreisen.«

Eliza überlegte. Sie wollte vermeiden, dass sich das herumsprach, doch bestätigen wollte sie es auch nicht. »Das ist noch nicht entschieden.«

»Hören Sie, ich habe auch ein Motorrad. Damit bin ich hergekommen. Es ist nicht so gut gefedert wie Jays und hat auch keinen Beiwagen. Aber wenn Sie bereit sind, sich hinten draufzusetzen, nehme ich Sie mit zu Jays Palast. Sie können sehen, ob er da ist. Ein paar Fotos machen ...«

»Ich weiß nicht so recht«, sagte Eliza. Jay sollte nicht denken, dass sie ihm nachläuft. Aber dann kam ihr die Erinnerung an den morgendlichen Geruch der Wüste, und ein emotionaler Impuls gab den Ausschlag. Da sie nichts zu verlieren hatte, willigte sie ein.

»Ich werde die schwere Plattenkamera mitnehmen müssen, einschließlich Platten und Stativ. Sie ist sperrig und umständlich zu handhaben, doch vielleicht sogar besser für den Zweck. Passt die mit aufs Motorrad?«

»Wir schnallen sie fest.«

Unter einem gleißenden Himmel hielt Eliza sich zwei Stunden später krampfhaft am Sattel fest, weil Dev die staubige Wüstenstraße entlangraste und über viele Grasbüschel fuhr. Nach zwei, drei Kilometern band sie sich den Schal um den Kopf, sodass nur die Augen frei blieben, und hoffte, dem Sandstaub zu entgehen. Das Motorrad war kleiner als Jayants und auch lauter. Bis sie an Jays Palast ankamen, stand die Sonne im Zenit, und Eliza fühlte sich völlig durchgerüttelt. Das Haus lag schläfrig im Dunst und wirkte verlassen. Sie strich sich die zerzausten Haare halbwegs glatt. Bestimmt sah sie verheerend aus. Einmal mehr dachte sie, dass es vielleicht keine gute Idee gewesen war hierherzufahren. Eliza wunderte sich über ihr Herzklopfen, für sie ein deutliches Zeichen von Unbehagen, denn sie war mit dem festen Vorsatz losgefahren, den spontanen Entschluss nicht zu bereuen. Aber im Ernst, was würde Jay denken, wenn sie unaufgefordert hier auftauchte?

»Ist es in Ordnung, ungebeten anzuklopfen?«, fragte sie und gab sich Mühe, nicht jämmerlich zu klingen.

Dev lachte bloß. »Kommen Sie. Werfen wir einen Blick auf die Baustelle.«

»Sollten wir nicht zuerst nach Jay suchen? Uns bei ihm melden?«

»Wenn er hier ist, wird er uns schon von selbst bemerken.«

Sie gingen um das Haus herum, wo Eliza seinerzeit mit Jay gesessen hatte, und da sie erwartete, ihn dort vorzufinden, war sie außerordentlich nervös. War er wirklich verlobt oder würde es bald sein? Ihr war ein bisschen flau, weil sie sich hatte küssen lassen, den Kuss sogar erwidert hatte.

Eliza folgte Dev durch den Garten und den Obsthain, und so gelangten sie zur Baustelle. Eine rechteckige Fläche war mehrere Hundert Meter breit ausgeschachtet worden, aber noch nicht fertig. Eliza betrachtete den steinharten Erdboden und sah entgeistert das Ausmaß an Arbeit. Da war noch immer viel auszuschachten, und die Zeit würde bald knapp werden. In der Nähe wurde offenbar die Mauer hochgezogen, die das Versickern des Wassers verhindern sollte. Weil es zwei Jahre lang kaum geregnet hatte, musste Jay wenigstens eines der Auffangbecken fertig bekommen.

»Er wird sich beeilen müssen, wenn die Uferbefestigung noch fertig werden soll«, meinte Dev. »Waren Sie schon mal während des Monsuns hier?«

»Als Kind. Ich kann mich aber kaum daran erinnern.«

»Es ist sehr schön. Wenn der Himmel die Schleusen öffnet, herrscht hier unbändige Freude. Der Monsun macht der erdrückenden Hitze ein Ende.«

»Und bringt Wasser.« Sie zeigte auf die Ausschachtung. »Jay möchte einen Fluss stauen, der während der Regenzeit fließt, und Ufermauern bauen, stellenweise mit Marmortreppen bis zum Wasser. Soviel ich weiß, möchte er danach noch einen größeren See anlegen, der einen knappen Quadratkilometer messen soll.«

»Wieso arbeitet gerade niemand?«, fragte Dev.

Eliza schüttelte den Kopf und schaute entmutigt zu den verlassenen Schaufelbaggern. Sie versuchte, sich nicht anmerken zu lassen, wie sehr es sie schmerzte, wenn sie an Jays Enttäuschung dachte.

»Die Finanzierung verzögert sich«, antwortete sie, nachdem sie sich gesammelt hatte.

»Nur vorübergehend?«

»Ich weiß es nicht. Laufen wir ein Stück?«

Während sie am Rand der Ausschachtung entlanggingen, wirkte Dev gedankenverloren. Eliza war das ganz recht. Sie dachte ebenfalls nach und fragte sich, was Jay wohl empfand, wenn er die Arbeit ruhen sah. Sie hätte ihm gern Mut zugesprochen, fürchtete sich jedoch auch vor der Begegnung.

»Sind es britische Geldquellen, die plötzlich versiegen?«, fragte Dev schließlich.

Sie nickte.

Dev blieb stehen. »Wer hat sich darum gekümmert?«

»Clifford Salter.«

Dev schnaubte und schaute dann über die halb fertige Grube. Eliza spürte, dass er sich zurückhielt, vielleicht aus Rücksicht auf sie, aber im nächsten Moment begriff sie.

»Sie können mich nicht leiden, stimmt's?«, sagte sie.

»Mit gutem Grund, meinen Sie nicht?«

Sie zog die Brauen hoch.

Er zuckte mit den Schultern, und sie gingen weiter. »Die Wahrheit ist, ich habe nichts gegen Sie persönlich, doch die Briten sind hier nicht mehr willkommen. In den zwölf Jahren seit dem Massaker in Amritsar hat es bittere Ressentiments gegeben. Inzwischen gibt es überall Unruhen.«

»Ich weiß, das Massaker war schrecklich.«

Er stöhnte. »Schrecklich? So nennen Sie das?«

»Wie sonst?«

»Die Briten haben auf Tausende Inder geschossen, die gegen ein ungerechtes Gesetz friedlich demonstrierten. Das Gesetz sah vor, dass sich nicht mehr als fünf Inder versammeln dürfen. Die Soldaten haben ohne Warnung angefangen zu schießen. Dreihundertneunundsiebzig Inder sind umgekommen und tausendfünfhundert verletzt worden. Sie haben in einem ummauerten Park am Boden gesessen, praktisch in der Falle. Ich denke, das ist mehr als schrecklich.«

Eliza versuchte, sich die Lage der Leute vorzustellen, und ihr wurde elend bei dem Gedanken an die vielen Toten.

»All das als Vergeltung für den Mord an drei Europäern und die Belästigung einer Britin. Sie haben angeordnet, dass die Inder auf der Straße, wo die Frau angegriffen wurde, am Boden kriechen müssen.«

Eliza blickte auf und sah, wie aufgebracht er war.

»Niemand lässt sich gern demütigen.« Er lachte bitter. »Vor allem die Briten verabscheuen die Vorstellung, dass unsere dunklen, unzüchtigen Hände eine weiße Frau anfassen. Für sie ist das ein Gräuel.«

»Ich verstehe Ihren Zorn, wirklich«, sagte sie, dachte jedoch an Jays Kuss.

»Wie könnten Sie das?«

Eliza wusste nicht, was sie erwidern sollte. Ihr war klar, dass das eine unbefriedigende Antwort gewesen war. Sie wollte aber auch nicht als Repräsentantin der britischen Oberherrschaft gesehen werden.

»Früher holten die Briten die hübschesten Mädchen aus

den Dörfern und machten sie zu ihren Huren, um sie später wieder wegzuschicken. Die Familien konnten die jungen Frauen nicht zurücknehmen, nachdem sie geschändet worden waren. Was glauben Sie, was das mit den Leuten gemacht hat? Also ja, die Leute sind nachtragend.«

»Es tut mir leid.«

»Sie meinen, das hilft?«

Eliza schüttelte den Kopf.

»Ich denke, Indiras Mutter könnte zu den Frauen gehört haben, und als sie schwanger war, wurde sie rausgeworfen.«

»Sie glauben, Indis Vater war Brite? Wird das allgemein angenommen?«

Er zuckte mit den Schultern. »Sie ist hellhäutiger, und wir wissen nichts über sie. Indis Großmutter hat nie über ihre Herkunft gesprochen. Aus Scham.«

Sie gingen weiter am Rand der Grube entlang, und Eliza war froh darüber. Sie wollte Jay sehen, auch wenn sie nichts über seine Verlobung hören wollte. Bisher gab es kein Anzeichen, dass er überhaupt da war. Trotzdem klangen ihr ständig Laxmis Worte im Ohr.

»Ich würde Indi heiraten, doch meine Mutter würde sich furchtbar aufregen.«

»Und Ihr Vater?«

»Habe keinen mehr.«

»Das tut mir leid.«

Er blickte sie an, und seine Miene verdüsterte sich. »Mir auch. Die Beziehungen zwischen Indern und Briten waren mal so und mal so. Aber nun ist es Zeit für uns, unser Geburtsrecht einzufordern.«

»Das glauben Sie?«

»Allerdings, und viele Briten denken genauso. Selbst damals, 1920, sagte Montagu, dass man nicht in einem Land bleiben kann, in dem man nicht erwünscht ist.«

»Und was tun Sie persönlich, um unseren Rückzug zu beschleunigen?«

»Ich bin derzeit nicht aktiv. Ich wollte Anish dafür gewinnen, einen Protestmarsch zu erlauben, doch er war nicht dafür. Außerdem, hat Jay es nicht gesagt? Ich rede bloß viel.«

»Da habe ich etwas anderes gehört.«

»Und zwar?«

»Nur Gerüchte. Sie wissen schon.«

»Es würde mich nicht überraschen, wenn sich die Briten aus dem Projekt zurückgezogen haben«, er deutete auf die Baustelle, »mit Absicht.«

»Warum sollten sie?«

»Hat Jay schon Schulden gemacht?«

Sie biss sich auf die Lippe und schwieg.

»Das würde ihn in Verruf bringen und im Palast für Streit sorgen. Es ist kein Geheimnis, dass sie Anish loswerden wollen, und wenn Jay diskreditiert ist, hätten sie guten Grund, ihn nicht auf den Thron zu lassen.«

Eliza dachte an das, was Clifford gesagt hatte. Sie wollten Anish tatsächlich loswerden. Und sowohl Jays finanzielle Schwierigkeiten als auch Streit in der Familie würden sich zu ihren Gunsten auswirken. Das leuchtete ein.

»Und was nun?«, fragte sie.

»Sagen Sie es mir.«

Jay hielt sich doch nicht in seinem Palast auf, und nach ihrer Rückkehr beschloss Eliza, sich hinunterzuschleichen und an den Lauschschacht zu stellen. Sie wusste, Jay lauschte dort inzwischen auch ab und zu, doch es wäre verdächtig, wenn man ihn im Keller des Palastes sah. Sie war ein paarmal auf eigene Faust hinuntergegangen, hatte aber nie jemanden reden hören. Diesmal jedoch vernahm Eliza schweres Seufzen, schließlich eine Männerstimme. Vielleicht war Jay zurückgekommen?

»Du siehst heute nicht glücklich aus. Werde ich dir langweilig?«

Eine Frau gab leise Antwort, dann fiel etwas polternd zu Boden, und die Frau lachte. Eliza kannte das Lachen.

»Die Tür ist abgeschlossen, und ich habe den Schlüssel stecken lassen. Niemand wird es merken.«

»Nicht hier drinnen. Ich sagte doch, nicht hier drinnen.«

»Willst du dir nicht vorstellen, ich wäre dein geliebter Prinz Jay? Ich dachte, es würde dich erregen, hier zu sein.«

Eliza begriff, dass der Mann Chatur war, und die Frau war Indira, daran bestand kein Zweifel.

Eliza steckte den kleinen Stein in das Loch in der Mauer, hängte das Bild wieder an die Wand und lief zu Jays Wohnung, in der Hoffnung, er könnte inzwischen zurückgekommen sein. Aber der Weg war weit, und sie bog ein paarmal falsch ab. Es dauerte fast zehn Minuten, bis sie dort war, und dann stellte sie fest, dass Jay nicht da war. Sie eilte zu seinem Arbeitszimmer, ohne zu überlegen, ob ihre Hast wirklich nötig war. Es hatte nicht geklungen, als wäre Indi in Gefahr, aber Eliza konnte sich nicht vorstellen, dass irgendeine Frau freiwillig mit diesem Kerl allein sein wollte. Die Tür des Arbeitszimmers war abgeschlossen. Darum klopfte sie laut, bis ihr die Knöchel wehtaten.

»Wer ist da drin?«, rief sie.

Keine Antwort. Sie wartete fünf Minuten, dann sah sie Jay den Flur entlangkommen und spürte einen Kloß in der Kehle.

»Ich dachte, Sie reisen ab«, sagte er.

Sie schüttelte den Kopf. »Ich bleibe.« Dann legte sie einen Finger an die Lippen und zog ihn ein paar Schritte von der Tür weg.

»Ich habe gelauscht. Indira ist mit Chatur da drin«, flüsterte sie. »Er wollte mit ihr schlafen, wie es schien. Jedenfalls hat er es versucht.«

»Gegen ihren Willen?«

»Es klang nicht, als wollte sie ihn abhalten. Ich denke, sie wollte es nur nicht in diesem Raum tun.«

»Weil sie nicht dabei belauscht werden will.«

Jay ging zur Tür und schloss auf. In dem Raum war niemand. Sie gingen beide hinein, und Jay schaute sich um.

»Alles scheint an seinem Platz zu sein«, flüsterte er.

Eliza trat um den Schreibtisch herum, bückte sich und hob eine Glasscherbe auf.

»Meine Uhr hat einen Glasdeckel.« Er blickte auf den Schreibtisch. »Er fehlt.«

»Ich habe etwas herunterfallen hören«, flüsterte Eliza.

»Du meine Güte. Wo ist sie jetzt wieder reingeraten? Besser, wir gehen zurück auf den Gang.« Er öffnete die Tür.

Draußen schaute er sich um und redete weiter nur im Flüsterton.

»Was wollen Sie unternehmen?«, fragte sie.

»Chatur informieren, dass ich Bescheid weiß. Das sollte der Sache ein Ende bereiten.«

»Können Sie ihn nicht loswerden?«

»Das wäre schön. Nur Anish könnte es.«

»Und wenn Sie es Ihrem Bruder erzählen?«

»Er würde mir nicht glauben, und Indi würde es vielleicht schaden. Ich lasse mir etwas einfallen.«

»Sie halten Ihre schützende Hand über sie.«

»Abgesehen von ihrer Großmutter hat sie niemanden auf der Welt.«

»Ist das der einzige Grund?«

»Ich habe Indira gern, aber nicht auf diese Art. Ich mache mir Vorwürfe. Es war unüberlegt, sie wie eine Schwester zu behandeln. Ich versuche, mehr Distanz zu halten, möchte sie aber auch nicht kränken.«

Als Eliza spürte, dass sie errötete, wandte sie sich ab. »Vor allem jetzt, da Sie sich bald verloben«, sagte sie. In ihr tobten widerstreitende Gefühle: Angst, Enttäuschung, Verlegenheit und, am schlimmsten, Sehnsucht.

Er warf den Kopf zurück und lachte. »Ach, du je, meine Mutter hat mit Ihnen gesprochen, und Sie glauben, was sie sagt. Kommen Sie, gehen wir woandershin.«

Sie gingen in ihr Zimmer, wo er sich auf dem Sofa niederließ.

»Setzen Sie sich zu mir, Eliza. Ich schwöre, ich bin nicht verlobt und möchte mich auch nicht verloben. Und nun sagen Sie mir, dass Sie uns wirklich nicht verlassen. Mich nicht verlassen.«

Ihr Herz machte einen Sprung, und sie lächelte. »Ich bleibe.«

Wenigstens lag ihm etwas daran, dass sie blieb, auch wenn eine dauerhafte Beziehung mit ihm ausgeschlossen war. Als sie sich zu ihm setzte, holte er sehr tief Luft. Er nahm ihre Hand, drehte sie mit der Handfläche nach oben und zog mit der Fingerspitze die Linien nach.

»Können Sie meine Zukunft sehen?«, fragte sie.

»Noch nicht. Aber vielleicht bald.«

Sie spürte ein sonderbares Rauschen im Kopf und hob die andere Hand, um ihm die Haare aus der Stirn zu streichen. Während sie in seine schönen Augen sah, wunderte sie sich über die Intensität seines Blickes. Er ließ ihre Hand los und nahm ihre andere, hob sie an die Lippen und küsste sanft ihre Fingerspitzen. Eliza liebte es, wenn er sie berührte, und auf diese Weise tat er es zum ersten Mal. Je näher er ihr kam, desto lebendiger fühlte sie sich. Die Liebe, die Hoffnung und die Leidenschaft zehrten an ihrer Vernunft, so lange, bis sie keine Angst mehr hatte.

22

Später wurde Eliza zu Anishs Empfangszimmer gerufen. Der Raum war so von Prunk überladen, dass der Blick nirgends Ruhe fand. Anish saß auf einem enormen Kissen, die Beine weit gespreizt wegen seines stetig wachsenden Bauches, und Jay hatte sich in einem Sessel gegenüber niedergelassen. Rings um einen niedrigen Tisch waren Seidenkissen gestapelt. Eliza blickte auf den schmächtigen Diener, der an einem dicken Seil zog und einen großen Fächer bediente, der über Anish von der Decke hing. Kleine Luftstöße gelangten bis zu der Stelle, wo Eliza stand und sich zunehmend unwohl fühlte.

»Stehen Sie nicht herum! Nehmen Sie Platz.«

Sie wählte einen Stuhl mit gerader Lehne, setzte sich steif auf die Kante und faltete die Hände im Schoß. »Sind Sie wieder gesund?«, fragte sie. »Wie ich hörte, waren Sie kurz nach dem Holi-Fest krank.«

Er nickte. »Tatsächlich hat es schon eine Weile vorher angefangen. Aber zu Holi kam Chatur zu mir mit einer Chemikalienflasche, die er irgendwo versteckt gefunden hatte. Sie sind die einzige Person, die Zugang zu solchen Dingen hat.«

»Welche Chemikalie war es?«

»Pyrogallol, meine ich. So stand es auf dem Etikett. Ich habe mich gefragt, ob es giftig ist.«

Eliza spürte, wie ihr die Farbe aus dem Gesicht wich. Die weißen Kristalle waren sehr gefährlich und schädigten langfristig das Nervensystem. Das Gift konnte geschluckt oder durch die Haut aufgenommen werden. Deshalb hielt sie die Flaschen in der Dunkelkammer unter Verschluss. Indi war einmal mit ihr in der Dunkelkammer gewesen, hatte aber keinen Schlüssel dazu. Sie konnte die Flasche also nicht entwendet haben. Dann fiel Eliza mit Schrecken ein, dass sie das Vorhängeschloss einmal offen vorgefunden hatte. Sie hatte geglaubt, sie selbst habe es versehentlich nicht richtig einschnappen lassen. Entweder das, oder es hatte doch noch jemand einen Schlüssel dazu.

Nachdem sie den beiden Brüdern davon erzählt hatte, stand Jay auf und breitete die Arme aus. »Na also, das Problem ist gelöst. Anish wollte nur wissen, wie die Flasche aus der Dunkelkammer herausgelangen konnte und ob Sie sie jemandem gegeben haben.«

»Nein, natürlich nicht. Aber warum sollte sie jemand stehlen?«

»Müssen Sie das erst fragen?«

»Es würde doch niemand dem Maharadscha etwas antun wollen?«

Anish lachte, doch es klang schrill und freudlos. »Ich fürchte ständig um mein Leben. Wir leben im zwanzigsten Jahrhundert, aber alte Gewohnheiten sind zählebig. Viele meiner Vorfahren sind durch Gift gestorben. Wenn ich nicht genau wüsste, dass mein Bruder keine Absichten auf den Thron hat, würde ich ihn verdächtigen.«

Jay verdrehte die Augen.

»Wo ist die Flasche jetzt?«

»Ich habe sie beseitigen lassen.«

»War sie voll?«

»Bis zum Rand.«

Sie seufzte erleichtert. »Nun, ich hoffe, es geht Ihnen jetzt besser, Sir?«

»Besser, aber ich bin noch nicht wieder ganz gesund. Irgendwas stimmt mit meiner Brust nicht. Das bleibt unter uns, Sie verstehen? Ich werde mir von Mr. Salter einen guten Arzt empfehlen lassen. Ich möchte im Palast niemanden unnötig aufregen.«

Sie stand auf. »Mr. Salter hat einen Nachbarn, der Arzt ist. Der wird sich auskennen.«

»In der Tat. Nun, nur für den Fall, dass noch jemand einen

Schlüssel hat«, fügte Anish hinzu, »zählen Sie die Flaschen und lassen Sie das Schloss auswechseln. Tun Sie es noch heute. Mein Bruder wird Ihnen helfen.«

Als Jay und sie das Empfangszimmer verließen und den Gang entlangliefen, blieb Jay nach einer Weile stehen und sah ihr in die Augen.

Sie lächelte ihn an. »Wissen Sie, dass ich mit Dev zur Baustelle gefahren bin?«

»Ja.« Er nahm ihre Hand. »Ich kann gar nicht sagen, wie froh ich bin, dass Sie hierbleiben.«

Wie tief dieser Mann sie berührte! Er gab ihr das Gefühl, sie selbst sein zu dürfen, so als gäbe es einen Platz, wo sie hinpasste. Eliza dachte, dass sie es leid war wegzulaufen. Die Hochzeit mit Oliver war eine Möglichkeit gewesen, der Schule und ihrer Mutter zu entfliehen; sie war damals erst siebzehn Jahre alt gewesen. Wenn sie ehrlich war, war ihre Reise nach Indien ein weiterer Fluchtversuch. Eliza sah plötzlich das blasse, verkniffene Gesicht ihrer Mutter vor sich.

»Verraten Sie mir, was Sie gerade denken?«

Sie schüttelte den Kopf. »Nichts Besonderes.«

»Nun«, sagte er, »dann erzählen Sie mir mehr über das Gift. Können Sie diese Chemikalie gefahrlos benutzen?«

»Pyrogallol kann Krämpfe hervorrufen und auf lange Sicht den Magen-Darm-Trakt schädigen. Es kann sogar tödlich wirken.«

»Und auf kurze Sicht?«

»Es kann die Haut und die Augen reizen. Ich trage immer Handschuhe. Andernfalls werden meine Fingerspitzen schwarz. Und ich setze auch eine Schutzmaske auf. Ich möchte mir gar nicht ausmalen, was hätte passieren können.«

»Zeigen Sie mir Ihre Hände.«

Sie hielt beide hoch und wackelte mit den Fingern.

Er lächelte. »Ich weiß nicht, wer es gestohlen haben kann, aber holen wir ein neues Vorhängeschloss aus der Vorratskammer.«

»Hatten Sie Erfolg?«, fragte sie, um das Thema zu wechseln, und lächelte ihn an.

»Bei der Geldbeschaffung? Noch nicht.«

»Ich könnte noch einmal mit Clifford sprechen, obwohl das vielleicht nichts nützen wird.«

»Ich will nicht, dass Sie ihn anbetteln.«

Sie seufzte. »Er ist vielleicht unsere einzige Chance.«

»Ich habe ein oder zwei Kontakte. Leute, die ich aus dem Internat kenne. Ich versuche es bei ihnen. Die Zeit ist nicht auf meiner Seite, doch sobald ich das geregelt habe, könnten Sie mit mir zu meinem Palast fahren. Wie wäre das?« Er schenkte ihr ein warmes Lächeln. »Bleiben Sie ein paar Tage. Wenn das Projekt wieder läuft und es hier heiß wird, lässt es sich in meinem Palast gut aushalten. Kommen Sie mit. Fotografieren Sie. Und wir können uns dort ausgiebig unterhalten.«

»Das würde ich sehr gern tun.«

»Und tatsächlich könnte ich Hilfe gebrauchen bei den Anträgen, falls Ihnen das nichts ausmacht.«

»Natürlich nicht. Übrigens wollte ich Sie noch fragen, ob Sie mit Indi über Chatur gesprochen haben.«

»Sie hat zugegeben, dass Chatur sie gebeten hat, Informationen für ihn zu beschaffen.«

»Was ist mit der anderen Sache?«

»Sie schaute beleidigt drein und wollte nicht darüber reden. Aber ich habe Chatur darauf angesprochen.« Er schwieg für einen Moment. »Wissen Sie, mir kommt der Gedanke, dass er das Pyrogallol entwendet haben könnte. Oder zumindest einer seiner Leute. Ich bezweifle, dass er es zufällig irgendwo gefunden hat.«

»Aber warum gibt er es dann Anish?«

»Um Ihnen zu schaden.«

Als Eliza einige Tage später zur Residentur fuhr, fand sie Clifford in einem schattigen Teil des Gartens unter der Veranda sitzen. Er stand auf, um sie zu begrüßen, war aber nicht mehr so freundlich wie bei ihren vorigen Begegnungen.

»Was kann ich für dich tun?« Er trank einen Schluck aus seinem Glas, Gin Tonic, wie es aussah. »Möchtest du auch einen?«, fragte er, als er ihren Blick sah.

»Nur ein Zitronenwasser, bitte.«

»Mit Salz oder Zucker?«

»Am liebsten mit beidem.« Sie zögerte einen Moment lang. »Clifford, ich möchte gleich zur Sache kommen.«

»Es wäre nett, wenn du mich mal besuchen kämst, ohne etwas zu wollen.«

Eliza dachte hastig nach. »Tatsächlich konnte ich einmal etwas für dich tun. Ich habe Informationen über Anish.«

Er richtete sich ein wenig auf.

»Er ist nicht gesund.«

»Ja, ich weiß. Nach Holi hatte er einen kleinen Anfall. Die Verdauung, nicht wahr?«

»Nicht nur das. Er hat etwas an der Brust. Er wird dich fragen, ob du ihm einen guten Arzt empfehlen kannst. Er möchte wohl nicht, dass es sich im Palast herumspricht.«

»Wie interessant. Ich werde Julian Hopkins um eine Empfehlung bitten. Wenn ich einen von uns in den Palast schleusen kann, ist das eine große Hilfe. Ich danke dir. Lass mich wissen, wenn du noch etwas erfährst.«

Eliza lächelte. »Freut mich, dass ich dir nützlich sein konnte. Doch du hast recht, ich habe auch eine Bitte.«

»Wegen des Bewässerungsprojekts?«

Sie nickte.

»Nun, zufällig habe ich eine neue Möglichkeit aufgetan. Ob die Erfolg haben wird, hängt hauptsächlich vor dir ab.«

»Von mir?«

»Ich möchte, dass du meinen Antrag in Erwägung ziehst. Ich habe dich sehr gern, Eliza.«

Sie betrachtete ihre Fingernägel und wünschte sich weit fort, doch Clifford blickte sie unverwandt an und erwartete eine Antwort. Sie überlegte, ob es doch das Beste wäre, ein wenig Interesse zu heucheln.

»Und wenn ich Ja sage, wird der potenzielle Geldgeber ...«

»Zur Verfügung stehen. Aber er will erstens genau wissen, wie ihm das Geld zurückgezahlt wird, und zweitens, wie es sich für ihn rentieren wird.«

»Dann bin ich bereit, deinen Antrag in Erwägung zu ziehen. Aber das ist alles.«

Clifford sprang auf und streckte ihr beide Hände entgegen. Sie erhob sich und überließ ihm ihre Hände, dann küsste er sie.

23

April
Shubharambh Bagh

Jay und Eliza waren zu seinem Palast gefahren. Er hatte gleich nach der Ankunft zu arbeiten angefangen. Von sieben Uhr in der Frühe bis zum späten Abend saß er an seinem ausladenden Schreibtisch. Diverse Akten und Entwürfe von Briefen waren um ihn ausgebreitet, und er war die Baupläne durchgegangen. Der zweite Bauabschnitt lag jetzt vor ihm, ebenso die Pläne für die Stauung des Flusses, aber noch immer hatte Jay die Genehmigung nicht erhalten. Es schien, als wollten die Briten ihn hinhalten.

Ab und zu sprachen Leute bei ihm vor, zerlumpte Bittsteller aus den Dörfern, doch auch steife Engländer und reiche indische Kaufleute aus anderen Fürstenstaaten und Britisch Indien. Er behandelte sie alle mit denselben unangestrengt guten Manieren, und Eliza sah eine Entschlossenheit bei ihm, die sie von ihm noch nicht kannte. Das trug ihm ihren Respekt ein. Sie ließ ihn in Ruhe arbeiten und half ihm ab und zu bei den Unterlagen. Manchmal bemerkte sie, dass er sie mit glühenden Blicken ansah, die so viel sagten, auch ohne dass Worte gewechselt wurden. Sobald sie es bemerkte, wandte er sich wieder der Arbeit zu. Wenn sie ihm Unterlagen reichte und er zufällig ihre Hand streifte, durchfuhr es sie jedes Mal siedend heiß. Sie sehnte sich danach, ihn zu küssen, und hätte schwören können, dass er es auch wollte, besonders wenn er sie beim Anstarren ertappte und sie dann auf seine langsame, verführerische Art anlächelte. Jeder Tag war quälend, und sie fürchtete nervös, Jay könnte bereuen, was zwischen ihnen vorgefallen war. Hilflos vor Verlangen, ertrug sie das fast schmerzhafte Vergnügen, in seiner Nähe zu sein, und wartete auf mehr.

Eines frühen Abends, als es kühler war und die Tempelglocken läuteten, spazierten sie zur Baustelle. Als sie nebeneinander an der Grube standen, legte Jay einen Arm um sie und zog sie an sich. Sie wusste, das war der Moment. Er drehte sie zu sich herum und küsste sie sehr sanft.

»Ich habe darauf gewartet, das wieder tun zu können«, sagte er und legte eine Hand aufs Herz. »Ich bin so glücklich, dass du hier bist. Ich hoffe, jetzt ein bisschen mehr Zeit zu haben.«

»Alles ist gut.«

»Nein. Du verdienst mehr.«

Er hielt sie fest und strich ihr übers Haar. »Es tut mir leid, dass ich mich um anderes kümmern musste. Manchmal kommt es mir vor, als läge es im Schoß der Götter.«

»Aber du betest nicht, oder?«, sagte sie, nahm seine Hand und zog sie an die Lippen. Sie küsste seine Fingerspitzen, dann ließ sie sie los.

»Das überlasse ich den Frauen. Die Stärke unserer Gesellschaft lag immer in unserem Mut und unserer Belastbarkeit.«

»Und euer Glaube? An das Karma zum Beispiel?«

Sie gingen weiter spazieren, jetzt Arm in Arm.

»Karma ist für jedes Lebewesen von zentraler Bedeutung. Wir glauben, dass wir nicht nur einmal geboren werden, sondern schon immer da sind. Krishna sagt in den heiligen Schriften: ›Nie gab es eine Zeit, da ich nicht war, und nie wird es eine geben, da ich aufhöre zu sein.‹«

»Ich denke, das verstehe ich.«

»Aber das Karma hat eine Vergangenheit und eine Zukunft. Wir können beeinflussen, was passiert. Und jetzt ist es Zeit, die Verhältnisse in Indien zu verändern«, sagte er.

»Du hilfst den Leuten dabei.«

»Ich meine damit nicht nur, das Los der Bauern zu verbessern. Ich meine das hinsichtlich der Briten. Selbst in unseren Palästen werden wir von den Europäern abgesondert, die unsere Gäste sind. Sie nehmen sich die besten Stühle und sitzen an der Tafel ganz oben, und wir werden an den Rand gedrängt. Kannst du dir vorstellen, wie man sich dabei fühlt?«

Er blieb stehen, und sein eindringlicher Blick beunruhigte sie. Sie hätte Jay gern geküsst, spürte jedoch die aufgestaute Energie in ihm und hatte den Eindruck, dass er sich das von der Seele reden musste.

»Das muss sehr erniedrigend sein«, sagte sie schließlich.

»Wir kommen uns vor wie Marionetten in der Hand der Regierungsvertreter. Wir sind nur ein kleiner Teil auf der Bühne des Britischen Empires. Die Briten akzeptierten 1929 unsere Forderung nach dem Dominion-Status, aber das brachte nur das heikle Problem auf, den Hindus und Moslems gleiche Rechte einzuräumen, darum hat es keine Fortschritte gegeben.«

»Was müsste passieren?«

»Wir brauchen Frieden, der von religiösen Differenzen unbeeinträchtigt ist. Und die Briten müssen sich zurückziehen, unwiderruflich und vollständig, und dann wollen wir nach unserem Handeln beurteilt werden.«

Sie stand sehr still da. »Das verstehe ich. Ehrlich.«

Er sah sie traurig an. »Wirklich? Es ist mir zuwider, wenn ich mit dem Hut in der Hand zu Leuten wie Clifford Salter gehen muss. Ich weiß, die Briten geben bereits Macht ab, doch das genügt nicht. Wir wollen den Tag sehen, wo wir Inder eine freie Nation sind und uns selbst regieren.«

»Das wird kommen, Jay, weil es kommen muss. Selbst ich sehe das.«

Er strich ihr über die Wange. »Ich bin froh, dass du das verstehst. Ich habe eine Zeit lang in der Fürstenkammer gesessen, weil ich hoffte, etwas erreichen zu können, habe sogar eine Weile den Vorsitz bei den Sitzungen in Delhi übernommen. Seit 1920 werden wir durch die Kammer vertreten.«

»Warum bist du ausgestiegen?«

»Hauptsächlich, weil ich desillusioniert war. Es gibt keine Gleichheit zwischen uns und den Briten. Egal, was wir tun, wir dürfen unsere Sitzungen nicht publik machen, und man kann uns gefahrlos drohen. Der Fürstenkammer sind die Hände gebunden.«

Er hatte sie eingeladen, einige Tage zu bleiben, und sie wollte seine Gastfreundschaft nicht ausnutzen. Darum fragte sie ein wenig später, als es dämmerte und der Himmel sich rosa färbte, ob sie nicht allmählich abreisen sollte.

Er schaute überrascht. »Du willst gehen?«

Sie schaute weg, dann schüttelte sie den Kopf und brachte keinen Ton heraus.

»Bleib. Ich will dir noch etwas anderes sagen. Du hast die Männer gesehen, die hier kommen und gehen?«

»Ja.«

»Ich habe mir Geld von Kaufleuten geliehen und das Projekt ausgeweitet.«

Sie lachte. »Und ich dachte, du suchst nach Möglichkeiten, die Kosten zu senken.«

»Zuerst war es so, ja, doch ich werde angespornt von Bikaner. In dieser Stadt wurden neun Bewässerungsanlagen gebaut, außerdem Eisenbahnstrecken und Krankenhäuser. Ich will möglichst viele Einheimische beschäftigen. Einige der neuen Arbeiter werden morgen anfangen und die Ausschachtung fortsetzen. Einige werden an den Mauern bauen und dann Bewässerungskanäle zu den Dörfern führen.«

Seine unbeirrbare Begeisterung erfüllte Eliza mit Hoffnung.

»Durch den Gangeskanal konnten große Landstriche bewässert werden. Wir haben hier bloß einen schmalen Fluss, aber immerhin. Wir brauchen jetzt nur noch die Genehmigung, ihn zu stauen.«

»Hast du mit dem Geldgeber, den Clifford erwähnte, schon die Details besprochen?«

»Ja. Wir werden innerhalb von fünf Jahren fünfzig neue Dörfer bauen, und die Arbeit der Bewohner verschafft ihnen ein ständiges Einkommen und ermöglich die Rückzahlung des Darlehens.«

Eliza freute sich, obwohl sie ihm noch nicht anvertraut hatte, was unausweichlich daran geknüpft war. »Also nur noch Monate bis zum Regen«, sagte sie stattdessen.

»Ja.«

»Wie geht es Indi eigentlich?«

»Sie ist gerade in ihr Dorf zurückgekehrt.«

Eliza war überrascht. »Für immer?«

»Nein. Ihre Großmutter ist sehr krank. Indi will sie pflegen. Der Thakur wird auf sie aufpassen. Sie wird stets einen Platz im Palast haben.«

»Aber als was? Um einem Mann wie Chatur in die Hände zu fallen? Sie braucht ein eigenes Leben, einen Mann, eine Familie.«

»Das sagt die Richtige.«

»Was meinst du damit?«

»Du hast deine Mutter allein gelassen. Das hast du mir selbst erzählt.«

»Ich konnte ihr nicht helfen. Ich habe es versucht. Wäre ich geblieben, wäre auch mein Leben zerstört worden. Sie ist Alkoholikerin.«

Einen Moment lang starrte er auf seine Füße, dann sah er Eliza an. »Bei uns ist man der Ansicht, dass die Kinder die Pflicht haben, sich um ihre Eltern zu kümmern.«

Sie versteifte sich. »Um jeden Preis?«

Er nickte. »Ängstigt dich das?«

Eliza dachte darüber nach und antwortete nicht. Er konnte nicht wissen, was für einen Charakter Anna Fraser hatte oder wie es war, zuzusehen, wenn die eigene Mutter sich langsam umbrachte.

»Ich habe es versucht und bin gescheitert«, erwiderte sie schließlich.

Er streckte ihr die Hände hin. »Ich verurteile dich nicht.«

»Es klingt aber so.« Verärgert und aufgewühlt, weigerte sie sich, seine Hände zu nehmen.

»Eliza, komm, ich sage nur, dass es hier anders ist.«

Sie drehte sich um und ging. Kurz darauf kam er ihr nach und legte von hinten die Arme um sie. »Eliza. Eliza.«

Er drehte sie herum, dann waren seine Lippen an ihrem

Hals. Sie schauderte, reagierte sofort auf seine Hand an ihrer Schulter, ihr Atem ging schneller, und ihre Lippen öffneten sich. Als sie sich küssten, kam es ihr vor, als wäre ihnen das von jeher bestimmt gewesen. Dann gingen sie Hand in Hand zum Palast zurück, und Eliza verbannte die Zweifel aus ihrem Kopf. Er hatte ihr sein eigenes Zimmer gegeben, und als sie in dem Salon mit dem großen Teppich und den vielen Kissen ankamen, befahl er ihr, still stehen zu bleiben. Während er sie auszog, küsste er die Innenseiten ihrer Arme und ihren Bauch. Er ließ sich viel Zeit. Eliza hatte es eilig, sich mit ihm auf die Kissen zu legen, verstand aber, was er tat.

Als sie endlich nackt vor ihm stand, küsste er ihre Brüste. Dann hielt er Eliza von sich weg. »Wie fühlst du dich?«

»Verrückt. Unsicher. Erschrocken.«

»Gut«, sagte er.

Dann legte sie sich auf die Kissen. Die Sonne ging unter, es war fast dunkel im Raum. Eliza wünschte, sie hätten eine Lampe angezündet, da sie sein Gesicht sehen wollte. Doch jetzt lag er schon auf ihr, und sie bewegten sich in perfektem Einklang. Sie vergaß die Lampe. Jay hielt inne und betastete ihr Gesicht mit den Fingerspitzen. »Ich kann deine schönen Augen noch sehen«, sagte er.

Als er mit dem Finger in sie eindrang, keuchte sie auf, und dann liebten sie sich in einer Weise, die sie nicht für möglich gehalten hatte: Die Verbundenheit war so stark, dass ihr der Atem stockte. Eliza versuchte zu sprechen und konnte es nicht, und als es vorbei war, legten sie sich aufs Bett, beide schweißnass, und schlangen die Beine umeinander. Die Gedankenkraft war ihr abhandengekommen. Sie wollte diesen Mann, mehr konnte sie nicht denken. Sie wollte ihn mit ganzer Seele und würde ihn nicht mehr loslassen.

»Meine schöne Engländerin«, sagte er und strich an ihrem Kiefer entlang. »Noch unsicher?«

Sie lachte. »Du willst es wirklich wissen?«

»Soll ich die Lampe anzünden?«

»Noch nicht. Ich möchte dich neben mir spüren.«

Er schien nachzudenken und sagte dann: »Du bist mutig, mein Mädchen. Ich bin mir nicht sicher, ob ich es dir gleichtun kann.«

»Sei nicht albern. Natürlich kannst du. Und so mutig bin ich gar nicht.«

Bevor Eliza einschlief, lag sie vollkommen still und lauschte auf Jays Atem und die nächtlichen Geräusche der Wüste.

Beim Aufwachen sah Eliza, dass Jay noch da war, und ihr Herz machte einen Freudensprung. Sie betrachtete ihn im Schlaf. Er war noch derselbe wie vorher. Alles an ihm und an ihr selbst war noch so wie vorher, und doch hatte sich alles verändert.

Sie wollte die weiche Haut fühlen und berührte sein Gesicht ganz zart, um ihn nicht zu wecken. Eliza rückte näher und küsste sein Ohrläppchen. Er regte sich. Sie strich mit einem Fingernagel an seinem Hals entlang und dann über seinen Bauch. Er stöhnte. Sie griff an ihm hinab, und er wurde in ihrer Hand hart. Das hatte sie bei Oliver nie getan, doch jetzt wollte sie es und bewegte die Finger hin und her. Er stöhnte wieder, und es gefiel ihr, dass sie sich dabei wohlfühlte, dass sie es bei ihm tun konnte. Vielleicht haben die sechzehn Künste der Frau doch etwas für sich, dachte sie leise lächelnd.

Plötzlich zog er sie auf sich. »Was machst du da?«

»Ist das nicht offensichtlich?«

»Wer hätte gedacht, dass hinter all der englischen Zurückhaltung so ein schamloses Mädchen steckt?«

»Und wer hätte gedacht, dass du kein vollendeter Gentleman bist?«

Danach änderten sich ihre Tage. Sie arbeiteten und liebten sich, aßen und liebten sich, gingen spazieren und liebten sich. Und manchmal liebten sie sich den ganzen Tag. Die übrige Welt schien nicht zu existieren. Es gab nur noch das Projekt und Jay. Eliza erlebte eine ungekannte Freude. Sie erwachte glücklich und schlief lächelnd ein. Warum hatte ihr nie jemand gesagt, dass so etwas möglich war? Und nach diesem Gedanken fragte sie sich, wie es ihren Eltern miteinander gegangen war. Wer das einmal erlebt hat, muss doch für immer in das Leben verliebt sein, dachte sie.

Wenn sie nicht über Bewässerung oder ihre Vergangenheit redeten, dann lasen sie und unterhielten sich über Bücher. Jay sagte, er habe noch keinen russischen Schriftsteller gelesen, und sie empfahl ihm Tolstois *Krieg und Frieden* und Turgenjews *Aufzeichnungen eines Jägers*. Sie liebe Thomas Hardy und Henry James, erzählte sie, komme aber mit Dickens nicht zurecht. Jays bevorzugter Lyriker war John Donne, den Eliza auch schätzte, und ihre Lieblingsdichterin war Emily Dickinson, von der er noch nie gehört hatte. Er fragte, ob sie etwas von Tagore gelesen habe, und als sie verneinte, bot er an, ihr ein Buch zu leihen. Beide gingen sie gern ins Kino. Sie plauderten darüber, was sie gern aßen und wo sie es in der Welt am schönsten fanden. Jay mochte die Plätze in London, hatte einen Freund, der am Orme Square wohnte. Sie lachte und sagte, solche vornehmen Freunde habe sie nicht. Er meinte, er würde ihr seine erotischen Jugendsünden lieber nicht erzählen, und sie erwiderte, sie wolle sie sowieso nicht wissen.

Er sagte kein einziges Mal, dass er sie liebte, und sie sagte es auch nicht.

Aber ihre Beziehung ging weit über Sex und gemeinsame Interessen hinaus, das wusste Eliza. Und zum ersten Mal in ihrem Leben glaubte sie sogar, dass zwischen zwei Menschen eine seelische Verbindung möglich war, dass man einem Menschen auf seelischer Ebene begegnen konnte und schon nach ein oder zwei Stunden eine Freundschaft fürs Leben schloss. Und bei dem Gedanken erkannte sie, dass Indien sie veränderte. Bisher hatte sie nie solche Gedanken gehabt. Kontakt mit anderen hatte sie am liebsten vermieden. Beziehungen waren schwierig gewesen, weit entfernt von diesem triumphalen Prozess, einen anderen Menschen immer genauer kennenzulernen und sich selbst mehr und mehr zu öffnen. Es gab Abstand zwischen ihnen; er konnte aber auch mühelos überwunden werden, so als gäbe es weder Mauern noch Grenzen, sodass Eliza nicht hätte sagen können, wo er aufhörte und sie anfing. Und je näher sie einander kamen, desto deutlicher wurde ihr, dass eine Trennung von ihm wie eine Trennung von ihr selbst wäre.

Eines Abends, als sie sich sicher genug fühlte, um sich ihm vollends zu öffnen, überkam sie der Schmerz über den Tod ihres Vaters. Alle Versuche, sich zusammenzunehmen, scheiterten, und ihr wurde klar, dass ihr nichts anderes übrig blieb, als sich dem Schmerz zu überlassen. Entweder würde sie das überleben oder untergehen. Bei jedem Ausbruch schmerzte es heftiger. Sie konnte nicht mehr denken, als die jahrelang unterdrückte Trauer sie übermannte und sie endlich ihrem tiefsten Bedürfnis nachgab. Jay hielt sie im Arm und wiegte sie hin und her. Es war, als hätte sie nie richtig um ihren Vater geweint und erst durch Jay wäre ihr das möglich.

Nachdem er ihr die Tränen weggewischt hatte, hielt er sie von sich und sah sie an. »Solcher Schmerz kann nur heilen, wenn man die Tränen fließen lässt. Nur wer von ihr schwer gezeichnet wurde, kennt die Liebe.«

»Wurden wir schwer gezeichnet?«, fragte sie.

Er lächelte. »Noch nicht.«

»Du hast das schon durchgemacht?«

Er schüttelte den Kopf. »Vielleicht werden wir es gemeinsam durchmachen.«

Als Jay die Bauern überzeugen musste, dass sie von seinem Projekt profitieren würden, ritten Eliza und er in die umliegenden Dörfer. Zunächst reagierten die Leute zurückhaltend, nach einigen Besuchen lächelten sie freudig, wenn sie sie ankommen sahen. Wegen der Dürre hatten sie zwei Jahre lang kein Getreide anbauen können, und ihr Vieh war verendet. Bei manchen wunderte sich Eliza, wie sie diese Zeit überstanden hatten. Aber dann hörte sie aus einem Gespräch heraus, dass Jay den Bauern kleine Darlehen gewährte. Ihr drängte sich der Gedanke auf, dass er ein guter Fürst wäre. Er würde nicht zu Hause sitzen und türkischen Honig in sich hineinstopfen.

Bei den Fahrten zu den Dörfern nahmen sie nur einen von Jays Dienern mit und übernachteten in kleinen Zelten. Als sie bei einer Rückfahrt ihr Lager aufschlugen, ging Jay Reisig sammeln, um ein Feuer anzuzünden. Ein Stück von ihren Zelten entfernt gab es einige gedrungene Bäume, in denen grüne Vögel hin und her flatterten, und in der Ferne waren die Sanddünen der Wüste zu sehen. Nachdem Jay mit einem Bündel unter dem Arm zurückgekehrt war, sah Eliza zu, wie konzentriert er das Holz aufschichtete und anzündete, und musste lächeln. Bis es richtig brannte, war es sehr dämmrig, aber noch nicht ganz dunkel, und als der Flammenschein über Jays Gesicht flackerte, saß sie da und betrachtete ihn.

»Was ist?«

»Ich denke an deinen Vater. Ich weiß kaum etwas über ihn.«

»Er war ein hünenhafter Mann und ein Reformer, im Gegensatz zu seinem Vater, durch den wir unser Reich beinahe verloren hätten. Ich wäre gern wie mein Vater, und mit deiner Hilfe könnte ich so werden, denke ich.«

»Mit meiner Hilfe?«

»Wir wären ein gutes Team, meinst du nicht?«

Sie lächelte. »Ich hoffe es.«

»Wie anders war mein Großvater! Die Briten haben ihn der Missregierung angeklagt. Er war als korrupt und grausam verschrien.«

»Was hat er getan?«

»Eine seiner Ehefrauen beging auf ganz schreckliche Weise Selbstmord, aber im Grunde genommen hat er sie getötet. Wäre er nicht überraschend gestorben, wäre er von den Briten abgesetzt worden, und wir hätten unser Reich verloren. Zum Glück war mein Vater ein ehrenwerter Mann und packte viele

Reformen an. Er diente bei der britischen Armee und konnte die Kluft zwischen den Kulturen unbefangen und elegant überbrücken. Ich weiß noch, als ich sehr klein war, trug er oft eine Jacke aus Seidenbrokat, und eine lange Feder steckte an seinem Turban.«

»Siehst du ihm ähnlich?«

»Ein bisschen. Er hatte immer eine prächtige Eskorte bei sich, egal, wohin er ging, und wenn er hohen Besuch hatte, kam der in silbernen Ochsenwagen.«

»Er lebte nicht so frei wie du?«

»Die Zeiten ändern sich, und er ist nicht in England zur Schule gegangen.«

»Mir gefällst du am besten in der Wildnis.«

»Aber wie ich schätzte mein Vater den Sport, und er vermehrte das Ansehen unseres Reiches, indem er meine Mutter heiratete. Sie kam aus einer sehr vornehmen Herrscherfamilie. So wurde es immer gemacht, weißt du? Beim Heiraten geht es um die Verbindung zweier Familien, nicht bloß um die zweier Menschen. Und der Ruf der Familie steht dabei auf dem Spiel.« Er verstummte und starrte nachdenklich ins Feuer.

Auch wenn er eine Verlobung bisher abgelehnt hatte, hieß das nicht, dass es dabei blieb, und der Gedanke beschäftigte Eliza. »Darf ich dich etwas fragen?«

»Nur zu.«

»Was ist mit deiner arrangierten Ehe?«

Er drehte den Kopf und sah sie so traurig an, dass es ihr wehtat.

»Was wir haben, ist noch so neu. Lass uns jetzt nicht daran denken.«

Obwohl Eliza froh war, sich mit dem Problem noch nicht befassen zu müssen, konnte sie die Gedanken daran nicht abstellen.

»Erzähl mir von deiner Mutter«, bat er.

Sie seufzte. »Sie trinkt seit vielen Jahren. Ich denke, der Tod meines Vaters hat sie aus der Bahn geworfen. Sie war stolz, aber nie eine starke Persönlichkeit, und sie stand ohne Geld da, weißt du? Sie war auf die Barmherzigkeit eines alten Bekannten angewiesen. Ich musste ihn ›Onkel‹ nennen, obwohl wir nicht verwandt waren. Sie kannte ihn noch aus der Zeit vor ihrer Ehe, und als wir nach England zurückkehrten, wurde er ihr Liebhaber.«

»Das muss für dich schwierig gewesen sein.«

»Ich hatte nur sie. Keine Verwandten, zumindest keine, die uns sehen wollten. Meinen Vater habe ich geliebt, das Verhältnis zu meiner Mutter war dagegen immer schwierig. Sie hat mir kürzlich geschrieben und schreckliche Dinge über ihn behauptet, er habe uns mit seiner Spielsucht ruiniert und jahrelang eine Geliebte gehabt.«

»Vielleicht hat es einen Vorteil, mehr als eine Ehefrau zu haben.« Jay hielt inne, um auf ihren Gesichtsausdruck zu achten. »Da ist Heimlichkeit nicht nötig.«

Ihr war klar, dass er das nicht ganz ernst meinte; dennoch konnte sie ihren Ärger nicht unterdrücken. »Nur leider funktioniert es andersherum nicht. Niemand fragt danach, ob wir Frauen vielleicht auch gern mehr als einen Ehemann hätten.«

Er setzte ein ernstes Gesicht auf und spielte den Gekränkten. »Das ist empörend, Madam. Welche brave Frau kann sich zwei Männer wünschen, wenn sie doch einen hat? Ein Mann, viele Frauen, so hat es zu sein.«

Obwohl sie sich ihre Wut nicht nehmen lassen wollte, musste sie doch schmunzeln. »Ach, sei still, du Dummkopf!«

»Du sagst zu einem Raja, er soll den Mund halten? Das muss bestraft werden. Komm her.«

»Und wenn ich mich weigere?«

»Dann halte ich dich monatelang ans Bett gefesselt.«

»Dafür müsstest du mich zuerst kriegen.« Sie sprang auf und rannte am Feuer vorbei in die Dunkelheit. Hinter einem Dornbusch versteckte sie sich und atmete ganz leise. Sie konnte Jay herumgehen hören, sah aber fast nichts. Es war eine mondlose Nacht, nur die Sterne standen am Himmel.

Eliza vernahm in der Ferne das Jaulen eines Schakals, dann stach sie etwas ins Bein, und sie schrie auf.

»Eliza, was ist passiert?«

Was es gewesen war, wusste sie nicht, aber jetzt lief sie in die Richtung, wo sie ihn gehört hatte.

»Alles in Ordnung? Du darfst nicht nachts umherlaufen. Hier sind alle möglichen Tiere unterwegs.«

»Mich hat etwas gestochen oder gebissen, aber es hat eigentlich nicht wehgetan.«

»Du hast aufgeschrien.«

»Vor Schreck, nichts weiter.«

»Aber hat es gebrannt?«

»Ehrlich gesagt, nur ganz kurz. Vielleicht war es eine Ameise?«

Er legte einen Arm um sie. »Bist du sicher, dass es keine Schlange war?«

»Keine Ahnung. Es war stockdunkel.«

»Ein Schlangenbiss würde jetzt wehtun. Ich denke, wir sollten zusammenpacken und zurückfahren, nur für alle Fälle.«

»Es ist viel zu dunkel dazu. Mir geht's gut, ehrlich. Ich möchte jetzt lieber schlafen gehen.«

Sie gingen sofort zu Bett, aber nach nur einer Stunde erwachte Eliza mit starken Bauchkrämpfen. Sie setzte sich auf und krümmte sich vor Schmerzen sogleich zusammen. Die Stille um sie herum war erschreckenderweise voller Geräusche. Während der übrigen kalten Wüstennacht lag sie zitternd auf ihrem Lager und rückte so dicht an Jay heran, wie sie es wagte. Ihr war übel, und sie wollte ins Freie. Doch sie war zu ängstlich, um das Zelt zu verlassen. Als Jay wach wurde und sie ansah, erschrak er sichtlich.

»Sag mir, was für Symptome du hast.«

»Mir ist schlecht. Und ich habe starke Bauchschmerzen. Vielleicht habe ich das Essen nicht vertragen?«

Darauf schaute er sie so ernst an, dass ihr die Angst im Nacken kribbelte.

»Ich möchte mir den Biss noch einmal ansehen.«

Am Abend hatte er ihr Bein im Schein einer Öllampe abgesucht und war sehr erleichtert gewesen, weil keine Veränderung zu sehen gewesen war.

Sie zeigte ihm die Stelle am Fußgelenk.

»Das scheint mir kein Schlangenbiss zu sein. Aber die Stelle ist gerötet und ein bisschen geschwollen.«

»Was vermutest du?«

Er schüttelte den Kopf. »Bin mir nicht sicher. Noch andere Symptome?«

»Schmerzen in der Brust.«

»Das Atmen tut weh?«

»Ein wenig.«

Jay hob die Zeltklappe an und rief den Diener zu sich, sprach mit ihm leise und zu schnell, als dass Eliza es verstehen konnte.

»Was hast du zu ihm gesagt?«, fragte sie, als Jay zu ihr zurückkam.

»Er soll Indis Großmutter holen. Das kann ein oder zwei Stunden dauern, aber in solch einem Fall ist sie die Beste. Er hat mein Motorrad genommen. Damit ist er schneller als mit seinem Kamel.«

»Meinst du, es ist ernst?« Eliza versuchte zu lächeln, aber es misslang.

Er hielt ihre Hände, rieb und wärmte sie, gab aber keine Antwort.

»Ich dachte, Indis Großmutter sei krank.«

»Hoffen wir, dass es ihr gut genug geht, um herzukommen.«

»Wie schaffen wir sie wieder nach Hause? Wie kommen wir wieder heim?«

»Ich möchte dir keine Fahrt zumuten, und schon gar nicht auf einem Motorrad. Auch keinen Ritt auf einem Kamel. Du darfst dir keine Sorgen machen und dich nicht überhitzen, aber noch fühlst du dich kühl an. Du brauchst viel Flüssigkeit. Kannst du einen Schluck Wasser trinken?«

Sie wollte den Kopf heben, sank jedoch sofort wieder aufs Kissen. »Mir tut alles weh.«

Er griff um ihre Schultern und hob sie an. »Lehn dich gegen mich und nippe daran.« Jay hielt ihr einen Becher an den Mund.

»Mir ist schwindelig.« Nach einem Schluck legte sie sich kraftlos hin, war dann aber ganz unruhig.

»Bewege dich möglichst nicht«, sagte er und hielt ihre Arme fest.

Er blieb die ganze Zeit bei ihr. Nur ein Mal ging er nach draußen, um zu lauschen, ob das Motorrad schon zu hören war. Und obwohl Eliza sich sehr krank fühlte, konnte sie sich nur wundern, dass sie beide so zusammen waren. Wie ungewöhnlich das war! Und doch kam es ihr völlig richtig vor.

»Du hast mir nicht geantwortet, ob es ernst ist.«

Er lächelte. »Ich bin kein Arzt, aber es ist bestimmt nicht ernst. Also entspanne dich und schlaf.«

Sie versuchte, sich aufzusetzen. »Alles dreht sich.«

»Bei dem vielen Gin, den du getrunken hast, kein Wunder.«

»Hab ich gar nicht ...« Und dann kippte der Raum, und ihr war, als sauste sie in einen finsteren Tunnel. Sie fühlte noch, dass Jay sie festhielt, dann verlor sie das Bewusstsein.

Als sie wieder zu sich kam, lag er neben ihr auf dem Bett. Zuerst spürte sie nur seine Hand. Er strich ihr sanft übers Haar. Dann bemerkte sie sein langsames, gleichmäßiges Atmen. In dem köstlichen Moment vergaß sie, dass sie krank war, setzte sich auf und erbrach sich auf die Bettdecke. Er sprang auf, schlug die Decke zurück, raffte sie zusammen und warf sie aus dem Zelt. Dann zog er unter dem Bett ein Fell hervor.

»Mehr habe ich nicht. Das muss genügen, bis es draußen warm wird. Wie geht es dir?«

»Weiß nicht. Was ist, wenn ich mich noch mal übergeben muss?«

»Hoffen wir, dass es nicht passiert. Doch du musst trinken. Du darfst nicht austrocknen.« Er fasste ihr prüfend an den Arm, die Stirn, in den Nacken. »Du schwitzt stark.«

»Mir tut der Kopf weh.«

»Sie werden sicher bald hier sein.«

»Aber was kann Indis Großmutter tun?«

»Sie weiß alles, was man über die Wüste wissen kann und wie man darin zurechtkommt.«

»Wird sie mich wieder hinkriegen?«

»Keine Sorge. Alles wird gut. Nun lieg still.« Er redete in beruhigendem Ton, aber in seinen Augen sah sie Angst. Eliza atmete langsam aus und blieb ruhig liegen.

Vage nahm sie wahr, wie die Zeit verstrich. Minuten erschienen wie Stunden, und Stunden schienen im Nu vorbei zu sein.

Manchmal fragte er, wie sie sich fühlte, und sie wollte wissen, wie er die Lage einschätzte. Aber keiner antwortet wahrheitsgemäß, dachte sie. Er sagte, es würde ihr bald besser gehen, doch seine Augen verrieten ihn. Sie behauptete, es ginge ihr schon besser, obwohl sie glühend heiß war. In einem klaren Moment fiel ihr ein, dass sie nicht darüber gesprochen hatten, was nach dem Monsun sein würde.

Während sie etwas über den Regen murmelte, wurde Jay zunehmend unruhig und schritt im Zelt auf und ab, wenn er nicht an ihrer Seite saß. Doch schließlich hörte Eliza ein Motorrad kommen und dann Stimmen. Kurz darauf trat die alte Frau, auf einen Stock gestützt, ein. Als Erstes schaute sie sich den Biss an und runzelte die Stirn.

»Zwei kleine rote Punkte«, sagte sie laut und deutlich, damit Eliza sie verstand. »Der Biss einer Schwarzen Witwe.«

Jay entspannte sich sichtlich und stieß einen langen Seufzer aus. »Das habe ich schon vermutet.«

»Sie haben gut daran getan, sie still zu halten. Das Gift sollte sich nicht im Körper verbreiten.«

»Also darf ich sie nicht nach Hause bringen?«

»Nicht heute. Und Sie müssen sie kühlen. Nur kleine Kinder und sehr alte Leute sterben daran.«

»Aber Eliza reagiert sehr stark auf das Gift.«

»Ja, genau wie Sie. Ich habe Ihnen damals eine Kräutermedizin gegeben. Doch jetzt habe ich keine. Es wird unangenehm für sie, aber sie wird es überleben.«

Er nickte.

»Fächeln Sie ihr Luft zu, bedecken Sie sie mit nassen Tüchern, im Nacken, auf der Brust und im Gesicht, und geben Sie ihr leicht gesalzenes Wasser zu trinken.«

»Seltsam, dass ihr das auch passiert ist!«, meinte er, während er Indis Großmutter hinausgeleitete.

»Sie lieben diese Frau?«, hörte Eliza sie fragen, aber Jays Antwort verstand sie nicht.

Ein paar Minuten später kam er wieder herein. Er lächelte erleichtert. »Also bleiben wir heute noch hier, und wenn du dich morgen besser fühlst, fahren wir zurück.«

»Wie geht es Indis Großmutter?«

»Sie ist viel dünner geworden und gebrechlicher.«

»Ich habe ein schlechtes Gewissen, weil sie meinetwegen den weiten Weg auf sich genommen hat.«

»Nicht doch. Sie ist gern gekommen. Nun trink bitte. Du darfst nicht schwächer werden.«

Eliza nickte. Sie spürte, dass es draußen heiß wurde, und im Zelt konnte es drückend werden.

»Ich habe so starke Kopfschmerzen, als steckte eine Axt in meinem Schädel. Ich sehe bestimmt furchtbar aus.«

»Meine arme Engländerin! Die Axt ist nicht gerade vorteilhaft, aber du kannst gar nicht furchtbar aussehen.«

»Da hast du bei unserer ersten Begegnung anders gedacht.«

Ihr fehlte die Kraft zu lachen, doch er lächelte. »Hör zu. Kurz vor dem Monsun werde ich mit dir nach Udaipur fahren, damit du die Wolken kommen siehst. Stell dir vor, wie es regnet. Stell dir vor, dass es kühl ist. Das hilft.«

»Warum nennt man diese Spinnen Schwarze Witwen?«

»Weil sie schwarz sind und ihre Männer fressen.«

Jetzt lächelte sie ihn trotz der Kopfschmerzen an.

Zwei Tage später in Jays Palast standen sie voreinander in ihrem Schlafzimmer. Nach ein paar Augenblicken des Schweigens knöpfte sie langsam sein Hemd auf, und er schloss die Augen. Wer bestimmt? Wer gibt das Tempo vor?, dachte Eliza. Anfangs hatte sie ihm das überlassen, aber allmählich verhielten sie sich wie Gleichgestellte, und auch das gefiel ihr. Sie liebte es, ihre Macht zu spüren, die Wirkung ihrer Hände.

»Geht es dir wirklich gut genug?«, fragte er.

Sie lachte.

»Was ist so lustig?« Er öffnete die Augen.

»Es geht mir gut genug.«

Momente vergingen, während sie sich einander öffneten, so kam es Eliza vor. Es war wie das Betreten einer neuen Welt, die weder seine noch ihre war, sondern eine, die sie beide gemacht hatten, ohne Raum für etwas anderes. Es war eine Welt, die, einmal geschaffen, nicht mehr verloren gehen konnte, eine Welt, die es noch geben würde, wenn sie beide nicht mehr da wären. Deshalb wollte Eliza bis in sein Innerstes vordringen, bis sie gefunden hatte, was ihn ausmachte.

Später, als sie Arm in Arm dalagen, strich er mit den Fingerspitzen ihre Wirbelsäule entlang.

»Sieh mich an«, sagte er. »Öffne die Augen.«

Sie tat es, lächelte und hielt seine Hand.

»Warum lächelst du?«, fragte er.

»Ich weiß es nicht. Vor Glück vielleicht.«

»Ich mag dein Lächeln und höre dich gern lachen.«

»*Du* bringst mich zum Lachen.«

»Ich bin mir nicht sicher, ob das so gut ist.«

»Doch, ist es. Es ist sehr gut.«

Er küsste sie. Dann schaute sie ihm in die Augen strich ihm durchs Haar. Schaudernd zog er sie an sich. Manchmal dachte sie unruhig darüber nach, wie es mit ihnen weitergehen könnte, aber sobald sie ihn vor sich sah, war ihr das gleichgültig. Sie drehte sich langsam in seinen Armen um, den Mund an seiner Wange.

»Danke«, flüsterte sie.
»Wofür?«
»Weil du so bist, wie du bist. Weil wir hier sind. Weil ...« Sie stockte.
»Weil?«
»Weil ich etwas empfinde, was ich überhaupt nicht erwartet hätte.« Sie streckte sich träge. »Ich wünschte, es könnte ewig so sein, wir könnten immer hierbleiben.«

Er sagte dazu nichts und streichelte die Innenseite ihres Oberschenkels.

»Obwohl wir vermutlich Hunger bekämen«, fügte sie hinzu.

»Ich bin jetzt schon hungrig. Du nicht?«

»Doch, aber ich kann mich nicht damit abgeben. Essen ist zu banal nach alldem.«

»Essen ist gut, sag ich dir.«

»Lieben ist besser.«

Er zog die Brauen zusammen. »Hm. Lass mich überlegen. Essen? Oder Lieben?«

Sie stieß ihm in die Rippen.

»Autsch.« Jay lachte, schlang die Arme um sie und drückte sie an sich.

Sie mochte es, wenn er sie so hielt, mochte es, wenn er lächelte und wenn er lachte, sogar wenn er finster blickte. Gab es nichts an ihm, was ihr missfiel?

»Willst du mich?«, fragte sie, nachdem sie ihren Mut zusammengenommen hatte. »Ich meine, im Ernst?«

»Habe ich das nicht deutlich gezeigt?«

DRITTER TEIL

Denn nicht Licht ist vonnöten, sondern Feuer, nicht sanfter Regen, sondern Donner. Wir brauchen Unwetter, Stürme und Erdbeben.

Frederick Douglass

24

Von dem Spinnenbiss genesen und erfüllt von ihrer Liebe zu Jay, kehrte Eliza bald nach Juraipur zurück. Dottie hatte von ihrer Unpässlichkeit erfahren und sich mutig zum Palast begeben. Mit einem Strauß Blumen betrat sie Elizas Zimmer.

»Ich muss sagen, Sie sehen wunderbar aus. Ich hatte geglaubt, Sie blass und kränklich anzutreffen.«

Eliza grinste sie an und lehnte sich glücklich auf dem Sofa zurück.

Dottie riss die Augen auf. »Oh Gott! Hat Clifford Ihnen einen Antrag gemacht?«

»Clifford?«

Dottie legte die Blumen auf den Beistelltisch. »Sie sehen aus wie eine Frau, die gerade Ja gesagt hat.«

»Nein.«

»Was dann?« Dottie senkte die Stimme. »Oder sollte ich fragen: wer dann?« Als Eliza schwieg, holte sie überrascht Luft. »Sie haben doch nicht etwa …?«

Eliza gab keine Antwort.

»Sie haben sich in jemanden verliebt. Das ist es, nicht wahr?«

Eliza lächelte hilflos und nickte. »In Jay.«

Dottie stemmte die Hände in die Hüften und starrte sie an. »Nun, das wird für helle Aufregung sorgen. Auf beiden Seiten.«

»Können Sie sich nicht ein kleines bisschen für mich freuen?«

Dottie trat ans Fenster, und nach ein, zwei Augenblicken drehte sie sich um. »Das wird mit Tränen enden, meine Liebe.

Das tut es immer. Obwohl es sicher wunderbar romantisch ist.« Das Letzte klang wehmütig.

»Wären Sie bereit, mit Clifford zu reden, um die Wogen zu glätten?«, fragte Eliza.

Dottie schüttelte den Kopf. »Nein, Liebes, das kann ich nicht. Ich rate Ihnen, die Sache zu beenden und nicht noch weiterzutreiben.«

»Ich glaube, das kann *ich* nicht.«

»Sie meinen wohl, Sie wollen nicht. Ich mache Ihnen keinen Vorwurf, ehrlich nicht. Es muss unwiderstehlich aufregend sein. Er wird Sie jedoch nicht heiraten. Er nimmt jemanden seines Standes.«

»Da bin ich mir nicht so sicher.«

»Aber ich, und dann wäre Ihr Ruf befleckt.«

»Ich war doch schon einmal verheiratet. Ich bin ja wohl kaum eine Jungfrau.«

Dottie setzte sich neben Eliza aufs Sofa und nahm ihre Hand. »Einen toten Ehemann wird man Ihnen nicht zur Last legen, doch für die abgelegte Geliebte eines Mannes, der nicht mal einer von uns ist, gibt es kein Pardon.«

Eliza seufzte. Das hatte sie nicht hören wollen.

»Ehrlich, Liebes, beenden Sie es, und möglichst rasch.«

Jay hatte ihr den Schlüssel zu seinem Arbeitszimmer gegeben, damit sie es nach Belieben nutzen konnte, entweder um Porträts aufzunehmen oder um für ihn Unterlagen zu sichten. Eliza überlegte, die Familienmitglieder einzeln zu fotografieren, und auch einige andere Palastbewohner. Die besten Porträts waren ihr allerdings in der Stadt und in der Wüste gelungen. Besonders in der Wildnis schienen die Personen plastisch hervorzustechen.

Indi war aus ihrem Dorf zurückgekehrt, und Eliza war erleichtert zu hören, dass die Motorradfahrt durch die Wüste ihre Großmutter nicht noch weiter geschwächt hatte.

»Sie sind bestimmt sehr froh«, meinte Eliza, während sie die

Plattenkamera auf das Stativ setzte, um Indi zu fotografieren. Die Rolleiflex war noch nicht aus der Reparatur zurück.

»Es war schrecklich, meine Großmutter so schwach zu sehen. Ehrlich gesagt, glaube ich nicht, dass es ihr wirklich wieder besser geht. Sie gibt sich nach außen hin sehr tapfer, isst aber kaum etwas.«

»Wollten Sie nicht lieber noch dortbleiben?«

»Sie hat darauf bestanden, dass ich zurückfahre.« Dann fragte sie: »Und Sie? Sie sind eine Ewigkeit weg gewesen.«

Eliza dachte an Jay und an ihr Gespräch mit Dottie und wahrte eine neutrale Miene. »Ich habe Jay bei dem Bewässerungsprojekt geholfen. Der neue Geldgeber muss noch einige Papiere unterschreiben, bevor das Darlehen ausgezahlt werden kann. Das wird in den nächsten Tagen passieren, und dann muss die Arbeit wirklich beschleunigt werden.«

»Ich würde zu gern sehen, wie es auf der Baustelle vorangeht.«

»Jay wird Sie sicherlich einmal mitnehmen. Könnten Sie sich jetzt auf den Schreibtisch setzen?«

»Auf den Schreibtisch?«

»Ich möchte Sie in gelöster Haltung fotografieren.«

Indi setzte sich auf die Kante. »Wie wär's, wenn ich dabei lese?«

»Gute Idee.«

Indi nahm sich ein Buch, das aufgeschlagen dalag, und gab sich den Anschein, in die Lektüre vertieft zu sein.

»Und jetzt blicken Sie auf und lächeln mich an.«

Indi tat wie geheißen, und Eliza staunte wieder einmal über die Schönheit der jungen Frau. Sie überlegte, ob sie sie auf ihr Verhältnis mit Chatur ansprechen sollte, aber da Jay das schon getan hatte, entschied sie sich dagegen.

»Möchten Sie auch eine Aufnahme im Stehen?«

»Zuerst noch eine mit dem Buch in der Hand.«

Indi blätterte die Seiten um. »Warum liest Jay ein Buch über giftige Chemikalien?«

»Keine Ahnung«, sagte Eliza und wechselte das Thema. »Ach, wissen Sie eigentlich, dass Ihre Großmutter mir zu Hilfe gekommen ist, als mich eine Spinne gebissen hatte?«

»Das hat sie mir erzählt. Seltsam, eigentlich. Sie hat viel über Sie gesprochen. Aber wozu so viel Aufhebens? An einem Biss der Schwarzen Witwe stirbt man nicht.«

»Ich glaube, mein Körper hat zu stark auf das Gift reagiert. Jay war ganz wunderbar.« Bei der Erinnerung, wie behutsam und rücksichtsvoll er sich um sie gekümmert hatte, lächelte Eliza glücklich.

»Oh, ganz bestimmt war er das«, sagte Indira kühl.

»Indi, ich ...«

»Schon gut, ich sehe es Ihnen an. Ihm übrigens auch. Aber seien Sie gewarnt: Wenn ich es sehen kann, dann andere auch.«

»Zu Anfang waren wir wirklich nur befreundet. Es tut mir leid.«

»Das muss es nicht. Ich bin darüber hinweg. Doch an Ihrer Stelle würde ich mich nicht in ihn verlieben. Sie sind nicht die Erste, Eliza, bei Weitem nicht. Und Laxmi wird die Sache gar nicht gefallen.«

»Sie weiß es nicht«, erwiderte Eliza so ruhig, wie es ihr trotz Herzklopfen möglich war. Dabei sah sie Jays nackte Beine vor sich, die auf dem weißen Laken umso dunkler aussahen.

Indi zog ein Gesicht. »Sie denken vielleicht, sie ist die Freundlichkeit in Person, doch wenn es um ihre Söhne geht, ist sie unerbittlich. Machen Sie sich keine Illusionen, sie wird nicht erlauben, dass die Sache weitergeht. Überlegen Sie sich gut, was Sie tun.«

Eliza betrachtete schweigend ihre Fingernägel. Dann fragte sie leise und angespannt: »Sie meinen, ich bin nicht die erste Engländerin?«

»Natürlich. Er muss Ihnen doch davon erzählt haben. Verliebte erzählen sich schließlich alles, oder nicht? Und Sie sind sowieso keine Jungfrau mehr, also spielt es wohl kaum eine

Rolle. Er hält sich gern an die verheirateten. Da ist es am schnellsten vorbei.«

Eliza schluckte schwer. Wie viele mochten es gewesen sein?

»Liest Jay deshalb das Buch über giftige Chemikalien?«, fragte Indi.

»Ich kann nicht ganz folgen.«

»Um Laxmi zu vergiften.« Sie warf den Kopf zurück und lachte, doch Eliza war entsetzt. Jay hatte sich wahrscheinlich über Pyrogallol informieren wollen.

In dem Moment kam er herein. Eliza sah die Sorge in seinem Blick, als er ihre Miene bemerkte.

»Das war ein Scherz, Eliza, bloß ein Scherz«, sagte Indi.

»Irgendwas nicht in Ordnung?« Er schaute fragend von einer zur anderen.

Eliza schüttelte den Kopf. »Ich habe nur einen Scherz nicht verstanden.«

Jay runzelte die Stirn. »Das ist alles?«

»Entspann dich«, warf Indi ein. »Meine Güte, bist du verkrampft! Hast du etwa was angestellt, Jay?«

»Indira weiß das von uns«, erklärte Eliza, da sie es für das Beste hielt, Klarheit zu schaffen.

»Das war ja klar.« Er zuckte mit den Schultern und wandte sich von Indi ab. »Nun, Eliza, wo willst du mich haben?«

»Am Schreibtisch. Wenn es dir nichts ausmacht.«

»Gute Idee«, bemerkte Indi. »Der Prinz an seinem Schreibtisch. Das wird den Briten gefallen.«

Jay lachte, doch Eliza wusste genau, woran er jetzt dachte.

Kurz bevor sie von seinem Palast weggefahren waren, hatte sie Jay in seinem Arbeitszimmer auf und ab schreitend angetroffen. Er bat sie, ihm bei den Papieren zu helfen, die im ganzen Raum verteilt lagen, aber als sie ein paar Schritte auf ihn zuging, hob er sie hoch, setzte sie auf den Schreibtisch und küsste ihren Hals.

»Ich dachte, du brauchst mich hier«, sagte sie mit Blick auf die Papiere.

»Mehr, als du denkst.«

Sie lachte und ließ sich die Bluse aufknöpfen, dann schob er ihr den Rock hoch.

»Schön, dass du keine Hose trägst«, meinte er.

Sie half ihm bei ihrer Unterwäsche, und Jay zog sich die Hose aus. Er küsste ihren Bauch. Sie legte den Kopf in den Nacken und dachte an nichts mehr, überließ sich dem Gefühl seiner Lippen auf der Haut und seiner Hände an ihren Brüsten. Als sie es nicht mehr aushielt, zog sie ihn an sich. Die Papiere segelten vom Schreibtisch und landeten auf dem Boden. Hinterher waren sie beide schweißnass und gingen auf ihr Zimmer, wo sie ihn abtrocknete. Dann tat er das Gleiche mit ihr, und nicht nur das. Er wusch ihr die Haare und massierte ihr die Kopfhaut. Die indische Kopfmassage sei etwas Besonderes, sagte er, ließ Eliza auf einem Stuhl sitzen und massierte ihr endlos Kopf, Nacken und Schultern, bis sie glaubte, ihre Muskeln hätten sich verflüssigt. Dann trug er sie zum Bett, wo sie sich liebten, diesmal so langsam, dass Eliza sich fühlte, als schwebte sie.

Sie lernte erst allmählich, was ihm gefiel, wie er seufzte, wenn sie ihn berührte, wie sie sich am besten mit ihm bewegte, wenn er in ihr war. Er dagegen schien von Anfang an zu wissen, was sie wollte, noch bevor sie es selbst hätte sagen können. Während der letzten Tage in seinem Palast hatten sie sich keine Schranken mehr auferlegt. Sie lebten in einer eigenen Welt, wo sie vor allem sicher waren, und dadurch war alles besonders schön. Die Sonnenuntergänge waren prächtig, der Tagesanbruch umwerfend. Der Wind roch nach Wachsblumen und Jasmin, und der Himmel war strahlend blau. Die Liebe zu Jay und ihre Lebenslust und sein schöner Palast verdrängten alles andere.

»Wie kommt das nur?«, fragte Eliza einmal. Er antwortete, er habe große Angst gehabt, sie durch das Spinnengift zu verlieren, und habe spüren müssen, dass sie ihm gehörte.

»Und ich dir«, sagte sie darauf. »Hamesha.«

»Immer«, wiederholte er.

Jetzt stand sie mit ihm und Indi zusammen in seinem Arbeitszimmer und spürte, dass sie errötete. Sie würde wohl nie wieder einen Schreibtisch mit denselben Augen sehen.

Jay bemerkte ihre Verlegenheit und zwinkerte ihr zu, doch Indi war sie auch nicht entgangen. »Du meine Güte. Wenn ihr das geheim halten wollt, schaut euch nicht so an.«

Eliza war sich der Art ihres Blickes nicht bewusst gewesen, aber so war das eben bei Verliebten. Das war die süße, prickelnde Hingabe, die hilflos machte, bei der man so sehr mit dem anderen beschäftigt war, dass man die Welt um sich herum vergaß. Obwohl Eliza genau wusste, was dagegensprach, wollte sie das Verhältnis nicht beenden. Niemals. Sie beschloss, diskreter zu sein, war sich jedoch eigentlich nicht sicher, ob sie es wirklich geheim halten wollte. Wenn sie Laxmi beide erklärten, dass sie einander liebten, würde sie das doch sicher verstehen? Dann fiel ihr plötzlich Indis Bemerkung über Jays Liebesaffären ein. War er wirklich der Typ, der sich beim geringsten Anlass in eine Frau verliebte und ihrer schnell überdrüssig wurde? Als ihr die Frage durch den Kopf ging, betrachtete sie ihn und sah die Liebe in seinen Augen leuchten. Nein. So ein Mann konnte er nicht sein.

25

Am folgenden Morgen überraschte eine Dienerin Eliza mit der Nachricht, Clifford wolle sie sprechen und warte im Audienzsaal auf sie.

Es war erst zehn Uhr und schon heiß. Eliza zog sich ein Sommerkleid über, das sie selbst genäht hatte, ein leuchtend grünes mit weißen Punkten und weißem Kragen. Das enge Oberteil hatte sie ewig ändern müssen, bis es saß. Als sie in den Audienzsaal kam, schritt Clifford mit dem Rücken zu ihr langsam die Längsseite entlang. Für ein, zwei Augenblicke betrachtete Eliza ihn. Wie steif seine schmalen Schultern wirkten! Sie stellte sich ihn nackt vor, seine Blässe, und daneben Jays braune Haut, die im Lampenschein wie Kupfer schimmerte. Eliza sah es vor sich, wie sie Jay erregte, wie sie sich geschmeidig bewegten, als wären sie füreinander geschaffen worden.

Es tat ihr leid für Clifford, aber als er sich umdrehte und sie ansah, erschrak sie angesichts seines triumphierenden Blickes.

»Also, Eliza, du hast dich gegen Shimla entschieden.«

»Das weißt du doch längst. Ich habe hier allerhand Arbeit.«

»Arbeit, Eliza?«

Ihr war klar, dass er sie verlegen machen wollte, darum hielt sie erst recht seinem Blick stand und weigerte sich wegzusehen.

»Nun?«, fragte er.

Sie holte Luft. »Clifford, ich habe zu tun. Wolltest du etwas Bestimmtes?«

»Ja. Dein Fotoapparat ist angekommen.« Er gab ihr eine Schachtel.

»Danke, Clifford. Gibt es noch etwas?«

»Oh ja. Und ob. Deine Abzüge werden bald zurückkommen.« Er machte noch immer keine Anstalten, sich zu verabschieden.

»Und?«

»Lass uns in den Hof gehen.«

Draußen herrschte eine Gluthitze, und Eliza begann zu schwitzen. »Ist dir in dem Leinenjackett nicht heiß?«

»Mach dir um mich keine Gedanken, altes Mädchen. Ich bin an die Hitze gewöhnt.«

Sie gingen zu einem ausladenden Flammenbaum und setzten sich auf die Bank darunter. Die Vögel schliefen jetzt. Man hörte nur das Wasser im Brunnen plätschern und die Schritte des Gärtners, der am anderen Ende des Hofes die Blumenbeete pflegte.

»Du fragst dich also, warum ich hier bin.«

Eliza schaute in den blauen Himmel auf und wäre gern gegangen. Sie wollte allein sein mit ihren Gedanken an Jay. Sie rief sich gern die gemeinsamen Momente vor Augen, und dann durchlief sie ein kleiner Schauder körperlicher Erinnerung. Allmählich wurde sie süchtig danach, die ganz intimen, erregenden Augenblicke noch einmal zu durchleben. Irgendwann würden sie es Laxmi erzählen müssen. Eliza war in ihre Gedanken vertieft, als Clifford etwas sagte, und im ersten Moment glaubte sie, sich verhört zu haben.

»Sag das noch mal.«

»Jayant Singh wird wahrscheinlich verhaftet werden.«

Sie wandte sich ihm zu und dachte, er scherze. Aber er grinste nicht. »Warum?«

Er runzelte das Kinn. »Wegen Anstiftung zum Aufruhr.«

»Sei nicht albern! Er ist fast so britisch wie du und ich.«

»Doch nicht da, wo es drauf ankommt.« Er klopfte sich an die Brust. »Im Herzen ist er durch und durch Inder. Wer erwischt wird bei der Verbreitung von aufwieglerischen Flugblättern, kann auf unbestimmte Zeit eingesperrt werden. Jeder. Ohne Widerspruchsrecht. Und bei einem Mitglied einer Fürstenfamilie hat das zur Folge, dass ihnen die Herrschaft entzogen wird.«

»Aber er würde so etwas nicht tun.« Ihre Augen brannten, und sie beschwor sich, jetzt bloß nicht zu weinen.

»Und das weißt du woher?«

»Ich weiß es einfach. Er ist anständig und ehrlich.«

»Mir scheint, du hast zu viel Zeit mit ihm verbracht.«

Sie versteifte sich. »Das geht dich nichts an.«

»Weiß seine Mutter davon?«

Eliza wandte den Blick ab, weil ihre Augen sie verraten würden.

»Also nicht. Sie wäre nicht besonders erfreut darüber.«

»Clifford, bitte, sag nichts. Ich bitte dich als Freund.«

Er bedachte sie mit einem einnehmenden Lächeln. »Wir werden sehen.«

Eliza hasste solche Floskeln. Mit »Lass mich darüber nachdenken« und »Ich werde mir das durch den Kopf gehen lassen« hatte ihre Mutter sie oft abgewiesen und ihr zu verstehen gegeben, dass sie unwichtig und ihre Wünsche belanglos seien. Eliza stand auf.

»Weißt du was, Clifford? Es ist mir piepegal. Tu, was du nicht lassen kannst.«

Er blickte zu den Jali-Gittern hinauf. »Man weiß nie, wer zusieht. Ich persönlich kann mir nicht vorstellen, warum jemand freiwillig in diesem Kasten wohnt. Gib den Zuschauern keinen Anlass zum Klatsch, Eliza. Beruhige dich und setz dich wieder hin. Ich bin nicht deshalb hergekommen.«

Darum hatte er also mit ihr in den Hof gehen wollen. Weil er wusste, dass sie ihm dann keine Szene machen konnte.

»Nun lächle und sei ein braves Mädchen.« Er klopfte neben sich auf die Bank. Sie holte bebend Luft und setzte sich, obwohl sie ihm lieber in das selbstgefällige Gesicht geschlagen hätte.

»Was hat Jay getan? Sag es mir.«

»Das kann ich noch nicht.«

»Du hast keinen Beweis, stimmt's?« Sie beobachtete seine Augen. »Überhaupt keinen.«

»Eliza, sei versichert, ich habe alles, was ich brauche, um deinen Prinzen für sehr lange Zeit hinter Gitter zu bringen.«

Trotz der enormen Hitze fröstelte sie plötzlich. Er blufft, dachte sie. Ihre Beklommenheit wuchs mit jedem Augenblick. Zuerst Indis Bemerkungen über Jays Affären und jetzt das. Aber sie konnte nicht glauben, was Clifford behauptete.

»Warum erzählst du mir solche Lügen, Clifford? Das wird mich auch nicht dazu bringen, dich mehr zu mögen.«

»Du musst mir Zugang zu seinem Arbeitszimmer verschaffen, wenn er nicht da ist. Kannst du das arrangieren? Geht das, ohne dass wir gesehen werden?«

»Warum?«

»Ich muss etwas nachprüfen.«

Sie kniff argwöhnisch die Augen zusammen. »Ich soll dir auch noch helfen, seine Schuld zu beweisen?«

»Das kann man so sehen. Aber du könntest dabei auch seine Unschuld beweisen.«

Sie schnaubte. »Und dass das eine erfundene Anschuldigung ist.«

»Ganz recht.«

»Wer hat ihn angezeigt?«

»Das darf ich dir nicht sagen.«

»Also gut. Mir bleibt wohl nichts anderes übrig. Obwohl ich nicht verstehe, was diese Intrige soll.«

»Hast du einen Schlüssel?«

Sie nickte.

»Er vertraut dir offenbar.«

Zwischen den dicken Mauern im Innern des Palastes war es kühler, doch das bedeutete jetzt für Eliza keine Erleichterung. Sie schloss Jays Arbeitszimmer auf und ging mit Clifford hinein. Er blickte sich nicht um, sondern setzte sich an den Schreibtisch und zog die Schreibmaschine zu sich heran. »Wo bewahrt er das Papier auf?«

»In der zweiten Schublade von oben. Warum?«

Statt zu antworten, nahm er sich ein Blatt Papier, steckte es in die Walze und drehte es ganz langsam nach oben. Eliza beobachtete ihn gereizt. Zog er die Situation etwa absichtlich in die Länge? Er tippte ein paar Sätze, zog das Papier aus der Maschine.

»Das sollte genügen.« Er stand auf und steckte das Blatt ein.

»Was hast du geschrieben?«

»Nichts von Bedeutung, ehrlich. Du kannst es dir ansehen.«

Er reichte es ihr. Da stand ein Unsinn über Kent, es sei der Garten Englands und dergleichen.

»Du stammst aus Kent?«

»So ist es.«

»Was hat Kent mit Jay zu tun?«

»Kent? Gar nichts. Und jetzt muss ich gehen.«

Eliza war verwirrt. »Aber du sagtest doch, du willst dir sein Arbeitszimmer ansehen.«

»Ich habe, was ich brauche. Vielen Dank.«

»Willst du mir nichts erklären?«

»Ein andermal.« Und damit winkte er ihr launig zu und ließ sie verwundert stehen. Hatte sie Jay nun geholfen oder ihm geschadet?

Als wäre das noch nicht genug, wurde sie am folgenden Tag zum Maharadscha gerufen. Als sie sein Empfangszimmer betrat, saß er auf einem kleinen Thron, Priya an seiner Seite. Ihm gegenüber standen Jay und Laxmi. Jays rebellische Haltung – breiter Stand, verschränkte Arme – verhieß nichts Gutes. Außerdem war auch Chatur anwesend. Er saß auf einem Stuhl an der Wand.

»Danke, dass Sie kommen«, sagte Anish. Er winkte Eliza näher, aber ohne ihr einen Platz anzubieten. Priya würdigte sie keines Blickes, und Jay nickte ihr lediglich zu. Laxmi wandte sich ab, doch Eliza sah ihre rot geweinten Augen. Was um alles in der Welt war hier los?

»Du nimmst es also auf dich?«, fragte Anish.
»Ja. Ich habe es allein getan«, sagte Jay.
»Und du, Mutter?«
»Ich …«
»Sie hatte nichts damit zu tun«, unterbrach Jay sie.
Laxmi schüttelte den Kopf, schwieg jedoch.
»Und wie bist du an den Tresorschlüssel gekommen, wenn deine Mutter dir nicht geholfen hat?«, fragte Priya in geringschätzigem Ton, wobei sie die Worte »deine Mutter« besonders betonte.

Jay sah zu Boden, bevor er antwortete, hob dann den Kopf und stellte sich Anishs zornigem Blick. »Ich wusste, wo sie ihn aufbewahrt.«

»Und wie war das bei der Verpfändung der Juwelen? Die mein Erbe sind, um es ganz klar zu sagen, nicht deins.«

Priya schnalzte mit der Zunge, aber Anish gebot ihr mit einer Geste zu schweigen. Hätten Blicke töten können, wäre es mit ihm vorbei gewesen.

Laxmi straffte die Schultern. »Ich habe das vorgeschlagen. Es ist nicht seine Schuld.«

Priya stand auf. »Sag das noch mal!«

Ihre Schwiegermutter blickte ihr hoch erhobenen Hauptes in die Augen. »Ich habe ihm den Schlüssel gegeben! Es war meine Idee, den Schmuck zu verpfänden. Die Bewässerung unseres Landes ist ausschlaggebend, wenn das Volk die nächste Dürre überleben soll. Du, Anish, hast die Hände in den Schoß gelegt. Dein Vater würde sich deiner schämen. Begreifst du nicht? Die Briten werden dich der Missregierung anklagen, wenn du nicht handelst, und dann verlieren wir alles.«

»Mutter!«, rief Anish schockiert.

»Mutter«, sagte auch Jay, doch bei ihm klang es traurig. »Ich kann nicht zulassen, dass du die Schuld auf dich nimmst.«

Priya setzte sich wieder. »Schick sie weg. Tu es, Anish.«

Laxmi wich keinen Zentimeter zurück. »Ich habe dich davor gewarnt, Anish. Du bist die Steuerreform nur unzureichend angegangen, einer gerechteren Regelung der Landbewirtschaftung hast du nicht zugestimmt. Das Volk wird sich gegen uns erheben, wenn wir nicht helfen. Du weißt, die Staatsbürgerkonferenzen sind nur dazu da, die Fürsten zu schwächen.«

Anish blickte auf seine Hände und spielte mit den Ringen, wovon er mindestens zwei an jedem Finger trug. Priya sah ihn so zornig an, dass Eliza ihn bemitleidete. Er war schwach, und seine Frau verachtete ihn dafür. Außerdem war er sehr weibisch, und Priya wirkte nicht wie eine befriedigte Frau.

»Willst du, dass die Bauern sich auf die Seite der Briten stellen?«, fragte Laxmi.

»Unsinn, Mutter. Du regst dich unnötig auf«, erwiderte Anish. »Und natürlich hast du keine Schuld am Diebstahl der Juwelen. Das ist Jays Werk, nicht deins.«

Priya schnaubte vernehmlich. »Wann wird der Schmuck wieder ausgelöst?«

»Wir mussten verlängern, weil der erste britische Geldgeber abgesprungen ist, aber wir haben neue gewonnen, und die Papiere sollen in ein paar Tagen unterzeichnet werden«, sagte Jay.

»Wie hoch sind deine Schulden?«

Jay schluckte sichtlich. »Es sind Tausende, Bruder, Tausende.«

Anish stotterte und wurde hochrot, dann fasste er sich an die Brust und wimmerte, als hätte er starke Schmerzen. Laxmi machte einen Schritt auf ihn zu, aber Priya hielt sie auf.

»Das ist schon vorgekommen«, sagte sie scharf. »Das geht vorbei. Der britische Arzt, den der Resident geschickt hat, war nutzlos. Dieser Mr. Hopkins riet meinem Mann nur, weniger zu essen und sich mehr zu bewegen. Wir wollten *Medizin*.«

»Du darfst dich nicht so aufregen, mein Sohn«, sagte Laxmi kopfschüttelnd.

Allmählich erlangte Anish seine normale Gesichtsfarbe zurück und sah wieder besser aus. Das war also der Grund, nicht irgendwelche Flugblätter, dachte Eliza. Clifford hatte wohl angenommen, Anish werde seinen Bruder wegen der Entwendung des Schmucks verhaften lassen. Und offenbar musste man das tatsächlich befürchten. Sie verstand nur nicht, warum Clifford auf der Schreibmaschine getippt hatte, und wenn es um den Schmuck ging, warum hatte er dann von Aufwiegelung gesprochen?

Anish zeigte mit dem Finger auf Jay. »Ich mache dich dafür verantwortlich, dich allein. Was weiß eine Frau schon von solchen Dingen? Wenn der Schmuck bis zum Ende der Woche ausgelöst ist, werde ich über die Sache hinwegsehen. Wenn nicht, werde ich dir dein Land entziehen. Ist das klar?«

Eliza hielt den Atem an. Jay nickte knapp und fragte dann: »Warum hast du Eliza herrufen lassen?«

»Weil sie die Sache angefangen hat«, antwortete Priya.

Anish ignorierte sie. »Ich habe dazu ein Schriftstück aufsetzen lassen. Sie soll als Zeugin unterschreiben. Chatur ebenfalls.«

Eliza hatte den Wortwechsel nervös verfolgt, jetzt atmete sie auf. Die Verträge mit den neuen Geldgebern brauchten nur noch unterzeichnet zu werden, und alles wäre gut. Sie blickte Jay fragend an. Er nickte nur und sah dann weg.

Chatur jedoch bedachte Eliza mit einem Lächeln, bei dem ihr kalt wurde.

26

Eliza hielt am Fenster Ausschau nach dem Kurier, der ihr die fertigen Fotos aus Delhi bringen würde. Sie liebte diese Aussicht. Die Affen sprangen zwischen den Bäumen hin und her, und das Panorama der vergoldeten Stadt mit ihren Flachdächern war atemberaubend schön wie immer. Die würfelförmigen Häuser standen bis dicht an die Festungsmauer und schimmerten in der Hitze, und am hellgrauen Himmel kreisten Schwärme grüner Sittiche.

Sie bemerkte einen Wagenkonvoi, der den Hügel herauffuhr. Als das vorderste Fahrzeug hupte und anhielt, stiegen Clifford und ein weiterer Mann aus, beide in förmlichen dunklen Anzügen. Dem zweiten Wagen entstiegen zwei britische Offiziere, die sich die Stirn mit weißen Taschentüchern abtupften. Wer immer in dem dritten Fahrzeug saß, er blieb darin sitzen. Eliza sah noch zu, wie die Männer in den Palast verschwanden, dann stutzte sie und rannte die Haupttreppe hinunter, so hastig, dass sie auf den letzten drei Stufen beinahe gestürzt wäre.

In der Eingangshalle war niemand und auch nicht im vorderen Hof. Tatsächlich war es ringsherum sonderbar still. Sie setzte sich auf eine Schaukel in der Nähe des stark duftenden Jasminstrauches und horchte auf Stimmen. Kochdünste zogen bereits in den Hof: Ingwer, Kardamom, Koriander. Da sie in Rajputana zu bleiben gedachte, hatte sie sich an die kräftigen Gerüche des Landes schon gewöhnt.

Jay und sie hatten nicht über die Zukunft gesprochen, außer dass sie jetzt dafür sorgen mussten, den ersten Bauabschnitt rechtzeitig fertigzustellen, und das würde wohl passieren, sobald die Verträge unterzeichnet waren. Außerdem würden sie zusammen nach Udaipur fahren, wie Jay versprochen hatte, weil dort am besten zu beobachten war, wie sich der Himmel violett färbte und die Wolken sich vor dem Regen auftürmten. Während sie sich das vorstellte, schloss sie die Augen und öffnete sie gerade, als Jay zwischen den beiden Offizieren auf das Tor zuging. Eliza erstarrte. Er hielt sich sehr gerade, den Kopf erhoben, jeder Zentimeter ein Fürst. Im nächsten Moment sah er sich zu ihr um und gab ihr zu verstehen, sie solle sich keine Sorgen machen, und sofort packten ihn die Offiziere bei den Ellbogen. Es war extrem erschütternd, das mitanzusehen. Es konnte kein Zweifel daran bestehen, dass es sich um eine Verhaftung handelte. Eliza drehte sich um und sah Laxmi unglücklich neben einer triumphierenden Priya stehen. Eliza lief zu ihnen.

»Können wir nichts dagegen unternehmen?«, fragte sie Laxmi.

»Wir können auf die Götter vertrauen.«

Eliza blickte sie entgeistert an. »Das ist verrückt. Wir müssen doch etwas tun können. Ich werde mit Mr. Salter reden. Ich bin sicher, er wird helfen.«

»Es ist Ihr Mr. Salter, der meinen Sohn verhaften lässt.«

»Aber Anish sagte doch, er wird noch bis zum Ende der Woche warten. Jay muss morgen zur Unterzeichnung der Verträge nach Delhi fahren. Das kann er nicht, wenn er in Haft sitzt! Warum will Anish nicht mehr warten?«

Laxmi biss sich auf die Unterlippe. »Die Verhaftung hat nichts damit zu tun. Meinem Sohn wird versuchte Sabotage vorgeworfen. Er soll aufwieglerische Flugblätter gegen die Briten verfasst haben, um eine Rebellion anzuzetteln.«

Eliza riss die Augen auf. »Das ist vollkommen lächerlich! So etwas würde er nie tun. Und was soll er überhaupt sabotiert haben?«

»Sein eigenes Bewässerungsprojekt.«

Eliza hätte beinahe gelacht. »Das sind völlig unsinnige Vorwürfe. Das muss Ihnen doch klar sein. Ich werde einschreiten.«

Und damit wandte sie sich ab, um den Offizieren und Jay hinterherzulaufen, doch Laxmi hielt sie am Ärmel fest. »Machen Sie uns jetzt nicht zum Gespött der Leute.«

Eliza schäumte. »Mehr ist Ihnen nicht wichtig? Sie wollen das einfach so hinnehmen?«

»Für den Augenblick. Wenn Sie ihnen hinterherrennen, spielen Sie ihnen nur in die Hände. Wahren Sie Würde und lassen Sie sich Zeit zum Nachdenken. Sie haben noch viel zu lernen. Und nun kommen Sie mit mir.«

Eliza ließ die höhnisch lächelnde Priya stehen und verließ mit Laxmi den Hof. In den Frauengemächern angekommen, führte Laxmi sie in ihr Wohnzimmer. Sie setzte sich jedoch nicht, sondern läutete und schritt dann auf und ab. Eliza wollte ihr tausend Fragen stellen, aber aus Respekt hielt sie sich zurück. Es war extrem ungewöhnlich, dass ein Mitglied einer Fürstenfamilie verhaftet wurde, und Jays Mutter musste schrecklich besorgt sein. Oder sehr zornig. Vermutlich beides. Darum wartete Eliza zunächst ab, was Laxmi sagen würde. Nach zehn Minuten wurde ihnen Tee gebracht, und dann erst setzten sie sich hin.

»Ich dachte, Sie hätten einen guten Einfluss auf meinen Sohn, doch das ist nun dabei herausgekommen!«

Eliza war verblüfft. »Sie geben mir die Schuld daran?«

»Sie erinnern sich noch, dass ich sagte, Mr. Salter sei ein geeigneter Ehemann für Sie?«

»Das kam für mich nie infrage.«

Laxmi ignorierte das und führte ihren Gedankengang fort. »Sie werden sich auch erinnern, dass ich für meinen Sohn schon eine höchst passende Frau gefunden habe?«

Einen Moment lang starrte Eliza sie mit offenem Mund an. »Sie wollen wirklich über Heiraten reden, während Jay wie ein gemeiner Dieb aus dem Palast gezerrt wird?«

»Er wurde nicht gezerrt. Lassen Sie uns bei den Fakten bleiben.«

Und wieder musste sich Eliza einen Vortrag darüber anhören, welche Verbindung Jay eingehen sollte und wie es sich auswirken würde, wenn er unter seinem Stand heiratete.

»Liegt Ihnen Jays Glück nicht am Herzen?«, fragte Eliza dann.

Laxmi lächelte. »Romantische Liebe vergeht so rasch wie das Leben einer Libelle. Die gleiche Herkunft ist es, was eine Ehe stabil macht. Zu viele Unterschiede schwächen sie.«

»Der Unterschied zwischen Jay und mir ist gar nicht so groß.«

»Aber groß genug. Mein Sohn denkt vielleicht, dass er Sie liebt ...«

»Das hat er gesagt?«

Laxmi antwortete nicht darauf. »Nun, was immer er jetzt zu fühlen glaubt, beruht auf Lust, nicht auf Liebe.«

»Woher wollen Sie das wissen?«

»Das habe ich am eigenen Leib erfahren.«

Eliza holte scharf Luft und atmete langsam aus. »Könnten wir bitte nicht jetzt darüber sprechen? Es ist doch viel wichtiger, was wir wegen seiner Verhaftung unternehmen wollen.«

»Beides hängt miteinander zusammen, meine Liebe.« Laxmi sah ihr ins Gesicht. »Mr. Salter hat Beweise, fürchte ich. Er hat mir ein Flugblatt gezeigt, das auf Jays Schreibmaschine geschrieben wurde. Der Buchstabe J bleibt hängen und sitzt höher als die anderen.«

»Er würde niemals so etwas schreiben. Vielleicht war jemand anders an der Maschine.«

»Das mag schon sein, doch erst einmal wird Jayant angeklagt, und der Schaden ist angerichtet.«

»Aber das ist ungerecht!« Eliza war den Tränen nahe.

»Die Welt ist nun einmal ungerecht, meine Liebe. Doch es freut mich, dass Sie meinem Sohn vertrauen. Nun habe ich mir einen Ausweg überlegt. Wenn ich Ihnen sage, was Sie tun sollen, werden Sie sich Punkt für Punkt daran halten?«

»Natürlich. Ich würde alles tun, damit Jay freigelassen wird.«

»Aber es wird Ihnen nicht gefallen.«

Eliza fiel alles Mögliche ein, was Laxmi verlangen könnte, doch sie nickte. »Das ist mir egal. Sagen Sie es.«

»Sie werden es schnell tun müssen, denn Priya will Anish überzeugen, Sie aus dem Palast zu verbannen. Sie und Chatur sind im gleichen Maße engherzig und verbissen. Beide wollten Sie hier von Anfang an nicht haben und glauben, Sie hätten einen schlechten Einfluss auf Jayant. Und ich muss zugeben, ich bin geneigt, ihnen ausnahmsweise einmal zuzustimmen.«

Es folgte ein kurzes Schweigen, bei dem Eliza das Gesagte noch in sich aufnahm.

»Nun, ich möchte, dass Sie mit Mr. Salter sprechen ... und vielleicht noch ein wenig mehr tun.«

Eliza starrte Laxmi an, während die ihr auseinandersetzte, worin der Ausweg bestehen sollte. Danach war Eliza sprachlos. Das konnte doch nicht ihre einzige Möglichkeit sein!

Erschüttert und entsetzt begab sie sich in ihr Zimmer, um darüber nachzudenken. Immer wieder trat sie ans Fenster, richtete den Blick in die Ferne und fragte sich, wie es so weit hatte kommen können. Sie dachte an jeden einzelnen Moment, den sie mit Jay verbracht hatte. Eliza war sich sicher, dass er ihre Liebe erwiderte. Seine Zärtlichkeit und Leidenschaft waren für sie neu und kostbar. Sie wünschte sich nichts anderes, als ihr Leben an seiner Seite zu verbringen, obwohl sie nicht erwartet hätte, jemals so zu empfinden. Sie hatte ihr Leben dem Beruf widmen wollen. Aber Jay und sie fühlten sich zusammen wohl, konnten entspannt miteinander schweigen, und zugleich herrschte eine Spannung zwischen ihnen, die ihr Verhältnis aufregend machte. Diese Spannung war manchmal so intensiv, dass sie sich liebten, als wollten sie einander zerreißen, und sie schien dem überwältigenden Verlangen zu entspringen, in die Seele des anderen einzudringen, um mit ihm eins zu werden, auf die einzige Weise, die sie kannten. Und manchmal waren sie miteinander liebevoll sanft, und Eliza war auf lässige Art im Einklang mit ihrem Körper, etwas, das sie vorher noch nie erlebt hatte.

Irgendwann legte sie sich nackt auf ihr Bett. Nein, es war nicht nur Lust, was Jay zu ihr trieb, das wusste sie jetzt. Das hatte er außerdem selbst gesagt. Und sie schienen schicksalhaft miteinander verbunden zu sein.

Aber dann fiel ihr plötzlich ein, was er über Indien gesagt hatte. Er wollte ein freies Indien, in dem die Inder regierten. Sollte er doch das aufrührerische Flugblatt verfasst haben?

Gerade als sie das dachte, klopfte es an der Tür, und Eliza schreckte zusammen – ertappt bei ihren illoyalen Überlegungen. Sie war versucht, nicht zu reagieren, aber da es Neuigkeiten über Jay sein konnten, warf sie sich den Morgenmantel über und ging an die Tür.

»Indi?«, sagte sie erstaunt. »Sie sehen schrecklich aus. Ist etwas mit Jay?«

Indira schüttelte den Kopf. Ihre Augen waren vom Weinen gerötet. »Nein. Meine Großmutter ist wieder krank, und ich muss zu ihr. Sie braucht mich ...«

»Das tut mir sehr leid.«

»Aber ich komme nicht deswegen. Ich habe etwas für Sie.« Sie gab Eliza einen Brief.

Sowie Indi gegangen war, schaute Eliza auf den Poststempel. Der Brief kam aus England, doch die Handschrift war nicht die ihrer Mutter.

Sie riss ihn auf. Er war von James Langton.

Meine liebe Eliza,

ich habe es nie für vernünftig gehalten, dass Du Deine Zelte hier abbrichst und Deine Mutter allein lässt, obwohl sie Dich braucht. Während Du auf die andere Seite der Welt gereist bist (auf eine Laune hin, möchte ich hinzufügen), war ich selbst mehrere Monate lang in wichtigen Geschäften unterwegs.

Bei meiner Rückkehr stellte ich fest, dass Deine Mutter einen

Schlaganfall erlitten hatte. Sie befindet sich jetzt im Krankenhaus und wird behandelt. Die Ärzte glauben, es sei nicht ihr erster gewesen.

Eliza, ich bedaure, das sagen zu müssen, aber die Anzeichen dafür waren da. Das undeutliche Sprechen kam vielleicht doch nicht von dem Gin, wie Du annahmst. Nach dem frühen Tod Deines Mannes hättest Du wirklich bei ihr bleiben und Dich um sie kümmern müssen. Ich habe nun alles getan, was ich kann. Du musst sofort heimkehren, entweder um sie zu pflegen, falls sie überlebt, oder um ihr Begräbnis zu organisieren.

Ich selbst werde in Kürze heiraten und kann Deine Mutter nicht länger unterstützen.

Mit freundlichem Gruß
James Langton

Ein schneidender Schmerz in der Brust machte Eliza das Atmen fast unmöglich. Zu ihren Schuldgefühlen wegen ihres Vaters und Olivers kam nun auch noch dies. Sie war eine schlechte Tochter, dass sie ihre Mutter in solch einer Lage allein ließ. Eliza kam sich erbärmlich vor. Ihre arme Mutter musste schrecklich einsam sein und Angst haben. Selbstverständlich würde Eliza zurückkehren und sich in ihren letzten Tagen um sie kümmern. Da gab es gar keine andere Wahl.

Dennoch dachte sie daran zurück, wie sehr sie seinerzeit versucht hatte, auf ihre Mutter einzuwirken, damit sie nicht mehr so viel trank. Sie hatte die Flaschen versteckt, Anna überwacht, war nachts aufgeblieben und hatte sie hektisch nach Schnaps suchen hören. Es nützte alles nichts. Anna Fraser war unwiderruflich auf dem Weg der Selbstzerstörung. Und woher sollte sie auch die Kraft nehmen, das Trinken aufzugeben, wenn sie in ihrem Leben nichts anderes hatte? Sie wollte damit ihre Einsamkeit und ihre inneren Dämonen fernhalten. Das sah Eliza durchaus, und auch in ihren schwärzesten Momenten war ihr eigentlich klar, dass die Trinksucht eine Krankheit des Körpers und der Seele war. Dafür gab es keine medizinische Hilfe. Ihre Mutter würde an ihrer Sucht zugrunde gehen, während der Rest der Welt zusah und sie rückgratlos nannte. Eliza hatte sie damals auch für schwach gehalten, für eine instabile, launenhafte Trinkerin, mit der schwer auszukommen war.

Aber vielleicht war ihr Ehemann daran nicht unschuldig gewesen. Vielleicht hatte Anna nicht gelogen, und es war gar nicht sein Tod, was sie aus der Bahn geworfen hatte, sondern seine Untreue. *Und noch mehr.* Was immer das sein mochte.

Eliza ging an ihren Schrank. Der Geruch nach Mottenkugeln stieg ihr in die Nase. Sie befühlte das Seidenkleid, das Clifford ihr geschenkt hatte. Es war schön. Es stand ihr perfekt. Als sie den Brief zum zweiten Mal las, wurde ihr klar, dass sie in einer Traumwelt gelebt hatte. Sie sah Jay vor sich und schüttelte den Kopf. Obgleich sie sich hin- und hergerissen fühlte zwischen dem Mann, den sie liebte, und ihrer todkranken, einsamen Mutter, kannte sie ihre Pflicht. Noch einmal schaute sie aus dem Fenster über die Stadt, dann begann sie zu weinen.

27

Eliza hatte kaum geschlafen, und am Morgen stand ihr bevor, wozu sie sich durchgerungen hatte. Am Ende konnte sie nur noch dieses eine für Jay tun, bevor sie nach England abreiste. Schweren Herzens würde sie Laxmis Bitte erfüllen. Eliza zog sich ein tailliertes Kleid mit kleinem Kragen an und steckte sich die Haare hoch. Danach stieg sie in ihre guten Pumps mit den hohen Absätzen, legte etwas Rouge und Lippenstift auf, tupfte sich die letzten Tropfen ihres Chanel No. 5 hinters Ohr und nahm all ihren Mut zusammen.

Sie hatte einen Wagen angefordert. Als sie am Tor wartete, dachte sie an die vergangenen Monate im Palast zurück, an den Augenblick ihrer Ankunft, als sie nervös und unsicher in die Zukunft geblickt hatte, bis zu dem Moment, wo Jay abgeführt worden war. Es hatte Höhen und Tiefen gegeben. Vor allem anderen würde sie sich aber an die Lebensfreude erinnern, die sie vorher nicht für möglich gehalten hatte. Und doch stand sie jetzt hier, und nichts hatte sich wirklich geändert.

Der Wagen kam, und früher, als ihr lieb war, wurde Eliza vor der Residentur abgesetzt. Bevor sie klopfte, schaute sie die Straße entlang. Das war ein elegantes Viertel mit vielen Havelis, wo die reichen Kaufleute wohnten und wo einige britische Häuser, die von üppig blühenden, duftenden Gärten umgeben waren, ihren Platz behaupteten. Eliza atmete einmal tief durch. Wenn sie leise klopfte, würde der Butler sie nicht hören, und sie könnte sich drücken. Sie wollte die Uhr zurückdrehen zu den Tagen, die sie mit Jay in seinem Palast verbracht hatte – zu den glücklichsten Tagen ihres Lebens –, doch es gab kein Zurück. Gab es nie, gleichgültig, wie sehr man fluchte oder flehte, weil das Leben diesen und keinen anderen Weg genommen hatte. Und das war nun ihr Weg, nach all dem würde sie das nun tun müssen. Sie klopfte nicht leise, sondern energisch. Welchen Sinn hätte es, das Unausweichliche hinauszuzögern?

Nachdem der Butler sie auf die schattige Veranda hinter dem Haus geleitet hatte, setzte Eliza sich kerzengerade in einen Sessel und brachte ihre Gefühle unter Kontrolle. So sah sie den Vögeln zu, die auf dem Weg im Kies pickten, und schaute in die blauen Himmelsflecken zwischen den Ästen eines Flammenbaums. Der Garten war ein Blumenmeer. Sie fragte sich, woher Clifford so viel Wasser bekam, um ihn so grün zu halten. Es wehte kaum Wind, und ihr wurde allmählich heiß. Eliza drehte den Kopf zur Tür. Sollte sie kurzerhand ins Haus gehen? Dort würde zumindest ein Ventilator für Luftbewegung sorgen.

Der Butler brachte einen Krug mit Eiswasser und Zitronenscheiben und zwei Gläser.

»Mr. Salter wird gleich da sein«, sagte er mit einer leichten Verbeugung.

Sie hörte Schritte und sah Clifford kommen. Er war reichlich rot im Gesicht.

»Verfluchte Hitze«, sagte er und setzte sich ihr gegenüber. »Wir trinken ein Glas und gehen ins Haus, wenn es dir nichts ausmacht.«

»Sehr gern.«

Einige Minuten vergingen in Schweigen. Eliza genoss das kalte Glas in ihrer verschwitzten Hand. Am liebsten hätte sie es sich an die Stirn gedrückt, denn da kündigten sich Kopfschmerzen an. Aber die kamen nicht nur von der Hitze, sie hatte auch einen völlig verspannten Nacken. Würde sie sich wirklich überwinden können? Ihr Körper sandte ihr Fluchtsignale, doch sie ermahnte sich, ruhig sitzen zu bleiben, und hoffte, der innere Aufruhr sei ihr nicht anzumerken.

»Wollen wir?« Er stand auf und reichte ihr eine Hand.

Sie nickte und ließ sich von ihm in das kleine Wohnzimmer führen, wo sie einmal gewartet hatte.

Als er sie einlud, Platz zu nehmen, setzte sie sich in einen Sessel, aber die weichen Polster und Kissen verschluckten sie fast. Ein Fehler, dachte sie und schob sich nach vorn bis an die Sitzkante. Es war wichtig, aufrecht zu sitzen, um die Fassung zu wahren.

»Der Sommer wird übel, nicht wahr?«, bemerkte sie.

»Nun, ich habe dir angeboten, nach Shimla zu gehen«, entgegnete er gleichmütig.

»Ich weiß.«

Darauf entstand ein unbehagliches Schweigen, das sich in die Länge zog. Eliza dachte über passende Formulierungen nach. Schließlich entschied sie, es einfach auszusprechen.

»Clifford.« Sie schluckte ein paarmal hastig. Das war der Moment. Es gab kein Zurück. »Ich möchte auf dein Angebot zurückkommen, wenn es noch steht.«

Er runzelte die Stirn.

»Ich meine damit ...«

»Ich denke, ich weiß, was du meinst.«

»So?«

Er wirkte perplex, und Eliza dachte, sie käme vielleicht zu spät. Sie sah ihn an, konnte seine Miene jedoch nicht deuten.

»Clifford, ich will damit sagen, dass ich deinen Antrag annehme.« Sie hielt kurz inne. »Wenn du mich haben willst.«

Noch immer sprachlos, schaute er sie an, doch dann lächelte er. »Ich wusste, du würdest es dir noch anders überlegen, altes Mädchen.«

Innerlich zuckte sie bei dem Ausdruck zusammen, versuchte aber, sich nicht anmerken zu lassen, wie sehr er ihr missfiel.

Clifford stand auf und trat zu ihrem Sessel, wo sie steif, verspannt und traurig saß. Er schien davon nichts zu bemerken, sondern streckte ihr die Hand hin. Eliza ließ sich von ihm hochziehen. »Du machst mich zu einem sehr glücklichen Mann. Ich werde dich nicht enttäuschen.«

Kurz senkte sie den Kopf, dann blickte sie auf und schaute ihn an. Ihre Kehle war wie zugeschnürt. Würde sie klar sprechen können oder nur krächzen? Leicht verwirrt blinzelte er. Er ahnte wohl, dass noch etwas auf ihn zukam.

»Geht es um deine Mutter? Wir können sie herholen, wenn du möchtest. Es würde aber auch nicht allzu lange dauern, bis ich eine Schiffspassage nach London bekommen kann. Was immer du möchtest. Dein Wunsch ist mir Befehl. Sag es nur.« Er strahlte sie überglücklich an, als wollte er sich diesen Moment durch nichts verderben lassen. »Du hast mich zum glücklichsten Mann der Welt gemacht.«

Er neigte sich näher zu ihr, um sie zu küssen, aber Eliza schüttelte den Kopf und trat schuldbewusst einen Schritt zurück. Sie schluckte und räusperte sich. »Ich fürchte, da gibt es eine Bedingung.«

Draußen schrie eine Eule, auf Hindi »Ullu« genannt. Der treffendste Name für den Vogel, dachte sie. Sonderbar, was einem Menschen in solchen Augenblicken durch den Kopf ging! Sie riss sich zusammen und hob den Blick.

»Ich will dich heiraten, doch dafür musst du Jay freilassen, und zwar ohne die geringste Verleumdung und ohne Nachspiel. Die Anklagen gegen ihn müssen fallen gelassen werden, und du musst mir versichern, dass er nicht noch einmal verhaftet wird.«

»Ich bin hoch erfreut, dass du dich entschieden hast, dein Leben nicht für einen Inder wegzuwerfen. Aber Eliza, du machst es mir sehr schwer.«

Sie schluckte. »Das tut mir leid.«

Clifford schüttelte den Kopf. »Ich muss darüber nachdenken.«

»Dazu ist keine Zeit. Jay muss heute noch freigelassen werden. Er muss nach Delhi und mit seinen Geldgebern die Verträge unterschreiben. Wenn das nicht klappt, verliert er alles, und aus der Bewässerungsanlage wird nichts.«

»Er bedeutet dir sehr viel, nicht wahr?«

»Ja, aber das Projekt auch. Er will Gutes bewirken, Clifford, das musst du doch sehen. Sein Bruder hat nichts für die Menschen getan, und als ich Jay zum ersten Mal traf, schien er kein Ziel im Leben zu haben. Jetzt hat er eines, und es ist ein gutes. Du weißt, dass er sein Projekt nicht selbst sabotieren würde. Das ist doch Unsinn.«

»Und die Flugblätter?«

Eliza überlegte und kam zu dem Schluss, dass nur Chatur dahinterstecken konnte.

»Ich meine, er wurde hereingelegt. An deiner Stelle würde ich mir mal Chatur vornehmen.«

»Würdest du dein Leben darauf verwetten?«

»Das würde ich.«

»Und du willst mich heiraten, damit Jay freigelassen wird.« Nach kurzem Zögern sah er ihr in die Augen. »Eliza, ich habe eine Frage an dich.«

Sie nickte.

»Meinst du, du wirst mich irgendwann lieben können?«

Eliza sah die Traurigkeit in seinen Augen und stellte sich ihr, doch nach der Zeit mit Jay war es ihr unmöglich, Ja zu sagen. »Ich kann versprechen, es zu versuchen.«

»Nun, vielleicht muss das genügen. Ich werde noch einmal mit ihm reden müssen, aber betrachte Prinz Jayant als freien Mann. Dir ist klar, dass dieses Arrangement unter uns bleiben muss? Du darfst mit niemandem darüber sprechen. Mein Ruf wäre ruiniert. Verstehst du das?«

»Natürlich.«

»Es ist mir ernst, Eliza. Du darfst es nicht einmal Jayant erzählen.«

Sie nickte.

Er ging in sein Büro, um zu telefonieren, und nachdem er die Freilassung arrangiert hatte, kam er zu Eliza zurück.

»So«, sagte er. »Wie steht es jetzt mit einer Reise nach Shimla? Nur wir beide? Wir können übermorgen aufbrechen, wenn dir das passt.«

»Clifford, ich muss nach England. Ich breche auf, sowie ich gepackt habe.«

Er runzelte die Stirn.

»Du meine Güte! Bei alldem habe ich völlig vergessen, es dir zu erzählen. Meine Mutter liegt im Krankenhaus, sie hatte einen Schlaganfall. Mir bleibt keine andere Wahl. Sie hat niemanden außer mir.«

Er war enttäuscht, nickte aber. »Natürlich.«

»Ich hoffe, ich kann schon Fotos abholen, bevor ich in Delhi in den Zug steige.«

»Einige sind auf dem Weg hierher, soviel ich weiß, doch du kannst dort nachfragen. Es sind auch noch einige Platten hier. Ich werde für dich buchen, und lass mich die Kosten für eine Kabine der Ersten Klasse auf der *Viceroy of India* übernehmen. Sie ist das schnellste Schiff. Fahr sofort nach Delhi. Die Tickets werden dir ins Hotel gebracht. Du kennst das *Imperial*?«

»Ja, ich bin bisher nicht dort abgestiegen.«

»Die Rechnung übernehme ich. Du brauchst nur auf die Tickets zu warten. Es könnte ein paar Tage dauern. Ich telegrafiere der Schifffahrtsgesellschaft.«

»Ich kann das unmöglich alles annehmen.«

»Ich bestehe darauf. Und wenn du zurückkommst, werden dich die Hopkins sicher einladen, bis zur Hochzeit bei ihnen zu wohnen. Hast du eine Ahnung, wie lange du in England bleiben wirst?«

»So lange, wie es nötig ist, nehme ich an.«

»Ich habe etwas für dich.« Er ging an eine Schublade des Mahagonischreibtischs gegenüber der Tür und kam mit einem Samtkästchen zurück. »Ich hoffe, er passt.«

Sie klappte den Deckel auf und nahm den Ring heraus, einen goldenen mit Diamanten und Rubinen.

»Er hat meiner Mutter gehört. Gefällt er dir?«

Sie nickte und ließ ihn sich anstecken. Das Brennen in ihren Augen ignorierte sie kurzerhand.

»Ich lasse eine Anzeige in die *Times* setzen«, sagte er. »Im

Augenblick steht kein Wagen zur Verfügung. Macht es dir etwas aus, den Zug zu nehmen?«

Sie schüttelte den Kopf, und Clifford schien nicht zu bemerken, dass sie sich am liebsten in eine Ecke verkrochen hätte, um zu sterben.

28

Mai

Clifford war doch ein anständiger Mann, wenn auch nicht sonderlich sensibel. Ihm war nicht aufgefallen, wie elend sie sich fühlte, als sie seinen Heiratsantrag annahm. Oder vielleicht war es ihm aufgefallen, und er hatte es nur nicht zur Kenntnis nehmen wollen. Clifford war stets mit seiner Sicht der Dinge zufrieden, die von seiner unbeugsamen Haltung in allen Fragen Indiens bestimmt wurde. Eliza war gewillt, mit ihm zurechtzukommen, aber was, wenn sie jedes Mal ein bisschen unglücklicher wurde, wenn er sie berührte? Sie versuchte, sich zu trösten, so als könnte sie ihre wahren Gefühle permanent übergehen. Vielleicht würden sie Kinder bekommen. Sie könnte Mutter sein und ihren Kindern ein angenehmes Leben bieten. Das musste doch etwas wert sein. Und das Fotografieren brauchte sie auch nicht aufzugeben.

Aber ihre Seele schrie nach der Leidenschaft und Freude, die sie mit Jay erlebt hatte. Es war, als hätte sie durch eine offene Gefängnistür ins Paradies geschaut, die ihr dann vor der Nase zugeschlagen wurde. Vielleicht hätte die Euphorie nicht lange angehalten, doch das würde sie nicht mehr erfahren. Während Eliza ihre Habseligkeiten zusammenpackte, die sie in England brauchen würde, war ihr die Brust eng. Sie wünschte, sie könnte die Erinnerung an Jays Berührungen, seine Küsse, seine Stimme, die ihr Herz höher schlagen ließ, auch irgendwie wegpacken. Das war nicht möglich. Was sie für ihn empfand, ließ sich nicht beiseiteschieben, und der Duft von Sandelholz und Limetten würde sie für alle Zeit an ihn erinnern. Sie würde immer seine schönen Augen vor sich sehen. Wie naiv zu glauben, es könnte für sie eine Zukunft mit Jay geben!

Sie tröstete sich damit, dass sie Laxmi nicht enttäuscht hatte und Jay wenigstens sein Projekt zu Ende führen würde. Als sie das dachte, hörte sie es leise an der Tür klopfen.

Laxmi kam herein. Es war das zweite Mal, dass sie Eliza in ihrem Zimmer besuchte. Sie streckte ihr beide Hände entgegen. »Ich werde immer in Ihrer Schuld stehen, Eliza.«

Eliza schluckte den Kloß im Hals hinunter und nickte nur. Da sie ihr nicht zeigen wollte, wie einsam sie sich fühlte, ging sie ihr nicht entgegen, sondern blickte zu Boden.

»Ich weiß genau, wie schwer es Ihnen gefallen ist.«

Eliza blickte auf. »Sie haben ja keine Ahnung.«

»Doch, durchaus. Sie haben etwas vollkommen Selbstloses getan. Sie haben meinen Sohn befreit, und kein anderer hätte das vermocht.«

»Mir blieb nichts anderes übrig.«

»Mag sein. Trotzdem hätte das nicht jede getan. Sie haben Ihren wahren Wert als Frau gezeigt. Lägen die Dinge anders, würde ich Sie mit Stolz meine Schwiegertochter nennen. Meine Tochter.«

Elizas Tränen quollen über, und ihre Stimme ließ sie im Stich, als sie antworten wollte.

»Manchmal wird man im Leben vor unmögliche Entscheidungen gestellt. Sie empfinden sehr viel für meinen Sohn und er für Sie, das weiß ich«, fuhr Laxmi fort, »aber Sie verstehen hoffentlich, dass ich als Mutter Pflichten habe.«

»Danke für Ihre Unterstützung in all der Zeit«, sagte Eliza schließlich mit belegter Stimme. Sie bewunderte Laxmi, und doch war sie es, die sich zwischen Jay und sie, Eliza, stellte.

»Ich bedaure sehr, dass es für Sie nicht glücklicher endet.«

»Ich fahre nach England. Meine Mutter ist schr krank.«

»Dann wünsche ich Ihnen eine gute Reise, und ich werde an Sie denken. Eines Tages werden Sie meinen Standpunkt vielleicht noch verstehen.«

Eliza konnte nicht antworten.

»Kommen Sie her zu mir.«

Eliza tat es, und Laxmi nahm sie in die Arme. Gerade als sie dachte, ihre Tränen wären versiegt, flossen sie von Neuem.

Am Nachmittag stieg Eliza in den Zug, um über Nacht nach Delhi zu fahren. Im Abteil war es unerträglich heiß, und es war voll besetzt mit Einheimischen. Sie fürchtete die Macht der Briten über die Inder und wollte daran keinen Anteil haben, und dennoch würde sie Clifford heiraten. Sie würde eine von ihnen werden und ihre Meinung für sich behalten müssen. Immer mehr kam sie zu der Ansicht, dass die Briten das Land verlassen sollten. Sie hoffte nur, es würde ohne Blutvergießen vonstatten gehen. Aber der Rückzug würde kommen, dessen war sie sicher. Denn die Entwicklung ließ eigentlich kaum noch etwas anderes zu.

Ihr Kleid war bereits durchgeschwitzt, und sie musste sich in einem fort die Stirn wischen. Eliza zog ihren Verlobungsring aus, weil ihr die Finger anschwollen. Zumindest rechtfertigte sie es damit. Um diese elend langsame Zugfahrt in der Enge des Abteils besser zu ertragen, dachte sie an die schönen Fotos, die sie bisher gemacht hatte. Das würde ihr niemand mehr nehmen können.

Nach und nach sah sie alle Szenen vor sich: als Erstes das einfache Zeltlager bei ihrer ersten Fahrt mit Jay, die Männer, die am frühen Morgen, in Decken gehüllt, im Schneidersitz am Feuer saßen; die Teiche, an denen die Knaben ihre Büffel hüteten; der See im Morgengrauen und in der Abenddämmerung; die Gesichter rajputischer Männer und ihrer Kamele; die prächtigen Farben des Palastes; der erleuchtete Palast bei Dunkelheit; die Lichteffekte in den Wasserbassins der Gärten; die Sittiche und Libellen; die Konkubinen beim Bürsten ihrer Haare; der majestätische Gang der Inderinnen; die Basare; die Kinder; der endlose Himmel; die Porträts der Fürstenfamilie; Indi mit ihren wissenden Augen, die schon alles gesehen zu haben schienen.

Dann dachte Eliza an den Monsunregen, der bald fallen

würde, und war unglücklich, weil sie das dunkle Zwetschgenblau des Himmels und den prasselnden Wolkenbruch nicht erleben würde. Sie hatte sich auf Udaipur gefreut, auf die Seen vor der Kulisse des Aravelligebirges und auf die hoch gelegene Festung, von der sie alles beobachtet hätten. Sie hätte nie gedacht, dass sie Indien vorher verlassen würde, und doch saß sie jetzt im Zug. Auf dem Heimweg nach England. Sie hatte Kopfschmerzen und schaffte es nicht, das Rattern des Zuges auszublenden, vielmehr kam es ihr vor, als entstünde es in ihrem Kopf. Sie schlug sich die Hand vor den Mund, weil sie fürchtete, ein unterdrückter Klageton könnte seinen Weg durch ihre Kehle finden. Eine dunkle, sinnlose Wendung des Schicksals führte sie von dem Mann weg, den sie liebte, und zwang sie, einen anderen zu heiraten. Immer wieder fühlte sie sich bei ihren Tagträumen verhöhnt vom eintönigen Rattern der Räder auf den Gleisen. *Nicht-den-Mann-den-sie-liebt-nicht-den-Mann-den-sie-liebt* ...

Ihre Gedanken wanderten voraus ins Krankenhaus zu ihrer Mutter, die ihrem Tod entgegensah, ohne einen geliebten Menschen bei sich zu haben. Am Ende seines Lebens ganz allein dazustehen, das war erbarmungswürdig. Wie schwierig und abweisend ihre Mutter auch gewesen sein mochte, sie hatte etwas Besseres verdient. Eliza war gewillt, das Möglichste für sie zu tun, egal, wie sehr es ihr zusetzte. Sie würde doch noch eine pflichtbewusste Tochter sein, dankbar für die Gelegenheit, etwas wiedergutzumachen.

Als Eliza in Delhi ankam, lag ein heißer, feuchter Dunst über der Stadt. Im *Imperial* bekam sie ein kleines, aber angenehmes Zimmer. Sie öffnete die Tür zum Bad. Dort stand auf dem schwarz-weiß gekachelten Boden eine Badewanne auf Rollen, dazu gab es das übliche Waschbecken, Toilette und einen großen Wandspiegel. Sie ließ die schweren Vorhänge im Zimmer offen, damit sie vom Bett aus den Himmel sehen konnte. Hoffentlich würde sie vor der nächsten Reiseetappe ein wenig schlafen können! Freilich wusste sie nicht, ob sie erst in einigen Tagen oder schon eher weiterfahren würde. Morgen würde sie zur Druckerei gehen und einige Fotos abholen. Sie wollte sie nach England mitnehmen und ihrer Mutter zeigen, vielleicht einer Lokalzeitung anbieten. Aber jetzt musste sie erst einmal die Kopfschmerzen loswerden und sich ein wenig von ihrer seelischen Erschöpfung erholen.

Der Ventilator an der Decke drehte sich zwar, er bewegte jedoch nur warme Luft, anstatt Kühle zu erzeugen. Darum zog Eliza nach einer Weile die Vorhänge zu, um es dunkel zu haben, und legte sich, angespannt, wie sie war, auf die hellblaue Tagesdecke. Aber sie wälzte sich in einem fort von einer Seite auf die andere und fand weder eine bequeme Lage noch konnte sie aufhören zu denken.

Es gab wenig genug, worauf sie sich in England freute, doch erst jetzt, kurz vor ihrer Abreise, wurde ihr bewusst, wie sehr sie Indien als ihre Heimat empfand, genau wie damals als Kind. Wenigstens würde sie, wenn sie zu Clifford zurückkehrte, wieder in Indien leben können, denn England konnte sie nie so tief berühren wie dieses wilde, lebendige Land.

Sie steckte sich den Verlobungsring wieder an den Finger, dann drehte sie ihn herum, damit er wie ein Ehering aussah. Das Zeichen, vergeben zu sein. Dabei fühlte sie sich mehr wie ein Besitz und zog den Ring wieder ab. Ihr fiel ein, dass sie früher einmal mit ihrer Mutter über das Wahlrecht für Frauen gesprochen hatte.

Anna war trotz aller Argumente eisern geblieben. »Frauen brauchen nicht zu wählen«, hatte sie empört gesagt. »Dafür sind ihre Ehemänner da. Was verstehen wir schon von Politik?«

»Mutter, können wir uns denn nicht selbst informieren und entscheiden, wen wir wählen wollen?«

»Was du brauchst, Eliza, ist ein Ehemann, nicht das Wahlrecht. Und wie ich schon viele Male betont habe: Man kann nicht einen Beruf haben und Ehefrau sein. Frauen können nicht alles haben.«

Eliza hatte es daraufhin aufgegeben. Nichts würde ihre Mutter umstimmen, und bald darauf war sie in der Buchhandlung Oliver über den Weg gelaufen. Und die Ehe war ihr Ausweg gewesen.

Nachdem sie eine Stunde lang über die Vergangenheit nachgedacht hatte, stand sie auf, wusch sich und zog sich etwas Frisches an. Wenn sie nicht schlafen konnte, dann wollte sie etwas unternehmen.

Der Rezeptionist bestellte ihr einen Wagen mit Chauffeur, und als sie nach draußen trat, hatte sich der Dunst verzogen. Das hieß, sie würde vor der Dämmerung noch den neuen Teil der Stadt besichtigen können. Zuerst wollte sie sich das neue britische Regierungszentrum ansehen, das erst im Februar fertig geworden war, und jetzt war eine gute Gelegenheit dazu.

Sie hatte nicht erwartet, an einem imposanten breiten Kiesweg anzukommen und von dort auf eine weit entfernte ungewöhnliche Reihe von Kuppeln und Türmen in Rot, Rosa, Creme und Weiß zu blicken. Als der Wagen durch den hohen Torbogen fuhr, war sie beeindruckt von den weiten, baumbestandenen Rasenflächen rechts und links der Hauptzufahrt und den verzweigten Wasserläufen. Der Chauffeur erklärte, der Fahrweg sei über zwei, vielleicht sogar drei Kilometer lang, er sei sich nicht sicher. Die Bauten am Ende waren allesamt herrlich, klassizistisch mit Elementen indischer Architektur, aber die Residenz des Vizekönigs war geradezu atemberaubend. Die neue Prachtentfaltung veranschaulichte die Überzeugung der Briten, sie würden Indien noch lange regieren.

Das war also das Ergebnis jenes triumphalen Einzugs in Delhi am 23. Dezember 1912, dem Todestag David Frasers. Eliza schaute zu den Springbrunnen, während die rasch sinkende Sonne den Himmel dunkelrosa färbte, und wünschte, sie könnte den Anblick der neuen Stadt genießen. Aber er war von der Vergangenheit überschattet. Als es dunkel wurde, bat sie den Chauffeur, ihr die Prachtstraßen zu zeigen, die von dort sternförmig wegführten und von geräumigen Bungalows und Gärten gesäumt waren. Auf dem Rückweg ins Hotel wurde es vollends dunkel, und die vielen Lichter der Stadt erschienen wie ein Spiegelbild des Sternenhimmels.

Am nächsten Nachmittag ging Eliza vom Hotel zur Druckerei hinüber, um nach ihren Abzügen zu fragen, und fand sie geschlossen vor. Sie überquerte die Straße und wollte gerade wieder das *Imperial* betreten, als sie sich auf eine Eingebung hin noch einmal umdrehte. Eine Sekunde später gab es einen Knall, laut wie ein Kanonenschlag. Erschrocken sah sie eine große Rauchwolke aus einem unteren Fenster der Druckerei quellen. Es blieb bei dem einen Knall, aber die Scheiben zerbrachen klirrend, und dann stürzte Mauerwerk auf die Straße. Entsetzt sah Eliza im ersten Stock Flammen über die Fensterrahmen lecken. Durch den aufgewirbelten Staub und Rauch konnte sie nicht viel erkennen, aber offenbar war in dem Gebäude etwas explodiert. In dem Gebäude, in dem ihre Fotoplatten und Abzüge lagerten! Das Feuer breitete sich rasch aus; man sah es hinter allen Fenstern der beiden Stockwerke züngeln. Plötzlich hörte man noch mehr Scheiben zerspringen und ein lautes Fauchen, und dann flogen Trümmer durch die Luft und regneten auf die Straße. Schwarzer Rauch stieg in den Himmel auf, und die Straßenstände ringsherum wurden mit Asche bedeckt.

Eliza machte ein paar Schritte auf das brennende Gebäude zu, weil sie an die Menschen dachte, die sich möglicherweise darin aufhielten. Dann fiel ihr ein, dass die Druckerei verschlossen gewesen war und dort sicher keine Toten oder Verletzten am Boden liegen würden. Die Leute auf der Straße husteten und spuckten, und das Feuer prasselte, aber Schreie waren nicht zu hören. Einen Moment später rannte eine Schar rußschwarzer Gestalten auf die Straßenseite hinüber, auf der sich das Hotel befand. Einige hatten Schnittwunden an Armen und Gesicht, offenbar von den Splittern der geborstenen Fensterscheiben. Eliza schaute sich die Leute an, um festzustellen, ob jemand schwerer verletzt war, dann wehte eine dichte Rauchwolke zwischen die Menschen und sie. In der Mitte der Straße lichtete sie sich als Erstes, und da erst entdeckte Eliza ihn. Er stand allein dort, von blaugrünem Staub bedeckt. Sie rannte los, und in dem Moment sah er sie.

29

Jay lächelte sie schwach an, dann gaben seine Knie nach, und er fiel vor ihr auf die Straße. Das Herz schlug Eliza bis zum Hals, als sie zu ihm lief und an seiner Seite in die Hocke ging. Sie strich ihm über die Wangen und flehte ihn an, die Augen zu öffnen. Er reagierte nicht. Die Angst schnürte ihr die Brust zusammen. Sie sagte ihm immerzu, gleich werde Hilfe kommen, er müsse durchhalten, sie sei bei ihm und werde nicht zulassen, dass ihm etwas passiert.

Der Portier des Hotels kam heraus und wollte Eliza bewegen, in die Lobby zu gehen, für den Fall, dass die Mauern des brennenden Hauses auf die Straße stürzten, doch sie weigerte sich.

»Hilfe wird gleich kommen«, versprach er und begab sich in Sicherheit.

Jay und sie waren allein auf der Straße, aber sie hörte, dass die Menschen hinter ihnen auf den Stufen des *Imperial* den ersten Schock überwunden hatten. Die einen weinten vor Entsetzen, die anderen vor Erleichterung, weil ihnen nichts Schlimmeres passiert war, und andere erzählten aufgeregt, wie sie den Moment der Explosion erlebt hatten. Eliza blendete die Stimmen aus und beobachtete, ob Jay eine Regung zeigte.

Er atmete noch, und daraus schöpfte sie Trost. Jay schien auch nirgendwo zu bluten. Sie fragte sich, ob ihn etwas am Kopf getroffen und er deshalb das Bewusstsein verloren hatte. Sie ließ sein Gesicht für keinen Moment aus den Augen. Dann hörte sie Glocken läuten. Ein Mann forderte die Leute auf, von der Straße wegzugehen, und dann, als ein Arzt im weißen Kittel zu ihr trat, schlug Jay die Augen auf und schien zu sich zu kommen.

»Die Verträge sind unterschrieben«, sagte er und versuchte, den Kopf zu heben. »Wir haben es geschafft.«

Sie schaute ihn an und musste lächeln. »Du wärst fast ums Leben gekommen, und das Erste, was du zu mir sagst, ist, dass du unterschrieben hast?«

Er schien lächeln zu wollen, erschlaffte aber und verlor wieder das Bewusstsein. Bisher hatte Eliza die Tränen zurückhalten können, aber nun quollen sie hervor.

»Atmet er noch?«, fragte der Arzt, während er neben ihr auf ein Knie niederging.

»Ja, die ganze Zeit«, antwortete sie, als gäbe das mehr Anlass zur Hoffnung als ein schlichtes Ja. »Was hat er? Er wird doch wieder auf die Beine kommen, nicht wahr?«

»Das kann ich Ihnen noch nicht versprechen.« Er hörte Jays Brust ab, dann blickte er sie an. »Die Atmung ist schwach, der Puls stark erhöht. Sie kennen den Mann?«

»Er ist Jayant Singh Rathore, ein Raja aus Juraipur.«

»Und Sie sind?«

»Eine Freundin der Familie«, sagte sie, doch sie hätte gern geantwortet: die Frau, die ihn liebt.

»Nun, er muss ins Krankenhaus.«

»Kann ich mitkommen? Bitte?«

»Das verstößt eigentlich gegen die Vorschriften, da Sie nicht verwandt sind, aber da Sie ihn gut zu kennen scheinen, meinetwegen.«

Im Krankenhaus wich Eliza nicht von Jays Seite. Den Rest des Tages und die Nacht über saß sie auf einem Stuhl an seinem Bett und riss sich zusammen, um nicht vor fremden Leuten zu weinen. »Du musst leben«, flüsterte sie. »Du musst leben. Du darfst nicht sterben.« Dass dieser starke, wunderbare Mann bewusstlos zusammenbrechen konnte, war unfassbar, und Eliza klammerte sich an die Tatsache, dass er jung und gesund war. Da würde er doch ganz bestimmt durchkommen. Stunde um Stunde verging, ohne dass sich eine Besserung zeigte. Eliza beobachtete, ob Farbe in seine grauen Wangen käme oder das Blut in seine blassen Lippen zurückkehrte oder ob er vielleicht ein bisschen mit den Lidern zuckte. Aber nichts. Er blieb bleich und leblos.

Zwischendurch dachte sie an Clifford und dann an ihre Mutter, die auch in einem Krankenhausbett lag. Erst jetzt fiel sie ihr wieder ein. Was immer mit Jay passierte, sie würde abreisen müssen.

Am nächsten Morgen bat sie eine Schwester, Laxmi ein Telegramm zu schicken, und dann bat der Arzt Eliza, ins Hotel zurückzukehren. Sie müsse trotz allem essen und schlafen, sagte er. Sie versuchte beides; sie versuchte es wirklich. Aber schon beim ersten Bissen drehte sich ihr der Magen um, und sobald sie einnickte, schreckte sie hoch und wurde von Angst überwältigt.

Nachdem sie zwei, drei Stunden lang zu schlafen versucht hatte, wusch sie sich, zog sich um und ging hinunter ins Foyer, um zu fragen, ob ihre Fahrkarten schon eingetroffen seien. Dabei flehte sie zum Himmel, es möge nicht so sein. Der Rezeptionist übergab ihr einen Brief, den Eliza sofort aufriss. Die Zugfahrkarten waren für den Abend bestimmt. In nur zwei Stunden musste sie am Bahnhof sein. Sie rannte die Treppe hinauf, packte und ließ sich zum Krankenhaus fahren. Sie musste Jay noch einmal sehen. Und den Arzt fragen, ob er durchkommen würde.

Als sie dort ankam, nahm der Arzt sie beiseite. Er führte sie in ein Büro und bedeutete ihr, Platz zu nehmen. »Er ist wieder bei Bewusstsein.«

Sie holte scharf Luft und hatte Tränen in den Augen.

»Er hat eine innere Verletzung davongetragen, doch ich habe Hoffnung, dass sie verheilt.«

Sie fasste sich an den Mund, um das Zittern ihrer Unterlippe zu verbergen.

»Er ist sehr schwach, fragt aber ständig nach Ihnen. Bitte strengen Sie ihn nicht an. Ich habe ihm zwar ein wenig erklärt, was passiert ist, doch er erinnert sich nicht an das Feuer. Bitte sagen Sie nichts, was ihn aufregen könnte.«

Sie nickte.

»Für ein paar Minuten lasse ich Sie zu ihm, dann komme ich Sie holen. Sein Zustand ist noch heikel, verstehen Sie?«

Eliza nickte wieder und wischte sich die Tränen weg. Jay war am Leben. Er würde am Leben bleiben. Das war das Wichtigste. Sie verspürte den Impuls, zu Jay zu laufen, atmete aber ein paarmal tief durch, stand auf und zwang sich, ruhig einen Fuß vor den anderen zu setzen und den Kopf oben zu behalten. Wie Laxmi es täte.

Als sie an Jays Bett trat, waren seine Augen geschlossen, und sie fürchtete, der Arzt könnte sich geirrt haben. Doch Jay musste gehört haben, dass sie sich einen Stuhl heranzog, denn er öffnete die Augen. Er war schon nicht mehr ganz so blass, auch seine Lippen nicht. Das nahm sie nur am Rande wahr, denn sie schaute gespannt, ob er sie erkannte.

»Eliza.«

Sie schluckte schwer und sah erneut durch einen Tränenschleier. Seine Stimme klang schwach. Eliza wollte ihn in die Arme nehmen und am liebsten festhalten, bis er wieder bei Kräften wäre.

»Sprich nicht, wenn es dich anstrengt«, bat sie.

»Ich weiß nicht, warum, aber Salter hat plötzlich meine Freilassung veranlasst.«

Sie griff nach seiner Hand. Er zog ihre an die Lippen und küsste sie. Eine Weile schloss er die Augen und schwieg, und sie hielt seine Hand.

»Das ist jetzt alles unwichtig«, flüsterte sie mehr zu sich.

Er öffnete die Augen wieder und lächelte sie an. »Wir werden wegfahren, wir beide. Wir zelten bis zum Monsun, dann fahren wir nach Udaipur.«

Sie blinzelte heftig. »Meine Mutter ist krank. Ich reise heute noch nach England.«

»Dann, wenn du wieder da bist?«

Sie nickte nur. Über alles Weitere musste sie jetzt schweigen. Zum Glück hatte sie ihren Verlobungsring nicht angesteckt.

»Ich liebe dich, Eliza«, sagte er leise. »Main tumhe pyar karta hu aur karta rahunga.«

»Ich liebe dich auch. Für immer. Von ganzem Herzen.«

Sie hielt weiter seine Hand und versuchte, tapfer zu sein. Wenigstens lebt er, dachte sie. Er lebt.

Jemand räusperte sich. Der Arzt stand in der Tür. Er tippte auf seine Uhr. »Die Zeit ist um, fürchte ich. Der Patient braucht jetzt wieder Ruhe.«

Eliza stand auf, beugte sich über Jay und küsste ihn ganz sacht auf den Mund.

»Auf Wiedersehen, Jay.«

Er antwortete nicht, hob nur die Hand und strich mit den Fingerspitzen über ihren Haaransatz.

Draußen vor dem Krankenhaus angelangt, huschte sie in eine Seitengasse, wo sie erschüttert in die Hocke sank und sich an die Mauer lehnte. Eliza fühlte sich leer, kraftlos, mutlos. Alles war zunichtegemacht: ihre Hoffnung auf eine Ausstellung im Oktober und ihre Hoffnung auf eine Zukunft mit Jay. Und sie würde ihm nicht einmal die Wahrheit sagen dürfen. Sie ließ den Kopf auf die Arme sinken und fing an zu schluchzen.

VIERTER TEIL

*Nur wer von ihr schwer gezeichnet wurde,
kennt die Liebe.*

Rumi, Masnawi, 109

30

Gloucestershire

Vom Garten ihrer Mutter schaute Eliza zum Himmel über dem Hügel. Anna Frasers Häuschen stand an einer kleinen Kreuzung. Es war von Trockenmauern umgeben und aus dem heimischen Gestein erbaut, das buttergelb in der Spätnachmittagssonne leuchtete. Elizas Blick folgte der abschüssigen Buchenallee und der Zufahrt zu Langtons Haus. Es war ein schönes, grünes Anwesen, aber Brook Park selbst, ein düsteres Herrenhaus mit vielen Türmchen, hatte schon bessere Tage gesehen. Die Spitze des Glockenturms ragte über den Stallungen empor, doch das Haus selbst war von dunklen Tannen verdeckt. Nach einem Blick zum Himmel nahm Eliza ihren Koffer, fand den Schlüssel unter dem Stein neben der Hortensie und schloss die Tür auf.

Im Inneren des Hauses war es völlig still.

Sie ging in die Küche. Schmutziges Geschirr war achtlos aufeinandergestapelt, verkrustete Pfannen standen auf dem Herd, und der Mülleimer quoll über. Sie sah im Wohnzimmer nach und fand das gleiche Ausmaß an Unordnung vor. Offenbar lag ihre Mutter noch im Krankenhaus. Eliza beschloss, später ein Taxi zu nehmen, und fing an aufzuräumen. Als sie einmal innehielt, hörte sie sie.

»Hallo? Wer ist da?«, rief Anna mit schwacher Stimme aus dem Obergeschoss.

Eliza stieg die Treppe hoch. »Ich bin es, Eliza!«, rief sie. Die Schlafzimmertür stand eine Handbreit offen. Eliza schob sie auf und ging hinein. Es war kühl und dunkel. Ihre Mutter lag angezogen auf dem Bett. Sie war sehr blass. Eliza ging zu ihr und nahm ihre Hand. »Was haben die Ärzte gesagt?«

»Ach, dies und das, du weißt schon.«

Sie streichelte ihr die Hand, die ein wenig zitterte. »Mum, ich weiß es nicht«, sagte sie ruhig. »Du musst es mir sagen.«

»Ich bin so müde, mein Engel, so müde. Ruf den Arzt an. Er wird dich aufklären. Wir reden später.« Annas Stimme war so dünn wie sie selbst. Sie schloss die Augen, und Eliza legte ihre Hand behutsam an ihre Seite.

Sie kippte ein Fenster, dann ging sie nach unten und fand die Telefonnummer des Arztes in dem Adressbuch auf dem Flurtisch. Sie fragte sich, ob ihre Mutter wusste, wie ernst es um sie stand. Ohne weiteres Zögern rief sie in der Praxis an. Nach dem Telefonat setzte sie sich auf den Fußboden und stützte den Kopf in die Hände. Während der Behandlung im Krankenhaus hatte sich herausgestellt, dass sie unheilbar an Krebs erkrankt war. Die Ärzte konnten nichts mehr für sie tun. Es war nur ein leichter Schlaganfall gewesen. Woran Anna Fraser sterben würde, war der Krebs. »Ich hoffe, Sie bleiben bei ihr zu Hause«, hatte der Arzt gesagt. Man habe sie im Krankenhaus behalten wollen, aber sie habe unbedingt nach Hause gewollt. Ihr bleibe nicht mehr viel Zeit.

Am nächsten Tag, während ihre Mutter schlief, bekämpfte Eliza ihren Kummer mit einem Spaziergang. Dabei dachte sie an ihre Mutter und dann an Jay und hoffte, er würde tatsächlich am Leben bleiben. Sie könnte es nicht ertragen, sie beide zu verlieren.

Sie folgte der Straße zwischen niedrigen Hecken, die man stark zurückgeschnitten hatte, damit sie unten neue Triebe bekamen und wieder dichter wurden. Die Hügel und Täler der Cotswolds waren um diese Jahreszeit am schönsten und leuchteten in vielen Grüntönen. Schafe weideten an grasigen Böschungen und auf dem grünen Flickenteppich der Wiesen und Felder. Über Eliza war der Himmel blau, grau und weiß, die diesige Luft schimmerte in der Sonne. Sie ging bergan bis auf die Kuppe des Hügels hinter dem Herrenhaus, von wo man eine lange Reihe großer Bäume am Horizont sah, und lief auf der anderen Seite hinunter in den alten Glockenblumenwald. Als Kind hatte sie oft auf den blauen Teppichen gelegen, unter dem hellgrünen Blätterdach, wo es später im Jahr nach wildem Knoblauch roch.

Als sie müde wurde und ihr die Füße wehtaten, setzte sie sich auf einen Baumstamm und versuchte, sich ein Leben mit Clifford vorzustellen. Sie hatte beruflich noch viel vor. Den Rechtlosen eine Stimme geben, darauf kam es ihr an. Der Gedanke munterte sie auf, und sie dachte daran, wie schnell sie mit dem Fotoapparat in der Hand alles andere vergaß. Eliza nahm sich vor, einmal in das Tal auf der anderen Seite von Cleeve Hill zu gehen und zu fotografieren oder die dunkle Allee nach Winchcombe entlangzulaufen oder vielleicht auf den Belas Knap zu steigen, den lang gestreckten Hügel, auf dem sie als Kind gern gespielt hatte.

Spaziergänge während des Tages taten ihr gut; bei Tageslicht war die Gegenwart zu bewältigen.

Als es Juni wurde, stellte Eliza erleichtert fest, dass ihre Mutter nicht mehr trank und genügend bei Kräften war, um sich in den Garten zu setzen. Eines Tages fragte sie ihre Mutter, wie es im Krankenhaus gewesen sei. Sie saßen draußen, und nur ein leichter Wind ging, sodass sie nur eine Strickjacke brauchten.

Anna gab ein kleines Lachen von sich. »Es war ganz nett.« Das sagte sie so leichthin, als hätte sie einen Ausflug nach Weston-super-Mare gemacht.

Eliza hatte sich überlegt, sie ein bisschen näher zu befragen, und zupfte sie auffordernd am Ärmel. Komm, Mum, erzähl es mir!, sollte das heißen. »Sie haben dich einer Entziehungskur unterzogen, nicht wahr?«

»Vermutlich. Seit du hier bist, habe ich keinen Schluck getrunken.«

Wäre das doch mal früher passiert!, dachte Eliza. Dann schwiegen sie eine Weile. Nun, da ihre Mutter munterer war und sich endlich der Wahrheit stellte, gab es vielleicht eine Chance für sie beide, wie klein auch immer.

»Ich freue mich, dass es dir ein wenig besser geht«, sagte Eliza. »Ich bin wirklich froh.«

»Einsam war es im Krankenhaus. Einsam.«

»Jetzt bin ich ja hier.«

Mehr sprachen sie nicht, und Eliza schaute ihre zerbrechlich wirkende Mutter an und war todtraurig.

Ängstlich besorgt kümmerte sich Eliza um ihre Mutter, und es wurde zu Annas liebster Beschäftigung, mit ihr zusammenzusitzen und über die alten Zeiten zu plaudern.

»Weißt du noch, wie schön es anfangs in Delhi war?«, fragte Anna eines späten Nachmittags, als die Schatten schon länger wurden.

Eliza dachte zurück. Sie erinnerte sich an die Affen, die überall waren, auf die Gartenmauern kletterten, die Bäume hochliefen und manchmal sogar in die Küche kamen, um etwas zu fressen zu stehlen. Eliza hatte die Affen sehr gemocht.

»Und wie schön der Garten war!«, sagte Anna.

»Die leuchtenden Blumen?«

»Ja.«

Eliza blickte ihre Mutter von der Seite an und sah Tränen in ihren Augen.

»Es war schön, Mum, Indien war schön. Erinnerst du dich an die Geschäfte am Chandni Chowk?«

Anna lächelte. »Da gab es alles zu kaufen.«

»Ja. Sogar Schlangenöl. So hat Dad es immer genannt.«

»Das hat er.«

Und so vergingen die Tage, nachts jedoch litt Eliza unter der Trennung von Jay. Sie schlief wenig und unruhig und träumte von Explosionen, sah ihn von Kopf bis Fuß mit schwarzem Staub bedeckt, manchmal tot, manchmal lebendig. Wenn sie nicht schlafen konnte, schrieb sie Briefe. Etwas anderes konnte sie nicht tun, wenn sie ihre Mutter nicht wecken wollte. Sie schrieb viele Briefe, alle an Jay, nur um sie am nächsten Morgen zu zerreißen und im alten Ofen zu verbrennen. Als ihre Mutter sich über den Geruch beklagte, sagte sie: »Ach, das ist der Herd, der kommt langsam in die Jahre.« Sie musste etwas tun, um den Schmerz loszuwerden, um ihren Gedanken zu entkommen, aber ihre Fragen beschäftigten sie immer weiter. Wie würde das Leben mit Clifford tatsächlich sein? Was, wenn sie sich nicht bezwingen und immer wieder vor ihm zurückscheuen würde?

Die Enge in ihrer Brust ließ nicht nach.

Aber wie immer um diese Jahreszeit war die Hügellandschaft von Gloucestershire schön. Die Hecken hatten junge Triebe bekommen, und die Bäume waren grün. Der blaue Himmel, die feuchte Luft und die milde Sonne wirkten tröstlich auf Eliza, ganz anders als die trockene, sengende Hitze in Rajputana. Wenn ihre Mutter schlief, sagte Eliza sich immer wieder, es sei so am besten und sie werde so lange bei Anna bleiben, wie es eben dauerte.

Während die eintönigen Tage vergingen, dachte sie immer wieder an Jays Abschiedsworte: *Ich liebe dich, Eliza.* Sie redete sich ein, irgendwann über ihn hinwegzukommen. Sie würde schöne Fotografien machen, und das würde die Wunden heilen. Hinter dem Objektiv würde sie zurechtkommen. Sie würde in die Welt blicken, ohne selbst gesehen zu werden. Wie schon als Kind entschied Eliza, dass man Schmerz besser zurückhielt, nicht daran rührte. Sie würde vielleicht nie wieder so glücklich sein, doch ihr blieben die Erinnerungen an das Glück.

Anna aß fast nichts, als Eliza ihr jedoch vorschlug, sie könnte sie bei einem Spaziergang begleiten, nickte Anna und regte ein Picknick an. Sie verließen das Haus durch das hintere Gartentor, durch das man auf einen gepflasterten Weg gelangte, der an Langtons Obstwiese entlangführte. Als Kind war Eliza gern in die knorrigen Apfelbäume geklettert, um sich Äpfel zu pflücken und sie auf einem Ast zu essen. Das war eine heimliche Freude gewesen, mit der es leider vorbei war, als James Langton sie eines Tages erwischte. Er befahl ihr, sofort herunterzusteigen. Ein Kind in einem seiner kostbaren Apfelbäume, das konnte er nicht dulden. Vor lauter Angst kletterte Eliza zu schnell hinab, und obwohl sie eine geübte Kletterin war, blieb sie mit einem Fuß in einer Astgabel hängen und fiel vom Baum. Sie brach sich nichts, verstauchte sich nur übel das Fußgelenk und musste sich eine Standpauke anhören, dass nur böse Mädchen auf Bäume kletterten.

Jetzt, nachdem sie eine Weile gegangen waren, schwenkten sie auf die Obstwiese ab, und Eliza breitete die alte karierte Decke aus, damit Anna sich daraufsetzen konnte. Sie öffnete den kleinen Picknickkorb. »Wann hast du den gekauft?«, fragte sie.

»Den haben wir seit eh und je.«

»Wir haben ihn nie benutzt.«

»Nur ein Mal.«

»Nun, dann jetzt zum zweiten Mal.« Eliza dachte traurig, es könnte auch das letzte Mal sein. Dann fiel ihr das damalige Picknick ein, das mit Langton. Sie schaute in die Kronen der Bäume empor, wo ein paar Vögel hin und her flogen. Die ganze Welt schien zur Ruhe gekommen zu sein, und Eliza zog ihre Strickjacke aus. »Warm, nicht wahr?«

Ihre Mutter saß mit gesenktem Kopf da.

»Mum?«

Anna blickte auf. »Es tut mir leid.«

»Was denn, Mum?«

Anna tippte ihr auf die Hand. »Ich weiß nicht. Alles. Die vielen Picknicks, die wir nicht unternommen haben.«

»Ich hab's überlebt, oder nicht?«

Anna grinste, als wäre ihr plötzlich etwas eingefallen und als wollte sie gleich damit herausplatzen. »Steig in den Baum! Los, klettere hinauf!« Freudig erregt sah sie sich um. »Der da. Nimm den.«

Entzückt über die Fröhlichkeit ihrer Mutter, stand Eliza auf. »Im Ernst?«

Anna nickte.

»Ob ich das noch kann?«, meinte Eliza zweifelnd, während sie abzuschätzen versuchte, wie tief sie gegebenenfalls fallen würde.

»Ich wusste nie, woher du immer die aufgeschrammten Knie hattest.«

»Bis er mich im Baum gefunden hat?«

Anna nickte.

»Gut. Also los.« Eliza fand mit den Füßen mühelos Halt und saß im Nu auf ihrem alten Lieblingsast. Sie prüfte kurz, ob er ihr Gewicht halten würde, rückte ein Stückchen den Ast entlang und ließ die Beine baumeln.

Ihre Mutter lachte zu ihr herauf.

»Früher habe ich dabei gesungen«, erzählte Eliza.

»Was denn?«

»Kinderlieder.« Sie sang *I do like to be beside the seaside*, und nach einer Strophe stimmte ihre Mutter mit ein. Gemeinsam sangen sie aus vollem Hals, bis sie sich vor Lachen nicht mehr halten konnten und Anna Seitenstechen bekam.

Eliza kletterte vom Baum hinunter. »Geht es dir gut?«

Anna nickte.

»Was ist aus ihm geworden?«

»Aus James?«

Sie wurden plötzlich ernst.

Anna schaute zu Eliza, als überlegte sie, wie viel sie sagen sollte. »Er ist mit seiner neuen Frau weggezogen.«

»Ach, lass uns nicht den schönen Tag mit Gedanken an ihn verderben. Komm, wir essen.«

Ihre Mutter klatschte in die Hände. »Ich hoffe, du hast das Gingerale eingepackt. Ich trinke es so gern.«

»Das wusste ich ja gar nicht.«

»Es gibt vieles, was du nicht weißt. Sehr vieles.«

Während der nächsten Tage war Eliza froh, weil es zwischen ihnen so nett weiterging. Anna war so heiter, wie Eliza sie noch nie erlebt hatte. Sie erzählte in einem fort, redete wie ein Wasserfall. Dann kam der Postbote an ihre Tür. Anna bekam selten Post. Tatsächlich war keine gekommen, seit Eliza bei ihr wohnte, doch sie bemerkte den indischen Stempel, als sie den Brief entgegennahm. Sie hatte sich schon gefragt, ob Clifford schreiben würde, genauer gesagt, ihr hatte davor gegraut, von ihm zu hören. Aus den Augen, aus dem Sinn, so hatte sie es halten wollen. Dass sie durch ihn etwas über Jay erfahren würde, darauf war wohl kaum zu hoffen.

Sie hörte die helle Stimme ihrer Mutter.

»Ist Post für mich gekommen?«

Der Brief war an Anna adressiert, also hielt Eliza ihn ihr hin, sowie ihre Mutter in den kleinen Flur kam. Einen Moment lang hatte sie überlegt, ihn aufzureißen und dann zu behaupten, es sei ein Versehen gewesen.

Ihre Mutter nahm den Umschlag und ging damit in ihr Schlafzimmer. Eliza sah ihr verblüfft hinterher. Sie hatte die Handschrift nicht erkannt, aber der Brief musste von Clifford sein. Wer sonst würde Annas Adresse kennen? Aber warum schrieb er an Anna und nicht an sie?

Als ihre Mutter nicht wieder herunterkam, dachte Eliza, sie hätte sich für ein Nickerchen hingelegt, und machte sich daran, den Dachboden zu putzen, wo Anna lauter ungeliebtes Zeug verstaut hatte. Wie erwartet schlugen Eliza Staub und Sandelholzgeruch entgegen, aber der Geruch war ihr bisher nie so penetrant vorgekommen. Sie hatte geglaubt, die Gerüche ihrer Kindheit wären nur in der Erinnerung so kräftig. Jedenfalls fühlte sie sich wie an einem jener einsamen Sommertage, wo sie die Treppe hinaufgelaufen war und sich unter einem Staublaken verkrochen hatte, weil ihre Mutter ausgegangen war, um sich zu betrinken. Nach einer Weile war Eliza hervorgekommen und hatte sich auf die Zehenspitzen gestellt, um aus dem kleinen Dachfenster zu spähen. Die Felder gegenüber dem Haus waren ihr immer so groß erschienen, bevölkert von vielen Landarbeitern, die sich den Rücken rieben, wenn sie sich aufrichteten.

Jetzt schaute sie über dieselben Felder, die in Wirklichkeit recht klein waren, dann rückte sie ein paar Rollen Tapete zur Seite und verschob einige Kisten. An der hinteren Wand stand eine altmodische Ledertruhe. Sie war mit Nieten beschlagen und in der Mitte mit zwei Segeltuchriemen verschlossen. Eliza hockte sich davor, löste die Schnallen und drehte den Schlüssel. Der Deckel war leichter, als er aussah.

Sie erwartete nichts Bestimmtes, außer dass die Truhe vollgepackt war, aber dann sah sie überrascht ein Fläschchen Sandelholzöl. Wenigstens hatte sie die Quelle des starken Geruchs gefunden. Außerdem lag ein kleiner Koffer darin. Eliza hob ihn heraus und nahm das Fläschchen, um daran zu schnuppern. Der Duft, der die Erinnerung an Jays weiche Haut weckte, breitete sich aus, und Eliza ließ sich davon einhüllen, als könnte sie Jay dadurch spüren. Hastig korkte sie die Flasche zu und stellte sie zurück in die Truhe. Eliza hatte sich vorgenommen, ihr Leben weiterzuführen, über die Trennung hinwegzukommen, zu lernen, ohne ihn zu leben, und damit wäre die Sache vorbei. Aber so leicht konnte sie ihre Gefühle doch nicht auslöschen. Wenigstens brauchte sie sich, solange sie bei ihrer Mutter war, nicht der Realität ihrer bevorstehenden Heirat zu stellen. Sie hatte sich bemüht, bei dem Sandelholzduft auf dem Speicher nicht an Jay zu denken, doch als ihr klar wurde, dass dieses Stückchen Indien all die Jahre in der Truhe gelegen hatte, kam ihr wieder der Gedanke, eine geheimnisvolle Hand hätte sie nach Indien zurückgeführt. Das musste aus einem bestimmten Grund geschehen sein. Es konnte nicht umsonst gewesen sein.

An der Vorderseite des Koffers klebte ein Schild mit der körnigen Zeichnung eines imposanten Gebäudes und einem Namen: *Imperial Hotel, Delhi*. Im Koffer lag ein weiß eingewickeltes, verschnürtes Päckchen. Sie löste die Kordel, riss das Papier auf und zog eine gerahmte Fotografie hervor: zwei Erwachsene mit einem kleinen Kind. Sie war fleckig und verblasst. Sie drehte den Rahmen um. Da stand der Name eines Fotoateliers in Delhi.

Später ging sie zu Annas Zimmer, um zu fragen, wer die Leute auf dem Foto seien. Als sie die Tür öffnete, nahm sie mit jäher Enttäuschung den Geruch wahr. Es stank nach Gin. Sie trat an Annas Bett, strich ihr die dünnen Haare aus der feuchten Stirn und war unsäglich traurig. Da sie ihre Mutter nicht mehr verurteilte, konnte sie mit ihr fühlen. Sie sah sich um, ob der Brief irgendwo lag. Eliza nahm an, es stünde etwas darin, was Anna aufgeregt hatte. Schließlich fand sie ihn im Papierkorb, in der Mitte durchgerissen. Sie legte die Teile zusammen und las. Clifford informierte Anna über seine Verlobung mit Eliza. Sie hatte gehofft, er schriebe auch etwas zu der Explosion in Delhi. Er hätte erwähnen können, ob ihre Fotos und Platten wirklich alle verloren waren.

Als der Nachmittag in den Abend überging, saß sie noch immer im Zimmer ihrer Mutter. Sie überlegte, was sie zum Abendessen zubereiten könnte. In dem Moment hörte sie hinter sich ein verächtliches Schnauben.

»Du gehst.« Das war eine Feststellung, keine Frage, und ihre Mutter lallte.

»Noch nicht, Mum. Ich ...«

Anna ließ sie nicht ausreden. »Du gehst immer. Das ist typisch.«

»Und du trinkst wieder. Warum? Warum jetzt? Ich dachte, du wärst in den letzten Tagen so glücklich gewesen.«

Sie wartete auf eine Erwiderung, doch ihre Mutter schnaubte nur wieder und sah weg.

»Mum?«

»Ich war nicht mehr glücklich, seit du fünf Jahre alt warst.«

»Aber dafür kann ich nichts«, erwiderte Eliza und rechnete damit, all die alten Schuldzuweisungen wieder zu hören zu bekommen.

»Hast du den Brief gelesen?«

Eliza nickte. »Ich hätte dir noch von der Hochzeit erzählt.«

Anna schürzte die Lippen. »Aber nun musste ich es von Clifford erfahren.«

»Das tut mir leid. Wirklich.« Sie hielt ihr eine Hand hin und ließ sie sinken, als ihre Mutter sie nicht ergriff.

Anna hustete schwach, dann sagte sie: »Du warst erst fünf Jahre alt, als ich deinen Vater ertappt habe.«

»Beim Spielen?«

»Mit der Hure.«

»Du hast geschrieben, da wäre noch mehr gewesen. Was ist es, Mum?«

Anna schüttelte den Kopf und schloss die Augen. Kurz darauf war sie eingeschlafen. Es war dämmrig und merklich kälter geworden. Eliza kramte eine Decke aus dem Schrank hervor, breitete sie über ihre Mutter und ging nach unten.

Zwei Tage später hatte sich Anna noch nicht so weit erholt, dass sie die Treppe hinuntergehen konnte. Eliza kümmerte sich liebevoll und mit viel Aufwand um sie, und nachts ließ sie die Türen beider Zimmer offen stehen, für den Fall, dass Anna sie brauchte. Und eines Nachts hörte sie sie tatsächlich rufen. Eliza warf sich den Morgenmantel über und eilte zu ihr.

Sie schaltete die Nachttischlampe ein. Ihre Mutter schüttelte langsam und traurig den Kopf.

»Ich habe ein kleines Postsparbuch. Es ist nicht viel, aber es soll dir gehören.«

»Mach dir darüber jetzt keine Gedanken, Mum.« Eliza schluckte den Kloß hinunter, der sich in ihrem Hals gebildet hatte.

Anna öffnete die Augen, sagte etwas und schloss sie wieder. Sie murmelte weiter vor sich hin, aber es war unmöglich zu verstehen. Eliza erlebte ein schreckliches Déjà-vu. Es war wie früher, wenn ihre Mutter sich betrunken hatte. Sie atmete tief durch. Nein, diesmal war es anders. Es kam ihr schrecklich still im Zimmer vor, während sie ihre Mutter angestrengt atmen hörte. Nach einer Weile stöhnte Anna, zog die Brauen zusammen und griff nach Elizas Händen.

»Soll ich dir etwas bringen, Mum?«

Anna lächelte angestrengt, und als sie dann sprach, klang ihre Stimme noch dünner als sonst. Sie schaute Eliza an, und ihre Augen füllten sich mit Tränen. »Ich habe etwas falsch gemacht.«

»Bitte, reg dich nicht auf. Welche Rolle spielt das noch?«

»Eine große.« Anna stockte, als die Tränen liefen.

Eliza wusste nicht, was sie sagen sollte. Sie war verwirrt.

Anna wischte die Tränen weg und tippte ihr auf die Hand, doch dann musste sie husten und konnte erst mal nicht sprechen. Als sie es dann tat, schaute sie zornig und wirkte hart. Eliza erschrak. So hatte ihre Mutter früher ausgesehen, wenn sie wütend wurde. Aber der harte Ausdruck verschwand nach einem Moment, zurück blieben ihre eingefallenen Augen und die papierdünne Haut. Es wurde schwieriger, sich an ihr früheres Aussehen zu erinnern.

Anna ergriff ihre Hand und versuchte zu lächeln. »Bitte. Für mich ist es zu spät, aber wenn du …« Wieder fing sie an zu husten.

Eliza hielt ihr ein Glas Wasser an den Mund. Nachdem Anna einen Schluck getrunken hatte, wimmerte sie kläglich. Dann sprach sie den Satz zu Ende. »Du könntest es wiedergutmachen.«

»Ich verstehe nicht. Was denn?«

Anna holte Luft, schaffte es, nicht zu husten, und sprach dann drängend und leise. »Du musst deine Schwester finden.«

Eliza sperrte den Mund auf. *Meine Schwester? Was für eine Schwester? Was redet sie da?* Als sie ihre Mutter wieder ansah, war sie eingeschlafen. Eliza beobachtete sie noch ein paar Minuten, dann ging sie leise nach unten.

Später holte Eliza das Fläschchen mit dem Parfümöl vom Speicher, damit sich der Duft im Zimmer verbreitete, aber der Krankengeruch ließ sich nicht überdecken. Und als ihre Mutter das Sandelholzöl roch, fing sie an zu weinen, sodass Eliza das Fläschchen wegnahm und in den Schuppen stellte, wo es niemanden aufregen konnte.

Sie fragte ihre Mutter noch einmal nach der erwähnten Schwester, doch Anna schien sich nicht mehr zu erinnern, und Eliza bemerkte, dass ihre Mutter sie anblickte, ohne sie zu erkennen. Später sagte sie plötzlich in einem klaren Moment: »Halbschwester. Hab sie in dem Haus gefunden, das dreckige kleine Ding.« Danach kam sie nicht mehr wirklich zu sich, und während Eliza an ihrem Bett saß und ihre Hand hielt, sah sie das Leben ihrer Mutter dahinschwinden.

Schließlich hörte Annas Herz auf zu schlagen. Eliza war gerade aus dem Zimmer gegangen, um Tee zu kochen. Anna war nur sechzig Jahre alt geworden. Eliza unterdrückte einen Schluchzer und nahm die Hand ihrer Mutter. Dann sang sie halb schluchzend ein Kinderlied, das Anna besonders gemocht hatte. Anschließend weinte sie wie noch nie in ihrem Leben. Alles erst so spät! Und nun war es unwiederbringlich vorbei.

31

Juli

Nur mit dem alten Foto vom Speicher kehrte Eliza nach Indien zurück; alle anderen Habseligkeiten ihrer Mutter hatte sie zurückgelassen. Über zwei Monate lang war sie fort gewesen, und sie kamen Eliza vor wie Jahre. Das Haus in Gloucestershire hatte nicht Anna gehört, sodass Eliza dort keine Bleibe mehr gehabt hatte, nachdem der Tod gemeldet und das traurige kleine Begräbnis vorbei gewesen war.

Zunächst quartierte sie sich im *Imperial* in Delhi ein und versuchte, das Atelier zu finden, wo das alte Foto entwickelt worden war. Leider gab es das schon lange nicht mehr. Ob diese Halbschwester ein Hirngespinst ihrer sterbenden Mutter gewesen war oder tatsächlich existierte, würde sich nur noch schwer herausfinden lassen, wenn überhaupt. Allerdings musste Eliza einräumen, dass der Mann auf dem Foto wie ihr Vater aussah, wenn auch nicht so, wie sie ihn in Erinnerung behalten hatte.

Von Delhi aus fuhr sie weiter nach Juraipur, wo Clifford sie vom Bahnhof abholte. Sie fragte ihn nach der Explosion in Delhi und erfuhr, dass Jay sich von der Verletzung erholt hatte. Eliza war immens dankbar, weil er ihr das mitteilte, und sagte ihm das. Inzwischen war es entsetzlich heiß geworden. Clifford war noch röter im Gesicht als sonst, und er tat ihr ein bisschen leid. Sie hatte versuchen wollen, Liebe für ihn zu entwickeln. Sowie sie ihn sah, wusste sie jedoch, dass das nie passieren würde. Bevor er sie bei Julian und Dottie absetzte, erzählte er noch, dass ihre Fotos und Platten nicht verbrannt waren. Von einem kleinen Stapel abgesehen, waren sie schon auf dem Postweg zu ihm gewesen, als das Haus abgebrannt war. Eliza atmete auf. Als Clifford sie küsste, dachte sie mit

Widerwille an die Intimitäten, die ihr noch bevorstanden. Mit den Gerüchen Rajputanas in der Nase gelang es ihr, sich ihrer Trauer um ihre Mutter zu verschließen. Zu mehr fehlte ihr die Kraft, zumal sie sich immer hoffnungsloser fühlte.

Die ersten zwei Tage im Haus der Hopkins' gestalteten sich lebhaft. Es gab eine kleine Cocktailparty und einen Bridgeabend, einige Gäste kamen zum Tee. Danach wurde es so heiß, dass sie das Haus nicht verließen. Eliza gab sich den Anschein, gut zu funktionieren, doch ihr war, als zerbröckelte das Fundament ihres Lebens. Es dauerte nicht lange, da hatte sie den Geruch der feuchten englischen Landluft fast vergessen und überließ sich dem trockenen Wüstenklima.

Eines Morgens erwachte sie verschwitzt und benommen mit einem schrecklichen Traumbild im Kopf: sie selbst als roter Feuerball in einem goldenen Flammenkäfig. Sie fing an zu schluchzen, und Dottie hörte sie.

Ihre Freundin war mütterlich, obwohl sie keine Kinder hatte. Sie bemutterte ihren Mann und nun auch Eliza. Es war gut gemeint, doch Eliza hätte sich am liebsten die Ohren zugehalten und sie angeschrien, sie solle sie in Ruhe lassen. Das war ungerecht, denn Dottie war immer freundlich zu ihr gewesen. Aber Eliza wollte sich in ihren Kummer hineinsteigern, nicht getröstet werden. Und obwohl Dottie mit Engelszungen redete, damit sie sich anzog und nach unten ging, drehte Eliza sich wortlos und wütend zur Wand.

Wenig später hörte sie schwere Schritte auf der Treppe, dann klopfte es an der Tür. Eliza wünschte sich, es wäre Jay, und setzte sich hastig auf. Als Clifford hereinkam, ließ sie sich aufs Kissen fallen und weigerte sich, ihn anzusehen.

»Komm, Liebling«, sagte er. »Ich bin so glücklich, dass du wieder da bist, doch so geht es nicht.«

Sie gab keine Antwort. Sie rührte sich nicht mal.

»Der Vizekönig kommt nächste Woche hierher. Da brauche ich dich wirklich in Topform.«

Daraufhin drehte sie sich um und sah ihn an. »Ich bin kein Rennpferd, Clifford!«

Sie bemerkte seinen Ärger, konnte aber nichts daran ändern. Sie überlegte, ob er etwas von einer Schwester wissen könnte, doch als sie ihn darauf ansprach, sah er sie ausdruckslos an und meinte, Anna müsse fantasiert haben. Sonst gab es niemanden, den sie fragen könnte, und daher war sie geneigt, die Sache ruhen zu lassen.

Eliza ertrug seine feuchten Küsse, und zum Glück erwartete er nicht mehr, aber wenn sie an das dachte, was unweigerlich auf sie zukam, wurde ihr übel. Jedes Mal, wenn er sie bat, den Tag der Hochzeit festzusetzen, suchte sie Ausflüchte: zu bald nach dem Tod ihrer Mutter, zu heiß, zu spät im Jahr.

Wenn sie nicht den Trennungsschmerz wegen Jay spürte, dachte sie an ihre Mutter, die unter den Kümmernissen ihres Lebens zerbrochen war. War Anna auch nur einmal richtig glücklich gewesen? Wenn ja, war sie es mit David Fraser gewesen? Und hatte sie selbst ihren Vater idealisiert und für ihre Mutter zu wenig Verständnis gehabt?

Hatte sie wirklich eine Halbschwester?

Ab und zu kam ihr die Frage und machte sie unruhig. Ein weiterer Tag verging und noch einer. Am dritten Morgen ging Eliza ins Bad, lehnte sich gegen das Waschbecken und blickte in den Spiegel. Ihre Haut war fahl, und ihre Haare waren strähnig. Eliza sah ein, dass sie dagegen etwas tun musste. Sie ließ sich ein Bad ein, und danach besserte sich ihre Laune ein wenig.

Ihr Zimmer hatte dichte Vorhänge, und Dottie hatte sie zugezogen gelassen, nachdem Eliza behauptet hatte, das Licht täte ihr in den Augen weh. Aber nun kam sie mit energischen Schritten herein, in der Hand eine Schachtel. »So, Eliza«, sagte sie. »Das ist für Sie, doch jetzt werde ich die Vorhänge aufziehen. Hier drin ist es stickig, und Sie brauchen frische Luft und Licht.«

Eliza blickte in den kleinen Lichtstreifen, den die Vorhänge durchließen, und die Helligkeit stach ihr in den Augen. Sie wandte sich ab.

»Das ist mir egal«, sagte Dottie. »Drehen Sie sich zur Wand, wenn es denn sein muss, aber ich lüfte jetzt das Zimmer.«

Eliza hörte, dass sie die Vorhänge beiseitezog, und das Tageslicht strömte herein.

Dottie kam zu ihr. »Sie haben sich die Haare gewaschen. Das ist schon mal ein Anfang.« Sie tätschelte Elizas Hand. »Lassen Sie uns die Schachtel öffnen.«

Sie setzten sich auf das kleine Sofa am Fenster, das auf den Garten hinausging. »Es ist von Clifford«, erklärte Dottie in neutralem Ton.

Eliza öffnete die Schachtel, dann den Lederkoffer, der darinlag, und blickte überrascht auf eine neue Leica C mit Schraubgewinde am Objektiv. Dazu gehörte ein Satz Objektive und ein separater Entfernungsmesser, der auf das Gerät gesteckt werden konnte.

»Ist das nicht aufmerksam von ihm?«, meinte Dottie. »Sie hätten es schlechter treffen können als mit Clifford.«

In Eliza regte sich Freude. Ein neuer Fotoapparat war fast ein neuer Anfang. »Aber der muss ein Vermögen gekostet haben. Ich kann es kaum glauben.«

»Ich weiß, er ist nicht die Liebe Ihres Lebens«, fuhr Dottie fort, »doch dieses Geschenk zeigt, wie viel Sie ihm bedeuten.«

»Woher wissen Sie, dass er nicht die Liebe meines Lebens ist?«

»Das haben Sie mir gesagt, erinnern Sie sich? Wie auch immer, man sieht es am Blick eines Menschen. Immer am Blick. Ich habe das übrigens auch schon erlebt.«

Verblüfft über das intime Bekenntnis, blickte Eliza ihre Freundin an.

»Sehen Sie mich nicht so an«, sagte Dottie. »Er war ein kleiner Unteroffizier, ein Londoner, völlig unpassend ... aber ich liebte ihn.«

»Ich verurteile Sie nicht. Wie könnte ich?«

»Gewöhnlich spreche ich nicht darüber. Ich vertraue also auf Ihre Diskretion. Ich wurde schwanger, und meine Mutter litt unter der Schande, darum habe ich eingewilligt, Julian zu heiraten.«

»Und das Kind?«, fragte Eliza unsicher.

»Eine Fehlgeburt.«

»Das tut mir leid.« Und nach ein paar Augenblicken fügte sie leise hinzu: »Sie haben danach keins mehr bekommen?«

»Sie brauchen mich nicht zu bedauern. Lange Zeit habe ich mich innerlich wie tot gefühlt. Aber Julian und ich sind miteinander glücklich, und ich liebe ihn sehr.«

»Wäre es sehr unverschämt zu fragen, warum Sie keine Kinder bekommen haben?«

»Ich fürchte, Julian ist zeugungsunfähig.«

»Wussten Sie das vor der Heirat?«

Dottie schüttelte den Kopf, und ihre Augen schwammen in Tränen. Eliza legte einen Arm um ihre Schultern. »Als ich in England bei meiner Mutter war, sagte sie zuletzt, ich hätte eine Halbschwester.«

»Wirklich? Haben Sie eine Ahnung, wo?«

»Nein. Ich weiß nicht mal, ob es wahr ist.«

»Nun dann«, erwiderte Dottie. »Lassen Sie mich Ihre Schwester sein.«

Beide weinend, saßen sie noch da, als Clifford hereinkam. »Meine Güte, Dottie, ich hoffe, Sie haben sich nicht diese Weinkrankheit von Eliza eingefangen.«

Eliza lachte höflich, während Dottie sich die Augen wischte.

»Sei nicht albern, Clifford. Mit Dottie ist alles in Ordnung.«

»Und? Gefällt dir der Fotoapparat?«

Eliza stand auf und ging zu ihm. »Er ist fantastisch. Genau der richtige für mich. Ich danke dir.«

Und Clifford gab ihr erfreut einen Kuss auf die Wange.

Die Leica war genau das, was Eliza brauchte. Sofort machte sie Aufnahmen von Dotties schönem Garten, dem Haus, von

Dottie selbst und bat Clifford, ihr einen Diener mitzugeben, der ihr behilflich sein sollte, wenn sie auf Motivjagd in die Altstadt ging. Dort fotografierte sie Menschen, Blumen, Lebensmittel, alles, was ihr interessant erschien. Einmal glaubte sie, Indi zu sehen, aber als die Frau sich umdrehte, war sie es nicht. Das bestärkte Eliza nur in ihrem Entschluss, noch einmal zum Palast zu gehen und ihre Fotoausrüstung aus der Dunkelkammer zu holen.

Eines Nachmittags, nachdem sie eine Weile ziellos umhergeschlendert war, begab sie sich in den Garten, um sich zu sonnen, und überlegte, wie sie die Frage ansprechen sollte. Als Clifford breit grinsend mit großen Schritten zu ihr kam, fiel ihr ein, dass sie besser einen der Korbsessel gewählt hätte.

Er setzte sich neben sie auf die Bank, sagte aber kein Wort. Die Hände im Schoß gefaltet, gelang es ihr, nicht von ihm abzurücken, und ein paar Augenblicke lang betrachtete sie ihn von der Seite.

»Also, was gibt's?«, fragte sie. »Du bist sichtlich erpicht, mir etwas zu erzählen.«

»In der Tat«, sagte er, und unter seinem direkten Blick wäre sie fast zurückgewichen. »Es ist so, altes Mädchen, ich habe den Tag der Hochzeit festgesetzt.«

»Oh.« Sie blickte auf ihre Füße und brachte ihre Rockfalten in Ordnung. Dabei überlegte sie, was sie erwidern sollte, aber ihr Kopf war wie leer gefegt.

»Du scheinst darüber nicht sehr glücklich zu sein. Ich dachte, du würdest dich freuen.«

Ihre Augen brannten, und sie blinzelte dagegen an und atmete bewusst ruhig. Clifford wusste genau, dass sie es schon die ganze Zeit hinauszögerte, und wenn nicht, dann war er noch dickfelliger, als sie bisher angenommen hatte. Sie erinnerte sich, dass sie einmal gedacht hatte, er könnte doch eine gewisse Feinfühligkeit besitzen. Wie sehr sie sich geirrt hatte!

Er wartete noch auf eine Antwort, daher blickte sie auf, aber vor ihrem geistigen Auge sah sie Jay und litt. Jay war nicht nur feinfühlig, er ging auch auf sie ein, als wäre alles, was sie sagte, für ihn ungemein interessant.

»Wann?«, fragte sie schließlich.

»Im Oktober. Bis dahin sollte es etwas kühler geworden sein. Nicht mehr so verflixt heiß.«

»Wo?«

»Hier.«

Nicht hier. Nicht direkt vor Jays Nase! Eliza hatte Mühe, ihr Entsetzen zu verbergen, und als sie merkte, dass sie die Hände im Schoß rang, verschränkte sie die Finger und hielt sie still. »So bald?«

»Wir werden nicht jünger. Und wenn wir kleine Füße durchs Haus tappen hören wollen ... nun, je eher wir darauf hinarbeiten, desto besser.«

Er wurde rot, und sie gab vor, es nicht zu bemerken, indem sie den Blick senkte. Es war Juli, also blieben ihr noch drei Monate. Bei dem Gedanken sah sie Jay noch deutlicher vor sich.

»Ich hatte gehofft, meinem Beruf noch etwas länger nachgehen zu können. Bevor wir Kinder bekommen, meine ich.« Sie sagte das ganz ruhig, als wäre das eine vollkommen normale Überlegung.

»Eliza, du gehst auf die dreißig zu. Realistisch betrachtet, dürfen wir das nicht aufschieben. Darum nein.«

Sie riss die Augen auf. »Aber ich hatte mir überlegt, durch die Welt zu reisen und zu fotografieren, auf jeden Fall nach Paris und London.«

Er nahm ihre Hand. »Du hörst nicht zu. Ich habe Nein gesagt. Du wirst Ehefrau und Mutter sein, und zwar eine enorm tüchtige. Glaub mir, damit wirst du vollauf beschäftigt sein.« Er tätschelte ihre Hand und ließ sie dann los. »Sei ein braves Mädchen und nimm das Fotografieren als Hobby.«

Eliza stand auf, plötzlich resolut, und blickte ihm in die Augen. »Wenn ich dich heiraten soll, Clifford, muss über eines Klarheit herrschen. Ich lasse mir nicht vorschreiben, was ich zu tun oder zu lassen habe. Und morgen werde ich zum Palast fahren und meine Sachen holen. Du wirst mir hoffentlich einen Wagen überlassen, oder ist es dir lieber, wenn ich mit einem Kamelkarren vorfahre? Immerhin bin ich mit einem dort angereist.«

Sie trat ein paar Schritte von der Bank weg und hörte, dass er aufstand und über den Rasen ging. Als sie sich nach ihm umdrehte, sah sie noch, wie er den Garten verließ.

Chatur empfing sie vor dem Haupttor. Vergessen waren plötzlich die Sätze, die Eliza sich zurechtgelegt hatte. Er trat einen Schritt auf sie zu und schwenkte ein paar versengte Bögen Fotopapier.

Sie runzelte die Stirn. »Was hat das zu bedeuten? Warum sind die versengt?«

Mit geschwärzten Fingerspitzen gab er ihr die Bögen.

Eliza roch daran. »Was soll das?«

Er setzte ein bekümmertes Gesicht auf. »Es hat einen Brand gegeben. Ich bin untröstlich.«

Sie roch das verkohlte Papier, aber noch deutlicher witterte sie die Lüge. »Ich glaube Ihnen nicht. Wo?«

»Die Dunkelkammer ist in Flammen aufgegangen, ebenso Ihr Schlafzimmer.«

»Sie meinen, meine Ausrüstung und meine Kleider sind verbrannt?« Ihre Stimme klang dünn und atemlos.

»Zu Asche verbrannt.« Er schüttelte den Kopf. »Jammerschade.«

Eliza neigte den Kopf zur Seite und kniff die Augen zusammen, um ihm zu zeigen, dass sie ihm das nicht abnahm. Aber in Wirklichkeit war ihr elend zumute, und sie wischte sich den Schweiß vom Haaransatz.

»Wann war das?«, fragte sie.

Wieder tat er bekümmert. »Erst gestern Nacht, und schon am nächsten Morgen kommen Sie her. Einen Tag zu spät. Wie bedauerlich.«

Durch einen weiteren Wortwechsel wäre nichts zu gewinnen, doch Chaturs berechnende Art bestärkte sie in ihrem Entschluss. Da ihr keine angemessene Erwiderung einfiel, biss sie die Zähne zusammen, kehrte ihm den Rücken zu und stieg grußlos in den Wagen.

Zurück in Dotties Haus, schwankte sie in ihrem Entschluss. Es schien, als passierte jedes Mal etwas, das sie erneut in Verzweiflung stürzte, gerade wenn sie sich am eigenen Schopf herausgezogen hatte. Nachdem sie nun ohne Fotoausrüstung und Kleider dastand, besaß sie nur noch Olivers Notgroschen und das kleine Postsparbuch ihrer Mutter. Beides zusammen war wenig genug.

Sie war so wütend und frustriert, dass sie fluchend in ihrem Zimmer auf und ab lief. Hilflos in ihrem Zorn, warf sie sich aufs Bett und schlug auf ihr Kissen ein, als hätte sie diesen Teufel von Chatur vor sich.

Dottie musste sie gehört haben, denn sie kam herein und setzte sich auf die Bettkante. Eliza drehte sich zu ihr herum. Dottie lächelte sie aufmunternd an und fragte, was der Lärm zu bedeuten habe.

Eliza machte ihrem Zorn Luft. »Diese Bastarde haben meine Sachen vernichtet.«

»Wer?«

»Chatur und seine Handlanger. Sie haben alles verbrannt. Ich habe es zuerst nicht geglaubt, doch es ist ihnen absolut zuzutrauen. Jedenfalls Chatur. Ich verstehe nur nicht, woher er wusste, dass ich heute komme.«

»Meine Liebe, vielleicht hat Clifford Sie dort angekündigt … damit die Sache glattgeht. Aber Sie können sich die Ausrüstung neu kaufen, nicht wahr?«

Eliza schüttelte den Kopf. »Meine Kleider haben sie auch verbrannt. Ich habe nur die paar Sachen.« Sie deutete auf den Schrank.

Dottie lächelte verschwörerisch. »Kein Grund zu verzweifeln. Kommen Sie einfach mit mir.«

Eliza folgte ihr verwundert zu einem kleinen Zimmer an der Rückseite des Hauses.

»Was ist das?« Eliza sah ringsherum Schränke.

»Alles, was da hängt, ist mir zu klein geworden. Ich habe dieses Jahr ein bisschen zugenommen. Wirklich ein Jammer, da einige Kleider sehr hübsch sind. Probieren Sie so viele an, wie Sie möchten, und nehmen Sie, was Ihnen passt.«

»Im Ernst?«

»Ich werde vermutlich nicht mehr so schlank werden. Die meisten sind noch recht neu. Sie werden sie sicher nicht unmodern finden.«

»Sie sind ein Stück größer als ich, nicht wahr?«

»Wir können die Kleider leicht kürzen, wenn nötig.«

Nach einer Stunde freute sich Eliza über drei Blusen, zwei Röcke und zwei Kleider. Leider besaß ihre Freundin keine Hosen, aber in der Altstadt würde Eliza alles bekommen, was ihr noch fehlte. Dottie versprach, ihr ein indisches Hausmädchen mitzugeben, falls Eliza indische Kleidung kaufen wolle. Dann könne das Mädchen vorgeben, es kaufe für sich ein, und damit den Preis drücken.

Und genau so machten sie es. Nach zwei Stunden im Dschungel des Basars hatte Eliza trotz der mörderischen Hitze alles Nötige erstanden. Und sie hatte den Bummel genossen, obwohl es in den Straßen nach Fisch und Abwasser stank. Als sie heimkehrten, war die Sonne hinter den Häusern verschwunden, und der Himmel leuchtete rosa.

32

Eliza und Dottie waren damit beschäftigt, die Bibliothek umzuräumen, als es an der Haustür klopfte. Obwohl es noch früh war, drehte sich schon der Ventilator und brachte die Staubpartikel im Sonnenlicht zum Tanzen. Die Hitze war fast nicht auszuhalten. Dottie hatte erklärt, dass es kurz vor dem Monsunregen nicht mehr abkühlte und deshalb jeder launisch sei.

»Ich gehe öffnen«, sagte sie, wischte sich die Hände an der Schürze ab, zog sie aus und stopfte sie hinter ein Kissen.

Eliza zog die Brauen hoch.

Dottie schmunzelte. »Man kann nie wissen.«

Solange die Freundin im Hausflur war, schaute Eliza aus dem Fenster zu dem großen Peepalbaum im Garten. Wie gern hätte sie sich dort in den Schatten gesetzt, aber inzwischen war es selbst unter Bäumen unerträglich und die Luft so trocken, dass sie einen geradezu ausdörrte.

Augenblicke später kam Dottie mit einem Brief zurück. »Für Sie«, sagte sie. »Vom Palast.«

Eliza nahm ihn und betrachtete ihn mit ahnungsvollem Unbehagen.

»Wollen Sie ihn nicht öffnen?«, fragte Dottie neugierig.

»Ich ... ja, natürlich. Es ist nur ...«

»Nur was?«

»Ach, wahrscheinlich ist es albern.« Nachdem sie den Umschlag aufgerissen hatte, zog sie ein Blatt Papier heraus. Beim Lesen fingen ihre Beine an zu zittern. Sie musste sich hinsetzen. Dann las sie ihn noch einmal, war aber noch immer nicht imstande zu begreifen.

»Schlechte Nachrichten?«, fragte Dottie.

»Ich weiß nicht.«

»So erzählen Sie doch.«

Eliza zögerte, ob sie den Inhalt enthüllen sollte oder nicht. Schließlich rang sie sich dazu durch. Mit Lügen war nichts zu gewinnen. »Jay möchte mich sehen. Er ist gerade irgendwo mit dem Zelt unterwegs.«

Dottie wurde blass und setzte sich ebenfalls. »Ist das eine gute Idee?«

Eliza schüttelte den Kopf.

»Was schreibt er denn genau?«

Eliza gab ihr den Brief. Nachdem Dottie ihn gelesen hatte, blickte sie auf. »Wie überheblich! Er denkt, Sie lassen alles stehen und liegen.«

Eliza nickte. »Ich kann nicht zu ihm fahren.«

»Nein.«

Es folgte ein längeres Schweigen. Dottie brach es schließlich und lächelte Eliza schief an. »Nicht hinfahren kommt aber auch nicht infrage, nicht wahr?«

Eliza ließ den Kopf hängen, sie war zu durcheinander, um zu antworten.

»Nun?«, fragte Dottie. »Nach dem, was hier steht«, sie reichte Eliza den Brief zurück, »haben Sie nur eine Stunde Zeit, bis der Wagen Sie abholt.«

»Ich darf nicht. Clifford wäre fuchsteufelswild.«

»Ja.«

»Sie alle werden mich verabscheuen.«

»Das würde ich niemals. Sie sind die erste wirkliche Freundin, die ich hier gewonnen habe. Ich habe mich so sehr darauf gefreut, dass wir Nachbarn werden, doch ich verstehe das, wissen Sie? Ich habe Sie mit Clifford gesehen. Sie scheuen vor seiner Berührung zurück. Auch wenn Sie sich bemühen, ihn das nicht merken zu lassen.«

Eliza schämte sich dafür, aber selbst seine Stimme war ihr zuwider. Sie kaute nachdenklich auf der Wange. »Was, wenn ich dort ankomme und Jay will mich gar nicht?«

»Das ist ein Risiko. Sie sollten hinfahren, und wenn Sie entscheiden zurückzukommen, müssen Sie die Sache mit Jay beenden. Unwiderruflich. Ich möchte nicht unfreundlich sein, aber Sie müssen eine Entscheidung fällen und dabei bleiben.«

Eliza stand im selben Moment auf wie Dottie, und sie umarmten sich.

»Sie waren sehr freundlich zu mir, Dottie.«

Die grinste. »Ich werde immer hier sein. Und vorerst sage ich Clifford, Sie seien mit einer Freundin von mir für ein paar Tage weggefahren.«

Eine Stunde später verließ Eliza das Haus, um zu Jay zu fahren. Was daraus werden würde, wusste sie nicht, doch nicht hinzufahren hieße, sich selbst zu verleugnen. Während der Fahrt wurde sie von Erinnerungen an ihn überschwemmt, und das machte sie nervös, da die Vorfreude nicht ganz so groß war wie die Angst.

Sie kurbelte das Fenster herunter. Ein Bettler lächelte sie an, und Eliza warf ihm ein paar Rupien hin. Die kurze Begegnung kam ihr glückverheißend vor. Sie lächelte im Stillen. Wurde sie etwa zur Inderin, wie die Briten es ausdrückten? Wenn, dann kümmerte sie das nicht. Sie fühlte sich frei, beschwingt. Ich werde wunderbar, aufregend indisch werden, dachte sie, und die Worte schwirrten ihr durch den Kopf, bis ihr schwindlig wurde.

Die nervöse Vorfreude hielt an, als sie nach der Durchquerung eines Dorfes an einer Reihe Kamele vorbeifuhren. Ein Stück weiter sahen sie Bauern und kleine Jungen ihre Ochsen vor sich hertreiben. Ihr Chauffeur fuhr durch weitere Dörfer mit strohgedeckten Lehmhütten, und da kamen ihr wieder Zweifel. Sie schlug eine Mücke weg, die ihr vor dem Gesicht herumsummte. Ihre Stirn fühlte sich heiß an. Zu heiß. Was hatte sie sich dabei gedacht? Jay schnippte mit den Fingern, und sie kam angelaufen? Und nun wurde eine weitere Stimme in ihrem Kopf laut. Ihre Mutter schimpfte, sie solle nicht so dumm sein. Aber das war nicht bloß ein Klaps auf die Finger, sondern traf sie viel tiefer. Es warf sie zurück in das nervöse Unbehagen jener Zeit, da sie ihre Mutter mit Samthandschuhen hatte anfassen müssen und ihr Vater nicht mehr da gewesen war.

Eine Weile brütete Eliza vor sich hin, bis ihr der Wüstenwind Sandstaub und Fliegen ins Gesicht wehte. Da kam sie zur Besinnung. Sie wollte den Sonnenschein, und mehr als alles andere wollte sie aufrecht an Jays Seite stehen, wo alle Welt sie sehen konnte.

Sie wollte außerdem wie die Fotografin aus Paris sein, die sie damals kennengelernt hatte, und sie hatte noch lange nicht das Gefühl, genug in ihrem Beruf erreicht zu haben. Eliza wusste nicht, wie oder wann, aber die Tatsache blieb, dass sie ihre Sachen aus dem Palast abholen musste, um zu sehen, wie viel davon wirklich unbrauchbar geworden war. Und was immer mit Jay werden würde, sie könnte auf jeden Fall eine Ausstellung im *Imperial Hotel* organisieren, selbst wenn sie dann etwas kleiner ausfallen müsste.

Die Hitze war ermattend, es gab nicht die geringste Linderung, doch sie setzte ein Lächeln auf und behielt es bei. Das erste Anzeichen, dass sie sich ihrem Ziel näherten, war der Rauch, der reglos vor dem grellblauen Himmel hing. Sie fegte einen Schwarm Fliegen weg, dann drang der Geruch nach brennender Holzkohle ins Auto.

Als das Zeltlager in Sicht kam, kehrte ihre Angst zurück, und sie bekam Herzklopfen und feuchte Hände. Die Wüste strahlte in ihrer schlichten Schönheit, aber da stand ein ungewöhnliches, rot-silbern gestreiftes Zelt, umgeben von brennenden Fackeln. War das eigens für sie aufgebaut worden, oder benutzte er es sowieso? War sie für ihn Mittelpunkt der Inszenierung oder nicht?

Jay war nirgends zu sehen. Nur ein Schwarm Vögel stieg über dem Zelt in den Himmel auf. Ein Moment herber Enttäuschung. Vielleicht wird er erst noch kommen, dachte sie, als ihr der Fahrer aus dem Wagen half. Er nahm ihren Koffer und trug ihn zum Zelt. »Warten Sie«, rief sie laut. »Ich bringe mein Gepäck selbst hinein.«

»Ihr Raum liegt rechts«, sagte der Mann.

Das verblüffte sie. Sie hatte nicht gewusst, dass Zelte mehr als einen Raum haben konnten. Allerdings war dieses Zelt ziemlich groß. Die Zeltklappe war zur Seite geschlagen und festgesteckt. Eliza teilte die beiden Musselinvorhänge am Eingang und trat in einen kleinen Vorraum. Sieh mal an, dachte sie, ein Zelt mit Flur. Dann zog sie einen schwereren Vorhang zur Seite und betrat den Raum, der ihr zugewiesen worden war.

Bahnen rubinroter Seide hingen von der Mitte des Zeltdachs zu den Seiten geführt herab. Das Prunkstück war jedoch das Bett. Der Rahmen war golden gestrichen, die Decke und Kissen waren silberfarben. Rosenblätter waren auf die Decke und ringsherum auf den Boden gestreut, der mit den schönsten Kelims ausgelegt war, die Eliza bisher gesehen hatte. Außerdem gab es eine Chaiselongue, einen Lehnstuhl, einen kleinen Tisch und eine Frisierkommode.

Erstaunt, aber auch ein bisschen verwirrt setzte sie sich auf das Bett. Irgendetwas verströmte einen blumigen Duft. Sie entdeckte in zwei Ecken Duftlampen, und es duftete nach Rosen und Orangen. Es war fast nicht zu glauben. Sie dachte an das schlichte Picknick, das sie mit ihrer Mutter genossen hatte, und wünschte, Anna könnte das jetzt sehen. Und dennoch schauderte sie vor Unbehagen. Warum hatte Jay sie herbringen lassen? Vielleicht war der Brief gar nicht von ihm gewesen?

Sie hörte den Vorhang rascheln und blickte auf. Da stand Jay mit ernstem Gesicht. Ein Bild seiner Hände auf ihrem Körper blitzte vor ihrem geistigen Auge auf und erregte sie. Aber er kam ihr unnahbar vor, und sie blinzelte gegen Tränen an. Was ging in ihm vor? Warum sagte er nichts?

»Du hast dich von der Verletzung erholt?«, sagte sie schließlich sehr nervös.

Er zog die Brauen hoch.

»Ich hörte jedenfalls, dass du wieder gesund bist. War es eine Bombe?«

Jetzt zog er die Brauen zusammen. »Wir unterhalten uns also über Bomben, ja? Als Nächstes vielleicht über das Wetter?«

Sie verzog die Mundwinkel, da sie seinen Sarkasmus nicht nachvollziehen konnte, dann stellte sie sich seinem Blick. Es hatte eine Zeit gegeben, in der sie ihr Leben gegeben hätte, um in diese Augen sehen zu dürfen. Jetzt musste sie an sich halten, um nicht vor Jays Blick zurückzuweichen.

»Eliza, warum bist du weggeblieben? Ich musste von meiner Schwägerin erfahren, wo du bist.«

»Priya hat es dir gesagt?«

»Sie lässt keine Gelegenheit aus, ihre Überlegenheit herauszustellen oder zu zeigen, dass sie an vertrauliche Informationen herankommt. Aber, Eliza, ich habe versucht, dich zu erreichen.«

»Es tut mir leid.«

»Unsinn. Sag mir lieber, warum.«

Sie seufzte schwer und wünschte, sie dürfte ihm von ihrer Abmachung mit Clifford erzählen. Sie hätte ihm gern gesagt, dass sie es aus Liebe getan, für ihn getan hatte.

Die Hitze machte ihr zu schaffen; sie wischte sich den Schweiß von der Stirn. »Ich werde Clifford im Oktober heiraten«, sagte sie, konnte Jay dabei aber nicht ansehen.

Er machte zwei Schritte auf sie zu, und sein Sandelholzduft stieg ihr in die Nase. Eine ungeheure Verlockung. Doch dann hörte sie seinen Ärger. »Mehr hat es dir nicht bedeutet? Mehr habe *ich* dir nicht bedeutet? Verdammt, Eliza, wie konntest du?«

Eliza wollte die kostbaren Momente mit ihm nicht vergeuden, und dennoch tat sie genau das, indem sie schwieg und sich quälte.

»Also gut«, sagte er. »Ich werde bis morgen weg sein, und

wenn ich wieder hier bin, arrangiere ich deine Rückfahrt zu deinem Verlobten.«

Das letzte Wort schleuderte er ihr fast ins Gesicht.

»Bis dahin steht dir eine Dienerin zur Verfügung.« Und damit ging er hinaus.

Eliza legte sich aufs Bett und sah, dass das Zeltdach mit silbernen Sternen bestickt war. Sie drehte sich auf den Bauch und ließ den Tränen freien Lauf. Was war mit ihr los? Sie war hergekommen, weil sie ihn liebte, und nun hatte sie ihn abgewiesen. Aber Tatsache war, wenn sie ihre Verlobung mit Clifford nicht tatsächlich löste, wäre sie nicht frei für Jay. Obwohl sie nicht konventionell dachte, wollte sie nicht so rücksichtslos oder gefühllos sein. Doch was, wenn Jay nun für sie verloren war? Der Gedanke trieb ihr neue Tränen in die Augen.

Ich habe das Glück gehabt, ihn kennenzulernen, sagte sie sich. Er war eine Zeit lang Teil meines Lebens, und ich werde das als kostbare Erinnerung hüten. Sie hatte die Liebe erlebt, das war mehr, als viele andere von sich behaupten konnten. Und doch, wenn sie darüber nachdachte: Wie gut kannte sie Jay wirklich? Wie viel von dem, was sie sah, war er selbst, und wie viel war nur das Produkt ihrer Fantasie? Vielleicht war das unwichtig. Denn solange sie sich an seine tiefe, rauchige Stimme erinnern konnte, würde sie immer etwas von ihm besitzen. Er war der einzige Mann, den sie je geliebt hatte, abgesehen von ihrem Vater, und den liebte sie auch noch trotz seiner Verfehlungen. Sie würde Jays Liebe nie vergessen, und auch nicht seine erregende Nähe. Sie würde niemals darüber sprechen, sich nie rechtfertigen, und sie würde lernen, ohne Jay zu leben.

Als die Dienerin hereinkam, sah Eliza, dass es Kiri war.

»Madam.« Sie grüßte auf die indische Art.

»Kiri, ich bin so froh, Sie zu sehen«, sagte sie und riss sich zusammen.

Kiri kniete sich vor das Bett. »Geben Sie mir Ihre Hände, Memsahib.«

»Oh bitte, nennen Sie mich nicht so.«

»Was soll ich sagen?«

»Eliza?«

Die Frau lächelte bedauernd. »Das darf ich nicht. Würde Ihnen Madam genügen?«

Eliza musste lächeln. »Völlig.«

»Lassen Sie sich baden und die Haare waschen. Danach wird es Ihnen besser gehen.«

»Wo?«

Kiri stand auf und zeigte auf einen Vorhang. »Wir haben ein Bad. Kommen Sie.« Eliza folgte ihr in einen Raum mit einer glänzenden Metallwanne, einer Trockentoilette und einem Teppich. Auf einem Tisch lagen flauschige Kissen und Handtücher bereit.

»Wir werden Sie schön machen.«

»Ich fürchte, das wird mir nichts mehr nützen, aber ich fühle mich erschöpft, und ein Bad kann guttun.«

»Madam, es war schrecklich im Palast, seit Sie fort sind. Er war, wie sagt man, brummig wie ein Bär.«

Trotz ihrer Verlegenheit fragte Eliza nach. »Was glauben Sie, was er für mich empfindet?«

Kiri lachte. »Das wissen Sie nicht?«

Eliza schüttelte den Kopf.

»Wenn jemand Ihren Namen nennt, verlässt er den Raum. Wenn seine Mutter von einer Prinzessin redet, die er heiraten soll, brüllt er sie an. Sie brauchen ihn nur anzusehen, Madam, dann wissen Sie es.«

Während Kiri sie liebevoll einseifte und ihr dann die Haut mit Öl einrieb, schloss Eliza die Augen. Und nachdem Kiri ihr den Wüstenstaub aus den Haaren gespült hatte, ging sie hinaus und kam mit einem schönen blaugrünen Morgenmantel und bestickten Pantoffeln zurück.

Schließlich zeigte sie auf einen Vorhang auf der anderen Seite des Schlafraums.

»Da soll ich durchgehen, Kiri?«

»Ja, Madam. Ich darf nicht folgen.« Sie senkte den Blick.

Eliza ging einen Schritt darauf zu. Sie hätte damit rechnen können, trotzdem begriff sie jetzt erst, dass Jay gar nicht weggefahren war, sondern hinter dem Vorhang wartete. Sie zögerte und schaute zu Kiri zurück, aber die blickte nicht auf.

Eliza zog den Vorhang beiseite und ging mit leisen Schritten hindurch. Kerzen und Öllampen brannten in dem Raum aus dunkelblauen Seidenbahnen, doch Jay sah sie nicht. Auf dem Boden lag ein Teppich in hellerem Blau, und als sie daran entlangschaute, entdeckte sie Jays Füße. Er hatte hinter einem Kleiderschrank gestanden und kam nun hervor.

»Die Sonne geht unter«, sagte er. »Ich kann die Lampen aufdrehen, wenn du möchtest.«

Sie schüttelte den Kopf. »Ich kann sehen.«

Eine Weile schauten sie einander still an. Dann kam er, und sie ließ sich zu dem Bett führen, auf dem viele Kissen lagen.

»Wir werden uns nur hinsetzen. Einverstanden?«, fragte er mit belegter Stimme.

Es war ein niedriges Bett, und sie rückten sich ihre Kissen zurecht und lehnten sich an. Er strahlte Würde aus, wirkte jedoch auch ein wenig traurig.

Nachdem sie beide mit dem Rücken am Kopfteil lehnten, griff Jay nach ihrer Hand.

»Du bist also doch nicht weggefahren«, sagte sie.

Schweigen.

»Jay?«

Er seufzte schwer, dann wandte er sich ihr zu. »Sieh mich an, Eliza.«

Sie drehte ein wenig den Oberkörper, damit sie Jay bequem ins Gesicht sehen konnte. Die Trauer in seinen Augen verschlug ihr die Sprache, und da sie die Tränen kommen fühlte, hielt sie an sich.

Dann, als sie einander anblickten, lächelte er. »Sag mir die Wahrheit, Liebste. Warum?«

»Warum Clifford?«

Er nickte. Aber was sie zum Reden brachte, war die Intensität seines Blicks. Eliza erkannte, dass sie unfähig war, Jay anzulügen, und dass sie jetzt, da sie bei ihm war, wieder sie selbst sein konnte.

»Clifford hat versprochen, dich freizulassen, mit vollständiger Immunität.«

»Wenn du dich bereit erklärst, ihn zu heiraten?«

Sie nickte. »Zu seiner Verteidigung muss ich sagen, dass es eigentlich die Idee deiner Mutter war. Bitte sei ihr nicht böse«, fügte sie hinzu, als sie seine harte Miene sah. »Sie wollte dich schützen, Jay.«

»Also gut. Wenn du das glaubst, dann lass uns über etwas anderes reden. Ich habe mit Dev gesprochen. Er hat zugegeben, dass Chatur an ihn herangetreten ist. Devdan sollte ihm helfen, mir etwas anzuhängen.«

»Warum hat Dev zugestimmt?«

»Er hatte seine Gründe.«

»Zum Beispiel?«

»Eliza, ich darf dir das nicht sagen.«

Sie zuckte mit den Schultern. »Und du fühlst dich nicht verraten?«

»Ich denke, Dev wurde in eine schwierige Lage gebracht.« Er grinste schief. »Allerdings gab es auch eine Verlockung, der er nicht widerstehen konnte. Chatur versprach ihm eine Schreibmaschine mit Genehmigung.«

»Oh Gott!«

»Chatur hat dahintergesteckt. Er wollte mich für einige Monate aus dem Weg haben und hat Dev manipuliert.«

Eliza spürte Übelkeit in sich aufsteigen. »Dass Chatur durchtrieben ist, war mir klar. Aber was hältst du von Dev?«

»Ich weiß es nicht. Ehrlich. Bisher ist er mir ein guter Freund gewesen. Wir haben miteinander geredet.«

»Wie konntest du so blind sein? Ich glaube, er ist zu allem fähig.«

»Sein Vater war so, wie du sagst, Dev nicht.«

»Was hat sein Vater getan?«

Jay schüttelte den Kopf. »Etwas Schlechtes. Mehr kann ich dir dazu nicht erzählen.«

»Was wird nun aus Chatur?«

»Anish überlegt noch.«

»Das ist alles?«, fragte sie ungläubig.

»Fürs Erste. Jetzt will ich, dass du dich ausruhst, isst und schläfst und hoffentlich einen klaren Kopf bekommst.«

Aber sie hatte noch etwas anderes auf dem Herzen.

»Du weißt, wir können nicht miteinander schlafen, solange ich verlobt bin?«

Er legte einen Finger an seine Lippen. »Nicht reden. Lass uns ruhig zusammenliegen, bis es Zeit ist zu essen.«

Zwei Tage lang war die Hitze unerträglich. Sie lagen nur noch träge nebeneinander, ohne sich zu berühren, Jay auf dem Rücken, die Hände hinter dem Kopf verschränkt, und sie auf der Seite. Eine Stunde war wie die andere, angefüllt mit unbestimmten Empfindungen, für die es keine Worte gab.

»Was ist das hier?«, fragte sie irgendwann.

Er sah sie prüfend an. »Das sind wir, du und ich. Muss es mehr sein?«

»Es ist so anders. Ich weiß nicht.«

»Müssen wir dem einen Namen geben?«

»Das weiß ich auch nicht.«

Dann erzählte er, die Bewässerungsanlage sei fast fertig, und er habe sie in den Händen eines sehr zerknirschten Dev gelassen. Eliza traute Devs Läuterung nicht so ganz, aber als sie das sagte, versicherte Jay, Dev würde das Projekt keinesfalls sabotieren. Er erzählte auch, dass die Explosion in Delhi durch eine alte Öllampe verursacht worden war, die jemand hatte brennen lassen. Sie hatte schlecht gelagerte Chemikalien in Brand gesetzt. Es sei also kein Anschlag gewesen. Eliza war froh, weil sie offenbar doch nicht zwei Bombenanschläge in Delhi hatte mitansehen müssen.

Sie schliefen getrennt, jeder in seinem Teil des Zeltes, doch in der zweiten Nacht, als sie Jay auf seiner Seite herumgehen hörte, fiel es ihr sehr schwer, ihn allein zu lassen. In der heißen Stille der Nacht bestärkte sie sich, nicht nachzugeben, und ertrug die quälende Sehnsucht. Stunden später ging sie nach draußen, um sich die Sterne anzusehen. Die Feuer neben den Zelten brannten noch. Ihr fiel ein, dass damit wilde Tiere ferngehalten wurden, und sie eilte zurück in ihr Zelt.

Am dritten Morgen saß sie im Schneidersitz am Feuer und wartete übernächtigt auf den Kaffee, als Jay im Morgenmantel herauskam. Seine Haut schimmerte, und seine Haare waren noch nass vom Baden. Er hatte dunkle Schatten unter den Augen. Er hat auch nicht geschlafen, dachte sie.

Als er sich neben sie hockte, klaffte sein Morgenmantel an der Brust auseinander, und Eliza musste an sich halten, um Jay nicht zu berühren. Sie wollte seinen Herzschlag spüren, zusammen mit ihrem eigenen, wie während ihrer Zeit in seinem Palast. Stattdessen fragte sie ihn, wie viel von ihren Sachen bei dem Feuer verbrannt seien.

Er blickte sie verdutzt an.

»Chatur sagte, in der Dunkelkammer und in meinem Schlafzimmer habe es gebrannt.«

»Ich weiß nichts von einem Feuer. Das hätte man mir gesagt.«

»Also hat er mich hereingelegt«, bemerkte Eliza.

»Das sieht ihm ähnlich.«

»Also«, sagte sie. Sie drohte den Mut zu verlieren, aber sie überwand sich weiterzusprechen. »Ich habe beschlossen, Clifford zu schreiben.«

Keiner von ihnen hatte die Verlobung noch einmal erwähnt, seit sie es Jay erzählt hatte, aber sie hatte immer im Raum gestanden, ein dunkler Schatten, der sich nicht ignorieren ließ.

»Und?«, fragte er. Sein Blick hellte sich auf, er hoffte sichtlich. Er ist auch verletzlich, dachte sie, trotz aller Stärke und Männlichkeit.

»Die Verlobung. Ich werde sie lösen. Hast du jemanden, der den Brief zustellen könnte?«

»Ich habe genau den Richtigen dafür. Er wird heute noch losreiten.«

Eliza konnte Jays glücklichem Tonfall nicht widerstehen und lächelte ihn an. »Also lass mich für eine Stunde allein, dann bin ich damit fertig.«

Sobald er gegangen war, begann sie zu schreiben. Sie war von neuer Hoffnung erfüllt. Der Monsun stand vor der Tür. Das spürte man an der Luft. Gott sei Dank. Eliza meinte, die Hitze nicht noch länger ertragen zu können, und der Regen würde ein wahrer Segen sein.

Nach der vereinbarten Zeit kam Jay ins Zelt, zusammen mit einem anderen Mann. »Fertig?«

Sie nickte dem Boten zu. »Hier ist der Brief.«

»Er wird ihn abgeben und deiner Freundin Dottie sagen, dass es dir gut geht.«

Sie lächelte breit, und Jay nahm sie bei der Hand.

»Jetzt müssen wir uns beeilen. Das Lager muss abgeschlagen sein, bevor es zu regnen anfängt. Und wir, meine schöne Engländerin, fahren nach Udaipur.«

33

Udaipur

Sie waren unterwegs nach Udaipur. Nach der unbarmherzigen Hitze stand endlich der Regen kurz bevor, die anrückende Sturmwand wurde dynamischer. Der Himmel hatte sich verfinstert, und zum ersten Mal seit ihrer Ankunft sah Eliza eine Masse dunkler Wolken wirbeln und aufquellen. Es war aufregend, und sie wünschte, sie könnte jetzt die eigentümlich beleuchteten Wolken fotografieren, die über das ferne Aravelligebirge zogen, aber sie saß hinter Jay auf dem Motorrad. Sie fuhren dem Unwetter entgegen, und beim ersten fernen Blitz empfand sie eine kribbelnde Aufregung.

»Was, wenn es anfängt zu gießen, bevor wir da sind?«, rief sie.

»Dann werden wir nass!«

Sie lachte, und überglücklich vor Freude, ihm wieder so nah zu sein, atmete sie seinen Geruch nach Sandelholz und Zitrone ein. So vieles war bis zum Monsun passiert, und nun wurde ein neues Kapitel für sie aufgeschlagen, gerade als der Himmel seine Schleusen öffnete.

Als sie sich Udaipur näherten, wuchs ihre Vorfreude. Sie hatte sich danach gesehnt, die romantische Stadt der Seen am Aravelligebirge zu sehen, und nun war es so weit. Heiße Windböen fegten durch das Gras. Eliza hätte vor Freude in die Hände klatschen wollen, musste sich aber an Jay festhalten. Schließlich gelangten sie zu einer Festung, die wie viele andere aus dem Berg gewachsen zu sein schien. Jay stieg vom Motorrad und half ihr herunter. Sie schaute dabei zu den Bögen, Türmen und Kuppeln hinauf.

»Das ist der ideale Platz, um den Monsun zu erleben«, sagte Jay.

Eliza schaute ins Tal und war sprachlos vor Staunen angesichts des Palastes, der auf dem spiegelglatten See zu schwimmen schien. Es sah aus wie im Märchen, absolut bezaubernd.

»Warst du schon einmal in dem Seepalast?«, fragte sie in einem Ton, als befände er sich nicht in der wirklichen Welt und wäre darum nicht betretbar.

Jay sah sie mit hochgezogenen Brauen an, als wollte er sagen: Natürlich, was denn sonst?

Nachdem sie das Panorama noch einige Augenblicke lang betrachtet hatten, wurden ihre Reisetaschen gebracht, und Jay ging mit ihr zu einem Pavillon mit hohen Säulenbögen, hinter dem der Palast der Festung stand.

»Von hier aus werden wir uns das Schauspiel ansehen«, sagte er, und schon fielen die ersten Regentropfen.

»Jetzt fängt es an?« Eliza streckte eine Hand nach draußen, um Tropfen aufzufangen.

»Sieht so aus.«

Die aufgetürmten Wolken nahmen gerade ein kräftiges Violett an, und dann zogen sich plötzlich Blitze über den gesamten Himmel. Eliza zuckte zusammen und fasste nach Jays Hand.

»Wundervoll, nicht wahr?«, sagte er.

»Ich kann kaum glauben, dass wir hier sind.«

Er lachte und drückte ihre Hand. Eliza lehnte sich an ihn, sodass sie sein Herz an ihrem Rücken schlagen fühlte.

»Wir sind umgeben von Wäldern, Seen und Bergen. Sobald der Regen nachlässt, zeige ich dir die Gassen der Altstadt.«

»Der Palast auf dem See sieht aus wie aus einem Märchenbuch.«

»Er ist der Sommerpalast.«

»Können wir schwimmen gehen? Nach dem Gewitter?«

»Wenn dir die Krokodile nichts ausmachen?«

Eben noch waren nur ein paar Tropfen gefallen, nun krachte ein Donnerschlag, dass man meinte, die Welt würde erzittern, und im nächsten Moment ging ein Wolkenbruch nieder. Regenvorhänge wehten und prasselten, peitschten den See auf, und von der trockenen Erde stieg ein lieblicher Geruch auf. Eliza hörte Jay sprechen, konnte aber kein Wort verstehen.

Eine Stunde lang standen sie da und schauten. Der Regen fiel, als hätten die Sturmwolken alles Wasser der Erde in sich aufgenommen und schütteten es jetzt herab, und dabei blitzte es in einem fort. Bald war die Luft weiß, sodass man von der Stadt und dem See nichts mehr sah. Erst als das Gewitter aufhörte, drehte Jay sie zu sich herum. Da es dämmerte, war sein Gesicht nicht mehr zu erkennen, nur seine schimmernden Augen.

»Bist du bereit?«, fragte er. »Es lässt nur für eine Weile nach.«

»Ja. Lass uns gehen.«

Während er mit ihr in den Palast ging, fragte Eliza, wem er gehörte und ob sie überhaupt willkommen seien.

»Der Besitzer ist ein alter Freund der Familie. Keine Sorge, es ist alles arrangiert.«

»Du wusstest, dass ich kommen würde?«

»Ich habe es gehofft.«

In ihrem gemeinsamen Zimmer stand ein großes Himmelbett mit Vorhängen.

»Soll ich die Vorhänge zuziehen?«, fragte er.

Sie schüttelte den Kopf und ging ans Fenster. »Lass uns alle offen lassen, am Bett und am Fenster.«

»Und die Fenster öffnen, damit wir den Regen prasseln hören?«

Sie lachte. »Du bist so romantisch, Jayant Singh Rathore.«

»Ist das schlecht?«

Eliza lief zu ihm und schlang die Arme um seinen Hals. Darauf führte er sie zum Bett. Als sie sich an die Kissen lehnte, schob er ihr den Rock hoch, rollte ihre Strümpfe herunter und streichelte dabei ihre Beine. »Seide?«, fragte er.

»Mein einziges Paar. Dottie hat sie mir geschenkt.« Dann

lachte sie, als wäre alle Freude in ihr lange unterdrückt worden und müsse nun hervorbrechen, die Macht übernehmen und sie durchschütteln. Er lachte auch, und es dauerte nicht lange, da lachte und weinte sie zugleich, und er wischte ihr die Tränen weg. Als sie endlich versiegt waren, zog er sie fertig aus und betrachtete sie.

»So helle Haut«, sagte er. »Wie Porzellan.«

Ein Hochgefühl erfüllte sie, und sie fühlte sich erlöst, wovon, hätte sie nicht sagen können, aber es war wundervoll und unvergleichlich.

»Jetzt bin ich dran mit Ausziehen«, sagte sie.

»Vorher möchte ich dich berühren.«

Sie schloss die Augen, als er sie mit den Fingerspitzen streichelte. Er fing bei den Zehen an und wanderte nach oben bis zu den Lidern, und Eliza überließ sich dem schönen Gefühl. Jay hatte etwas Zeitloses an sich, genau wie seine Heimat, und wenn sie so mit ihm zusammen war, fühlte sie sich in seine Welt hineingezogen, so als gehörte sie ebenfalls dorthin, in diese Sphäre des nie vergehenden Augenblicks.

Sobald sie Jay ausgezogen hatte, liebten sie sich. Sie taten es langsam und lange, ohne auf die Zeit zu achten. Draußen donnerte es in einem fort, die passende Untermalung ihres Herzklopfens, und als es vorbei war, legten sie sich nebeneinander, beide verschwitzt und glücklich. Eliza überlegte kurz, ob sie etwas sagen sollte. Sie fühlte ihre Liebe aber so intensiv, dass sie den Moment lieber noch länger auskosten wollte.

In dieser Nacht liebten sie sich mehr als einmal. Während das Unwetter weiterwütete und der Wind den Regen sogar durch die Fensterritzen trieb, wurden sie leidenschaftlicher, und mit Jays Geschmack auf der Zunge empfand Eliza diese Momente als die erregendsten und schönsten ihres Lebens. Ihr Stöhnen konnte bei dem Unwetter sicher niemand hören, aber es wäre ihr auch egal gewesen, wenn alle Welt gelauscht hätte. Sie dachte an die Bewohner von Udaipur, die erleichtert und glücklich sein mussten, weil es endlich regnete, und fragte sich, wie viele Kinder wohl in dieser Nacht gezeugt würden.

Als es am nächsten Tag gerade einmal nicht regnete, nahm Jay sie in die Altstadt mit. Eliza staunte, wie hoch das Wasser gestiegen war, als sie am Ostufer des Pichola-Sees an Palästen, Tempeln und Badestellen entlangspazierten, wo in der Ferne das sanfte Ocker und Violett des bewaldeten Aravelligebirges zu sehen war.

Aber nicht nur der See war angestiegen. Wasser strömte die Rinnsteine und Gassen entlang, die zum See hin abfielen. Alles war nass und glänzte in der Morgensonne.

»Während der Monsunzeit ist es herrlich. Udaipur hat fünf große Seen, die sich dann mit Wasser füllen.«

»Das ist bestimmt die romantischste Stadt von ganz Indien.«

Er lachte und griff nach ihrer Hand. »Dann sind wir hier ja richtig.«

»Ist es in Ordnung, dass wir uns so in der Öffentlichkeit zeigen?«

»Du machst dir Gedanken, was die Leute denken?«

»Ich meine nur, hier ist es anders. Du solltest dich eigentlich nicht mit mir zeigen, oder?«

»Ich glaube nicht, dass das jemanden kümmert. Sobald es regnet, erwacht in den Leuten ungestüme Freude, sie lassen die üblichen Hemmungen fallen.«

»Ich bin froh, dass es sich endlich abgekühlt hat.«

Er zeigte mit dem Arm in die Umgebung. »Schau sie dir an. Diese Stadt wurde 1559 gegründet, von Maharana Udai Singh II., einem Rajputenkönig.«

»Erstaunlich. Aber war es das schon? Ist der Regen vorbei?«

Er wirkte überrascht. »Ich hoffe nicht. Wir brauchen beträchtlich mehr Wasser. Das hat gerade gereicht, damit die Berge wieder grün werden. Unsere Auffangbecken zu Hause müssen sich bis zum Rand füllen.«

»Oje, die hätte ich fast vergessen.«

Und er hatte recht. Es fing erneut zu regnen an, und am zweiten Abend fiel Eliza auf, wie sehr das Jays Stimmung hob. Wieso war ihr nicht klar gewesen, wie besorgt er sein musste, ob der Regen womöglich ausblieb? Gewöhnt an das regnerische Klima in England, vergaß sie leicht, dass Regen in Indien über Leben und Sterben entschied.

Sie verbrachten eine weitere wunderschöne Nacht miteinander und unterhielten sich in der Dunkelheit, wie Liebende es in der Erkundungsphase ihrer Beziehung tun. Es war anders als bei ihrem vorigen Zusammensein in Jays Palast. Diesmal öffneten sie sich einander noch ein Stück mehr. Jay erzählte ihr, wie er als Kind im Internat nachts in sein Kissen geweint und wie sehr er das fade englische Essen und das furchtbare vornehme Getue verabscheut hatte. Und er erzählte ihr, wie traurig sie alle gewesen waren, als sie ihre kleine Schwester verloren hatten.

»Deshalb haben wir wohl Indi ins Herz geschlossen. Nicht dass sie je den Platz meiner Schwester einnehmen könnte. Für Laxmi war das ein schwerer Verlust. Als hätte sie einen Teil ihrer selbst verloren.«

»Ich weiß nicht, ob meine Mutter das auch so empfunden hätte«, sagte Eliza.

Sie erzählte ihm, dass sie immer gedacht habe, ihre Mutter liebe sie nicht, und dass sie die Intimität mit Oliver in keinem Moment genossen und dem Zubettgehen stets mit Grauen entgegengeblickt habe. Nachdem Oliver eingeschlafen war, ging sie häufig ins Wohnzimmer, um die ganze Nacht aufzubleiben, und schlief dann bei Tag, wenn er das Haus verlassen hatte. Sie weinte und sagte, sie habe nicht gewusst, dass es auch so schön sein könne, und dann schlief sie beim konstanten Prasseln des Regens ein.

Am frühen Morgen wurden sie aus dem Schlaf gerissen, weil jemand laut an die Zimmertür klopfte.

Jay stieg aus dem Bett, warf sich etwas über, und als er öffnete, zog sich Eliza die Decke über den Kopf. Dass die Diener vom Charakter ihrer Beziehung erfuhren, war eine Sache, eine ganz andere wäre es, sie nackt in Jays Bett liegen zu sehen. Sie hörte, wie er die Tür schloss, und dann seine Schritte. Überraschenderweise kam er nicht wieder ins Bett, darum schlug sie die Decke zurück. Er stand reglos am Fenster und starrte hinaus.

»Was ist los?«, fragte sie mit leisem Schrecken und hörte selbst, dass sie ängstlich klang.

Er drehte sich zu ihr um und streckte ihr einen Brief entgegen. »Hier«, sagte er matt, »lies selbst.«

Sie glitt aus dem Bett, nahm den Brief, und während sie las, erfasste sie nur vage, was das für sie beide bedeutete.

»Das tut mir sehr leid«, flüsterte sie.

»Ich muss abreisen.« Er blickte sie so traurig an, dass es sie kalt überlief.

»Jetzt? Du musst sofort gehen?«

Er nickte niedergeschlagen.

»Aber du kommst zurück?«

»Komm, setzen wir uns.«

»Nein, antworte mir.«

»Da Anish tot ist, bleibt mir nichts anderes übrig. Verstehst du das?«

»Natürlich.« Doch sie klang wie ein mürrisches Kind.

»Ich werde so schnell wie möglich den Thron besteigen müssen.«

»Aber du kommst zurück?«

Er schüttelte den Kopf. »Ich weiß nicht, ob das möglich sein wird. Zumindest nicht sofort.«

»Was ist mit mir?«

»Wir werden uns etwas überlegen.« Er legte eine Brieftasche auf den Nachttisch. »Falls du Geld brauchst.«

»Was? Was überlegen?« Sie ignorierte die Brieftasche.

»Eliza, das weiß ich noch nicht. Ich weiß nur, dass draußen ein Pferd auf mich wartet und ich gehen muss.«

»Bei dem Wetter willst du reiten?«

»Das ist sicherer, als mit dem Motorrad zu fahren.«
»Sicherer?«

Sie setzte sich auf den Stuhl am Fenster und konnte nicht glauben, was gerade passierte. »Du hast deinen Bruder verloren, und deine Mutter und Priya sind bestimmt ganz aufgelöst. Ich verstehe, dass sie dich brauchen.«

»Es ist nicht nur deswegen. Wenn ich die Nachfolge nicht antrete, werden die Briten die Regierung übernehmen, und dann ist das Land für uns verloren. Sie waren schon die ganze Zeit scharf darauf, Anish loszuwerden, und werden ihre Chance nutzen.« Eliza sah wie betäubt zu, wie er sich hastig anzog, denn ihr war klar, dass er recht hatte und sie nichts dagegen tun konnte. Dann kleidete sie sich ebenfalls an.

»Und wir?«

»Schauen wir erst mal, wie sich die Lage entwickelt. Ich werde dir einen Wagen schicken, der dich zu meinem Palast bringt, sobald das Wetter es erlaubt. Es ist am besten, wenn du vorerst dortbleibst, solange alles im Umbruch ist.«

»Und dann kommst du zu mir?«

»Für eine Weile. Aber ich werde wohl im Palast der Familie leben müssen, auf jeden Fall zu Anfang.«

»Werde ich auch dort wohnen?«

Er schloss für einen Moment die Augen und schwieg.

»Jay?«

Er kam zu ihr und wollte sie in die Arme nehmen, doch sie schob ihn von sich. »Du meinst, wir werden nicht einmal zusammenleben können? Du wirst irgendeine Prinzessin heiraten?«

Wieder gab er keine Antwort.

Bestürzt starrte sie ihn an und wünschte, er würde etwas zu ihrer Beruhigung sagen. Dann wurde sie ungeheuer wütend.

Da er noch immer schwieg, drehte sie sich um und floh aus dem Zimmer und aus der Festung, vor allem aber floh sie vor Jay. Im Regen schritt sie die Bergkuppe entlang und weinte. Ihr war egal, dass sie kaum den Boden sehen konnte. Allein unter dem finsteren Wolkenhimmel, richtete sie ihren Zorn gegen sich selbst. Was für eine naive Gans war sie gewesen, sich von der romantischen Umgebung einlullen zu lassen!

Als sie durchnässt und mit schlammbespritzten Beinen zurückkehrte, war Jay abgereist. Genau das hatte sie gewollt: Sie hätte es nicht ertragen, ihn noch einmal zu sehen. Aber nun, da er tatsächlich fort war, zerriss es sie innerlich. Sie fühlte sich so beschmutzt und betrogen, es gab nichts, was sie beruhigen, ihren Schmerz lindern könnte. Die wunderbarste Zeit ihres Lebens hatte sich in die schlimmste verwandelt. Es war ihr so natürlich vorgekommen, Jay zu lieben, doch dahin hatte es nun geführt. Durch ihre einsame Kindheit war sie auch als Erwachsene einsam geblieben, selbst in ihrer Ehe, nur bei Jay war es anders gewesen. Wie sollte sie je akzeptieren, dass es vorbei war?

Als sie jetzt allein in dem Zimmer stand, das sie miteinander geteilt hatten, fühlte sie sich ernüchtert; ihre Hoffnungen waren zerstoben. Wohin jetzt mit der Liebe, die ihr ganzes Wesen durchdrungen hatte? Ihr fiel ein, was Jay einmal gesagt hatte: Nur wer von ihr schwer gezeichnet wurde, kennt die Liebe. Aber ein Trost war das nicht.

Für den Rest des Tages verweigerte Eliza das Essen, und als es Abend wurde, starrte sie aus dem Fenster und sah den Himmel violett und schließlich schwarz werden. Vielleicht würde sie eines Tages an die Nächte in Udaipur denken können, ohne dass es wehtat. Vielleicht würde sie eines Tages vergessen haben, wie Jays Herz klopfte, wenn sie nackt zusammenlagen. Er hatte ihren Körper berührt, er hatte ihre Seele berührt, und jetzt war für sie nichts mehr alltäglich. Nachdem der Staub der Wüste weggewaschen und die Erde vom Regen aufgeweicht war, schmerzte es, den Monsunregen mit ihm erlebt zu haben und es dann ohne ihn regnen zu sehen.

34

Am ersten Morgen nach ihrer Rückkehr in Jays Palast packte Eliza ihre Reisetasche aus und blickte sich in dem Zimmer um. Sie war tieftraurig und fühlte sich schlecht behandelt. Bei ihrer Ankunft war sie froh gewesen, Dev nicht zu begegnen, besonders nach der langen Fahrt, die durch den Regen teilweise schwierig gewesen war. Das Aravelligebirge war grüner als zuvor, und auch ihr Fenster bot einen Ausblick auf frisches Grün. Zunächst hatte es gutgetan, über Jays Land den Morgen dämmern und die Sonne aufsteigen zu sehen, aber jetzt fühlte sie sich bleischwer.

Sie dachte daran zurück, wie sie im November in Juraipur angekommen war, wie sie Jay mit seinem Falken zum ersten Mal gesehen und für einen Eindringling gehalten hatte. Eliza dachte an die Räume, wo Laxmi sie empfangen hatte, an die Juwelen, Dolche und kostbaren Kristallgläser in den Vitrinen, an die Marmorbäder, wo die Konkubinen ihr die Haare gewaschen hatten. Auch an den unterirdischen Gang, durch den sie mit Jay zum Holi-Fest in die Stadt gegangen war, dachte sie. Sie sah alles vor sich, bis ihr der Kopf schwirrte und sich die Bilder und Empfindungen überschlugen, dann verbot sie sich diese Erinnerungen. Sie schmerzten zu sehr.

Nachdem sie sich angezogen und gefrühstückt hatte – es war immer ein wenig Personal da –, zog sie sich die Stiefel an und lief durch den Garten und den Obsthain zu dem neuen See. Die Luft roch wunderbar lieblich. Ihr wurde fast schwindlig, so gierig atmete sie die Gerüche des feuchten Landes ein. Es war, als hätte der Regen alles verwandelt. Die wilden Blumen, das Laub an den Bäumen und der satte Erdgeruch schienen um ihre Aufmerksamkeit zu wetteifern. Aber es war der Anblick der enormen, im Morgenlicht schimmernden Wasserfläche, was sie zum Staunen brachte. Der silbrige See war gefüllt bis zum Rand, wie Jay gehofft hatte. Die Uferbefestigungen hatten gehalten, und Eliza sah, dass die Schleusen geschlossen waren. Wenn man sie öffnete, würde Wasser durch die Kanäle bis zu den Dörfern fließen und das Land bewässern. Das war ein phänomenaler Erfolg. Elizas Stimmung hob sich ein wenig, auch weil sie daran mitgewirkt hatte. Im kommenden Jahr würde Jay ein zweites Auffangbecken ausschachten, und er plante noch mehr, und all das hatte angefangen mit einer Bemerkung von ihr bei ihrem ersten Besuch.

Das brachte ihr auch die Erinnerung an die grausige Witwenverbrennung zurück, und dann dachte sie wehmütig daran, wie Jays Nähe sie zum ersten Mal erregt hatte. Mit sich selbst beschäftigt, schaute sie auf das Wasser und lauschte dem Blöken der Ziegenherde, die irgendwo graste, hörte jedoch nicht die Schritte, die sich hinter ihr näherten. Aber dann räusperte sich jemand, und sie drehte sich um.

»Sie sind also doch hier«, sagte sie und stöhnte innerlich.

Dev schien zu überlegen, was er erwidern sollte. »Sie werden hier finden, was Sie suchen, wenn Sie es zulassen«, meinte er schließlich, was sie überraschte.

»Ich suche nach gar nichts.«

»Wir suchen alle etwas. Ich habe gestern Abend gesehen, wie Sie angekommen sind. Ich dachte, ich lasse Sie erst mal in Ruhe.«

Sie musterte sein Gesicht. Er wirkte anders als sonst, sah mitgenommen und müde aus. Hoffentlich würde sich Jays Vertrauen in ihn nicht als Fehler erweisen. Eliza fand es noch immer schwer, Dev die Beteiligung an der Intrige zu verzeihen.

»Ich dachte ...«, begann er und stockte.

»Was?«

»Sie heiraten Mr. Salter, ja?«

Als der Name fiel, kribbelte ihr der Ärger im Nacken. Sie nickte knapp. »Wüsste nicht, was Sie das angeht.«

Dev schüttelte den Kopf. »Es wäre vielleicht besser, wenn Sie nicht zurückgekehrt wären.«

»Nach Indien?«

Er nickte, und sie beobachtete sein Mienenspiel – sah seine kaum verhohlene Feindseligkeit, aber auch noch etwas anderes, das neu an ihm war. Um Jays willen hatte sie vorgehabt, in Dev das Beste zu sehen, und obwohl er es ihr nicht leicht machte, musste sie zugeben, dass sie neugierig war.

»Sie kümmern sich jetzt um das Anwesen?«

»Das ist meine Strafe. Ich nehme an, er hat es Ihnen erzählt.«

Sie nickte.

»Jay und ich kennen uns schon lange. Was ich getan habe, war falsch, doch er hat mir verziehen.«

Kopfschüttelnd blickte sie zu Boden. »Ich verstehe nicht, wie Sie das tun konnten, besonders nachdem er so gut zu Ihnen gewesen war.«

»Es ist kompliziert.« Mehr sagte er nicht, und als sie ihn nach der ausweichenden Antwort anblickte, drehte er sich um und ging davon.

Eliza kehrte in ihr Zimmer zurück, um wieder zu packen. Sie wollte nicht bleiben, wenn Dev ihre einzige Gesellschaft war. Darum setzte sie sich aufs Bett und dachte nach. Eines war klar: Sie musste vernünftig sein und sich beschäftigen. Aber obwohl es hier nichts mehr für sie gab, fiel es ihr schwer zu gehen, zumal der Sandelholzduft noch in ihrem Zimmer hing. Schließlich stand sie auf und warf ihre Sachen aus dem Schrank aufs Bett.

Sie schaute nach draußen in den heißen, schimmernden Tag und konnte sich nicht darüber freuen. Trotz ihres Unbehagens war ihr klar, dass sie allein über ihr Leben zu entscheiden hatte, nicht Clifford, nicht ihre Mutter und ganz bestimmt nicht Jay. Eliza packte ihre Tasche. Aber wieso passte nicht mehr alles hinein? Sie leerte sie aus und begann von vorn. Als es endlich geschafft war, steckte sie Jays Brieftasche ein. Einem ersten Impuls folgend, hatte sie das Ding samt Inhalt in den erstbesten Brunnen werfen wollen, an dem sie vorbeikäme, aber die Vernunft hatte sie davon abgehalten. Sie wollte gewiss nicht von Jay ausgehalten werden, würde das Geld jedoch vielleicht dringend brauchen.

Gerade als sie den Reißverschluss der Tasche zuzog, klopfte Dev an die Tür und kam herein. Wieder war eine Veränderung mit ihm vorgegangen, vielleicht sah er ein bisschen verletzlich aus und auf jeden Fall unsicherer als vorher.

»Können wir reden?«, fragte er.

Eliza runzelte die Stirn. »Es gibt nicht viel zu sagen, oder?« Sie wollte nicht mehr Zeit mit ihm verbringen als nötig. Seine Verachtung für die Briten war ihr immer auf die Nerven gegangen, obwohl sie dafür durchaus Verständnis hatte. Jedenfalls hatte sie jetzt keine Lust, über staatliche Unabhängigkeit oder dergleichen zu reden, auch wenn sie inzwischen völlig seiner Meinung war.

»Ich fürchte, doch.«

»Ach, wirklich?«

»Gehen wir auf die Terrasse und lassen uns Kaffee bringen.«

Sie überlegte. So aufgewühlt sie war und sowenig sie mit Dev Kaffee trinken wollte, stimmte sie doch zu. Sie konnte nicht genau bestimmen, was sie in seinen Augen sah, als er sie betrachtete, doch einen Moment später, als sie eine Fliege vor ihrem Gesicht verscheuchte, kam sie darauf: Schuldgefühle.

Sie begaben sich auf die Terrasse, und nachdem ein Diener ihnen den Kaffee gebracht hatte, wirkte Dev auf einmal kleiner und ein wenig verloren.

»Sie haben mich nie leiden können«, sagte sie.

»Das lag nicht an Ihnen. Ich ...«

»Woran denn?«

Dev ließ den Kopf hängen. Als er wieder aufblickte, waren seine Augen dunkel umschattet. »Ich weiß nicht, wie ich darüber sprechen soll.« Er klang elend.

Sie lächelte. »Meiner Erfahrung nach ist es bei schwierigen

Dingen am besten, sie einfach auszusprechen, egal, worum es sich handelt.«

Als er nickte, überlegte sie, was so schwierig sein könnte.

»Sie denken vielleicht, dass mein Vater tot ist«, begann er. »Nun ja ...« Er stockte.

»Sie sagten, Sie haben keinen mehr«, erinnerte sie ihn. »Es gebe nur noch Sie und Ihre Mutter.«

»Vor vielen Jahren hat er etwas getan, das ich nie so richtig wahrhaben wollte. Als Sie auf der Bildfläche erschienen und ich Ihnen persönlich begegnen musste, wurde ich wieder damit konfrontiert.«

»Ich verstehe kein Wort. Jay hat angedeutet, dass sich Ihr Vater etwas zuschulden kommen ließ.«

Dev schüttelte den Kopf, dann schaute er über den wuchernden Garten. »Er ist geflohen. Wir wussten nie, wo er war. Auch heute noch nicht.«

»Aber was hat das mit mir zu tun?«

Er antwortete eine Weile nicht. Eliza wurde unruhig, während er verdrossen auf seine Finger starrte.

»Also?«

Noch immer keine Antwort. Eliza stand auf.

»Nein, warten Sie.«

Gespannt blickte sie ihn an. »Meine Güte, spucken Sie's aus.«

»Wohin wollen Sie?« Er deutete auf ihre gepackte Tasche.

»Vielleicht nach Jaipur, um zu fotografieren. Ich muss außerdem meine Sachen im Palast in Juraipur abholen.«

Er sah sie an, als hätte er kein Wort davon gehört, und dann erklärte er überraschend: »Mein Vater hat damals die Bombe geworfen, durch die Ihr Vater umgekommen ist.«

Sie sank auf ihren Stuhl zurück. »Sagen Sie das noch mal.«

»Mein Vater hat Ihren Vater getötet. Es tut mir sehr leid, Eliza.« Er hatte so tonlos gesprochen, dass sie erst im Nachhinein Sinn in die Worte brachte.

»Wissen Sie das genau?«

Ein so befremdliches Gespräch hatte sie noch nicht erlebt, und sie griff sich ans Herz. Wie bitte? Was sagte er da? Ihr Verstand setzte aus. Sie wusste nicht, was sie denken oder fühlen sollte. Die Wüste drehte sich um sie. Obwohl ihr nichts klar war, verriet ihr ein kaltes Schaudern, dass es wahr sein musste.

Trotzdem. »Das kann nicht stimmen«, meinte sie.

Er nickte und sah sie so traurig an, dass sie ihm beinahe tröstend die Hand auf den Arm gelegt hätte. Warum sagte er das? Um sie zu erschüttern? Wie sollte sie darauf reagieren? Mein Vater hat Ihren Vater getötet. Mein Vater. Ihren Vater.

Endlich schaltete sich ihr Verstand ein. »Wie lange wissen Sie das schon?«

»Dass er die Bombe geworfen hat? Seit ein paar Jahren. Aber ich durfte nicht darüber sprechen.«

»Ich meinte, wie lange Sie schon wissen, wer ich bin.«

»Seit Jay erwähnte, was Ihrem Vater passiert ist.« Dev schüttelte den Kopf. »Als Kind musste ich jemandem die Schuld daran geben, dass mein Vater fliehen musste, also gab ich Ihrem Vater die Schuld. Ich sagte mir, er hätte meinem Vater eben nicht in die Quere kommen sollen. So habe ich mir vorgemacht, dass er nichts dafürkonnte. Verrückt, ich weiß, aber damals konnte ich nur so damit leben.«

»Und als ich hier war?«

»Da fiel das alte Gedankengebäude in sich zusammen. Ich sah die Tatsachen: Mein Vater war ein Mörder, und Ihrer war tot.«

Sie schwiegen eine Weile, während Eliza das alles auf sich wirken ließ. Nach all der Zeit, dachte sie.

»Sie haben nie wieder von ihm gehört?«, fragte sie schließlich.

»Kein Wort.«

»Woher wissen Sie, dass er es getan hat? Gab es einen Beweis? Vielleicht war es nur ein Gerücht.«

»Einer der Mitverschwörer informierte meine Mutter, damit sie verstand, warum ihr Mann nicht mehr nach Hause kam. Mir sagte meine Mutter nur, er habe fliehen müssen, weil die Briten ihn an den Galgen bringen wollten. Erst viel später hat sie mir erzählt, was passiert ist.«

Er sah so niedergeschlagen aus, dass sie nicht anders konnte, als etwas Tröstliches zu sagen, auch wenn es eigentlich umgekehrt hätte sein müssen.

»Hören Sie, Dev, Sie sind nicht Ihr Vater.«

»Ich weiß nicht. Ich habe die ganze Wahrheit mit dreizehn oder vierzehn Jahren erfahren, und manchmal ist mir, als müsste ich zu Ende bringen, was er angefangen hat. Als Chatur meine Hilfe wollte, war mir bewusst, dass das ein gemeiner Verrat an Jay wäre, doch ich war mir sicher, dass die Anschuldigung nicht ziehen würde.«

»Aber Jay wurde verhaftet.«

»Da begriff ich, was für ein Idiot ich gewesen bin, und drohte Chatur, ihn bei Anish anzuschwärzen, wenn er Salter nicht überredet, Jay freizulassen.«

»Dann wäre Ihr Tun auch ans Licht gekommen.«

»Ja. Aber das ist noch nicht alles. Chatur wusste es, Eliza. Sowohl er als auch Salter wussten das mit meinem Vater, und Chatur drohte, es Ihnen zu stecken, wenn ich nicht mitmache. Ich habe mich geschämt. Ich wollte nicht, dass noch mehr Leute davon erfahren. Und ich hatte auch Angst um meinen Vater. Darum habe ich Chatur geholfen.«

»Und der ging zu Mr. Salter? Hat gestanden, dass nicht Jay das Flugblatt geschrieben hat, sondern Sie? Und dass es ein Fehler gewesen war?«

»Ja, und dass ich das Flugblatt gar nicht unter die Leute bringen wollte, sondern dass es nur ein dummer Streich von mir war.«

»Salter hat Sie nicht verhaften lassen?«

»Nein. Jay hat ausgehandelt, dass ich auf freiem Fuß bleiben kann, aber mich hier aufhalten muss.«

»Warum erzählen Sie mir das jetzt?«

»Weil Sie von hier weggehen und die Gelegenheit vielleicht nicht wiederkommt. Ich dachte, Sie sollten es erfahren, und außerdem musste ich es mir von der Seele reden.«

»Sie wissen, dass ich es mitangesehen habe?«

Er nickte. »Es tut mir sehr leid.«

Es drängte sie, ihm die Hand zu drücken, und als sie es tat, wurde sie mit einem ehrlichen Lächeln belohnt. Aber sie dachte auch, Clifford hätte es ihr sagen müssen. Sie würde ihn damit konfrontieren, sobald sie wieder in Juraipur war. All die Jahre hatte er ihr verschwiegen, wer hinter dem Bombenanschlag in Delhi gestanden hatte, er sollte ihr nicht ungeschoren davonkommen.

35

Der Wagen mit Chauffeur, den Jay ihr geschickt hatte, stand noch zur Verfügung, und nachdem Dev sie auf der Terrasse allein gelassen hatte, beschloss Eliza, noch einen Tag zu bleiben. Devs Geständnis hatte ihr einen klaren Kopf beschert. Als sie über die sonnige Landschaft schaute, die in der Hitze flimmerte, tat ihr schrecklich leid, was er als Kind durchgemacht hatte. Sie war froh, dass er es ihr erzählt hatte. Endlich kannte sie die Wahrheit.

Es herrschte ein eigentümliches Wetter, trotz des Regens blieb es drückend. Sie ging in den Palast und an den marmornen Jali-Gittern entlang bis zum Ende des Ganges. Dort stellte sie ihre Tasche ab und schaute noch einmal in den Saal mit den hohen Fenstern, in den das Licht von oben hereinströmte und den Eindruck erweckte, die Decke sei der Himmel. Die Wände leuchteten golden. Man konnte sich den Glanz der alten Zeiten leicht vorstellen, als die Fürstenfamilie noch vor der Hitze hierher geflüchtet war. Leider fehlte Jay das Geld, um den Palast instand zu halten, und nun hatte er alles in die Bewässerungsanlage gesteckt. – Eliza wollte gerade zu ihrer Tasche gehen und die Leica herausholen, als Jay in der Tür erschien.

»Ich dachte nicht, dass du so bald herkommen würdest«, sagte sie. »Wolltest du nicht länger in Juraipur bleiben?«

»Nun, wie du siehst, bin ich hier. Ich bin froh, dass du noch da bist. Ich habe deine Sachen zusammenpacken lassen, sie werden heute Nachmittag hier sein.«

Sie erwiderte nichts, sondern schaute an ihm vorbei. Wieso redete er, als wäre zwischen ihnen alles in Ordnung? Es wurde vollkommen still im Raum.

»Eliza?«

»Danke«, sagte sie steif. »Also war das Feuer wirklich erfunden.«

Er nickte, dann machte er ein paar Schritte auf sie zu.

Obwohl sie zurückweichen wollte, blieb sie angespannt stehen. »Wie war die Fahrt?«

Jay zog die Brauen hoch. »Müssen wir so britisch sein? Gibt es nichts Wichtigeres zu besprechen?«

»Sag du es mir.«

»Ah.«

Sie blickten einander an, bis Eliza endlich das Schweigen brach. »Du sollst also Maharadscha werden?«

Er nickte.

»Ich verstehe. Also gut. Ich wollte sowieso gerade abfahren. Wenn du es arrangieren könntest, mir meine Sachen nachschicken zu lassen, wäre ich dir sehr dankbar.« Es gelang ihr nicht, in neutralem Ton zu sprechen. Ihr Ärger war ihr deutlich anzuhören. Sie ging an ihm vorbei aus dem Raum, doch Jay kam ihr nach.

»Eliza.« Er griff nach ihrer Hand. Eliza fuhr zu ihm herum und schüttelte sie ab.

»Ich habe dir vertraut, Jay. Ich habe bisher niemandem vertraut außer dir.«

»Aber du kannst mir vertrauen.«

Sie verhärtete sich gegen seinen leidenschaftlichen Blick, als er weitersprach.

»Du wusstest, ich würde eines Tages die Macht übernehmen müssen, falls Anish etwas zustößt.«

»Wohl wahr. Wie dumm von mir, zu glauben, es könnte sich etwas geändert haben! Nun, wenn es dir nichts ausmacht, ich muss jetzt gehen.«

»Eliza. Hier ist das anders, das weißt du. Persönliche Wünsche kommen nicht an erster Stelle, sondern die Pflichten.«

»Ja, mach dir keine Gedanken. *Mein* persönlicher Wunsch wird es dir leichter machen.«

»Hör mich an. Ich habe dir noch mehr zu sagen.«

»Was könnte es noch geben, Jay? Es ist doch schon alles geklärt.«

Er schaute ein wenig gequält und schüttelte den Kopf. »Bleib hier. Lebe hier. Ich will nicht, dass du gehst. Ich werde herkommen, so oft ich kann.«

Das machte sie umso wütender. »Ich werde nicht deine Konkubine sein.«

»Das will ich auch gar nicht.«

»Was willst du dann? Du weißt ganz genau, dass du eine Inderin heiraten musst, um legitime Erben zu zeugen.« Sie klang bitter, doch das war ihr gleichgültig.

Darauf kam kein Widerspruch.

»Du stellst dir vor, ich werde den Rest meines Lebens hier verbringen und auf deine Besuche warten, die schließlich immer seltener werden?«

Immerhin schaute er nachdenklich, als er antwortete: »Du hättest einen schönen Platz zum Leben, eine Bewässerungsanlage zu betreuen, wenn du möchtest, und könntest deine Karriere als Fotografin weiterverfolgen.«

Jetzt schüttelte sie den Kopf. »Warum hast du mir das mit Devs Vater nicht erzählt?«

»Ich dachte, das wühlt dich zu sehr auf.«

»Du dachtest wohl eher, ich würde Dev schaden wollen.«

»Vielleicht auch das. Hör zu, wie wäre es, wenn ich dir den Palast überschreibe? Überleg mal, Eliza, das alles könnte dir gehören.« Er machte eine ausholende Armbewegung.

»Ach, du meinst, du kannst mich kaufen?«

»Um Himmels willen, Eliza! Du musst doch wissen, dass ich das so *nicht* meine. Ich möchte dich nur nicht verlieren.«

»Jay, du hast mich bereits verloren. Wir haben einander verloren.« Sie hielt inne, und dann standen sie beide schweigend da. Sie wollte wütend werden, hinausstürmen, ihren gerechten Zorn auskosten, doch sie konnte es nicht. »Ich werde dich nie vergessen, Jay, und ich werde dich immer lieben. Es hat nicht sollen sein. Ich denke, wenn wir ehrlich sind, war uns das von Anfang an klar.« Und jetzt streckte sie ihm die Hand hin. Er ergriff sie und zog Eliza zu sich, und dann nahm er sie zum letzten Mal in die Arme. Als sie sich voneinander lösten, blickte sie durch einen Tränenschleier, und auch er hatte Tränen in den Augen. Sie war versucht, die Entscheidung abzumildern, zwang sich aber, hart zu bleiben. Es würde nichts Gutes dabei herauskommen, wenn sie bliebe. Zuerst wäre es vielleicht ganz schön, doch irgendwann nicht mehr. Sie musste ihr Leben allein weiterführen, und je mehr sie ihre Gefühle bezwingen würde, desto stärker würde sie werden.

»Du bist ein wunderbarer Mensch, Eliza. Bitte, vergiss das nie.«

Sie blickte in sein trauriges Gesicht. »Ich werde Laxmi schreiben, damit mir meine Sachen nachgeschickt werden können. Dann brauchst du dich nicht darum zu kümmern.«

»Wohin wirst du gehen?«

»Zuerst muss ich mit Clifford sprechen, danach fahre ich nach Jaipur und dann, nun, ich werde die Ausstellung organisieren, wenn ich genügend Fotos beisammenhabe. Sie wird wohl eher stattfinden als geplant. Danach werde ich vermutlich nach England zurückkehren müssen. Ich weiß es noch nicht.«

»Hast du das Geld, das ich dir in Udaipur gegeben habe?«

Sie nickte. »Ich wollte es zuerst nicht nehmen, aber ich werde es wohl brauchen, um die Fotos rahmen zu lassen und dergleichen.«

»Wenn du jemals etwas brauchst, egal, was, musst du es mir nur sagen.«

Er schwieg, und sie lächelte ihn unter Tränen an, dann drehte sie sich um und ging. Sie war so traurig wie noch nie in ihrem Leben, aber es hatte keinen Zweck, die Trennung noch weiter hinauszuzögern.

36

Als Eliza bei Dottie ankam, sah sie überrascht, dass Kisten und Koffer vor dem Haus auf dem Rasen gestapelt und alle Vorhänge zugezogen waren. Dottie, die gerade die Gepäckstücke zählte, sah erschöpft aus, ihre Wangen waren gerötet, die Frisur halb aufgelöst. Als sie Eliza bemerkte, richtete sie sich auf und lächelte matt.

»Was ist hier los?«, fragte Eliza.

Dottie seufzte schwer und strich sich die Strähnen aus der Stirn. »Wir wurden versetzt.«

Eliza war verwirrt. »Jetzt schon? Sie haben doch gar nicht lange hier gewohnt. Ich dachte, Sie würden dauerhaft hierbleiben.«

»Es gibt Gerüchte, dass Anish wegen der Behandlung gestorben ist, zu der mein Mann geraten hat.«

Eliza schnaubte. »Das ist lächerlich. Er starb, weil er enormes Übergewicht hatte, faul war und sich viel zu wenig bewegt hat.«

Dottie zuckte mit den Schultern. »Wie auch immer, wir ziehen in den Süden. Es ist gar nicht lange her, da galt das Wort eines Arztes noch etwas. Nun kann man uns offenbar aufgrund eines Gerüchtes versetzen. Wie geht es Ihnen?«

Eliza holte tief Luft. Sie hatte sich vorher überlegt, was sie auf diese Frage antworten würde, aber das machte es nicht leichter, es auszusprechen.

»Das mit Jay ist vorbei.«

Sie beobachtete Dotties Mienenspiel, das Bedauern und Erleichterung zugleich erkennen ließ.

»Und Clifford?«, wollte Dottie traurig wissen. »Er war verloren ohne Sie.«

Eliza schüttelte den Kopf. »Ich gehe nicht zu ihm zurück. Aber ich muss ihn sprechen. Ist er da, wissen Sie das?« Sie schaute zu der Villa hinüber.

»Vorhin ist ein Wagen vorgefahren, doch ich habe nicht so richtig darauf geachtet.« Sie deutete auf die Kisten auf ihrem Rasen. »Bei unserem Umzug hierher ist uns etwas Wertvolles abhandengekommen, und deshalb passe ich hier auf.«

»Dann halte ich Sie besser nicht davon ab. Aber kann ich vielleicht helfen?«

»Bemühen Sie sich nicht. Es ist für alles gesorgt.« Dottie drehte sich um und schaute an der Fassade hinauf. »Es ist jammerschade. Ein so schönes Haus hatten wir noch nie. Ich werde es vermissen, und Sie werden mir auch sehr fehlen.«

Eliza breitete die Arme aus, und sie umarmten sich.

»Ich wünschte, ich könnte hierbleiben«, sagte Dottie dann. »Als Ehefrau hat man es schwer. Kaum gefällt es mir irgendwo, wird mein Mann woandershin versetzt. Den Männern macht das nichts aus. Die haben ihre Arbeit und ihren Klub. Wenn wir wenigstens Kinder hätten …«

»Ach, Dottie, ich wünschte, ich könnte etwas für Sie tun.«

Dottie schüttelte den Kopf. »Was immer passiert, Eliza, bleiben Sie bei Ihrem Beruf.«

Eliza nickte. »Danke für alles. Wir bleiben in Verbindung, nicht wahr?«

Dottie lächelte. »Clifford wird Ihnen unsere neue Adresse geben. Passen Sie auf sich auf, und viel Glück. Es war schön, Sie kennenzulernen. Versprechen Sie mir, weiter zu fotografieren?«

»Und ob.«

Eliza ging durch das Gartentor an der Seite auf das Grundstück der Villa nebenan. Sie wollte nicht an die Haustür klopfen, sondern Clifford überraschen. Vielleicht verschaffte ihr das einen Vorteil bei der schwierigen Auseinandersetzung. Eine Hand über den Augen blickte sie zum strahlend blauen Himmel hinauf. Als sie noch klein gewesen war, hatte sie mit ihrem Vater oft Wolkenbestimmen gespielt. Heute stand keine einzige Wolke am Himmel.

Das Gartentor quietschte, und sie sah sofort, dass Clifford im Garten war und sie bemerkt hatte. Er stand mit der Gießkanne in der Hand da, als wäre er mitten in der Bewegung erstarrt.

»Hallo, Clifford«, grüßte sie und spürte ihre wachsende Unsicherheit.

Er schien sich zu sammeln und kam ihr ein paar Schritte entgegen. »Ich habe nicht erwartet, dass du dich blicken lässt.« Clifford war rot geworden, und die Röte kroch ihm den Hals hinunter.

»Natürlich nicht.«

Er lächelte schief. »Bist du wieder da?«

»Endgültig? Nein.«

»Ah ... Nun?«

»Könnten wir uns in den Schatten setzen? Es ist zu heiß, um in der Sonne zu stehen.«

Er deutete auf den Peepalbaum. »Dort?«

Sie nickte. Clifford bat den Butler, süßen Lassi zu bringen. Dann setzten sie sich auf die Bank.

Eliza schaute über den Garten. Der Regen hatte ihm gutgetan, und es wehte ein leichter Wind. Der Rasen leuchtete frisch grün und ebenso die Bäume; die Blumen ließen die Köpfe nicht mehr hängen. Aber sie war nicht wegen des Gartens gekommen. Sie wollte Clifford zur Rede stellen, und sie würde es tun, egal, wie verunsichert sie war.

»Also?« Er drehte sich ein wenig zur Seite, um sie anzusehen. »Was hast du dir dabei gedacht, sang- und klanglos zu verschwinden? Und ja, ich weiß, bei wem du gewesen bist. Ich habe keine Minute lang geglaubt, was Dottie mir weismachen wollte.«

»Es tut mir leid.«

»Das sollte es auch. Und ausgerechnet mit Jayant Singh!«

Sie sagte nichts.

»Eliza, du musst doch gemerkt haben, wie weibisch diese Inder sind mit ihren Juwelen und bestickten Jacken.«

Sie versteifte sich, und da sie genug hatte von der britischen Arroganz und Voreingenommenheit, konnte sie ihren Ärger nicht länger verbergen.

»Wenn du einen Inder heiraten würdest, wärst du in beiden Gesellschaften ausgegrenzt. Die Mischehe wird auf britischer und indischer Seite gleichermaßen abgelehnt, weißt du? Ich betrachte sie als Verrat an unseren Prinzipien.«

»Ich bin nicht bereit, mit dir darüber zu diskutieren. Ich habe mir eine eigene Meinung über die Briten in Indien gebildet und sage jetzt nur, dass ich die Dinge anders sehe. Das ist nicht unser Land, Clifford, es gehört den Indern, und sie haben das Recht, nach ihrer eigenen Art zu leben. Was Jay betrifft, so ist das eine Sache zwischen ihm und mir.«

»So denkst du also? Ich muss sagen, ich bin enttäuscht.«

»Das mag sein. Doch jetzt muss ich dich einiges fragen, und ich erwarte Ehrlichkeit.«

Er war verblüfft. »Ich bin wohl eher derjenige, der Fragen stellen könnte. Du bist schließlich davongerannt und hast unsere Verlobung per Brief gelöst. Du hattest nicht mal den Anstand, es mir ins Gesicht zu sagen.«

Sie musste ihm recht geben und schämte sich ein wenig, aber sie ließ sich nicht ablenken. »Ich bedauere das ehrlich. Es war nicht geplant«, erwiderte sie und begegnete seinem Blick.

Er rümpfte die Nase. »Was war denn geplant? Eine schnelle Affäre mit dem Prinzen, um dann zu dem verlässlichen alten Clifford zurückgekrochen zu kommen? Da hatte ich eine bessere Meinung von dir.«

»Gar nichts war geplant«, erklärte sie traurig.

Nach ein paar Augenblicken sagte er: »Ich finde es schwer verzeihlich, dass du Dottie überredet hast, für dich zu lügen.«

»Bitte lass uns nicht streiten. Es gibt Wichtigeres. Und da wir gerade von Lügen sprechen: Warum hast du mich wegen Jays Verhaftung so ungeniert belogen?«

Er blickte sie unsicher an, antwortete jedoch nicht.

»Als ich zu dir kam, sollte Jay bereits freigelassen werden. Chatur war nämlich schon bei dir gewesen und hat dir Devdan als den Schuldigen präsentiert. Du hast Dev aber nicht verhaftet, nicht wahr? Warum nicht, Clifford?«

Er sah sie forschend an, als wollte er dadurch herausfinden, wie viel sie wusste. Eliza blieb ruhig und ließ ihn ein bisschen schmoren.

Schließlich nickte sie. »Ja, ich kenne die Wahrheit. Und ich habe einen starken Verdacht, warum du es hast geschehen lassen.«

»Und der wäre?«

»Du wusstest, ich würde gleich nach der Verhaftung zu dir gelaufen kommen, stimmt's?«

Er schüttelte halbherzig den Kopf. »Ganz so war es nicht.«

»Hör auf zu lügen, Clifford! Du hast darauf gesetzt, dass ich deinen Antrag annehme, um Jay das Gefängnis zu ersparen.«

»Ich brauchte dich nicht zu überreden. Du hast es von selbst angeboten.«

Sie starrte ihn an. »Ja, wie dumm ich doch war!«

Clifford kniff die Lippen zusammen und wandte den Blick ab.

»Du wusstest selbst, dass die Vorwürfe nicht hieb- und stichfest sind.«

»Ich gebe zu, ich habe den Braten von Anfang an gerochen. Nicht nur das, vor Chatur war schon das Mädchen zu mir gekommen, hat erzählt, wie es wirklich war, und mich angefleht, Jayant freizulassen.«

Eliza runzelte die Stirn. »Welches Mädchen?«

Er stand auf, ging ein paar Schritte, drehte sich um und blickte sie an, offenbar unfähig zu sprechen, so als wälzte er einen Gedanken und könnte sich nicht überwinden, ihn preiszugeben.

»Welches Mädchen, Clifford?«

»Indira natürlich.«

»Indi? Sie war auch darin verwickelt?«

»Nein. Devdan hatte bei ihr durchblicken lassen, was er und Chatur vorhatten. Indira würde Jayant niemals schaden. Dir hätte sie vielleicht schaden wollen«, fügte er hinzu. »Ihrer eigenen Schwester.«

Der Wind legte sich, und im Garten wurde es still. Eliza schlug das Herz bis zum Hals. Ihr Mund war staubtrocken, und sie fand keine Worte. Was hatte Clifford da gesagt?

»Indira ist deine Halbschwester«, erklärte er ganz langsam, als hielte er sie für geistesschwach. »Sie ist das uneheliche Kind deines Vaters.«

Eliza stand auf, aber ihre Beine zitterten, sodass sie sich auf die Lehne der Bank stützen musste. »Das denkst du dir aus, um mich zu provozieren.« Es klang tonlos, und sie glaubte selbst nicht daran. Ihr fiel das Foto vom Dachboden ihrer Mutter ein. Sie schlug sich die Hand vor den Mund und wünschte sich dennoch, Clifford möge ihr gleich sagen, es sei nur ein Scherz gewesen. Aber er schüttelte den Kopf.

»Ich bedaure, das ist die Wahrheit.«

Sie hätte aufheulen mögen, wollte ihm die Befriedigung jedoch nicht gönnen. In gewisser Hinsicht machte sie ihm keinen Vorwurf, denn sie hatte ihm wehgetan, und jetzt war er an der Reihe, ihr wehzutun. Sie zwang sich, die Schultern zu straffen. Nicht nur Jay war bei jedem ihrer Atemzüge bei ihr, auch Indi, das wurde ihr jetzt klar. Wie hatte sie so blind sein können?

»Geht es dir gut?«, fragte Clifford freundlich, aber im Moment konnte sie gar nichts beruhigen.

Wütend ging sie ihn an. »Warum hast du mir das nicht längst erzählt?«

»Ich wollte nicht an alte Wunden rühren. Ehrlich. Ich habe dich wirklich gerngehabt.«

»Ich bin nicht aus Glas.«

»Sie ist unehelich. Ihr hättet keine Freundinnen werden können, geschweige denn Schwestern.«

Eliza setzte sich hin. »Ich habe mir immer eine Schwester gewünscht. Mein Leben lang wollte ich eine Schwester haben.« Und dann erinnerte sie sich an das, was ihre Mutter zuletzt gesagt hatte: *das dreckige kleine Ding*. Ihre Mutter hatte Indi abgelehnt, weil ihr Mann untreu gewesen war. Es war alles wahr. Jede Anschuldigung in dem Brief ihrer Mutter stellte sich als wahr heraus. Eliza tauchte aus ihren Gedanken auf und sah Clifford an. Dabei fiel ihr plötzlich ein, was Dev ihr erzählt hatte, und sie schauderte.

»Meine Schwester ist nicht das Einzige, was du mir verschwiegen hast, nicht wahr, Clifford?«, fragte sie eisig.

»Ich weiß nicht, was du meinst«, erwiderte er gleichgültig, und jetzt hob er die Gartenschere vom Rasen auf und begann, einen Strauch zu stutzen.

Eliza zitterte vor Wut. »Herrgott noch mal, kannst du ausnahmsweise mal ehrlich sein?! Du wusstest, dass Devdans Vater damals die Bombe in Delhi geworfen hat. Darum hat Devdan eingewilligt, bei Chaturs Intrige mitzumachen. Er fürchtete, dass alle Welt davon erfahren würde. Er fürchtete um seinen Vater.«

Clifford zögerte noch einen Moment, dann rang er sich durch. »Ich wollte dich nur schützen, Eliza«, sagte er ernst. »Es hätte dir nicht gutgetan, das zu erfahren, oder? Zumal wir den Mann nie aufgespürt haben.« Er sprach ruhig, und seine Worte klangen wie einstudiert.

»Was Indira betrifft, stand es dir nicht zu, darüber zu entscheiden.«

»Ich hatte es deiner Mutter versprochen.«

»Und obwohl Indira hier lebt, hast du mich mit diesem Auftrag hierher geholt. Warum?«

Zunächst antwortete er nicht und stand nervös da. »Ich habe nicht damit gerechnet, dass du es herausfinden würdest.«

»Wer weiß es noch? Indira offenbar. Aber was ist mit den anderen? Lachen alle hinter meinem Rücken über mich?«

Er senkte den Blick und zog die Brauen zusammen. »Das

hätte ich niemals zugelassen. Niemand weiß es, Eliza. Das schwöre ich. Indira hat es erst kürzlich erfahren. Von ihrer Großmutter, kurz bevor sie starb.«

Eliza schaute zum dämmrigen Himmel hoch, dann beugte sie sich nach vorn und stützte den Kopf in die Hände. Das war wirklich zu viel. Sie wusste nicht, wie sie jetzt zu Indira stand, und wie sie damit umgehen sollte, wusste sie auch nicht. Sie fühlte sich von allen Menschen isoliert und verschloss sich noch mehr, aus Angst vor ungewohnten Gefühlen. Eliza blickte auf. Der Garten war ihr so hübsch erschienen, heiter und luftig; jetzt sah sie nur trügerische Schatten.

Clifford beobachtete sie. Seine Miene hatte sich verändert, seine steife Haltung war verschwunden.

»Hast du mich wirklich herkommen lassen, damit ich für das Archiv fotografiere, oder sollte ich dein ahnungsloser Spitzel im Palast sein?«

»Damit du fotografierst, natürlich. Ich habe die Abzüge alle hier. Such dir aus, welche in die Ausstellung sollen, dann gebe ich sie zum Rahmen und lasse sie dir schicken, wohin du willst. Würde dir das passen? Und wenn du das Projekt abschließen möchtest, werden die Fotos ins Archiv aufgenommen.«

»Danke.«

»Die Abzüge deponiere ich nebenan. Ich nehme nicht an, dass du bei mir arbeiten willst.«

»Ich muss dir die Leica zurückgeben.«

»Nein. Sie ist ein Geschenk. Ich habe keine Verwendung dafür.«

»Das ist sehr großzügig. Danke. Ich werde mich eines Tages revanchieren.«

Er streckte eine Hand nach ihr aus. »Eliza ...«

Sie schüttelte den Kopf. »Bleib da.« Wenn er jetzt noch ein freundliches Wort sagte, dann würde sie zu weinen anfangen. Darum stand sie auf und verließ langsam, aber zielstrebig den Garten.

Drüben bei Dottie wurden gerade die letzten Kisten verladen, um zum Bahnhof gebracht zu werden. Dottie hatte sich einen Sonnenhut aufgesetzt und kam laut rufend angelaufen.

»Wir fahren gleich ab – haben Sie die Adresse von Clifford bekommen?«

Eliza schüttelte den Kopf, und jetzt bemerkte Dottie offenbar, dass es ihr schlecht ging. »Du lieber Gott«, sagte sie. »Was ist denn passiert? Sie sehen aus, als hätten Sie einen Geist gesehen.«

Eliza hätte nicht sprechen können, selbst wenn sie es gewollt hätte. Bei allen Erwartungen, die sie mit ihrer Indienreise verknüpft hatte, wäre sie nie auf die Idee gekommen, dort eine Schwester zu finden.

»Nehmen Sie die Schlüssel«, sagte Dottie. »Die beiden Schlafzimmer sind noch benutzbar. Die Möbel gehören nicht uns, wissen Sie? Wohnen Sie hier. Die Miete ist bis Ende nächsten Monats bezahlt.«

Eliza nickte. »Danke. Ich werde noch die Fotos für die Ausstellung aussuchen müssen. Das kann ich dann tun, während ich hier bin.«

»Augenblick, ich notiere Ihnen die neue Adresse.« Dottie lief ins Haus und kam mit einem Stück Papier zurück. »Wenn Sie eine Freundin brauchen, schreiben Sie mir. Besuchen Sie mich. Was immer Sie möchten ...«

Eliza spürte einen Kloß im Hals und wünschte, Dottie würde nicht umziehen. Und gleichzeitig wurde ihr klar, dass sie vielleicht nie mit ihr darüber sprechen könnte.

Dottie umarmte sie, und nach ein paar Augenblicken stieg sie in den Wagen und war wenig später fort. Eliza sah ihm nach, bis er nicht mehr zu sehen war. Eben noch war es ihr schrecklich still vorgekommen, jetzt drang der Lärm der Stadt auf sie ein. Sie hielt sich die Ohren zu und lief ins Haus.

37

Eliza verbrachte in dem verlassenen Haus eine unruhige Nacht. Sie träumte von lodernden Lagerfeuern in der Wüste, suchte vergeblich nach den Bonbons, die ihr Vater in der Hemdtasche versteckte, und als sie ihn ansah, war nicht er es, sondern Chatur. Trotzdem erwachte sie mit dem klaren Entschluss, mit Indira zu sprechen, obwohl der bloße Gedanke sie schon aufwühlte.

Nachdem sie die Fotos ausgesucht hatte, die gerahmt werden sollten, fuhr sie zum Palast und bewunderte erneut, wie sich die Festung unter einem hellgelben Himmel aus dem Fels des Berges erhob. Ein Diener führte sie cremefarben schimmernde Gänge entlang. Sie wusste nicht, ob Indi da war oder sich in ihrem Dorf aufhielt. Sie durchquerten einen blühenden Garten, in dessen Mitte ein Wasserbassin in der Sonne glitzerte. Ringsherum verlief eine Marmorveranda. Dann betraten sie einen Teil des Palastes, den Eliza noch nicht kannte. Dort roch es weniger nach Jasmin als nach Gewürzen. Das liege an dem Kräutergarten, erklärte der Diener, und sie befänden sich gerade hinter dem Küchentrakt.

»Hier entlang«, sagte er und deutete auf eine halb verborgene Treppe. Sie stiegen hinauf, bis ganz nach oben, wo sie wiederum viele angrenzende Höfe mit hohen Mauern und Bogengängen durchquerten. Am Fuß eines kleinen Turmes öffnete er die Tür zu einer Wendeltreppe.

»Dort hinauf?«, fragte Eliza mit leichtem Unbehagen. Der Diener nickte und ging voraus. Oben angelangt, zog er an einer Klingelschnur neben einer hellblauen Tür. Eliza hörte Armreifen klirren, dann wurde die Tür geöffnet, und Indi stand vor ihr.

»Hier wohnen Sie?«, fragte Eliza überrascht.
»Das ist mein Zimmer.«
»Warum hier?«
»Kommen Sie herein, dann sehen Sie es.«

Eliza betrat einen achteckigen Raum mit fünf hohen, schmalen Fenstern, durch die frischer Wind hereinwehte. Das war kein Vergleich zu den dämmrigen Zimmerfluchten der Zenana. Das Turmzimmer war hell und luftig – einfach bezaubernd. Eliza fühlte sich wie in den Wolken.

»Das war früher ein Wachturm«, erklärte Indira. »Kommen Sie und sehen Sie sich die Aussicht an.«

Eliza trat an eines der Fenster. Von dort hatte man einen Ausblick über die ganze Stadt und die Ebene. Ein herrliches Panorama.

»Das Zimmer ist klein, aber ich mag es. Nachdem die Fenster verglast worden sind, wollte ich nirgendwo anders mehr hin.«

Es gab keine Möbel außer einem bunten Charpai, einem Teppich, einer Truhe und ein paar Sitzkissen.

Indira lud sie ein, sich zu setzen, doch Eliza wollte lieber am Fenster bleiben, wo sie über die Stadt sehen konnte. Während sie dort stand, trug der Wind das Gebimmel von Ziegenglocken heran. Im Hof unten rauschten die Bäume, der Duft von Rosen und Jasmin drang herauf. Eliza sah Farbtupfer zwischen den Häusern und erkannte, dass dort bunte Schals auf Wäscheleinen hingen.

Als sie sich widerstrebend von der Aussicht löste, drehte sie sich zu Indira um und betrachtete sie einen Augenblick, bevor sie sich auf einem Kissen niederließ. »Ich verstehe, warum es Ihnen hier oben gefällt.«

Eigentlich wollte sie sagen: Was fällt dir ein, meinen Vater als Vater zu haben? Aber Gereiztheit würde nicht weiterhelfen, das war ihr klar. Sie war blockiert durch ihre gemischten Gefühle und wusste nicht, wie sie beginnen sollte.

Indira sagte auch nichts, sondern spielte mit ihrem Schal,

den sie sich über den Kopf gelegt hatte. Heute trug sie einen schlichten Rock mit Bluse und Sandalen und die Haare offen. Sie sieht aus, als gehörte sie in einen Turm, dachte Eliza, wie ein Burgfräulein, das gerettet werden will. Und in mancher Hinsicht war sie das auch. Eliza empfand plötzlich Mitleid mit ihr. Diese zierliche junge Frau hatte nicht den besten Start ins Leben gehabt. Ihre Großmutter hatte getan, was sie konnte, um ihr Mutter und Vater zu ersetzen. Aber war das überhaupt möglich?

In dem Moment sagte Indi: »Sie wissen es also? Ich sehe es Ihnen an.«

Vielleicht hatte Indi bemerkt, dass Elizas Blick weicher wurde, vielleicht hatte sie eine Offenheit an ihr gespürt, die Eliza selbst nicht fühlte oder nicht fühlen wollte. Sie drückte sich die Fingernägel in die Handflächen. »Ich kann jetzt nicht darüber reden.«

Einige Minuten lang saßen sie still da. Eliza lauschte auf die Geräusche der Außenwelt, die gelegentlich zu hören waren.

»Erzähl mir von deiner Kindheit«, sagte Eliza schließlich.

»Wenn du unseren Vater meinst ...«

Eliza zuckte sichtlich zusammen.

»Verzeih.«

»Nein. Sprich weiter.«

»Ich kann mich nicht an ihn erinnern.«

»Und an deine Mutter?«

»Als ich sie zuletzt sah, war ich drei Jahre alt. Ich glaube, sie war eine Tänzerin. Meine Großmutter wollte nie über sie sprechen. Weil sie angeblich Schande über die Familie gebracht hat. Ich hatte Glück, dass meine Großmutter mich haben wollte.«

Ein peinliches Schweigen folgte. Offenbar fiel das keiner von beiden leicht, und obwohl Eliza das dringende Bedürfnis hatte, bei ihr zu sein, wünschte sie sich kilometerweit fort. Irgendwohin, wo sie der Wahrheit nicht ins Auge blicken musste.

»Und möchtest du weiterhin hierbleiben?«, fragte Eliza.

»Ich werde nicht in mein Dorf zurückgehen.«

»Jay lässt dich weiter hier wohnen?« Da. Sie hatte seinen Namen emotionslos ausgesprochen. Ganz neutral.

»Offenbar ja.«

Eliza nickte. Ihr Mitgefühl schlug plötzlich in Ärger um. »Ich möchte dich etwas fragen. Die gestohlene Flasche Pyrogallol. Du hast nicht … Also, ich meine, du hast nichts mit Anishs Tod zu tun, oder?«

Indi riss die Augen auf, dann lachte sie schallend. »Du meinst, ich hätte Anish umgebracht, damit Jay Maharadscha werden muss und du ihn nicht bekommen kannst?«

Nachdem Indi das so unverblümt ausgedrückt hatte, schämte Eliza sich, es auch nur gedacht zu haben.

Indi schüttelte den Kopf. »Ich bin doch keine Mörderin, Eliza. Ich mag schon vieles angestellt haben, aber so etwas würde ich niemals tun. Ich muss allerdings gestehen, ich habe deinen Fotoapparat kaputtgemacht.«

Eliza schnappte überrascht nach Luft. »Das tut weh.«

»Ich bedaure das sehr. Ich habe gehofft, du würdest dann aus dem Palast verschwinden.«

»Ich dachte, wir wären Freundinnen.«

»Es tut mir leid.« Sie senkte den Blick. »Da wusste ich noch nicht, wer du bist.«

»Du durftest mir also schaden, solange ich nicht deine …« Sie stockte, konnte es nicht aussprechen. »Aber das Pyrogallol hast du gestohlen?«

»Chatur hat mich darum gebeten.«

»Warum?«

»Um dich in Schwierigkeiten zu bringen. Es sollte so aussehen, als wärst du eine Gefahr für uns alle.«

»Also Chatur.«

Indi nickte.

»Ich bin hier sehr von der Gunst der anderen abhängig, weißt du? Ich brauchte Chatur. Ich bereue, es Jay nicht gesagt zu haben. Und jetzt hat Priya etwas mit ihm vor …«

»Priya?« Eliza war verwirrt.

»Sie hat sich an ihre Macht gewöhnt, und es ist durchaus üblich, dass eine verwitwete Maharani ihren Schwager heiratet.«

»Du lieber Himmel! Aber er kann sie gar nicht leiden.«

»Du hast es noch immer nicht begriffen? Bei uns hat Heiraten nichts mit Liebe zu tun, es geht nur um Pflicht und die Familie. Bei uns wird eine Heirat angeordnet.«

Eliza seufzte. Würde sie sich je damit abfinden können? »Und wo bleibt die Liebe?«

»Die Eheleute lernen, einander zu lieben. Dadurch hält die Ehe.«

»Wer könnte für dich eine Heirat arrangieren?«

Indi schüttelte den Kopf. »Ich habe Dev gern, aber mir fehlt eine Mitgift. Ich besitze nur das Haus meiner Großmutter. Du hast es gesehen. Es ist eine wertlose Lehmhütte. Ich stehe allein da, und dabei wird es wohl bleiben.«

Eliza nickte und sah ein, wie wichtig es für Indi gewesen war, Chatur als Verbündeten zu gewinnen. Doch sie wollte noch etwas zu ihrer Beziehung mit Jay sagen. Es war mehr als eine romantische Verliebtheit gewesen. Sie wusste das, Jay wusste das, und Indi sollte das auch wissen, fand sie. »Ich liebe Jay«, sagte sie. »Ich werde ihn immer lieben.«

»Und er liebt dich, dessen bin ich mir sicher.«

»Aber ausgerechnet Priya? Mir wird ganz übel bei dem Gedanken.«

»Dazu kann ich nur sagen, dass Jay uns immer wieder überrascht hat. Er hat seine eigenen Ansichten und wird nur tun, was er für richtig hält.«

»Egal, was das ist?«

Indira nickte. Eliza überlegte, wie sie die Unterhaltung fortsetzen sollte und ob sie etwas für Indi tun könnte. »Würdest du dich der Unabhängigkeitsbewegung anschließen?«, fragte sie. »Für die gewöhnlichen Leute wird sich alles ändern. Meiner Ansicht nach wird es zu einem unabhängigen Indien kommen. Ich hoffe nur, das geht gewaltlos vonstatten.«

»Also, was das angeht, ist Dev sehr überzeugend. Ich glaube jetzt auch, dass es die Welt, wie wir sie kennen, bald nicht mehr geben wird. Vielleicht nicht morgen, aber übermorgen.«

Eliza lächelte. »Ich nehme an, du meinst Britisch-Indien?«

»Ja, doch Dev glaubt, auch die Fürstenstaaten wird es nicht mehr geben. Natürlich kämpfen die Fürsten um ihre Macht. Wer könnte es ihnen verübeln?«

»Jay wird jedenfalls ein gerechter Fürst sein.«

Darauf entstand Schweigen, und Eliza ahnte schon, was als Nächstes kommen würde.

»Erzähl mir von ihm ... von deinem Vater. Bitte, Eliza.«

Eliza seufzte schwer. Sie hatte sich immer gern an ihn erinnert, aber mittlerweile war sie auf ihn wütend und wusste gar nicht, wie sie anfangen könnte, von ihm zu erzählen. Ihr fiel ein, dass er sie einmal zur Eberjagd mitgenommen und sie das ganz schrecklich gefunden hatte. Dieses viele Blut! Dann nahm er sie auf die Großwildjagd mit. Zunächst glaubte sie, das sei besser, während sie auf dem Hochstand warteten, aber als der Vizekönig einen schönen Elefanten erlegte, weinte sie, sehr zur Verlegenheit ihres Vaters.

»Ich habe ihn geliebt«, sagte Eliza nur.

»Und deine Mutter?«

»Seine Untreue hat ihr Leben ruiniert.«

»Du musst mich doch hassen.«

Eliza schaute Indi an, die ganz allein dastand. »Als Clifford es mir sagte, war ich wirklich aufgelöst.«

Sie stockte, da ihr plötzlich eine schwache Erinnerung kam. Sie hatte ihren Vater einmal Hand in Hand mit einer Inderin gesehen. War sie zu jung gewesen, um zu verstehen, was das bedeutete?

»Und warst du böse auf mich?«, wollte Indi wissen.

Aber Eliza dachte an die Szene zurück und antwortete nicht.

»Warst du böse auf mich?«, fragte Indi noch einmal.

Eliza seufzte. »Auf dich, auf meinen Vater, auf Clifford,

weil er es mir gesagt hat. Am schlimmsten war der Ärger, den ich auf meine Mutter hatte, weil sie sich von ihm hat kaputtmachen lassen.« Sie zögerte. »Meine Mutter hatte ein Alkoholproblem.«

»Das tut mir leid.«

»Und ich habe ihr an allem die Schuld gegeben. Ich dachte, mein Vater hätte keine Fehler. Wie dumm ich war!« Sie stand auf. Es wurde doch zu schmerzhaft. »Ich sollte jetzt vielleicht gehen.«

»Jetzt schon? Komm doch noch mit mir aufs Dach, die Aussicht bestaunen.«

»Damit du mich runterwerfen kannst?«, sagte Eliza und grinste schief.

Indi schaute verdutzt, dann lachte sie und stand auf. »Man kann nie wissen. Komm mit. Das ist ... nun ja, meine Art, Abstand zu gewinnen. Und kurz vor Mittag ist es am schönsten.«

Indi nahm Eliza bei der Hand, stieg mit ihr ein paar Stufen hoch und durch eine Tür, und dann war es, als stünden sie auf dem Dach der Welt. Indi breitete die Arme aus und drehte sich lachend und jubelnd im Kreis. »Los, Eliza, du auch«, rief sie, ohne anzuhalten. Eliza zögerte, konnte jedoch nicht widerstehen, und so drehten sie sich gemeinsam. Es war berauschend. Ihre Gedanken verflüchtigten sich, bis Eliza sich ganz frei fühlte. Sie drehte sich immer schneller und merkte, dass auf dem Dach hoch über der Stadt alles vergeben und vergessen werden konnte und dass in den Adern dieser jungen Frau, die so wenig besaß, das gleiche Blut wie in ihren floss.

Als die Glocken läuteten, hielt sie an. Sie taumelte, stolperte und landete auf dem Boden. Wie im Leben, dachte sie: Mal ist es erhebend, mal niederschmetternd. Indira drehte sich noch jubelnd. Eliza sah einen Adler über ihnen kreisen. Obwohl es heiß und drückend war, trocknete der Wind ihren Schweiß, und in dem Moment spürte sie trotz allem, was vorgefallen war, dass sie eines Tages wieder glücklich sein könnte.

Indi hielt an, ohne zu taumeln, und Eliza stand auf und ging zu ihr. Dann schloss sie ihre Schwester in die Arme. Als sie sich trennten, blickte Eliza in Indiras leuchtend grüne Augen.

»Du bist nicht allein«, sagte sie. »Du hast mich, deine Schwester. Immer. Du wirst nie wieder allein sein, das verspreche ich dir.«

38

Jaipur

Auf den breiten Straßen, die durch die Stadttore Jaipurs führten, wimmelte es von Soldaten und mit Seidendecken, Pompons und Bändern geschmückten Kamelen. Eliza ging unter einem rosaroten Bogen hindurch, dann unter einem zweiten, der mit weißen Blüten bemalt war. Sie erinnerte sich noch aus ihrer Kindheit an die rosa Stadt und hatte sich darauf eingestellt, bei ihrem Besuch enttäuscht zu sein. Aber Jaipur war genau so, wie sie es erwartet hatte, sogar noch schöner. Die Havelis und Paläste leuchteten in den verschiedensten Rosatönen.

Sie war am Höhepunkt des Teej-Festes angekommen und hatte Glück gehabt, noch ein freies Hotelzimmer zu bekommen. Es befand sich hinter der typischen Bogengalerie eines hübschen Haveli mitten in der Stadt. Es hatte eine gewisse Ironie, dass sie gerade jetzt dort war, denn bei diesem Fest beteten die Frauen zur Göttin Parvati und zu Shiva um eine glückliche Ehe. Alles drehte sich dabei um die Liebe der Ehefrau und die Hingabe an den Ehemann. Auf einen solchen würde Eliza vermutlich verzichten müssen. Mit der Liebe wäre sie einverstanden, doch für Hingabe konnte sie sich nicht erwärmen.

Das Fest war nach den kleinen roten Insekten benannt, die sie während des Monsunregens aus der Erde hatte krabbeln sehen, ohne von dem Zusammenhang zu wissen. Der Hotelmanager, ein kleiner Mann mit wachen Augen und einer mitreißenden Art, hatte ihr alles erklärt. Im Norden feiere man den Beginn des Monsuns, in Rajputana auch die Erlösung von der Sommerhitze. Weil dieses Jahr der Regen so spät gekommen sei, finde das Fest entsprechend später statt. Der Mann war sehr mitteilsam und hörte gar nicht mehr auf zu reden.

Das Fasten sei zwar bedeutsam für das Fest, erzählte er weiter, trotzdem herrsche überbordende Freude, und die Frauen würden singend und tanzend durch die Straßen ziehen. Eliza beschloss daraufhin, auszugehen und die neue Leica mitzunehmen.

Sobald sie das Haveli-Hotel verließ, war sie umgeben von ausgelassenen Menschen. An den Bäumen waren Girlanden aus Ringelblumen und Schaukeln aufgehängt. Sie fand es noch immer sonderbar, dass die nicht für Kinder, sondern für erwachsene Frauen gedacht waren. Aber ein Blick in ihre Gesichter zeigte, mit welcher Begeisterung die Frauen schaukelten, offenbar bis ins hohe Alter. Viele waren an den Händen kunstvoll mit Henna bemalt und trugen enorm viel Schmuck. Entweder hoffen sie auf einen Ehemann, oder sie beten dafür, dass ihr Ehemann gesund bleibt, dachte Eliza. Keine Frau möchte für den Rest ihres Lebens in Weiß gehen.

Ein Stück von ihrem Haveli-Hotel entfernt, kam sie auf einen Festplatz. Sie öffnete die Leica, um ein Riesenrad und eine Reihe von Ständen aufzunehmen, an denen Puppen und Textilschmuck verkauft wurden. Die ganze Stadt schien auf den Beinen zu sein, die Erwachsenen riefen einander laut lachend zu, während die Kinder sich durch die Menge drängten und überall ein Durcheinander anrichteten. Eliza fragte Leute, ob sie sich fotografieren lassen wollten, und die meisten nickten und lächelten, froh, in ihrer schönsten Kleidung verewigt zu werden. Das Lustige war, dass die Leute ein ernstes Gesicht machten, kurz bevor Eliza auf den Auslöser drückte. Sie fotografierte geschmückte Elefanten mit pompösen Howdahs entlang der breiten, schnurgeraden Prachtstraße, und ein Stück weiter sah sie kleine Shiva- und Parvati-Figuren auf Samttüchern auf dem Bürgersteig liegen, um die sich kaufwillige Menschen scharten. Wie schön ist es doch, zu einer Glaubensgemeinschaft zu gehören!, dachte sie in einem einsamen Moment. Eliza glaubte nicht mehr an Gott, seit die Bombe ihren Vater getötet hatte.

Als das Licht gelblich wurde und die Dämmerung einsetzte, wurden Aberhunderte kleiner Tonlampen angezündet, und die Stadt sah märchenhaft aus. Der Stadtpalast leuchtete rosarot, und die Festungen thronten auf den Kämmen des dunkelvioletten Aravelligebirges. Eliza sah die Schönheit, war jedoch von Melancholie erfüllt, denn sie erkannte, dass sie nie wirklich dazugehören könnte. Dabei musste sie an Jay denken und erinnerte sich an alles, was zwischen ihnen gewesen war. Die Zeit mit ihm würde ihr immer kostbar sein, doch sie musste nach vorn blicken und ihr Leben weiterführen. Und obwohl sie den Impuls verspürte, sich in ihrem Zimmer zu verkriechen, blieb sie und beobachtete die feiernden Menschen. Und der Anblick so vieler schöner Frauen, die tanzten, als hinge ihr Leben davon ab, heiterte sie auf.

Sie war überrascht, als ganz plötzlich eine Frau sie bei der Hand nahm und in die Mitte einer tanzenden Gruppe zog. Zuerst war Eliza verlegen und ungeschickt, wollte nicht von allen angestarrt werden. Sie war auch nicht passend gekleidet für ein so ausgelassenes Treiben, aber nach ein paar Augenblicken ließ sie sich doch mitreißen.

In der Nacht schlief sie tief und fest, und am Morgen beschloss sie, ihre hübschesten indischen Kleider anzuziehen. Sie schminkte sich die Augen mit Kaajal, wie die Konkubinen es ihr gezeigt hatten, und staunte erneut, wie sehr es ihre grünen Augen zum Leuchten brachte. Eliza legte ein wenig Rouge und Lippenstift auf und band sich die Haare im Nacken mit bunten Bändern zusammen.

So wollte sie auf die Veranda gehen und Kaffee trinken, in den lauschigen Garten schauen und versuchen, glücklich zu sein. Danach hatte sie vor, durch die Stadt zu schlendern. Heute würde sie dazugehören, versprach sie sich.

Sie schob die schwere Holztür zur Veranda auf, aber dort war niemand. Entweder kam sie zu spät oder zu früh. Gerade als sie überlegte, ob sie im Inneren des Hotels jemanden vom

Personal ansprechen sollte, kam ein Diener, stellte eine Vase mit einer dunkelroten Rose auf ihren Tisch und ging wieder. Kurz darauf hörte sie hinter sich eine Männerstimme. Ein paar Augenblicke lang regte Eliza sich nicht. Sie musste sich verhört haben, oder? Langsam drehte sie sich um, und da stand er lächelnd und sah sie voller Wärme an.

»Jay?«

Er legte den Finger an die Lippen, ging vor ihr auf ein Knie nieder und zog ein Kästchen aus der Jackentasche, das er aufklappte und ihr hinhielt.

Eliza blickte auf den schönsten Saphirring, den sie je gesehen hatte, dann schaute sie in sein ernstes Gesicht.

»Es zeigt sich, dass ich ohne dich nicht leben kann«, sagte er.

Eliza konnte die Tränen nicht zurückhalten und nickte stumm.

»Ich bedaure zutiefst, was ich dir zugemutet habe. Ich glaubte, das Richtige zu tun. Bitte verzeih mir.«

Eliza brauchte noch einen Moment, bis sie sprechen konnte. Dann lächelte sie. »Einigen wir uns darauf, einander zu verzeihen.«

»Komm.« Er stand auf und streckte ihr beide Hände hin. »Wir wollen fest auf uns vertrauen, in guten wie in schlechten Zeiten.«

Darauf ging sie zu ihm. Während sie einander im Arm hielten, fühlte sie sein Herz an ihrer Brust schlagen und wusste, jetzt würde alles gut werden. Danach saßen sie eine Weile schweigend zusammen. Der Moment war zu schön, um ihn durch Fragen zu stören. Die Sonne schien durch das Blätterdach der Bäume, und Eliza sah zu, wie die Vögel durch den Garten flogen und zwei schwatzende Affen in den Zweigen hin und her sprangen. Diese Erinnerung wollte sie sich für ihr restliches Leben bewahren. Sie hatte viele Fragen an Jay und würde sie bald stellen, doch vorerst wollte sie nur seine Hand halten und den Frieden in vertrauensvoller Unwissenheit genießen.

»Hast du schon Kaffee getrunken?«, fragte er schließlich.

»Wie prosaisch. Aber weißt du was? Ich kann mich nicht erinnern. Die Fähigkeit zu denken ist mir abhandengekommen. Jedenfalls habe ich keinen Durst.«

»Wollen wir lieber spazieren gehen, solange es noch kühl und still in der Stadt ist?«

Sie verließen das Hotel über eine Seitengasse, wo sich ein paar Katzen träge ausgestreckt hatten, und schlenderten durch die Straßen von Jaipur. Das Licht des frühen Morgens brachte die Schönheit der Stadt zur Geltung. Alles schimmerte, das Rosa der Bauten war noch zarter als am Tag zuvor. Die meisten Läden hatten noch geschlossen, und als Eliza und Jay am Palast der Winde vorbeikamen, stellte sie ihm die drängendste ihrer Fragen.

»Wie ist das auf einmal möglich, Jay?«

»Mein jüngerer Bruder wird Maharadscha und Laxmi die Regentin. Sie wird die Macht haben, bis er erwachsen ist, und ich werde ihr Berater sein.«

»Deine Mutter hat dem zugestimmt?«

»Sie mag dich, Eliza, und als sie sah, wie entschlossen ich war, hat sie uns ihren Segen gegeben. Die Briten auch. Wir haben sie vor vollendete Tatsachen gestellt, sodass sie nichts mehr machen konnten.«

»Und was ist mit der armen Priya?« Eliza zog die Mundwinkel herunter und die Brauen hoch, um ihn zu necken. »Sie wollte so gern deine Frau werden.«

»Niemals. Priya wird sich mit einem Platz im Hintergrund begnügen müssen. Laxmi wird aber nicht von ihr verlangen, in Weiß zu gehen, und wird sie auch nicht zu ihrer Familie zurückschicken.«

»Sie tut mir durchaus leid.«

Er legte einen Arm um ihre Schultern. »Und dafür schätze ich dich.«

»Was ist aus Chatur geworden?«

»Er wurde seines Amtes enthoben und musste den Palast verlassen. Ich habe einen neuen Dewan ernannt.«

»Hurra!«

»Nun jedoch die wichtigste Frage: Wo wollen wir heiraten? Liegt dir ein Ort besonders am Herzen?«

»Du willst wirklich auf den Thron verzichten? Ganz sicher?«

Er lachte. »Wechsel nicht das Thema. Wo? Du kannst eine Märchenhochzeit hier im Stadtpalast haben – wir sind mit der Familie befreundet –, oder wir heiraten in Delhi in aller Stille. Jaipurs Stadtpalast liegt im Zentrum und ist sehr schön. Er hat alles zu bieten, was das Herz begehrt, einschließlich Zypressen- und Palmengärten. Sie haben Weber, die nur dazu da sind, Seidentücher mit goldenen Blumen herzustellen, und die sind bloß für die Elefanten. Der Maharadscha hat Geparden gezähmt, die könnten wir in der Hochzeitsprozession mitlaufen lassen.«

»Genug!«

»Du entscheidest dich für Delhi?«

Sie nickte. »Eine Hochzeit im Stadtpalast ist bestimmt der Traum eines jeden jungen Mädchens, doch für mich ohne Familie wäre das eine traurige Angelegenheit.«

Er blieb stehen und sah ihr in die Augen. »Du hast jetzt Indi.«

»Sie hat es dir erzählt?«

Er nickte. »Es hätte mir auffallen können. Ihr habt die gleichen Augen.«

»Nun ja, meine haben die Farbe eines Dorfteichs und ihre leuchten wie Smaragde.«

»Deine Augen sind schön, und du bist schön … Erinnerst du dich, dass ich einmal sagte, du, Indi und ich hätten ein gebrochenes Herz, und das verbinde uns?«

»Und dass es unser Schicksal ist, zusammenzufinden? Meinst du das?«

»Wer weiß? Das Leben nimmt manchmal komische Wendungen.«

»Aber es ist gut, oder? Das mit uns beiden?«

Er lachte. »Es ist sogar wunderbar. Und auch gut für Indi. Da sie jetzt meine Schwägerin wird, kann ich für ihre Mitgift sorgen.«

»Das konntest du vorher nicht?«

»Es wäre schwierig gewesen. Wir sind an gewisse Traditionen gebunden, wie du weißt.«

Eliza war überglücklich. »Ich bin so froh, dass du ihr verziehen hast. Ich habe mir um sie Sorgen gemacht.«

»Und ich kenne einen gewissen jungen Hitzkopf, dessen Mutter sich nicht länger querlegen kann.«

»Dev?«

»Genau der.«

Plötzlich besorgt, fragte Eliza: »Ich habe Angst, du könntest es mir eines Tages übel nehmen, dass du meinetwegen auf den Thron verzichtet hast.«

»Du machst dir zu viele Sorgen. Ich denke, in Indien wird sich bald alles ändern, und zwar tiefgreifender, als wir es uns jetzt vorstellen. Wie auch immer, ich habe genug zu tun mit der Bewässerung des Landes.«

»Ja.«

»Übrigens muss ich dich da auf den neuesten Stand bringen. Ich hatte noch ein paar Ideen. Und vor allem: Die Genehmigung, den Fluss zu stauen, ist gekommen. Das wird alles einfacher machen. Und vergiss nicht, ich werde auch Laxmis Berater sein. Aber genug davon. Habe ich dir schon gesagt, wie umwerfend du heute aussiehst und dass das ein Glück verheißender Moment ist für eine Verlobung?«

»Habe ich dir schon gesagt, dass du für einen Mann umwerfend lange Wimpern hast?«

Er klimperte damit und lachte dann.

»Und ja, ich weiß, beim Teej-Fest werde ich für eine glückliche Ehe beten müssen.«

»Du würdest mit hennabemalten Händen wunderbar aussehen«, sagte er und fragte kurz darauf: »Was macht eigentlich deine Ausstellung?«

»Ich habe noch keine Räume dafür.«

»Wie wär's mit dem Audienzsaal meines Palastes? Wir müssten natürlich den Fußboden reparieren lassen, aber das Licht im Saal ist großartig. Und wenn wir die Einladungen frühzeitig verschicken, sollten auch genügend Leute kommen.«

»Wirklich? Oh, danke. Das würde mir gefallen.«

»Also abgemacht.« Er blieb stehen und lächelte sie an. »Und wie viele Kinder wollen wir bekommen?«

»Zwei vielleicht oder drei?«

»Ich dachte an mindestens fünf.«

Sie schluckte. »Was das betrifft, so muss ich dir etwas sagen.«

Plötzlich wurde er ernst. »Wir müssen nicht. Das heißt, wenn du dich lieber auf deinen Beruf konzentrieren möchtest und ...«

»Nein, du Dummkopf. Sei still und hör zu. Ich bin eine Woche über die Zeit. Es ist zwar noch zu früh, um sich zu freuen, doch vielleicht ist Nummer eins schon im Werden begriffen.«

Er schaute zum Himmel auf und schlug sich an die Brust, und dann lachte er aus vollem Hals. Sie warf den Kopf in den Nacken und lachte mit. Aus dem Augenwinkel sah sie Händler ihre Läden öffnen und Frauen vorbeigehen. Die Leute lächelten über ihre unbändige Freude.

Die Sonne stieg höher, und zum ersten Mal empfand Eliza die einzigartige Vollkommenheit des Lebens: Jeder Moment, jedes bisschen Freude wollte ausgekostet werden, und wenn Sorgen kämen, was zweifellos der Fall sein würde, würde sie sich ihnen tapfer stellen und wissen, sie würde es überstehen. Eliza schaute ringsherum auf die exotische rosa Stadt und wusste, sie war endlich weitergekommen. Sie liebte ihren Vater trotz seiner Verfehlungen und würde wegen ihrer Mutter immer ein gewisses Maß an Reue empfinden. Aber von jetzt an war nur noch die Zukunft wichtig: ihr Beruf, ihre Liebe zu Jay und das Großziehen ihrer Kinder. Ihre Mutter hatte sich geirrt. Frauen konnten sehr wohl alles haben, und Eliza nahm sich vor, das in den nächsten Jahren unter Beweis zu stellen. Sie würde nicht nur einem Beruf nachgehen, den sie liebte, sie würde auch eine richtige Familie haben, einschließlich der Schwester, die sie sich immer gewünscht hatte. Eliza schaute zum Himmel und dachte: Freu dich für mich, Mum. Sei glücklich.

EPILOG

Shubharambh Bagh, drei Monate später

An einem kühlen Tag im Oktober sollte nun endlich die Ausstellung eröffnet werden. Eliza stand früh auf, ohne Jay zu wecken, warf sich den Morgenmantel über und schlenderte durch die Korridore seines Palastes – der ihr neues Zuhause war. Eliza mochte das Licht am frühen Morgen und streifte oft umher, wenn alle anderen noch schliefen. Sie staunte immer noch ungläubig über das Glück, das sie bis hierher gebracht hatte. Jay und sie hatten in Delhi in aller Stille geheiratet, und nun machte sie sich mit dem Gedanken vertraut, in einigen Monaten Mutter zu werden. Den Auftrag für das Staatsarchiv hatte sie abgeschlossen und war entsprechend bezahlt worden. Inzwischen war sie überzeugt, dass Clifford ihr gegenüber ehrliche Absichten gehabt, sie aber auch von Anfang an mit einem Hintergedanken im Palast untergebracht hatte. Doch das gab er freilich nicht zu. Er hatte sie aushorchen wollen über das, was dort vor sich ging.

Sie stieg in den Audienzsaal hinunter, wo kürzlich die gebrochenen Fliesen ersetzt worden waren, und schaute auf die fünfundsiebzig Fotografien, die sie während der vergangenen zwei Wochen aufgehängt hatte. Jay hatte die Ärmel hochgekrempelt und war ihr zur Hand gegangen, um ihre Arbeiten im bestmöglichen Licht zu präsentieren. Die Fotos hatten elegante schwarze Rahmen bekommen und hingen im gleichen Abstand nebeneinander. Die Mitglieder der Fürstenfamilie blickten ihr mit stolzem Gesicht entgegen, aber auch die Dorfbewohner, die Kinder, die Obdachlosen. Jeder Moment war festgehalten, manche in weichen Kontrasten, manche in hellem, klarem Licht und andere im Schatten. Jedes Bild war ein Kunstwerk, und Eliza war stolz auf ihr Werk. An der Wand gegenüber den Schwarz-Weiß-Aufnahmen standen hellrote duftende Rosen in zehn Porzellanvasen und dazwischen weiße Stühle für die Besucher, die das Bedürfnis verspürten, sich hinzusetzen und die Fotos aus einiger Entfernung zu betrachten. Eliza ging an den Fotos entlang, rückte einige gerade, wischte Fingerabdrücke weg und vergewisserte sich, dass alles so war, wie es sein sollte. Dann ging sie nach oben und weckte ihren Mann.

Am Nachmittag zog sich Eliza ein langes schwarzes Kleid an, das über ihrem wachsenden Bauch die passende Weite hatte, und Kiri, die nun bei ihnen lebte, steckte ihr eine der roten Rosen ins Haar. Um die Schultern legte Eliza sich einen weißen Seidenschal, und als Jay hereinkam und sie sah, stieß er einen bewundernden Pfiff aus.

»Liebling, du bist noch schöner als deine Fotos.«

Sie grinste freudig. Er trug ein traditionelles Rajputengewand, einen Angarkha in Schwarz, Rot und Weiß. Seine Haare waren noch feucht vom Baden. Sie strich ihm über die Wange. »Du siehst auch beeindruckend aus.«

Es klopfte an der Tür, und Jay ging öffnen.

Indi kam herein, in einem roten Seidenkleid im europäischen Stil. »Ich habe die Rosen noch einmal zurechtgerückt.« Sie war für die Blumenarrangements und die Kanapees verantwortlich gewesen. »Seid ihr so weit? Ich habe schon den ersten Wagen vorfahren hören.«

Nervös blickte Eliza ihren Mann an. Was, wenn kaum Leute kamen? Wenn die Fotos niemandem gefielen? Was, wenn alle nur die englische Frau des Prinzen sehen wollten?

»Ich werde hinuntergehen«, sagte Jay. »Besser, du zeigst dich erst, wenn der Saal voll ist.«

Sie nickte stumm, und er gab ihr einen Kuss auf die Stirn. »Es wird wunderbar. Das verspreche ich dir. Schließlich haben wir die halbe Welt eingeladen.« Er wandte sich ab. »Komm, Indi, gehen wir zusammen nach unten.«

Jay hatte recht. Einladungen waren an Fotoateliers in Delhi, Jaipur und Udaipur, an die *Times of India*, die *Hindustan Times* und den *Statesman*, außerdem an den gesamten Adel in Jays Bekanntenkreis und an Geschäftsleute verschickt worden. Eliza hatte darauf bestanden, auch die Bewohner der Umgebung einzuladen, sich die Fotos anzusehen. Sogar Dev würde kommen.

Wieder allein in ihrem gemeinsamen Schlafzimmer, schaute Eliza in den langen Wandspiegel. Sie sah frisch und erholt aus, und ihre Augen strahlten, doch das half auch nicht gegen ihre Nervosität. Immerhin hörte sie weitere Autos ankommen. Eine halbe Stunde lang lief sie unruhig hin und her, dann kam Kiri an die Tür mit der Nachricht von Jay, dass es so weit sei. Eliza atmete tief durch.

»Madam? Sind Sie bereit?«

Eliza nickte und schluckte die Unsicherheit hinunter, dann ging sie wie eine Maharani zum Kopf der breiten Treppe, die in den Saal führte. Ein paar Augenblicke stand sie mit Herzklopfen da und blickte auf ihre Füße. Als sie den Mut fasste und zu den versammelten Gästen hinuntersah, war sie erstaunt. Ein Saal voll lächelnder Leute, die zu ihr heraufblickten. Als sie auf die oberste Stufe trat, klatschten die Gäste und riefen »Bravo«. Sie blinzelte Tränen weg und konnte ihre Freude kaum zügeln, denn der jubelnde Beifall hielt an, bis sie unten angelangt war, wo Jay auf sie wartete.

»Ich möchte dich mit Giles Wallbank bekannt machen«, erklärte er, als sie zu ihm trat.

»Sehr erfreut«, sagte der blonde Herr lächelnd und gab ihr die Hand. »Die Fotografien sind ganz außergewöhnlich, finde ich. Wir würden gern eine Auswahl in der *Photographic Times* bringen. Wäre Ihnen das genehm?«

Sie lächelte ihn strahlend an. »Es wäre mir ein Vergnügen.«

»Wir können uns später darüber unterhalten, und ich werde baldmöglichst einen Vertrag aufsetzen lassen. Jetzt lasse ich Sie erst einmal Ihren Erfolg genießen.«

Nachdem er weitergeschlendert war, reichte Jay ihr die Hand und flüsterte: »Sieh dir nur die Reaktionen an.« Er deutete mit dem Kopf zu den Fotos. Die Leute betrachteten sie nickend, und viele warteten schon darauf, mit ihr zu sprechen.

Eliza würde den Tag nie vergessen. Als sie vor knapp einem Jahr in Indien angekommen war, war sie noch ein zutiefst unsicherer Mensch gewesen und hatte an ihren Fähigkeiten als Fotografin gezweifelt. Beides hatte sich geändert. Sie wusste nicht, was noch vor ihr lag, aber im Augenblick gab es nichts, was ihr Leben schöner machen könnte – außer einem: die glückliche Geburt ihres Kindes. Sie sah Jay in die Augen, ihrem Seelenverwandten, und blinzelte gegen Tränen an.

»Du hast es geschafft, Liebste«, sagte er. »Du hast es tatsächlich geschafft, und ich könnte stolzer nicht sein.«

DANKSAGUNG

Mit Worten lässt sich nicht ausdrücken, wie dankbar ich den Mitarbeitern bei Penguin/Viking für ihre permanente Unterstützung bin. Vielen, vielen Dank, Venetia, Anna, Rose und Isabel. Wärmsten Dank auch an Lee Motley für das wunderschöne Cover und an die Leute vom Vertrieb und der Rechtsabteilung, die so viel bewirkt haben. Ich danke auch meiner überragenden Agentin Caroline.

Ich hätte dieses Buch nicht schreiben können ohne die Hilfe der Leute, die ich in Indien kennengelernt habe, also gilt mein Dank auch Nikhil Pandit, dem Direktor von TGS Tours & Travels Pvt Ltd in Jaipur, Rajasthan, für die fantastische Organisation der Reise. Thakur Shatrujeet Singh Rathore, Thakurani Maya Singh, Thakur Jai Singh Rathore und Thakurani Mandvi Kumari in Shahpura Bagh bin ich immens dankbar für ihre Großzügigkeit, für die geopferte Zeit und die viele Aufmerksamkeit. Es war nicht nur ein wunderschöner Aufenthalt, die Geschichte Shahpuras war auch für das Buch inspirierend. Ich danke auch Thakur Praduman Singh Rathore vom *Chandeleo Garh*, einem zauberhaften, ruhigen Hotel. Ich werde die Abendessen auf der Dachterrasse unter den Sternen nie vergessen. Danke an alle im *Pal Haveli* in Jodhpur und danke auch an Thakur Man Singh und Thakur Prithvi Singh, den Besitzern des *Narain Niwas* und des *Kanota Palace* in Jaipur. Ebenso danke ich unseren wunderbaren, geduldigen Fahrern und Führern.

Zu guter Letzt danke ich meiner lieben Familie, weil sie alle es mit mir ausgehalten haben, und besonders meinem Mann und oberstem Chef Richard, der sich dazu anregen ließ, ausgezeichnete indische Gerichte zu kochen.

Rajasthan ist ein zauberhaftes Land, und dieses Buch zu schreiben war eine wunderbare Erfahrung. Ich hoffe sehr, eines Tages wieder dorthin reisen zu können. Darum gilt mein Dank vielleicht vor allem Indien selbst und besonders Rajasthan. Und falls sich jemand wundert: Rajputana ist der historische Name Rajasthans, und Juraipur ist natürlich fiktional.

NACHBEMERKUNG DER AUTORIN

Während der Recherchen zum vorliegenden Roman fand ich unter anderem folgende Titel besonders nützlich:

Ahmed Ali, *Twilight in Delhi*, Rupa Publications Pvt Ltd, 2007
Rustom Bharucha, *Rajasthan: an oral history*, Penguin Books India, 2003
Diwan Jarmani Dass, *Maharani*, Hind Pocket Books Pvt Ltd, 2007
Sharada Dwivedi und Shalini Devi Holkar, *Almond Eyes, Lotus Feet*, HarperCollins, 2007
Henri Cartier-Bresson in India, Thames & Hudson, 1993
Caroline Keen, *Princely India and the British*, I.B. Tauris & Co. Ltd, 2012
Amrita Kumar (Hrsg.), *Journeys through Rajasthan*, Rupa & Co., 2011
Antonio Martinelli und George Michell, *Palaces of Rajasthan*, India Book House Pvt Ltd, 2004
Gita Mehta, *Raj*, Minerva, 1997
Lucy Moore, *Maharanis*, Penguin Books, 2005
Hugh Purcell, *The Maharaja of Bikaner*, Rupa Publications Pvt Ltd, 2013
Sweta Srivastava Vikram, *Wet Silence: poems about Hindu widows*, Modern History Press, 1975